王逢振　主编

詹姆逊作品系列

古代与后现代

论形式的历史性

[美]弗雷德里克·詹姆逊（Fredric Jameson）著

王逢振　王丽亚　译

中国人民大学出版社

·北京·

总　序

众所周知，弗雷德里克·詹姆逊（Fredric Jameson，1934—　）是当代著名的思想家和批评家，也是公认的、仍然活跃在西方学界的马克思主义者。其作品已经被翻译成十多种文字，产生了广泛的影响。因此，在"詹姆逊作品系列"出版之际，对詹姆逊及其作品做一简要介绍，不仅必要，而且也不乏现实意义。

一、弗雷德里克·詹姆逊其人

20多年前，我写过弗雷德里克·詹姆逊，当时心里主要是敬佩；今天再写，这种心情仍在，且增添了深厚的友情。自从1983年2月与他相识，至今已经35年多，这中间交往不仅没有中断，而且日益密切，彼此在各方面有了更多的了解，因此我称他为老友。他也把我作为老朋友，对我非常随便。例如，2000年5月，他和我同时参加卡尔加里大学的一个小型专题研讨会，会后帕米拉·麦考勒姆（Pamela Maccllum）教授和谢少波带我们去班夫国家公园游览，途中他的香烟没有了（当时他还抽烟），不问我一声，便从我的口袋里掏出我的烟抽起来。此事被帕米拉·麦考勒姆和谢少波看在眼里，他们有些惊讶地说："看来你们的关系真不一般，这种事在北美是难以想象的。"

其实，我和他说来也是缘分。1982年秋季我到加州大学洛杉矶分校作访问学者，正好1983年2月詹姆逊应邀到那里讲学，大概因为他是马克思主义批评家，想了解中国，便主动与我联系，通过该校的罗伯特·马尼吉斯教授约我一起吃饭,并送给我他的两本书:《马克思主义与形式》(*Marxism and Form*,1970)和《政治无意识》(*The Political Unconscious:Narrative as a Socially Symbolic Act*,1981),还邀请我春天到他当时任教的加州大学圣克鲁兹分校访问。

说实在的,他送的那两本书我当时读不懂,只好硬着头皮读。我想,读了,总会知道一点,交流起来也有话说,读不懂的地方还可以问。4月,我应邀去了圣克鲁兹。我对他说,有些东西读不懂。他表示理解,并耐心地向我解释。我们在一起待了一个星期,我住在他家里,并通过他的安排,会见了著名学者海登·怀特和诺曼·布朗等人,还做了两次演讲——当时我在《世界文学》编辑部工作,主要是介绍中国翻译外国文学的情况。

1983年夏天,我们一起参加了在伊利诺伊大学厄本那-香槟分校召开的"对马克思主义和文化的重新阐释"的国际会议。正是在这次会议上,我认识了一些著名学者,如佩里·安德森(Perry Anderson,英)、G. 佩特洛维奇(G. Petrovic,南斯拉夫)、亨利·列斐伏尔(Henri Lefebvre,法)和弗朗哥·莫雷蒂(Franco Moretti,意)等人(我在会议上的发言与他们的发言后来一起被收入了《马克思主义和文化阐释》[*Marxism and the Interpretation of Culture*]一书)。此后,1985年,我通过当时在北京大学国政系工作的校友龚文库(后任北京大学传播学院副院长)的帮助和安排,由北京大学邀请詹姆逊做了颇有影响的关于后现代文化的系列演讲。詹姆逊在北京四个月期间,常到我家做客。后来我到杜克大学访问,也住在他家里。

詹姆逊生于美国的克里夫兰,家境比较富裕,自幼受到良好的教育,幼年还学过钢琴,对音乐颇有悟性。他聪明好学,博闻强记,20岁(1954年)在哈弗福德学院获学士学位,22岁

（1956年）获耶鲁大学硕士学位，接着在著名理论家埃里希·奥尔巴赫的指导下，于25岁（1959年）获耶鲁大学法国文学和比较文学博士学位；其间获富布赖特基金资助在德国留学一年（1956—1957年），先后就读于慕尼黑大学和柏林大学。1959年至1967年在哈佛大学任教，1967年到新建的加州大学圣地亚哥分校任教，在那里，他遇到了一度是法兰克福学派的重要人物和激进学生领袖的赫伯特·马尔库塞。此后，从1976年到1983年，他任耶鲁大学法文系教授，1983年转至加州大学圣克鲁兹分校。1985年夏天，杜克大学为了充实和发展批评理论，高薪聘请他任该校讲座教授，专门为他设立了文学系（Graduate Program in Literature），由他当系主任，并决定该系只招收博士研究生，以区别于英文系。记得当时还聘请了斯坦利·菲什（Stanley Fish）、简·汤姆金斯（Jane Tomkins），以及年轻有为的弗兰克·兰垂契亚（Frank Lentricchia）和乔纳森·阿拉克（Jonathan Arac，后来没去）。从那时至今，他一直在杜克大学，2003年辞去系主任职务，不过仍担任批评理论研究所所长和人文学科教授委员会主任。2014年才辞去所有职务。

1985年他刚到杜克大学时，该校给了他一些特殊待遇。正是这些特殊待遇，使他得以在1985年秋到中国讲学一个学期（他的系列演讲即后来国内出版的《后现代主义和文化》），并从中国招收了两名博士研究生：唐小兵和李黎。唐小兵现在是南加州大学教授，李黎是中美文化交流基金会董事长。由于詹姆逊对中国情有独钟，后来又从中国招收过三名博士研究生，并给予全额奖学金，他们分别是张旭东、王一蔓和蒋洪生。张旭东现在已是纽约大学教授，蒋洪生任教于北京大学中文系。

虽然詹姆逊出身于富裕之家，但因为马克思主义的影响，生活上并不讲究。也许是为了有更多的时间读书，他几乎从不注意衣着，在我与他的交往中，只见他打过一次旧的、过时的领带。他总是随身带着一个小本子，每当谈话中涉及他感兴趣的问题，他就会随手记下来，过后再进行思考——这也许是值得我们学习的方法。在我看来，他除了读书写作和关注社会之外，几乎没有什么业余爱好——当然，他喜欢喝酒，也会关注某些体育比赛（我记得他很关注世界杯足球赛的结果）。他并不像某些人讲的那样，旅行讲学必须住五星级宾馆，至少我知道他来中国旅行讲学时，大多住在学校的招待所里。1985年他第一次来中国时，当时交通条件还不像现在这么便利舒适，我和他曾一起坐过没有空调的硬卧火车，在小饭馆里喝过二锅头。他与许多衣着讲究的教授形成鲜明的对照。可能由于他住在乡间的房子里，加上不注意衣着，张旭东在杜克大学读书时，他的儿子曾把詹姆逊称作"农民伯伯"。詹姆逊妻子苏珊也是杜克大学教授，是个典型的环保主义者，自己养了许多鸡，还养羊（当然詹姆逊有时也得帮忙），鸡蛋和羊奶吃不完就送给学生。因此，在不甚确切的意义上，有人说詹姆逊的生活也体现了他的马克思主义情怀。

二、詹姆逊的学术成就

到20世纪70年代中期，詹姆逊已被公认是最重要的马克思主义批评理论家。但直到《政治无意识》出版之后，他的独创性才清晰地显现出来。他在该书的一开始就鲜明地提出自己的主张："总是要历史化！"并以此为根据，开始了对他称之为"元评论"的方法论的探讨，对于长期存在的美学和社会历史的关系问题，从理论上给出了一种自己的回答。与传统的历史批评形式相对，詹姆逊不仅把文化文本置于它们与历史语境的直接关系之中，而且从解释学的角度对它们进行探讨，探讨解释的策略如何影响我们对个体文本的理解。但与其他现代解释理论不同（例如罗伯特·姚斯[H. R. Jauss]的接受理论），詹姆逊强调其目标是一种马克思主义的意识形态分析，并认为马克思主义包含所有其他的解释策略，而其他的解释策略都是片面的。

《政治无意识》奠定了詹姆逊在学术界的地位。有人说，詹姆逊是"第二次世界大战以来美国最重要的马克思主义文学批评家。只有英国的雷蒙德·威廉斯写出过和他同样重要的作品"[1]。"詹姆逊是当前文坛上最富挑战性的美国马克思主义思想家。他对法兰克福学派主要人物的解释，他对俄国形式主义、法国结构主义、后结构主义的解释，以及他对卢卡奇、萨特、阿尔都塞、马克斯·韦伯和路易斯·马丁的解释，都对20世纪马克思主义和欧洲思想历史做出了重大贡献。詹姆逊对小说发展的论述，对超现实主义运动的论述，对巴尔扎克、普鲁斯特、阿尔桑德洛·曼佐尼（Alessandro Manzon）和阿兰·罗伯-格里耶（Alain Robbe-Grillet）这些欧洲作家的论述，以及他对包括海明威、肯尼思·勃克（Kenneth Burke）和厄休拉·勒奎恩（Ursula Le Guin）在内的各类美国作家的论述，构成了强有力的政治的理解。"[2] "詹姆逊是当前杰出的马克思主义批评家，很可能是我们这个时代最重要的以社会历史为导向的批评家……他的《政治无意识》是一部重要著作，不仅文学家要读，历史学家、社会学家以及哲学家都应该读它。"[3] "在大量的批评看法当中，詹姆逊坚持自己的观点，写出了最动人的谐谑曲式的著作。"[4]

---

[1] *Contemporary Literary Criticism* (University of Oklahoma Press, 1986), p. 111.
[2] *Postmodernism and Politics* (University of Minnesota Press, 1986), p. 123.
[3] Hayden White 写的短评，见 *The Political Unconscious* (Cornell University Press, 1981) 封底。
[4] *New Orleans Review* (Spring, 1984), p. 66.

詹姆逊的理论和学术贡献是多方面的。就文学批评而言，主要表现在历史主义和辩证法方面。他是一个卢卡奇式的马克思主义者，但超越了卢卡奇的怀旧历史主义和高雅人道主义。他所关心的是，在后结构主义对唯我论的笛卡尔主义、超验的康德主义、目的论的黑格尔主义、原始的马克思主义和复归的人道主义进行深刻的解构之后，人们如何严肃地对待历史、阶级斗争和资本主义非人化的问题，也就是说，"面对讽刺的无能，怀疑的瘫痪，人们如何生活和行动的问题"①。詹姆逊认为非常迫切的问题是：对"总体化"（totalization）进行马克思主义的探讨，包括与之相关的整体性的概念、媒体、历史叙事、部分与整体的关系、本质与表面的区分、主体与客体的对立等等，是不是要预先构想一种理想的哲学形式？是否这种形式必然是无视差别、发展、传播和变异的某种神秘化的后果？他大胆而认真地探讨这些问题，但他尽量避免唯心主义的设想，排除神秘化的后果。

在詹姆逊的第一部作品《萨特：一种风格的始源》（Sartre: The Origins of a Style，1961）里，他分析了萨特的文学理论和创作。该著作原是他在耶鲁大学的博士论文，由于受他的导师埃里希·奥尔巴赫以及与列奥·斯皮泽相关的文体学的影响，作品集中论述了萨特的风格、叙事结构、价值和世界观。这部著作虽然缺少他后来作品中那种典型的马克思主义范畴和政治理解，但由于20世纪50年代刻板的因循守旧语境和陈腐的商业社会传统，其主题萨特和复杂难懂的文学理论写作风格（那种以长句子著称的风格已经出现），却可以视为詹姆逊反对当时的守旧思潮，力图使自己成为一个批判型的知识分子。如果考察一下他当时的作品，联想当时的社会环境，人们不难看出他那时就已经在反对文学常规，

---

① *Postmodernism and Politics*, p. 124.

反对居支配地位的文学批评模式。可以说，詹姆逊的所有作品构成了他对文学批评中的霸权形式和思想统治模式的干预。

20世纪60年代，受到新左派运动和反战运动的影响，詹姆逊集中研究马克思主义，出版了《马克思主义与形式》，介绍新马克思主义文学理论的辩证传统。自从在《语言的牢笼》（*The Prison-House of Language*，1972）里对结构主义进行阐述和批判以后，詹姆逊集中精力发展他自己的文学和文化理论，先后出版了《侵略的寓言：温德姆·路易斯，作为法西斯主义的现代主义者》（*Fables of Aggression: Wyndham Lewis, the Modernist as Fascist*，1979）、《政治无意识》和《后现代主义，或晚期资本主义的文化逻辑》（*Postmodernism, or, the Cultural Logic of Late Capitalism*，1991），同时出版了两卷本的论文集《理论的意识形态》（*The Ideologies of Theory*，第一卷副标题为"理论的境遇"，第二卷副标题为"历史的句法"，两卷均于1988年出版）。随着文化研究的发展，他还出版了《可见的签名》（*Signatures of the Visible*，1991）和《地缘政治美学》（*The Geopolitical Aesthetic*，1992），收集了他研究电影和视觉文化的文章。此后他出版了《时间的种子》（*The Seeds of Time*，1994）和《文化转向》（*The Cultural Turn*，1998）两部论述后现代主义的著作。这期间，他仍然继续研究和阐释马克思主义理论和马克思主义美学，出版了《晚期马克思主义》（*Late Marxism*，1990）、《布莱希特与方法》（*Brecht and Method*，2000）和《单一的现代性》（*A Singular Modernity*，2003）。最近一个时期，他从乌托邦的角度探索文化的干预功能，出版了《未来的考古学》（*Archaeologies of the Future*，2005）。

在詹姆逊的作品里，除了《萨特：一种风格的始源》一书之外，他一直坚持两分法或辩证法的解释方法。应该说，他的著作具有明显的连续性。人们不难发现,从20世纪70年代初到80年代后期,随便他的哪一篇文章或哪一本书,在风格、政治和关注的问题方面,都存在着某种明显的相似性。实际上,今天阅读他的《理论的意识形态》里的文章,仍然会觉得这些文章像昨天刚写的一样。然而,正如詹姆逊在论文集的前言里所说,在他的著作里,重点已经发生了根本变化:"从经转到了纬:从对文本的多维度和多层面的兴趣,转到了只是适当地可读(或可写)的叙事的多重交织状况;从解释的问题转到了编史问题;从谈论句子的努力转到(同样不可能的)谈论生产方式的努力。"换句话说,詹姆逊把聚焦点从强调文本的多维度,如它的意识形态、精神分析、形式、神话-象征的层面(这些需要复杂的、多种方式的阅读实践),转向强调如何把文本纳入历史序列,以及历史如何进入文本并促使文本的构成。但这种重点的转变同样也表明詹姆逊著作的连续性,因为从20世纪60年代后期到90年代,他一直优先考虑文本的历史维度和政治解读,从而使他的批评实践进入历史的竞技场,把批评话语从学院的象牙塔和语言的牢笼里解放出来,转移到以历史为标志的那些领域的变化。

因此,人们认为詹姆逊的作品具有一种开放的总体性,是一种相对统一的理论构架,其中不同的文本构成他的整体的组成部分。从结构主义到后结构主义,从精神分析到后现代主义,许多不同的观点都被他挪用到自己的理论当中,通过消化融合,形成他独创性的马克思主义文学理论和文化理论。马克思主义一直是詹姆逊著作的主线,以马克思主义为主导,他利用对意识形态和乌托邦的双重阐释,对文化文本中意识形态的构成因素进行分析和批判,并指出它们的乌托邦内涵,这使他不仅对现行社会进行批评,而且展现对一个更美好的世界的看法。可以说,在马克思主义理论家恩斯特·布洛赫(Ernst Bloch)的影响下,詹姆逊发展了一种阐释的、乌托邦的马克思主义文化理论观。

詹姆逊早期的三部主要著作及其大部分文章,旨在发展一种反主流的文学批评,也就是反对当时仍然居统治地位的形式主义和保守的新批评模式,以及英美学术界的既定机制。20世纪60年代末和70年代初,黑格尔式的马克思主义在欧洲和美国出现,《马克思主义与形式》可以说是对这一思想的介绍和阐释。在这部著作中,詹姆逊还提供了其他一些马克思主义者的基本观点,如阿多诺、本雅明、马尔库塞、布洛赫、卢卡奇和萨特等,并通过对他们的分析形成了自己的观点和立场。他偏爱卢卡奇的文学理论,但坚持自己独特的黑格尔式的马克思主义,并在他后来的作品里一直保持下来。

卢卡奇论现实主义和历史小说的著作,对詹姆逊观察文学和文学定位方面都产生了相当大的影响。但詹姆逊一直不赞同卢卡奇对现代主义的批判。不过,他挪用了卢卡奇的一些关键的概念范畴,例如物化,并以此来说明当代资本主义的文化命运。在詹姆逊的著作里,黑格尔式的马克思主义的标志包括:把文化文本置于历史语境,进行广义的历史断代,以及对黑格尔的范畴的运用。他的辩证批评主要是综合不同的立场、观点和方法,把它们融合成一种更全面的理论,例如在《语言的牢笼》里,他的理论融合了结构主义和符号学,以及俄国形式主义。在《政治无意识》里,他广泛汲取其他理论,如弗洛伊德的精神分析、拉康的心理学、德里达的解构主义、萨特的存在主义等等,把它们用于具体的解读,在解读中把文本与其历史和文化语境相联系,分析文本的"政治无意识",描述文本的意识形态和乌托邦的时刻。

对詹姆逊来说,辩证的批评还包含这样的内容:在进行具体分析的同时,以反思或内省的方式分析范畴和方法。范畴连接历史内容,因此应该根据它产生的历史环境来解读。在进行特定的、具体的研究时,辩证批评应该考虑对范畴和过程的反思;应该考虑相关的历史观照,使研究的客体在其历史环境中语境化;应该考虑乌托邦的想象,把当前的现实与可能的选择替代相对照,从而在文学、哲学和其他文化文本中发现乌托邦的希望;还应该考虑总体化的综合,提供一种系统的文化研究的框架和一种历史的理论,使辩证批评可以运作。所有这些方面都贯穿着詹姆逊的作品,而总体化的因素随着他的批评理论的发展更加突出。

20世纪70年代,詹姆逊发表了一系列的理论探索文章和许多文化研究的作品。这一时期,人们会发现他的研究兴趣非常广泛,而且因其理论功底具有相当的洞察力。他的研究范围包括科幻小说、电影、绘画、魔幻叙事和现实主义与现代主义文学,也包括马克思主义文化政治、帝国主义、巴勒斯坦民族解放问题、马克思主义的教学方法,以及如何使左派充满活力。这些文章有许多收入《理论的意识形态》里,因此这部论文集可以说是他在《政治无意识》里所形成的理论的实践。这些文章,以及《后现代主义,或晚期资本主义的文化逻辑》里的文章,可以联系起来阅读,它们是他的多层次理论的不可分割的部分,表明了文学形式的历史、主体性的方式和资本主义不同阶段的相互联系。

三、政治无意识

应该说,《政治无意识》是詹姆逊的最重要的作品。在这部著作里,詹姆逊认为,批评家若想解释文本的意义,就必须经历一系列不同的阶段,这些阶段体现在文本之中,通过系统地解码揭示出来。为了做到这点,他汲取20世纪各种理论资源,从诺斯罗普·弗莱(Northrop Frye)的四个解释层面到拉康的无意识理论,从俄国形式主义到后结构主义,从德里达的解构主义到阿尔都塞的意识形态论述，几乎无一不被加以创造性地利用。在他看来，马克思主义批评不是排他性的或分离主义的，而是包容性的和综合性的，它融合各种资源的精华，因此可以获得更大的"语义的丰富性"。批评家应该考察文本指涉的政治历史、社会历史（按照传统马克思主义也就是阶级斗争的历史）和生产方式的历史。但这些方式不是互相取代，而是互相交叠融合，达至更高层次的普适性和更深层次的历史因果关系。

詹姆逊一向注重对总体化的探讨，包括伴随它的总体性概念、媒介、叙事、部分和整体的关系、本质和表面的区分、主体与客体的对立等等。他认为，总体性是在对矛盾的各阶级和对抗的生产方式的综合的、连贯性的叙事中表现出来的，对这种总体性的观察构成现时"真正欲望的形象"，而这种欲望既能够也确实对现时进行否定。但这种概念的作用不同于后结构主义的欲望概念，它是一种自由意志的结构，而不是存在意志的结果。

詹姆逊对总体性的设想，在他对欲望、自由和叙事等概念之间的联系中，清晰地展现了出来。他在讨论安德烈·布勒东（André Breton）的《超现实主义宣言》（*Premier manifeste du surréalisme*）时写道：

> 如果说超现实主义认为，一个真实的情节，一个真实的叙事，代表了欲望本身的真正形象，这并不过分；这不仅按照弗洛伊德的看法纯心理的欲望本身是意识不到的，而且还因为在社会经济关系里，真正的欲望很可能融化或消失在形成市场体系的那种虚假满足的大网之中。在那种意义上说，欲望就是自由在新的商业语境中所采取的形式，除非我们以一般欲望的方式来考虑自由，我们甚至认识不到自己已经失去了自由。[1]

---

[1] *Marxism and Form* (Princeton University Press, 1970), pp. 100–101.

詹姆逊认为，当代批评的主要范畴不是认识论而是道德论。因此他不是构成某种抽象的存在，而是积极否定现时，并说明这种否定会导向一种自由的社会。例如，德里达虽然揭示了当代思想中的二元对立（如言语与写作，存在与虚无，等等），但他却没有注意善与恶这种类似的道德上的二元对立。对此詹姆逊写道：

> 从德里达回到尼采，就是要看到可能存在一种迥然不同的二元对立的解释，按照这种解释，它的肯定和否定的关系最终被思想吸收为一种善恶的区分。表示二元对立思想意识的不是形而上的玄学而是道德；如果我们不能理解为什么道德本身是思想的载体，是权力和控制结构的具体证明，那么我们就忘记了尼采思想的力量，就看不到关于道德的丑陋恶毒的东西。①

詹姆逊把西方哲学和批评从认识论和形而上学转向道德的这种观点，给人们留下了深刻的印象。他对欲望概念的政治化的阐述，在西方具有重要的意义，因而也比后结构主义的欲望概念更多地为人们接受。

大体上说，詹姆逊在《政治无意识》里所展现的理论思想有四个层次。第一，他坚持对各种事物的历史参照，比如人类的痛苦、人类所受的控制以及人类的斗争等；同时他也坚持对著作文本的参照，比如文本中充满对抗的历史语境，充满阶级和阶级矛盾的社会条件以及自相矛盾的思想意识的结构等。采用这种方式，他既接受后结构主义的反现实主义的论述，同时又否定其文本的唯心主义；他承认历史要通过语言和文本的解释进行思考，

---

① *The Political Unconscious*, p. 114.

但他仍然坚持历史的本体存在。第二,他坚持自己的解释规则,即资本主义社会物化过程的协调规则。这种协调采取谱系的结构形式,既不是遗传的连续性,也不是目的的一致性,而是一种"非共时性的发展"(nonsynchronous development)。按照这种观点,历史和文本可以看作一种共时性的统一,由结构上矛盾或变异的因素、原生的模式和语言等组成。因此詹姆逊可以把过去的某些方面看作现时物化因素的先决条件。第三,他坚持一种道德或精神的理解,遵循阿尔都塞的意识形态概念,认为再现的结构可以使个人主体想象他们所经历的那些与超个人现实的关系,例如人类的命运或者社会的结构等。第四,詹姆逊坚持对集体历史意义的政治理解,这一层次与第三个层次密不可分,主要论述超个人现实的特征,因为正是这种超个人的现实,把个人与某个阶级、集团或社会的命运联系在了一起。

实际上,《政治无意识》包含着他对文学方法的阐述,对文学形式历史的系统创见,以及对主体性的形式和方式的隐在历史的描述,跨越了整个文化和经验领域。詹姆逊大胆地建构他的马克思主义文学批评,他认为这是广阔的、最富包容性的理论框架,可以使他把各种不同的方法融入他自己的方法之中。他在从总体上考察了文学形式的发展历史之后,通过对意识形态和乌托邦的"双重阐释"(坚持乌托邦的同时对意识形态进行批判)的论述,确立了真正的马克思主义的解释方法。受卢卡奇启发,詹姆逊利用历史叙事说明文化文本何以包含着一种"政治无意识",或被埋藏的叙事和社会经验,以及如何以复杂的文学阐释来说明它们。在《政治无意识》里,詹姆逊还明确谈到了资本主义初期资产阶级主体的构成,以及在当前资本主义社会里资产阶级主体的分裂。这种主体分裂的关键阶段,在他对吉辛、康拉德和温德姆·路易斯的作品的分析中得到了充分表现,并在他对后现代主义的描述里得到了进一步深化。

《政治无意识》是理解詹姆逊著作的基础。要了解他的理论，必须读这本著作，或者说读懂了这本著作，就克服了他的著作晦涩难懂的问题，就容易理解他所有的其他著作。

四、后现代主义文化研究

詹姆逊对后现代主义的研究，实际上是他的理论计划的合乎逻辑的后果。他最初对后现代文化特征的分析见于《后现代主义和消费社会》一文，而他的综合思考则见于他的《后现代主义，或晚期资本主义的文化逻辑》。根据马克思主义关于资本主义的理论，他对作为一种新的"文化要素"的后现代主义进行了系统的解释。

詹姆逊根据新马克思主义的资本主义发展阶段论的模式，把后现代文化置于社会阶段论的理论框架之内，指出后现代主义是资本主义新阶段的组成部分。他宣称，后现代主义的每一种理论，都隐含着一种历史的断代，以及一种隐蔽或公开的对当前多国资本主义的立场。依照厄尔奈斯特·曼德尔（Ernest Mandel）在其著作《晚期资本主义》（*Late Capitlism*）中的断代方式，詹姆逊提出，资本主义有三个基本阶段，每一个阶段都标志着对前一个阶段的辩证的发展。它们分别是市场资本主义阶段，垄断资本主义阶段或帝国主义阶段，以及当前这个时代的资本主义（通常人们错误地称作后工业资本主义，但最好称作多国资本的资本主义）阶段。他认为，与这些社会形式相对应的是现实主义、现代主义和后现代主义等文化形式，它们分别反映了一种心理结构，标志着某种本质的变化，因而分别代表着一个阶段的文化风格和文化逻辑。后现代主义的主要特点是商品化的思想渗透到各个文化领域，取消了高雅文化和通俗文化的界限；同时，由于现代传媒和电子计算机的广泛应用，模仿和复制也广泛流行。与这两种情况相关，人们开始产生一种怀旧情绪，出现了怀旧文化。詹姆逊指出，后现代主义还是一个时间概念，在后现代社会里，时间的连续性打破了，新的时间体验完全集中于"现时"，似乎"现时"之外一无所有。在理论方面，后现代主义主要表现为跨学科和注重"现时"的倾向。

在《后现代主义，或晚期资本主义的文化逻辑》、《可见的签名》和《文化转向》里，詹姆逊进一步发展了他的主张，从而使他成为著名的马克思主义文化理论家：他一方面保持和发展马克思主义的理论，另一方面对极不相同的文化文本所包含的政治、意识形态和乌托邦思想进行分析。他的著作把文学分析扩展到通俗文化、建筑、理论和其他文本，因此可以看作从经典文学研究到文化研究这一运动的组成部分。

《时间的种子》是詹姆逊论后现代主义的一部力作，是他根据在加州大学欧文分校一年一度的韦勒克系列学术演讲改写而成的。虽然篇幅不长，但因那种学术演讲十分重要，他做了精心准备，此后还用了两年多的时间修改补充。在这部作品里，詹姆逊以他惯有的马克思主义辩证观点和总体性，提出了后现代性和后现代主义的种种内在矛盾：二律背反或悖论。他关心整个社会制度或生产方式的命运，心里充满了焦虑，却又找不到任何可行的、合理的方案，于是便发出了这样的哀叹："今天，我们似乎更容易想象土地和自然的彻底破坏，而不那么容易想象后期资本主义的瓦解，也许那是因为我们的想象力有某种弱点。"然而他并不甘心，仍然试图在种种矛盾中找到某种办法。出于这种心理，詹姆逊在《时间的种子》里再次提出乌托邦的问题，试图通过剖析文化的现状，打开关于未来世界的景观。确实，在《时间的种子》里，每一部分都试图分析判断文化的现状，展望其未来的前景；或者说，在后现代的混沌之中，探索社会的出路。

詹姆逊对后现代性和后现代主义的理论阐述，其基本出发点是对美国后期资本主义文化的反思和批判，是对后现代之后社会形态的思考。这在《时间的种子》的最后一节表现得非常清楚。他这样写道："另一方面，在各种形式的文化民族主义当中，仍然有一种潜在的理想主义的危险，这种文化民族主义倾向于过高地估计文化和意识的有效性，而忽视与之同在的经济独立的需要。可是，在一种真正全球性的后期资本主义的后现代性里，恰恰是经济独立才在各个地方又成了问题。"

从总体关怀出发，詹姆逊认为，现在流行的文化多元主义应该慎重地加以考虑。他以后福特主义为例指出，后福特主义是后现代性或后期资本主义的变体之一，它们基本上是同义词，只是前者强调了跨国资本主义的一种独特的性质。后福特主义运用新的计算机技术，通过定制的方式为个人市场设计产品，表面上似乎是在尊重各地居民的价值和文化，适应当地的风俗，但正是这种做法，使福特公司浸透到地方文化的内心深处，传播其消费主义的意识形态，从而难以再确定地方文化的真正意义。詹姆逊还通过对建筑的分析指出，跨国公司会"重新装饰你们自己本地的建筑，甚至比你们自己做得更好"。但这并不是为了保持自己已有的文化，而主要是为了攫取高额的利润。因此詹姆逊忍不住问道："今天，全球的差异性难道会与全球的同一性一致？"显然，詹姆逊认为，美国所谓的多元文化主义只不过是一种策略，其目的是推行消费主义的文化意识形态，因此必须把它与社会生产关系联系起来加以审慎的考虑。

詹姆逊的所有著作都贯穿着他的辩证思想。但他只能比较客观地面对后现代资本主义的现实，而没有提出解决现实社会问题的办法——这也是当前普遍关注的一个问题。尽管如此，詹姆逊的探索精神仍然是值得尊敬的。也许，一切都只能在实践中求取。

进入古稀之年以后，詹姆逊仍然孜孜不倦，从理论上对资本主义及其文化和意识形态进行探索。在全球化的形势下，他关注世界经济的发展变化，关注全球化与政治、科技、文化、社会的关系，揭露资本主义的内在矛盾，并力图从理论上阐述这些矛盾。在他看来，资本的全球化和高科技的发展可能会导致新的社会和文化革命，出现新的政治和文化形态，但马克思主义的原理并不会过时，而是应该在新的条件下进行新的解释和运用。他仍然坚持乌托邦的想象，认为随着全球化的发展，可能会出现新的世界范围的"工人运动"，产生新的文化意识，而知识分子的任务就是要从理论上对这些新的情况进行描述和解释，提出相应的策略，否则谈论文化研究和文学研究就像空中楼阁，既不实用也没有基础。《未来的考古学》，就是他的一部论述乌托邦的力作。而《辩证法的效价》(Valences of the Dialectic, 2009)则是他对自己所依托的理论的进一步阐述，该书根据辩证法的三个阶段（黑格尔、马克思，以及最近一些后结构主义者对辩证法的攻击），对从中产生的问题进行理论探讨，把它们置于商品化和全球化的语境之中，借鉴卢梭、卢卡奇、海德格尔、萨特、德里达和阿尔都塞等思想家的著作，通过论述辩证法从黑格尔到今天的发展变化，尤其是通过论述"空间辩证法"的形成，对辩证法提出了一种新的综合的看法，有力地驳斥了德勒兹、拉克劳和穆夫等人对辩证法的攻击。詹姆逊自己认为，这本书是他近年来最重要的作品。（原来他想用的书名是《拯救辩证法》，后改为现在的名字。）

随着年事增高，詹姆逊开始以不同的方式与读者分享他的知识积累，近年来先后出版了《黑格尔的变奏》（*The Hegel Variations*，2010）、《重读〈资本论〉》（*Representing Capital*，2011）、《现实主义的二律背反》（*The Antinomies of Realism*，2013）和《古代与后现代》（*The Ancients and the Postmoderns*，2015）。这些著作虽然不像《政治无意识》或《后现代主义，或晚期资本主义的文化逻辑》那样富于理论创新，但他以自己深厚的知识积累和独特的视角，对不同的理论和文学及艺术问题所做的理论阐发，仍然对我们具有明显的启示意义。

五、詹姆逊的历史化

在某种意义上，文学批评与现实世界的关系取决于文学作品的价值。因此，爱德华·萨伊德不止一次说过，这种关系贯穿着从文本价值到批评家的价值的整个过程。在体现批评家的价值方面，詹姆逊的批评著作可以说是当代的典范。2003 年 4 月，佩里·安德森在一次和我的谈话中也说，在 20 世纪后期和 21 世纪初期，詹姆逊的著作非常重要，不论是赞成还是反对，都不可能忽视，因为他以重笔重新勾画了后现代的整个景观——带有宏大的、原创的、统观整个领域的气势。这里安德森强调的是詹姆逊的大胆创新，而这点对理解詹姆逊的著作以及他的学术经历至关重要。

如果全面审视詹姆逊的著作，人们肯定会对他的著作所涉的广阔领域表示赞叹。他的著作运用多种语言的素材，依据多国的民族历史，展示出丰富的文化知识——从城市规划和建筑到电影和文学，从音乐和绘画到当代的视觉艺术，几乎无不涉及。他最突出的地方是把多种不同的思想汇聚在一起，使它们形成一个整体。这种总体化的做法既使他受到赞赏也使他受到批评，但不论是赞赏还是批评，都使他的作品充满了活力。由于他的大胆而广泛的融合，在某种意义上他成了当代设定批评讨论日程的人文学者之一。

因此，有人说，詹姆逊的著作历史体现了对一系列时代精神的论述，而对他的著作的接受历史则体现了对这些论述的一系列反应。对詹姆逊著作的接受大致可分为两类人：一类根据他对批评景观的一系列的测绘图，重新调整自己的方向；另一类继续使用现存的测绘图或提出自己的测绘图。第一类并不一定是不加批判地完全接受詹姆逊的著作；相反，他们常常采取质疑的态度。例如，在《后现代性的起源》里，佩里·安德森虽然基本上同意詹姆逊关于后现代主义的看法，但对他的阐述方式还是提出了批评。第二类基本上拒绝詹姆逊总体化的历史观，因此不赞成他的范式转换的主张。这一类的批评家认为詹姆逊论后现代主义的著作只不过是一种风格的批评，因为它们无视后现代主义更大的世界历史的含义。换句话说，他们忽视了詹姆逊的主要论点：后现代主义是深层的历史潜流的征象，需要探索它所体现的新的社会和政治组织的状况。

对这两种不同的态度的思考可能使我们想到詹姆逊著作的另一个重要方面。也就是说，几乎他每一本新的著作都介入一个新的领域，面对一些新的读者。这并不是说他无视过去的读者，而是他不愿意老调重弹，总是希望提出一些新的问题和论点。就此而言，这与他在《文化转向》里对齐美尔的评论有些相似："齐美尔对 20 世纪各种思潮的潜在影响是无法估量的，这在一定程度上是因为他拒绝将他的复杂思想整合到一个单一的系统之中；同时，那些非黑格尔派的或去中心的辩证法式的复杂表述经常由于他那冗长乏味的文体而难以卒读。"当然，詹姆逊因袭了黑格尔的辩证法，除此之外，就拒绝铸造特定体系和以沉重的散文隐含思想观念而言,他对齐美尔的评价显然也适合他自己。此外,在某种意义上,詹姆逊的影响也常常是潜在的。

总的来说,詹姆逊的影响主要在方法论方面。在他第一部作品《萨特:一种风格的始源》里,他的一些解读方法就已经出现。该书出版时正值冷战时期高峰,单是论述一个马克思主义者本身就具有挑战性,但今天的读者似乎已经没有那种感觉。因此一些批评家认为那本书缺乏政治性,至少不像它的主题那样明显地具有政治性。确实,詹姆逊没有论述萨特哲学的政治内容,而是重点强调他的风格。不过,他实际上强调的是风格中的"无意识的"政治,这点在他第二部作品《马克思主义与形式》里得到进一步发展。无论是其目的还是内容,《马克思主义与形式》都具有明显的政治性,而且改变了政治问题的范围。这两部作品预示了他后来著作发展的某些方面,他对风格的分析不是作为内容问题,而是作为形式问题。

对形式的强调是詹姆逊把非政治的事物政治化的主要方法。正如他自己所说:"艺术作品的形式——包括大众文化产品的形式——是人们可以观察社会制约的地方,因此也是可以观察社会境遇的地方。有时形式也是人们可以观察具体社会语境的地方,甚至比通过流动的日常生活事件和直接的历史事件的观察更加充分。"① 在这种意义上,形式批评为詹姆逊独特的辩证批评提供了基础。在构成这种方法的过程中,他融合了许多人的思想,如萨特、阿多诺、本雅明和卢卡奇等等,但很难说其中某个人对他有直接影响,然而他的著作中又都有这些人的影子。可以说,他的著作既是萨特式的、阿多诺式的、本雅明式的或者卢卡奇式的,

---

① Fredric Jameson, "Marxism and the Historicity of Theory: An Interview with Fredric Jameson," *New Literary History* 29 (3), 1998: 360.

但同时也不是他们任何人的。有人简单地说他是黑格尔式的马克思主义者，但这种说法也不够确切，因为他的立场更多的是挑战性的综合。1971年，他的获奖演讲"元评论"（Metacommentary）所提出的"元评论"的概念，实际上就表明了他的方法。虽然最近这个术语用得不那么多了，但它一直没有消失。"元评论"的基本活动是把理论构想为一种符码，具有它自己话语生产的规律，以及它自己的主题范围的逻辑。通过这种符码逻辑的作用，詹姆逊寻求揭示在这种文本和文本性的概念中发生作用的意识形态力量。

在《马克思主义与形式》之后，詹姆逊出版了他的最重要的著作《政治无意识》。这是一部真正具有国际影响的著作，据我所知，至少已有十种语言的译本。该书刚一出版，就在大西洋两岸引起了强烈反响，受众超出了传统的英文系统和比较文学系，被称为一本多学科交叉的著作。当时多种杂志出版专号讨论他的作品。《政治无意识》产生了多方面的影响，对当时新出现的文化研究领域影响尤其明显。它通过综合多种理论概念，如黑格尔、马克思、康德、弗洛伊德、阿尔都塞、德里达、福柯、拉康等人的，为文化研究的实践者提供了一种有效的方法，使他们可以探索和阐述流行文化和大众文化文本的意识形态基础。

就在詹姆逊写《政治无意识》之时，他已经开始构想另一部重要著作，也就是后来出版的那本被誉为具有划时代意义的论后现代主义的作品——《后现代主义，或晚期资本主义的文化逻辑》。《政治无意识》出版于1981年，同一年，他在纽约惠特尼现代艺术博物馆发表了"后现代主义，或晚期资本主义的文化逻辑"演讲。正是以这次演讲为基础，他写出了那本重要著作。在他出版这两部重要著作之间，詹姆逊在许多方面处于"动荡"状态，1983年他离开了耶鲁大学法文系，转到加州大学圣克鲁兹分校思想史系，1985年又转到杜克大学文学系，其间于1985年下半年还到北京大学做了一个学期的系列讲座。这种"动荡"也反映在他的著作当中。这一时期，他的写作富于实验性，触及一些新的领域和新的主题，而最突出的是论述电影的作品。在此之前，他只写过两篇评论电影的文章，但到20世纪80年代末，他完成了两本专门论述电影的著作：一本是根据他在英国电影学院的系列演讲整理而成，题名《地缘政治美学》；另一本是以他陆续发表的与电影相关的文章为基础，补充了一篇很长的论装饰艺术的文章，合成为《可见的签名》。与此同时，他至少一直思考着其他四个未完成的项目。

有些人可能不太知道，詹姆逊对科幻小说很感兴趣，早在《政治无意识》的结论里，他对科幻小说和乌托邦的偏好已初见端倪，而且在20世纪80年代确实也写了不少有关科幻小说的文章。后来由于其他更迫切的项目，他搁置了一段时间，直到2005年才出版了专门研究乌托邦和科幻小说的著作《未来的考古学》。当时他想写一本关于20世纪60年代的文化史，虽然已经开始，但由于种种原因而未能完成，只是写了三篇文章：《六十年代断代》("Periodizing the 1960s")、《多国资本主义时期的第三世界文学》("Third-World Literature in the Era of Multinational Capitalism") 和《华莱士·史蒂文斯》("Wallance Stevens")。尽管他说前两篇文章与他论后现代主义的著作相关，但他从未对它们之间的联系进行充分说明。关于华莱士·史蒂文斯的文章是他的"理论话语的产生和消亡"计划的部分初稿，但这项计划也一直没有完成，只是写了一篇《理论留下了什么？》("What's Left of Theory?") 的文章。

在探索后现代主义的同时，詹姆逊对重新思考现代主义文本仍然充满兴趣，尤其是与后殖民主义文化相关的文本，如乔伊斯、福楼拜和兰波等人的作品。2003年他出版了《单一的现代性》，以独特的视角对这些作家进行了深入探讨。随后，他将陆续写的有关现代主义的文章整合、修改、补充，于2007年出版了《现代主义论文集》(The Modernist Papers)，该书由中国人民大学出版社以《论现代主义文学》为名于2010年出版）。这些著作仿佛是对现代主义和后现代主义之间的过渡进行理论阐述，但奇怪的是它们出现在他的论后现代主义重要著作之后。关于这一点，也许我们可以认为，他试图围绕后现代主义从各种不同的角度进行验证。

20世纪90年代中期以后，以他的《文化转向》为始，詹姆逊开始从文化理论方面阐述新出现的世界历史现象——全球化。简单说，詹姆逊认为，全球化的概念是"对市场的性欲化"（libidinalization of the market），就是说，今天的文化生产越来越使市场本身变成了人们欲求的东西；在今天的世界上，再没有任何地方不受商品和资本的统治，甚至美学或文化的其他方面也概莫能外。由于苏联的解体和东欧的剧变以及社会主义遇到的困难，资本主义觉得再没有能替代它的制度，甚至出现了"历史的终结"的论调。实际上，詹姆逊所担心的正是这种观念，就是说，那种认为存在或可能存在某种取代资本主义的社会制度的看法，已经萎缩或正在消亡。正如他自己所说，今天更容易想象世界的末日而不是对资本主义的替代。因此他认为当前最迫切的任务是揭露资本主义的内在矛盾以及掩饰这些矛盾所用的意识形态方法。就此而言，詹姆逊的项目可能是他一生都完不成的项目；而我们对他的探讨，同样也难有止境。

此次"詹姆逊作品系列"包括十五卷，分别是：《新马克思主义》《批评理论和叙事阐释》《文化研究和政治意识》《现代性、后现代性和全球化》《论现代主义文学》《马克思主义与形式》《语言的牢笼》《政治无意识》《时间的种子》《文化转向》《黑格尔的变奏》《重读〈资本论〉》《侵略的寓言》《萨特：一种风格的始源》《古代与后现代》。这些作品基本上涵盖了詹姆逊从 1961 年至 2015 年的主要著作，其中前四卷是文章汇编，后十一卷都是独立出版的著作。考虑到某些著作篇幅较短，我们以附录的方式补充了一些独立成篇的文章。略感遗憾的是，有些作品虽然已在中国出版，但未能收入文集，如《可见的签名》、《未来的考古学》和《辩证法的效价》等，主要是因其他出版社已经购买中文版权且刚出版不久，好在这些书已有中文版，读者可以自己另外去找。

对于"詹姆逊作品系列"的出版，首先要感谢中国人民大学出版社，在几乎一切都变得商品化的今天，仍以学术关怀为主，委实令人感动。其次要感谢学术出版中心的杨宗元主任和她领导下的诸位编辑，感谢他们的细心编辑和校对，他们对译文提出了许多建议并做了相应的修改。当然，也要感谢诸位译者的支持，他们不计报酬，首肯将译作收入作品系列再版。最后，更要感谢作者詹姆逊，没有他的合作，没有他在版权方面的帮助，这套作品系列也难以顺利出版。

毫无疑问，"詹姆逊作品系列"同样存在所有翻译面临的两难问题：忠实便不漂亮，漂亮便不忠实。虽然译者们做了最大努力，但恐怕仍然存在不少问题。我们期望读者能理解翻译的难处，同时真诚欢迎读者提出批评和建议，以便今后再版时改进。

王逢振
2018 年 5 月

献给拉贾娜·卡纳和斯里尼瓦斯·阿拉瓦穆丹

目 录

第一部分 我们的古典主义

第一章 叙事的身体：鲁本斯与历史 …………………… 3
第二章 作为戏剧家和讽喻家的瓦格纳 ………………… 35
第三章 马勒的超越和电影音乐 ………………………… 77

第二部分 电影中的后期现代主义

第四章 安哲罗普洛斯和集体叙事 ……………………… 147
第五章 索科洛夫作品中的历史与悲歌 ………………… 168
第六章 《十日谈》与《十诫》 ………………………… 181

第三部分 后现代作品中的改编实验

第七章 欧洲垃圾？还是导演歌剧派？ ………………… 203
第八章 奥特曼与国家民众，民族苦难与总体性 ……… 229
第九章 全球神经漫游者 ………………………………… 249
第十章 现实主义与《窃听风云》中的乌托邦 ………… 269
第十一章 德累斯顿的时钟 ……………………………… 287
第十二章 多种反事实的社会主义 ……………………… 303
第十三章 肮脏的小把戏 ………………………………… 315

索 引 ……………………………………………………… 332

第一部分
我们的古典主义

图 1-1 慈悲坛，十四圣徒大教堂，1743—1772，
巴德·斯塔菲尔斯泰因，德国

Mercy Altar, Basilica of the Fourteen Holy Helpers (also Basilika Vierzehnheiligen), 1743 - 1772. Bad Staffelstein, Germany

第一章　叙事的身体：鲁本斯与历史

亚历山大·克鲁格[①]曾经评论说，现代主义就是我们的古典主义，我们的古典风格。这就是假定它已成过去，但若如此，那么它始于何时？这就是一个问题，或一个伪问题，当它不是关于讲述历史的故事时，它导致一些关于现代性本身更深刻的问题。我自己将（似乎必须）以一个武断的看法开始，就是说，现代性始于特利腾大公会议（1563年结束）[②]——据此巴洛克成为第一个世俗阶段。不过，我要说这并不是一个反常的主张，像它乍看上去那样：因为，如果我们必须把巴洛克与整个基督教世界宏伟的教堂建筑相联系，必须与宗教艺术鼎盛时期相联系，那么我们就有一个现成的解释。

随着现代性和世俗化，宗教陷进了社会领域，也就是分化的领域。它变成了其他的世界观之一，许多世界观当中的一种特殊化的世界观：一种在市场上推销和兜售的活动。事实上，面对后现代主义，教会决定为其产品掀起第一次大规模的广告运动。在

[①] 亚历山大·克鲁格（Alexander Kluge, 1932— ）是一个身兼电影导演、编剧、制片、旁白解说、演员，电影理论家、评论家，小说家，学者，影视企业家以及社会批评家的奇人。从上个世纪60年代起，他积极地活跃在德国影坛、文坛、学界和各种重大社会事务中，特别为德国影视艺术、影视文化政策以及影视企业经营做出了重要贡献。——译者注（本书所有脚注均为译者注，故后文不再标示。）

[②] 特利腾大公会议（Council of Trent）是教会第十九届大公会议，从1545年12月13日开始至1563年12月4日止，含四阶段共二十五场会议，中间经历过三位教宗。特利腾是一小城，位于意大利北部。这个酝酿了二十五年的大公会议召开的目的，除了规定并澄清罗马公教的教义之外，更主要的是进行教会内部的全盘改革。

路德之后，宗教开始了标牌竞争；罗马极力实行通常那种胡萝卜加大棒、文化加压制的双重策略，一方面是画家和建筑师，另一方面是教长和宗教法庭。马拉沃尔的论点——即巴洛克是公共领域和大众文化领域的第一次伟大发展——因此得到了证实和确认。[1]

但是，我们可能很想以另一种情况扩展这种断代的前提，一种非常不同的前提。黑格尔认为，有一个时刻，在宗教之后，艺术承载了表达上帝的使命，但这个时刻迅速被哲学取而代之。[2]这是我们可能想完成的一种历史理论，通过提出，甚至按照他的看法，各种艺术在这种使命上的机会也不均等，在不同的年代、不同的时期机会也不相同（稍后我会谈到音乐）。此刻，我们并不需要直接攻击上帝的概念，但肯定可以从那种奇怪的含义中推断出某种结论，即，在某个特定的时刻宗教不再能承担它的使命。这个时刻无疑是"宗教的终结"的时刻，"宗教的终结"是一种深刻的黑格尔式的理念，我们可以根据著名的同样隐含于这些阐述中的"艺术的终结"之模式对它构建（但与科耶夫声名狼藉的"历史的终结"无关）。[3]

因此似乎可以假定"宗教的终结"给我们带来世俗化，可能还带来路德的宗教革命，它把通过宗教组织的文化转变成一个特殊的空间，在这个空间里，那种仍然称作宗教的东西变成了基本上属于私人的问题，变成了一种主体性的形式（其他多种形式当中的一种）。就此而言，其后果是，作为承载上帝使命的艺术之顶峰出现在文艺复兴/变革时期，并在那个世纪非同寻常地繁荣，而当时一般都认为其特点是巴洛克风格，它以莎士比亚的戏剧开始，（经过差不多一个世纪对这个概念的扩展）以十四圣徒朝圣教堂的建筑结束（或者甚至可能以巴赫的精妙的音调体系结束）。[4]巴洛克风格是戏剧的巅峰时刻，伊丽莎白时期的风

第一章 叙事的身体：鲁本斯与历史

格只是西班牙戏剧（卡尔德隆）和法国古典主义（包括沃尔特·本雅明在其《德国悲苦剧的起源》一书引用的那种不甚著名的德国游戏书）的前奏，但戏剧也包括新出现的歌剧（也许可以并不夸张地说，在那些早期形式里已经预示了瓦格纳音乐剧的影子）。

我们承认，这是一个在诸多事物和经验方面都贫乏的时代：在技术复制之前，缺少形象，更不用说广告；没有收音机，没有报纸，甚至资产阶级也没有；没有乐器音响，除了那种称之为人声的基本乐器；缺少连续审美感受的丰富背景，以至于在我们自己的形象和景观社会里很难界定艺术，但它在这里局限于专门化的、不连续的一些时刻，如表演的时刻、节日的时刻，甚至是奢华空间的时刻，这些在那个时期都仍然局限于教堂和宫廷。我们必须努力想象一个电影（和电视）出现之前的时期；一个没有小说的世界；一个因此也缺少叙事的世界。于是在这个新的世俗化的世界里，戏剧便成了正当其时的审美迸发，当时主要的兴奋是在不受保护的农村里突然从外面来了雇佣兵，他们残酷地掠夺这些村庄——人们记得，对于尼采，以及对于他很久以后的阿陶德（Artaud），残酷是一种审美快感的基本特征。

此外，在这个世界的小城镇和田野里，令人惊讶的形容词——barroco（巴洛克）——使今天的我们看到超验的阳光突现，看到过于丰富的物质装饰和语言修饰——审美快感局限于偶然相遇的冲击——例如在圣母大教堂昏暗的附属小教堂里，卡拉瓦乔的《圣彼得的十字架》的图像突然闪亮。我们今天必须想象那种冲击；它一定是偶然事件，在国家美术馆里，伦敦下午的厌烦突然被鲁本斯的巨幅《力士参孙和戴丽拉》震住了。实际上，整个漫长的17世纪都在这里，在卡拉瓦乔和鲁本斯之间的力场里，这些叙事主体斗争的巨大空间悬置在我们眼前令人难以相信的、炫目的油彩里。

我想考察这种作品可能性的历史条件,但我首先会把尼采著名的或实际上臭名昭著的审美概括读进这种记载中,表面上它在这里可能并非最明显的参照,确实,表面上它像是源自非常不同的兴趣的线索交叉。事实上,这种对尼采的参照记载着我试图进行的理论阐述,从理论上阐述19世纪文学的情感形成,我认为他既是这种情感形成的理论家,又是它的一种征象。他认为美学的特征是一个生理学问题,这种看法在这里足够充分了,而这一典型的19世纪的(或"颓废的")看法与17世纪的相关性,稍后必然会为之辩护。无论如何,下面是我想回顾的段落:

> 若要艺术存在,若要任何审美活动或感知存在,某种生理的先决条件必不可少:陶醉。陶醉必然已经首先提升了整个身体可能的兴奋;在这种情形发生之前不可能有任何艺术。各种陶醉,不论它们的起因多么不同,都具有这样的力量。首先,性兴奋的陶醉,这是最古老和最原始的陶醉形式。与此相似,陶醉出现在对所有巨大欲望、所有强烈感情的激发之中:陶醉于盛宴,陶醉于竞争,陶醉于英勇行为,陶醉于胜利,陶醉于一切极端的激动;陶醉于残忍;陶醉于破坏;陶醉于某些天气的影响,例如陶醉于春天;或者陶醉于某些麻醉剂的影响;最后,陶醉于意志,陶醉于一种过度膨胀的意志。——陶醉的本质是对充足富裕的能量的感觉。由于这种感觉,人们纵情于事物,人们强迫它们接受,强奸它们。——人们把这个过程称作理想化。[5]

通过精神化,尼采指的是纪德援用的那种"遥远的道路",那种"对外形可怕的腐蚀",而不是冲淡精神化或理智化。现在

Rausch（大意是陶醉）一词在这里很难翻译；考夫曼译成"迷乱"，大卫·克雷尔译成"狂喜"——我觉得，一个太灵活，即使不是过分，而另一个太刻板忠实。海德格尔肯定不需要翻译，但他把这种状态解释为权力意志的原始形式，以此强调尼采所说的"对充足富裕的能量的感觉"，而实际上与尼采的整个描写所希望表达的生理上的陶醉并不一致。

因此，我认为郝林代尔（Hollingdale）的直译"陶醉"最好地保留了德文词"Rausch"的多重模糊的含义。同时，如果我们想纯化这个术语，使它重新限定尼采的真义，将它等同于狄奥尼索斯，那么就应该在这段之后的第二段补充尼采所正确援用的阿波罗的"陶醉"，这种陶醉首先是眼睛的活动，是视觉的（正如强化了的狄奥尼索斯的形式征服了耳朵，在音乐里找到了它强化的形式）。

然而，阿波罗的陶醉更加暧昧不明：不清楚"眼睛的陶醉"会采取什么形式；我们沿着那些线索在概念方面得到的一切就是窥淫癖，而它在这里可能合适也可能不合适；但任何信奉绘画经验的人，都会觉得对于明显不同的经验缺少一个名字。就尼采而言，需要指出的是，不仅他的眼睛不好，他的视力长期受困，几乎总是头疼使情况加重，而且总的来说，他几乎没有什么对绘画和视觉艺术的参照，这在某个愿意不断谈论自己对其他艺术的兴趣的人看来是一种奇怪的沉默。简单说，他不是一个明眼的观察者，而是一个非常弱视的人。因此，除了以老套的方式援引希腊的雕塑艺术之外，他并不特别想思考或者从理论上阐发这个问题——使他特别强调，他希望使他的美学概念，尤其是阿波罗的陶醉概念，远离标准的（德国的）对古典的看法。所以，存在着需要填充的概念断裂，但我不指望可能在这里修补。

我自己当前的兴趣是对情感和激动做一种历史的区分，因此，我的目的是根据情感的迸发来理解尼采的"Rausch"或陶醉，而不是根据对这种或那种所谓情绪的表达或同情的接受来理解。(尼采还帮助确认一种情感理论，把它作为一种不可命名的对身体状态的衡量，从抑郁到欣悦，严格抵制对各种历史和传统的"激情理论"所列举的物化的意识客体进行区分。[6]) 情感是身体的感觉，而激动是意识的状态；我对这些各不相同的巴洛克作品进行质询的方法，其前提是情感在现代主义时刻进入了绘画，这个时刻是马奈和印象主义的时刻，是身体的感觉嵌入绘画油彩的时刻。就此而言，在卡拉瓦乔或鲁本斯的作品里发生的，除了只是以内容再现一种激情，而不是按照亚里士多德那种心理学的方式以修辞呼唤激动的反应，我们发现的东西是什么呢？换言之，我还想拒绝那种容易的解决方法，即把卡拉瓦乔的明暗对照或鲁本斯的笔触只是理解为对绘画这种媒体的现代前景的预示。

但同样清楚的是，在对这些作品的任何探讨中，媒体和技术的历史都会发挥它的作用。而对这种历史的理解必须考虑它与社会历史的相互作用，就是说，要考虑人类关系的历史以及它们所产生的历史主体性；还必须考虑具体艺术本身与叙事性的关系，与叙事方法可用性的关系，其中两个层面——先进的媒体技术层面，在社会领域形成的多种人类关系和相互作用的层面——都可以得到更充分的运用。我们也许还要制造一个分离的空间，以便收集叙事艺术中的先例、故事和传奇，视觉领域里的先驱，听觉领域里不同年代的音乐演练：这个层面可以等同或区别于艺人地位的社会发展，等同或区别于对他的产品的经济需要，也就是他的公共性的发展。

个体作品处于所有这些层面或条件的会合处；音乐可以再次

第一章 叙事的身体：鲁本斯与历史

作为实例，说明某些层面或条件缺失时会发生什么；在音调出现之前，任何类似形成纯粹音乐的东西——例如，形成像贝多芬那种杰出的多维度——都还是不可能的。某些相同条件的消失也引起了一个有趣的历史问题：例如，17世纪以后，悲剧逐渐消亡，更不用说史诗本身的消失。

无论如何，我们这里的主题是那种艺术全盛时期，那种独特的可能性的结合，在这第一个伟大的世俗时期，即巴洛克时期，可以解释我前面提到的艺术成就，所以我想根据故事和先例的积累开始进行探讨。让我们看看那种奇特的历史和文化遗产，即耶稣基督身体的概念。在西方，如果没有这一身体的帮助，视觉艺术的发展是难以想象的，包括从身体的诞生到它的痛苦和死亡（甚至包括性行为，利奥·斯坦伯格在一篇著名文章里曾说明这点）。[7]

因此，在对身体各种姿态及潜力的再现中，耶稣基督的身体可以作为无数实验的实验室；这些实验使戏剧舞台能够展现同样无数的戏剧——叙事的——场景，它们采取极为有力的、电影摄影技术的方式，远远超出文艺复兴高潮时期各种不同的静止或僵化的框架。希望我的主张不至于太过武断，我认为，这种意义上的身体——我称它为叙事的身体，而不是三维度的身体——确实只能出现在巴洛克时期，出现在卡拉瓦乔的油画当中。

但是，让我们更具体地谈谈耶稣被钉在十字架上的情形，因为它对西方画家是一个丰富而非同寻常的资源。抛开各种不同的神学杂技（它们本身是西方哲学的特殊资源），这种主体的独特特征是它对成功与失败、超越与灭绝、生与死的辩证同一。

古代与后现代

图 1-2　彼得·保罗·鲁本斯,《十字架上的耶稣》(1627),
罗克斯博物馆, 安特卫普

Peter Paul Rubens, *Christ on the Cross* (1627), Rockoxhuis Museum, Antwerp

我们可以推测,在此之前这些对立是分离的、明显的;一方面是胜利的、健康的和生气勃勃的,另一方面是垂死的、受伤的、残疾的和痛苦的。现在,也许是第一次,这些对立的事物统一了起来;死亡可以表达再生,肉体的痛苦和悲伤可以代表理想化的生命,失败和处死可以代表胜利和成功。于是,根据再现的情形,耶稣被钉死在十字架上促成了一场革命,改变了人类有机身体的再现所能表达的意义和后果,这不仅是一场艺术革命,而且还是一场观念革命,不仅是知觉的变革,而且还是意识形态的变革。我觉得这里某些类似的解释,可以适用于同一时期同样独特的悲剧戏剧类可能性,但我不想在这里对此进行探讨。

第一章　叙事的身体：鲁本斯与历史　　11

对于最不高尚的身体和身体状态的肯定的内容，钉死在十字架上提供了这种奇特的意识形态的开端。但它也提供了某些独特肉体的开端和新的可能性。想想把死的身体从十字架上放下来是一个多么复杂的问题。这无疑可能是个喜剧问题，如像在索科洛夫（Sokurov）的《第二层地狱》（*The Second Circle*）里，需要以各种危险的体操方式把棺材抬下狭窄的楼梯；人们也可以强烈地想象唯美的漫画家对救赎者的尸体做同样的事情。但这一前提只能有助于我们更敏锐地意识到，在思考这种肉身主体的种种可能性时，伟大的叙事性画家必须面对什么，他们需要面对什么。

图 1-3　马蒂亚斯·格吕内瓦尔德，《伊森海姆祭坛：被钉在十字架上》（1512—1516），云特蓝顿博物馆，科尔马，法国
Matthias Grünewald, *Isenheim Altarpiece*: The Crucifixion (1512–1516), Musée d'Unterlinden, Colmar, France

图1-4 米开朗琪罗·博纳罗蒂，《圣母怜子图》（1498—1499），圣彼得大教堂，梵蒂冈城

Michelangelo Buonarotti, *Pietà* (1498-1499), St. Peter's Basilica, Vatican City

在《圣母怜子图》里，身体的适应性可能已经被戏剧化了，但它似乎更多的是再现母亲的场景，这点我们很快就会看到。不过，新的叙事性身体的关键特征——迄今人们也许主要在雕塑艺术里发现——纯粹是重量和质量。人们将会明白，《圣母怜子图》只是传递一种无生气的、负重的感觉，而被钉在木板上的耶稣躺在地上在情感方面则完全是欺骗，虽然由于各种不同的原因人们对卡拉瓦乔的《圣彼得的十字架》不会这么说。至于升华，它当然是崇高的（正如在著名的硫磺岛①摄影中所见证的它的来

---

① 硫磺岛（Iwo Jima），地名，二战时美军和日军曾在此地激烈战斗，之后有以此地为背景的电影和许多摄影作品。

世），但那种呈现它所传递的地球引力的巨大拉扯，回应的却是耶稣受难的身体，而不是神圣的形式本身；诚然，它可能表示生理上某种更奇特的东西，就是说，向上运动感到晕眩，如在福楼拜的《萨朗波》里施刑时那样——显然那是与19世纪的衰败相应的情感，与我们这里的人不同。[8]

图1-5 米开朗琪罗·梅里西·德·卡拉瓦乔，《圣彼得的十字架》(1601)，圣玛利亚教堂，罗马
Michelangelo Merisi de Caravaggio, *The Crucifixion of Saint Peter* (1601), Santa Maria del Popolo, Rome

图 1-6　彼得·保罗·鲁本斯,《升起十字架》(1610),
圣母大教堂,安特卫普
Peter Paul Rubens, *The Elevation of the Cross* (1610),
Cathedral of Our Lady, Antwerp

图 1-7　彼得·保罗·鲁本斯,《从十字架降下》
(1612—1614),圣母大教堂,安特卫普
Peter Paul Rubens, *Descent from the Cross* (1612 - 1614),
Cathedral of Our Lady, Antwerp

第一章　叙事的身体：鲁本斯与历史

所以只有从十字架降下来才适合这种目的：对身体关节的多重连接在这里被戏剧化了，而且方式多种多样，人们很难再以其他姿态再现它们。我们可以假设，只有在这种演练之后，人类的身体才能做出各种各样的手势和姿态，满足我们关注的那种真正叙事性的绘画的需要。换句话说，解剖剧场中的身体只不过是在解剖学上正确地再现身体某个静态姿势的先决条件；只有对运动中的身体进行剖析，如像从十字架上艰难地放下来那样，才能证明多种多样易发生变化的姿态。只有这种多样的适应性，才能打开我们称之为叙事性身体出现的可能性。

对于这第一种复杂的可能性，我们现在在必须增加引力的问题，增加重量和质量的问题，最好增加死亡身体的重量，这样就完成了早期绘画中发展的那种三维度的抽象教训。自相矛盾的是，死亡身体的重量——由于它自身在这里可以被戏剧性地体验，而不是在解剖剧场中那种俯卧不动的人物身上体验——应该是为人类形态增加叙事生命之可能性的东西；当然，人们不想以单纯的哲学方式运用这种悖论，如对立面的统一，单是死亡或限制就使生命成为可能，等等。或许我们这里唯一需要强调的是，我们身体的潜力——不仅行为和运动的潜力，而且还有变成无生命客体纯质量的潜力——可能单是这种潜力，为我们拟人的幻象增添了真正的物质性，使某些真正唯物主义的绘画成为可能。十分奇怪，正是这种死亡身体的重量使我们在这些巨幅的画布面前感到惊愕和有趣，使画家那种新的明亮色彩戏剧性地发生作用，打开了利奥塔所称的对这些形式的力比多投入的可能，而这在米开朗琪罗或曼特纳那种十分厚重的色彩里不可能实现，例如：耶稣缩短的双腿在我看来是个上佳的形象——但与麦当娜死一般的肮脏的双脚不是同一个等级，那双脚使她的赞助者大为恼怒——因此年轻热情的鲁本斯不惜重金在曼图阿为他的雇主抢购了卡拉

16 古代与后现代

14

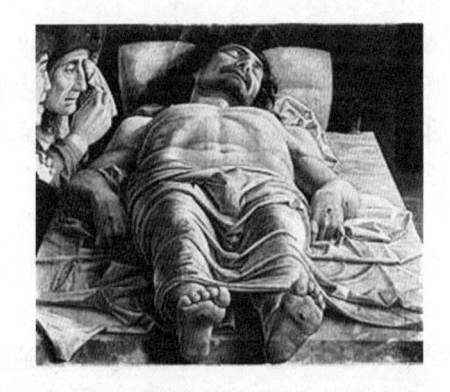

图 1-8　安德烈亚·曼特尼亚,《哀悼基督之死》
(1480),布雷拉宫,米兰
Andrea Mantegna, *Lamentation over the Dead Christ* (c. 1480),
Pinacoteca di Brera, Milan

图 1-9　米开朗琪罗·梅里西·德·卡拉瓦乔,《圣母之死》(1606),
卢浮宫,巴黎
Michelangelo Merisi da Caravaggio, *Death of the
Virgin* (c. 1606), Musée du Louvre, Paris

第一章 叙事的身体：鲁本斯与历史

瓦乔一幅画作。[9]我想论证的是，力比多的投入——远比单纯的肉欲兴趣复杂得多——是一种根本不同的、全新的经验，对于那种视觉的或阿波罗的陶醉，它也许开始为我们提供关于其真正性质的线索，而那种陶醉甚或凝视的冻结，尼采只能在瞬间看到。这种情形似乎不只是目的论的进一步探讨，也不是知觉的发展，虽然我没有技术知识来充分论证那种特征。

姿势，死亡重量：现在我们需要对无数种从十字架上降下补充最后一个特征，这完全是另外一种不同的特征。因为在这种特定的境遇里，孤独的、死亡的身体具有一种尚未提及的非常特殊的性质：它需要许多帮手，如果它周围没有许多其他活着的人那是不可能的，因此尸体必然是深刻集体性的，尽管这显得奇怪。因为单是在这里，个人的客体，甚至个人的身体，不可能孤立地存在，就是说，不可能作为它的个体画像存在；它需要操控，它要通过许多活着的个人的劳作来界定，有人大声警告和命令，另外有人抓住突然悬空的胳膊，尽量避免因没有想到的重量而造成的不平衡，或者因几乎难以承受的重压而极力挺住自己。结果，人类身体能够具有的所有姿势，也就是尸体本身，现在召唤许多各不相同的活的姿势和姿态以集体伴随的方式在它周围形成存在——多种多样拉扯的姿势大大超出了一二个人移动某个东西的努力，或者，实际上把一个沉重的十字架举到空中。因此，当我们说到从十字架上降下时，我们必然已经诉诸某种社会的总体性，这种集体性转而成为把封闭的绘画作为整个世界的条件，作为画框内完整的东西充斥我们的眼睛。

此后，画家能够直接免除文本的前提，即被钉死在十字架上，并在多种其他情境里重新创造这些可能性，例如卡拉瓦乔那些殉难的绘画，其中并没有坠落的行为。确实，它们根本不再需要包括这种宗教传统，于是就来到我主要关注的绘画，虽然它有相当多的《圣经》参照，但在其行刑和含义方面明显是世俗的，我想说的是鲁本斯伟大的《力士参孙和戴丽拉》。

图1-10　彼得·保罗·鲁本斯，《力士参孙和戴丽拉》（1609—1610），国家博物馆，伦敦

Peter Paul Rubens, *Samson and Delilah* (1609–1610), National Gallery, London

这里，我们也面对着一种死亡重量，但它是一个睡着的身体；然而它仍然带有一种古老的流行语言所称的死的性质：

爱人久久地持续安睡……

这确实是爱的睡眠，筋疲力尽的满足，完全不同于卡拉瓦乔的（或鲁本斯本人的其他）绘画，它散发着性的气息。因此，这里力比多不是我们标准的后结构主义的欲望概念，但也许是真正的非弗洛伊德和反弗洛伊德的东西，或非拉康的东西，它是充分满足的欲望，它的睡眠本身就是一种超然的形式。单从身体重量方面看，这是一种远比被钉在十字架上更完美的生与死的统一——力士参孙肯定比任何耶稣更重，他悬着的胳膊，不论是纯粹的力量还是放松，都比耶稣的整个身体更有物质性和肉感。

单只悬着的胳膊就决定了肢体的姿势，并决定了可以比作我们描写的坠落的整个身体的姿势，然而该画以一种睡态连接其框架，像死亡那样令人激动，并在完善其结构中施以变化。

所以这里死亡重量是有机生命本身性交后的沉睡，在这种令人激动的静态中，力士参孙传奇般的英雄行为比在任何动作绘画或个人行为中得到更充分的、更吸引人的表达。这并不是色情的，因为任何可能被认为在这里记载的那种人所共知的性行为，我觉得都被绕了过去，在沉睡的叙事身体那里变成了生命本身。诚然，夏马相信，"戴丽拉流水似的猩红色丝绸睡袍重现了性狂喜后的阵痛"；但他也说力士参孙"感情粗野，全能造成了无能"[10]，不过这决不是我对事物的看法，除非"粗野"一词在这里只是表明一种力量，一种超越常人及其范畴和性格学的力量（参见《圣克里斯托弗身背圣子》）。当然，这里力士参孙在基因上与绘画里的其他任何人物无关，但那是因为英雄或尼采的所谓超人完全超越了那些范畴。不过，耶稣也是如此，我们必须理解这种叙事性身体神化的方式，它必定大于并不同于观看者——正如绘画本身必定巨大，色彩本身是超人的：巴洛克布料我们从未接触过，其珠宝（如果有的话）比通常的人眼还大，动作本身宛如地震摇动似的。一旦我们感到这种强烈的夸大，观看者的眼睛就陷入陶醉或阿波罗式的陶醉，完全不同于狄奥尼索斯式的疯狂激动的音乐抑或诗的语言。确实，正是在这种意义上，弥尔顿而非莎士比亚更贴近巴洛克语言：

　　　　现在寂静的夜幕降临，暮色昏暗，
　　　　她身上的穿着独特庄重；

图 1-11　彼得·保罗·鲁本斯,《圣克里斯托弗身背圣子》(1612—1614),圣母大教堂,安特卫普
Peter Paul Rubens, *Saint Christopher Carrying the Christ Child* (1612 - 1614), Cathedral of Our Lady, Antwerp

沉默为伴,因为野兽和飞鸟,
进入它们的草窝,飞进它们的鸟巢,
只有醒着的夜莺挂在树上;
她多情的歌声彻夜飘落;
静默中感觉愉悦。

(《失乐园》Ⅳ,598-605)

弥尔顿美妙的关于静默的语言不仅带有意大利风格,一种绘画的艺术;观看者本身也未被忘却:

第一章 叙事的身体：鲁本斯与历史

> 无法言喻的欲望有待发现，并了解
> 所有他这些绝妙的作品，但主要是男人，
> 他主要的快乐和喜爱。
>
> 《失乐园》III，661—664

人们只需补充明显的东西，就是说，弥尔顿的力士参孙不是鲁本斯这种感性胜利的续篇，而是表达政治失败的经验，在超人的革命热情毁灭后的那种经验。

除了力士参孙睡眠的图像层面（作为《圣子恋母图》的变体），以及我们可以称作这个人物的力比多投入，我们还可以注意它在形式或叙事层面上的价值。探讨叙事艺术的这个时刻所采取的路线，通过并超越了莱辛在《拉奥孔》里论述的那种有争议的方式，即讲述故事在于选择情节中"最令人满意的时刻"，在这种时刻，所有各不相同的个体行动以及它们不同的暂时性，汇聚成一个独特的并以独特的方式可见的关键节点。

"一起存在的客体（并列）或其部分一起存在的客体被称之为身体。相应地，身体因其可见的特征成为绘画的正当客体。在时间上相互接续的客体（序列）或部分在时间上相互接续的客体称作动作。它们相应地成为诗歌（文学或这里的叙事）的客体……在其混合共存中，绘画只能利用单独时刻的动作，因此必须选择最富于深刻含义的时刻，由此我们可以最清楚地理解在时间上那个时刻之前和之后的东西。"[11]

十分清楚，我这里的论点是要假定这两个维度的综合——真正的叙事身体超越莱辛的线性序列，超越他的一个时刻接一个时刻，超越他的时间上的前后。其含义是存在着两种时间，一种是绝对的现在，另一种是历时的或连续的从过去走向未来的时间性，但我不可能在这里进一步论述这一点。

因为莱辛对这种时刻的强调在某种意义上把它物化了，并且

产生出一种线性时间,这种时间性在其他媒体里有许多更明显的对应或再现——例如,电影里静止的画面,或者一度在戏剧里非常流行的第十八舞台造型,即所有的演员突然出人意料地集聚在一起,做出一幅绘画中的姿势。(电影里对应的是布努埃尔[①]的《维里迪亚娜》那种著名的时刻,在这部电影里,乞丐的盛宴突然以里奥纳德的《最后的晚餐》中的态度受到遏制。)同时还有一些有趣的当代作品,它们利用上流社会沙龙矫揉造作的衍生效果,使这种形式方法构成一种沉思或再现,一种深刻的现代主义转向——我想到电影里拉乌·鲁兹[②]的《被窃油画的假设》,或者詹姆斯·科尔曼(James Coleman)的录像装置。

在这些不同的场景背后,不仅存在着围绕那个"时刻"特定的时间构建,而且存在着特定的表达方式(就是说,表演和戏剧模仿的方式):即炫耀的手势和面部的怪相,它们适合一系列的程式化风格,呈现出最坏的无声电影表演的特点(以及那个时期最坏歌剧的特点)。这就是威胁着审美最佳时刻的面相风格:一系列设计好的符号让观看者解读,传递场景中每一个参与者的行为或反应的意义。于是这成了低水平的巴洛克叙事绘画的常规风格,甚至卡拉瓦乔自己也难以摆脱它的影响——例如,他赋予绘画里的观看者以恐怖或惊讶的怪相,以浮夸的方式让我们分享他

[①] 布努埃尔(Luis Bunuel,1900—1983),西班牙著名电影导演,他导演的电影多采用超现实主义的摄影技巧,以反教会和讽刺社会生活中的虚伪为主题。在半个世纪的创作生涯中,他将超现实主义创作方法与叙事完美结合,有机地融入他的 32 部作品当中,被誉为"超现实主义电影之父"。《维里迪亚娜》(Viridiana)是他的代表作之一。

[②] 拉乌·鲁兹(Raoul Ruiz,1941—2011),法国著名导演。1941 年生于智利,1973 年流亡法国。此后数十年间在法、荷、瑞、德等地拍摄了大量优秀的艺术电影和先锋电影,被评论家誉为最具革新意识和创造力的电影大师。《被窃油画的假设》(The Hypothesis of the Stolen Painting)是一部备受影坛关注的黑白先锋电影。

们的反应。

图 1-12 米开朗琪罗·梅里西·德·卡拉瓦乔,《圣马修殉难》的一个细节 (1599—1600),圣路易·黛·弗朗西,罗马
Michelangelo Merisi da Caravaggio, detail from *The Martyrdom of Saint Matthew* (1599-1600), San Luigi dei Francesi, Rome

但在当前这幅画作里,力士参孙的睡眠完全阻碍了这种审美方式。它看上去颇像绘画自身面临着审美最佳时刻的各种危险:老女人端着灯,年轻的男人剪下一绺头发,持枪的男人在打开的门口等着。然而,所有这些都是时间的进程,而不是展开事件的时间性里的孤立时刻。但首先,正是力士参孙的沉睡改变了这里聚合的身体,使它们的结合超出正常附加的时间性或线性的时间性:因为确切说睡眠不是一个可以用摄影方式捕捉的事件。甚至在时间里,它对行动的影响也像是一种引力的力量;它的静止强度把一切事物都拉进一个不同世界和不同再现的时间性之中:叙

事的身体改变了叙述本身的真正性质。

另一方面，可以论证说，从叙事的视角看，力士参孙前历史的命运不如他后来的命运重要，在大多数人看来，叙事中的这个插曲——剪掉头发，失去他超人的力量——只是高潮的前奏，就是说，在他失明以后很久，力士参孙神奇地恢复了他的力量，以便使异教的圣堂塌落在他的敌人头上（以及他自己的头上）：一种壮举——一种自杀式的爆炸——恢复了他作为传奇英雄的荣耀和地位。换言之，不是戴丽拉的插曲，而是最后这种自我牺牲的英雄行为，才构成了力士参孙的真实命运，并因此使叙事持久不忘。倘若如此，那么鲁本斯在这里使人难忘的那个时刻本身就从属于一个更大的、不在场的叙事**时序**。

但你完全可以有理由认为（就是说，我在这里会认为），鲁本斯的绘画不仅承认那种传统叙事并以某种方式对它重构，而且还使它去叙事化。用我自己的话说，他抛开了顺序时间——命运的过去—现在—将来——以便达到意识的一种永恒的现在。这是叙事内容通过象征促成的一种替代。象征是基督教运用的一种方法，通过这种方法，它使《圣经·旧约》适应《圣经·新约》的启示：于是力士参孙的失明提前预示了耶稣的死亡和坠入地狱，他最终对圣堂的毁灭象征着耶稣的复活。但是，在那个世俗时期开始出现的逆反象征里（鲁本斯是代表之一），失明不再是弥尔顿着力表达的形象：

> 啊！黑暗，黑暗，黑暗中间月亮的强光……
> 太阳对我是黑暗，
> 月亮像是寂静
> 当她抛弃了黑夜，
> 躲进无月期间空空的洞里……
>
> （《力士参孙》，80，86—89）

第一章　叙事的身体：鲁本斯与历史　　25

　　我相信，在鲁本斯的版本里出现的是失明和光明的主题，但它们已被整个挪用并投入到我一直描述的那种力比多睡眠的新形象当中，它本身是身体与精神的一种新的综合，一种生活的内在特征，不过其中视觉被辩证地投向外部，变成了观看者的视觉，就像意识和视觉与精神和光明分离，在戴丽拉这个人物身上变成了另外某种东西，现在我们看看这种情形以及画面里的其他参与者。

　　显然，戴丽拉标志着多种探索的所在——不只是关于鲁本斯的一般女人——激进的女权主义者会特别关注这个画面，但我认为它并非真正呈现性别斗争，而是关于鲁本斯对圣经故事的独特的解读。

　　诚然，这种解读对戴丽拉的主题并不特别明显（实际上，弥尔顿添加了他们的婚姻，而这在圣经文本里并不存在）；即使拿着蜡烛的老女人对应于自从《塞莱斯蒂娜》以降那种传统图像里的媒婆和老鸨，圣经叙事也没有把戴丽拉等同于一个妓女，甚至也没有暗示她不是个希伯来人——虽然历史上的力士参孙有喜欢外国女人的弱点，但事实上他是一个特别禁欲和正统教派（禁欲派）的成员——该教派禁止剪去头发。因此不清楚戴丽拉是个爱国者还是只是个受雇的代理人。

　　我们太容易根据圣经故事来看待戴丽拉：虽然如我指出的那样，在这篇出自《士师纪》的著名插曲里，没有任何东西证明她参与了那种最古老的职业（人们当然记得第二古老的职业是间谍），也没有任何东西证明她的身份是腓力斯人还是巴勒斯坦人。因此也许有人怀疑，是否我们不可能从一种不同的观点来看这个故事——很可能包括她自己的参与。实际上，苏珊·阿克曼（Susan Ackerman）在她对这一问题论著的标题中，恰恰就提出了这个问题："如果《士师纪》是一个腓力斯人写的怎么样？"她

22

的结论令人感到惊讶,即"力士参孙在他作为犹太英雄的角色中犯了严重错误,以至于《士师纪》14:1—16:22 几乎像是一个腓力斯人写的"[12]。在那种情况下,故事的真正焦点发生了变化,戴丽拉变成了它的英雄,这种视角随后得到确认,像弥尔顿那样,把她与其他伟大的、圣经的(犹太人的)女英雄相提并论,例如朱迪丝和雅亿,她们同样战胜了男性和外来的压迫者:

> 我将被称作最著名的女人,
> 在严肃的节日被歌唱,
> 生与死都有记载,为了
> 使她的国家摆脱残忍的毁灭者,
> 她选择了超越婚姻纽带的信仰……
>
> (《力士参孙》,982-986)

然而,这并不确切是我们在卡拉瓦乔作品里发现的英雄人物,例如朱迪丝;如果把它更具体地置于鲁本斯的规则之内,戴丽拉也没有体现鲁本斯那种臭名昭著的色情裸体的任何特点,这种裸体曾经使许多当代的观看者望而却步,对这位一度是"世界最伟大的画家"的声誉下降也产生了巨大影响。戴丽拉美丽的相貌确实更像他为自己妻子画的漂亮的画像,远不像各种狂喜的或可怕的女神,她们折叠的肌肉重复了鲁本斯标准男性英雄过多的肌肉(在这幅特定的绘画里,通过睡眠过多的肌肉也消失了);因为去叙事化也意味着使行动本身实在化,而行动必然存在于一种过去—现在—未来的连续统一体之中。于是行动的中性化意味着松弛的肌肉,不论我们是在谈论斗争中的男性还是仰卧的裸体……

第一章 叙事的身体：鲁本斯与历史　27

图 1-13　米开朗琪罗·梅里西·德·卡拉瓦乔，《朱迪丝斩首霍罗芬尼斯》（1598—1599），安提卡国家艺术画廊，罗马
Michelangelo Merisi da Caravaggio, *Judith Beheading Holofernes* (1598－1599), Galleria Nazionale d'Arte Antica, Rome

至于戴丽拉，我们同样可以看到，除了英雄，她是这个场景里唯一无所事事的人物，没有介入任何计划（因为甚至力士参孙的睡眠在这里也是一种行动和快感的方式）。戴丽拉也不是个纯粹的观看者（不论有无特权）：在那种意义上，她的观点不是我们的观点，即观看者的观点——相反，她的相貌显现出超自然的平静和清醒，这可以理解为一种与力士参孙不同的性交后的效果（不一定把这点转变成一种性别寓意），并在许多方面确定了整个绘画的氛围，使它停留在一个超越悲剧或戏剧的宁静时刻（但仍然保持它牢固地处于叙事本身的中心）。

最富意义的是她的中性表情：在这种属下性的境遇里，我们不可能找出那种非常普通的对男人的憎恨；也找不出对她最终胜利的巨大兴奋。她的表情在这种展现中可能完全是中立的，她只

28 古代与后现代

24

图1-14 彼得·保罗·鲁本斯,《抵达马赛》(1621—1625),
卢浮宫,巴黎
Peter Paul Rubens, *The Disembarkation at Marseilles* (1621 - 1625),
Musée du Louvre, Paris

图1-15 彼得·保罗·鲁本斯,《与伊莎贝拉·布兰特的自画像》
(1609—1610),慕尼黑美术馆
Peter Paul Rubens, *Self-portrait with Isabella Brant*
("The Honeysuckle Bower"), 1609 - 1610, Alte Pinakothek, Munich

是一个工具(那个实际上实施斩首行为的人物的存在,似乎已经使她自己的中心地位和重要性消失)。或者,以某种良好的愿望,我们甚至可以想象在这里发现了同情的色彩,但不是一种近似母性的表达。这最后的解释可以在前面情景的雕像里找到某种不太可能的证据——它像是母亲和孩子——但它也使我们回到原始的文本,也许回到鲁本斯在他的创作里真正感兴趣的唯一细节:"她让他睡在她的双膝上"(Judg. 16:19),不然的话,它就是一种不必要的,甚至也许是不可理解的信息片段。

图 1-16 彼得·保罗·鲁本斯,《伊莎贝拉·布兰特的肖像》(1620—1625),克利夫兰艺术博物馆
Peter Paul Rubens, *Portrait of Isabella Brant* (c. 1620 - 1625), Cleveland Museum of Art

但是,在我们当前的语境里,这种姿势就是复活我们已经提及的《圣母怜子图》的整个传统,不仅在形态上使力士参孙与耶稣相似,而且把他的睡眠等同于耶稣的死亡,但采取了一种异于传统双关类型的方式。

关于所有这些对鲁本斯的戴丽拉的另外的理解或解释,我想用这样一种解释代替它们：戴丽拉的表情传递某种清楚的、非个人的意识，与力士参孙满足的沉睡一致。这并不完全是精神和身体的寓言，然而如果你把它投射到形而上的层面，那就很可能因强烈的共存而给我们提供某种暗示！它不再是两个人或人物之间的关系，而是两种不可比的维度的重叠，这点更接近斯宾诺莎所说的实体、思想和广延的孪生特征（《伦理学》当然是巴洛克时期的另一本杰作）。倘若如此，那么我们这里遇到这样一种现象，它使我们看到，当黑格尔断言艺术在适当的历史时刻可以传递绝对的概念时，他究竟表示什么意思；或者，当德勒兹声称绘画同样生产概念时，虽然是美术的概念而不是抽象的哲学概念，他究竟表示什么意思。

无论如何，我个人的看法是，正是通过解读只能称作完全静止和普遍明白的意识，而且不把内容加入我们对戴丽拉的理解，我们才能接近对鲁本斯想象中非凡东西的感悟。这就是绘画与时间顺序本身的关系：按照莱辛对戏剧的动作或行为的最佳时刻的论述，它脱离了时间，甚至不是现在，更不用说大量叙事绘画凝固的框架。这种奇怪的时间性也说明绘画在其展现的空间里的原始直接性。

另一方面，如果某种阶级区分在这里显得合意，一定是因为作品与那些晚期封建主义或绝对主义的公众的距离，高傲的鲁本斯通常与他们相关，但宫廷委托他画像以获得历史的虚饰，而反对改革的教会为他提供在某些著名的圣坛上作画的机会。这幅特定的绘画受安特卫普市长的委托而作，据说他像鲁本斯本人一样，也是个天主教徒。然而，作品的圣经色彩和世俗性明显使它带有新教的味道，当时新教已经在邻国荷兰的资产阶级中盛行，因此与鲁本斯的其他作品明显拉开了距离。（实际上，有人论证说它根本不是鲁本斯画的。[13]）不过，这里提出阶级的力量并不

第一章 叙事的身体：鲁本斯与历史　　31

是假定一种资产阶级的阶级归属，以此与贵族阶级对抗，恰恰相反，它假定的是未来阶级关系在无阶级空间对它的定位（在资产阶级革命把它重新界定为诸多阶级中的一个阶级之前）。换言之，那种在这里表示革命的对封建秩序的废除，其实仍然是一种阶级本身消失的乌托邦的观点（它不像在荷兰和法国那样当革命真正逐渐过去时所发生的情形）。

　　无论如何，我认为，戴丽拉奇怪的沉着冷静意味着所有那一切，在另一种意义上把作品统一了起来，使它成为一个完全不同于大部分戏剧场景的整体。但是，现在我们需要转向也许是这幅绘画最奇特的细节，它也是通过圣经文本提示的，也就是紧接着我前面引用的那几行后面的几行："她喊来一个男人，她让他把他头上的七道锁松开。"（Judg.16-20）是的，回想起来，戴丽拉确实像是在策划着她自己支配的某种行动，而那个年轻人自己仿佛是某种类型的仆人。我们当代的联想很可能把他看作一个为国家服务的年轻官僚，一个在接受训练的中央情报局的特工，或者大的垄断公司、银行、保险公司、跨国集团的身穿黑衣的受训者，所有这些人实质在政治阴谋当中都举足轻重。然而，我现在认为，甚至对那种地位而言他也是个太多奴性的人物，而他对手边任务的专注，他纯手工操作的熟练和有效，很可能造成他如此，同时那个干瘪的老太太也被迫帮助照亮的那种活动，构成戴丽拉自己环境的一部分——这种环境只是增加她的力量和中心地位，使她成为这一作品的主角。于是，这里有一个从力士参孙到戴丽拉的转换，它构成了观看者注意力的转移，使我们从最初主要是力比多的聚焦，转向在策略和运作意义上的一种更富政治性的计划感。

　　在这种从右到左的转移的另一端，它也使我们的目光回到对右上角那道门的有力回应，国家权力的使者等待着对他们的谴责，等待着通过剥夺英雄的武装和能力的、英雄所期待的那种权力关系的重大转移。国家的公民代表仍然是一个观察者，处于黑暗之中，但军事人员通过他们远处的光被照亮。历史本身就在这里，即将突进绘画的空间并改变一切，清除它道路上的所有障碍，为新的叙事和新的故事开辟道路，就像弥尔顿精心构建的那样。这样就标明了历史的地位，它包含在这种悬置的总体性里；它的存在使总体性完整，但仍坚持未来的到来。因此等待是整体最有力的因素之一，它本身就是一种情感。等待是时间本身的真正存在，现在被拟人化并被纳入一个再现的人物；只有通过纳入它才能克服。

因此，正是那种过去和未来被吸纳到这种现时之内：这就是命运的时间性及其前后顺序——力士参孙的选择以及他随后的救赎——胡塞尔把它们称作保持和延长，即外在于现时时间的外在维度——命运的时间叙事现在全被收回到那种画出来的现在，并被内在化或被去叙事化，以至画出来的身体现在也包括它们。这就是油画的永恒的现时，一种美学的自治性，完全不同于选择的和僵化的时刻，就像莱辛想象的那种从叙事到视觉艺术的转换。

它可能实现的条件是技术性的——卡拉瓦乔伟大的突破完成了视角的再现——历史性地实现了一个世俗的时代；同时也丰富了莎士比亚时期那种主体性的命运叙事——一种不可能返回的独特的历史性结合，我们肯定可以把它看作某个最早的现实主义的独特时刻。

至于这幅绘画的意义，也许这么说不合适。正如我已经提出的，一种旧式的寓言解读把我们的画面转变成一种意识和身体的交叉，它受到官僚技术和国家权力的双重外部力量的威胁，因为它们预示着专制主义的时刻。如果这样一种解读令我们感到不快，那是因为绘画也会考虑那些思想或那些意义，但倘若如此，它会像德勒兹说的那样，以画家的方式考虑它们，即以油彩的概念考虑它们，而不是以抽象的智性考虑它们。不存在任何与性的联系：通过这种缺口或裂缝，现在流散出各种意识形态的二元体，它们像脓液或毒汁似的在性的自然化里堆积起来。诚然，性的争斗结果是它们转变成两种形式：但仍然是思想或精神对身体或物质；以色列人对巴勒斯坦人（第一世界对第三世界）；美丽对崇高；国家对恐怖（或流浪者）；政治对性（公共的对个人的）；力量对权力（除非它是暴力）；人们甚至期待全球对区域随时出现，接下来整个空间对时间的形而上学的卫士加强国土控制对革命本身。在这些对立当中，跳动的伦理皮球先碰这个再碰那个，从一个到另一个前后往返（尽管它们被历史联结在一起），证明这个是好的那个是坏的，直到不得不交替并颠倒，从而使两个持久人物的那种无始无终的阿波罗式的静寂变为永恒。

寓言方式是有用的，但条件是它必须有助于我们把对这种形象的视觉意图转变成两种存在维度的对抗，它具有一种物理冲突的所有力量和一个事件的所有强度。正是这种事件以尼采或酒神那种陶醉被接受下来。因此，巴洛克叙事绘画标志着某种对内在性的初次接触，对一种与后现代主义时期迥异的美学自治性的初次接触。由此它完成了黑格尔的境遇概念，在这种境遇里，艺术一度构成了绝对的载体，因为绝对恰恰产生于这种叙事身体的内在性。

[注释]

[1] José Antonio Maravall, *Culture of Baroque* (Minneapolis: University of Minnesota Press, 1986).

[2] G. W. E. Hegel, *Aesthetics*, trans. T. M. Knox, 2 vols (Oxford: Clarendon, 1998).

[3] Alexander Kojève, *Introduction to the Reading of Hegel* (Ithaca: Cornell University Press, 1980).

[4] 韦利·西佛尔（Wylie Sypher）也许是英语里第一个为文学假定这样的断代的人。见他的 *Four Stages of Renaissance Style* (New York: Dou-

bleday, 1955)。

［5］Friedrich Nietzsche, *Twilight of the Idols*, trans. R. J. Hollingdale (London: Penguin, 1968), pp. 82-83.

［6］对情感的讨论（在我的 *Antinomies of Realism* 里）指的是与我称作所谓的激动的二元对立或结构对立，在我即将出版的关于寓言的作品里计划研究它的寓言系统。

［7］Leo Steinberg, *The Sexuality of Christ* (New York: Pantheon, 1983).

［8］福楼拜，《萨朗波》，第十四章，"斧头隘"（Gustave Flaubert, *Salammbô*, Chapter 14, "Le défilé de la Hache")：

有几个人本来已经昏迷过去，刚才被凉风一吹又醒了过来；可是他们的下巴仍然垂在胸前，身子则坠下去了一点，尽管脑袋上方的胳膊上钉着钉子；他们的脚跟和手心慢慢地往下滴着大滴的鲜血，就像成熟的果子从树枝上坠落下来——迦太基、海湾、群山、平原都在他眼前旋转，就像一个巨大的车轮。有时一团尘雾从平地而起，将他们裹在漩涡里。他们咳得嗓子冒火，舌头在嘴里直打转，只觉得身上流着冰冷的汗水，灵魂也随之渐渐地离开躯壳。……

一头密发夹在木头缝里，在他的额头上直立着，他咽气的声音听上去像在怒吼。至于史本迪于斯，他变得异乎寻常地勇敢起来，如今他深知自己即将得到永恒的解脱，泰然自若地等待死亡来临。

［9］Mark Lamster, *Master of Shadows* (New York: Doubleday, 2009), p. 34.

［10］Simon Schama, *Rembrandt's Eyes* (New York: Random House, 1999), p. 142.

［11］G. E. Lessing, *Laokoon* (Stuttgart: Redam, 1964), pp. 144-145.

［12］Susan Ackerman, "What if Judges Had Been Written by a Philistine", *Biblical Interpretation* 8:1 (2000), pp. 33-41.

［13］See Edward M. Gomez, "Is 'Samson and Delilah' a Fake?", December 19, 2005, at salon.com.

第二章 作为戏剧家和讽喻家的瓦格纳
献给皮特·菲廷（Peter Fitting）

瓦格纳在体系和形而上学方面的超越，特别是在他的《指环》当中的超越，绝不会使批评家们沉默不语，他们终究会评论其中的一切，而不是只谈某个具体的东西。如果我不得不只谈具体的东西，像一个优秀的学者或语文学家那样，或者像一个博学的评论家那样，我可能会谈及瓦格纳作品中那种不可思议的陶醉作用；并且仍然可能只是简略地谈及。但是，作为一个专门化的题目，我们还需要更集中讨论《特里斯坦》；而这里真正要求我们充分注意的显然是《指环》，尤其是关于它在解释方面不断引发争论的原因。

因此，考虑的方向也许不应该是瓦格纳真正"表示"什么意思，而是对瓦格纳的解释和意义究竟是些什么。这是一个辩证的问题，大大超越了关于《指环》的传统问题：即，它是否是关于沃坦或齐格弗里德的故事，以及"诸神"到底意味着什么（为了使他们经历黄昏，实际上完全是一场大火和毁灭）。就哲学层面而言，这个问题在传统上使费尔巴哈与叔本华相对立；同时，在树林的另一部分里，暗含着关于指环本身意义的问题，以及在什么程度上可以说它再现了资本主义，就像萧伯纳的著名论述所说的那样。

在辩证的意义上，现在重要的是中止我们对这些问题各种可能的回应，后退一步，问问这些问题本身的意义是什么。我们必须问，在这种情境里意义意味着什么，因此还要问对它的解释可能包含什么。关键是要"在这个实例里"保持我们的具体说明,要记住讨论只涉及瓦格纳一人,确切说是他的历史境遇,而不是整个音乐、整个戏剧、整个解释或整个阅读(因为这里我们必须聚焦于阅读)。然而,把瓦格纳的美学境遇概括为现代主义艺术本身早期的境遇似乎不够恰当,因此下面我将大胆做一些类比。

在这种早期现代主义的历史境遇里,解释面临的第一个问题是社会学术语所称的宏观与微观之间的鸿沟。换言之,即整个形式(活动或情节作为整体)与个体细节(这里不单是语言,还包括乐谱)之间的鸿沟。即使这么说不完全正确,但认为这是整个方案与逐页演奏之间的一种对立也不乏启示。事实上,在总体性与个体或经验现象之间,这里的鸿沟构成一种更为辩证的区分。总体性必然总是不在场的;正如它的名称所表明的,这种现象总是通过这种或那种方式以观念呈现出来。辩证地看,这两个层面彼此不可分离,同时又不可比较:它们之间不可能综合,解释最终总是选择这个或那个作为它的焦点,就像它喜欢假定某种最终的统一性或某种有机形式,其中细节和整体可以相互一致。

对于人的思想,这种辩证的对立无疑是一种永恒的两难困境(否则就不需要发明辩证法了)。但我想论证的是,在现代主义时期这种困境加剧了,尤其是在我们称之为现代主义的各种艺术里;它之所以在现代主义时期加剧,乃是由于一种特定的历史原因,即标志整个现代性特点的区分过程。"区分"(differentiation)是尼克拉斯·卢曼(Niklas Luhmann)发明的一个有用的术语和概念,它表明在现代主义时期现实倾向于把自身区分为一些独特的、半自治的层面,我们认为它们是多种共存的现实,具有自己特定的可理解性,每一种都是半自治的,并相对明显地与其他的不同。[1]不妨举个简单的例子,例如学术界的学科分类层面:它们与最初模糊的原始神学的区分有比较精确的记载和时

第二章　作为戏剧家和讽喻家的瓦格纳　37

间。这一漫长历史过程的轨迹——哲学本身与神学分开，法律和自然科学与哲学分开，然后它们自身又进一步区分，如化学和生物学自身变成了独立的学科——这个过程可以作为那种充满活力的区分的样板，但在我们后现代主义时期这种区分颠倒了过来（例如，生物学被纳入天文学，语言学和人类学被纳入现在常说的"理论"）。

　　这种颠倒的情形也出现在艺术里。因此，一个有趣的问题是，瓦格纳的"总体艺术"（Gesamtkunstwerk）是否是这种后现代取消区分的一个先兆？或者在另一方面，是否像波德莱尔的诗《应和》那样，不仅仅是（我也想这么说）一种机制，一种形式方法，旨在以它们互相承认的方式来强化差异——不论在艺术当中还是在身体感受本身当中？我们也可以回到这个问题；而此刻我应该强调，卢曼的区分只是多种哲学语言或原则中的一种，但通过它可以阐发这一历史过程。

　　无论如何，总体艺术把许多不同的艺术集中在一起，肯定包括诗歌和音乐，但也包括戏剧和演出、故事和神话、布景设计、舞台指导、歌剧形式，甚至建筑本身（瓦格纳与戈特弗里德·森佩尔［Gottfried Semper］非常亲密，虽然后者并未设计拜罗伊特，拜罗伊特的空间和音响效果实际上融入到音乐之中，特别是1882年首演的《帕西法尔》）。除了这些艺术，今天我们必须增加电影、电视和录像以及相应的字幕，单是这些就可以使瓦格纳的音乐戏剧真正成为国际性的，而他决不可能预见到这种情况。对明显列举的这种情况，我的观点是双重的。首先，在这些不同的层面或艺术或媒体当中，每一个都有其特殊的历史，而出现瓦格纳的事件必须在每一个当中找出其独特的定位。这就是说，"瓦格纳"意味着多种定位，它们彼此很难相互归纳，它们也不可能真正综合为一种单独的历史。把他定位于早期现代主义，并不是

33

要发明一个它们全都以某种方式相结合的空间,而是为上述列举的名单再增加一个历史框架或故事。

其次,完全可以说,这种多重历史仍然多少是目的论的,它们采取旧的现代主义方式,即新的进步,甚或采取据说是黑格尔的或马克思主义的方式,即历史本身的进步。我们只是把这种更普遍的目的论(与所谓的"历史哲学"相关)移至各个不同的层面:于是我们现在有了一种音乐的目的论,演出的目的论,布景设计的目的论,等等。我认为某种这样的历史方案至关重要,否则历史运动就会变成随意性的,真正的历史概念就会消失(当然,有时候这正是反对这种观点的人极力想达到的结论)。但是,这种批评家把目的论和神正论在这里混为一谈,而后者在资产阶级的进步理念里或第二国际的必由之路理念里仍然清晰可见。我认为西奥多·阿多诺(Theodor Adorno)是个更好的向导,在他看来,历史的前进不是从一个胜利走向另一个更大的胜利:它是矛盾的运动,这些矛盾随着它们不断发生作用会消解,甚至被忘记或任其腐烂,本身产生出新的矛盾和全新的境遇(当然不一定更好,也可能更坏)。[2] 历史是产生这些新境遇和新矛盾的时间性,正是在这种意义上,我提及的各种层面能够以不同的速度和不同的节奏及速率同时进行(这里难免要与当代的音乐类比,例如皮埃尔·布列兹①的音乐)。诚然,在某些时刻,这些多重的历史和矛盾彼此交叉:当前就是这样的历史时刻,在歌剧演出和指导方面,当代理论跨越了年代变化的线路,于是我们有了正好我也喜欢的导演制歌剧和导演体制,但它本身现在依然是相当独特的(或半自治的),不同于拜罗伊特的历史,然而任何瓦格纳的作品在任何地方演出都必然包含某种与拜罗伊特历史的关系。[3]

---

① 皮埃尔·布列兹(Pierre Boulez,1925—2016),法国著名作曲家、指挥家。

需要进一步说明的论点是，这些层面永远不可能恰好重合或彼此完全包容。这并不是说总体艺术的理想是谬误的或不完善的——把奇怪的词语用于美学或风格或艺术实践。实际上，我们应该谈及每一个层面之间的实质差距，无论它们多么微小和难以察觉。用当代的理论术语说，我们应该谈一个层面对另一个层面的超越：音乐超越词语，同时词语也超越音乐；视觉超越声响，声响超越视觉；身体的表征或表演超越它假定所指的内容或它假定所表达的情感；如此等等。把这些不可比较的维度统一起来就是要强调它们的差别；使它们彼此认同就是要提高我们对它们彼此差距的认识。

我将尝试从一个不同的视角来达到这种目的，不知何故这个视角似乎还没有被人涉足。众所周知，瓦格纳自己在试图概括音乐剧的特点时前后摇摆不定：有时认为音乐服务于戏剧，后来又认为戏剧最终服务于音乐。事实上，这种选择——分析音乐，分析戏剧——最终经常是在音乐与其意义或哲学（这里必须重提费尔巴哈和叔本华）之间的一种选择。诗歌词语比较麻烦，除了它们的可唱性之外（关于那种可唱性，瓦格纳也有一种理论，包括元音和辅音）。但古代风格被归之于19世纪对中世纪的普遍想象（也许在英语里可以比作威廉·莫里斯的诗歌）。至于包括词语的戏剧，现在作为舞台上人物之间的言语和动作，留给了像帕特里斯·夏侯（Patrice Chéreau）① 这样的导演，导演必须非常认真，以便在舞台上呈现他的歌唱者并让他们表演。接下来，作为开始，我想认真地考虑瓦格纳的戏剧，甚至把他看作一个伟大的剧作家（不论他还是其他什么）。

毫无疑问，我们可以找出一些实例，说明音乐和词语的交叉

---

① 夏侯（Patrice Chéreau, 1944—2013），法国著名歌剧指挥、电影导演和制片人。

具有重要的意义。恩斯特·布洛赫（Ernst Bloch）曾经选出了一些时刻，其中贝克麦瑟（Beckmesser）那种可笑的滑稽通过最微妙的、极其优雅的音乐而得到强调。[4]德里克·库克（Deryck Cooke）指出，齐格蒙德从树里成功地获得宝剑的乐谱与阿尔贝里希放弃爱情的主乐调惊人地一致。[5]这里，正如在最好的新浪潮传统里，电影配乐与形象矛盾，并指责同时性完全是纯粹的意识形态。但是，这种效果的可能性本身依赖于各层次之间更深刻的裂缝或鸿沟，不论传统的作曲家（作为例子）多么想掩饰、隐蔽或消除它们。

这当然并不排除那些察觉不到层面之间矛盾或差别的时刻（有时通过不和谐音表示），但那些时刻确实产生某种神奇的、难以理解的和谐：就是说，在那些时刻，差距以认同的方式来表达。例如布洛赫曾经引用的那个时刻，其时齐格弗里德弥留之际自白的音乐伴奏与布伦希尔德苏醒时的主题是一致的（《女武神》）。[6]从这种奇怪的联想，这种对世界觉醒与离开世界似乎一致的情形，我们能得到什么呢？确实，在那种超出音乐或哲学主题的意义上，这段音乐真的有什么意义吗？齐格弗里德是否只是记得布伦希尔德醒着时第一次让他看见时的样子？这是否有些像《特里斯坦》那种关于爱情和死亡的联系（通常认为《指环》与《特里斯坦》的爱情神秘主义根本不同）？或者，是否音乐本身以某种纯音乐的方式生产一种新的、扩大了的音乐概念，而这种概念又不适合被置于死亡、清醒、爱情之类标准的传统哲学名下？[7]事实上，这个时刻是真正崇高的时刻，是整个组曲令人兴奋的、超越的高点之一，很可能是它的高潮，在这个时刻，齐格弗里德重新唤醒了他对布伦希尔德的爱情，因而忘记了死亡本身的存在。无论如何，这一独特事件实际上是特里斯坦淹没在一种无法与死亡区分的爱情之中的对立面。确实，也许我们可以辩证地提出这样一个概念：这里所说的联想既加强清醒的感觉也加强死亡的感觉；更确切地说，它通过认同的方式区分了清醒、爱情和死亡这三个音乐概念。听众可能不得不决定这一切，也可能觉得音乐的意义与这种主题毫无共同之处而忽视它。不过，这里仍然有文本和叙事层面的多重性，对它们也应该认真考虑。

现在，我想把这些问题置于我希望是一种新的或至少是不同的看法之中，它包括我在这里打开一个插曲，讨论一些我近来一直关注的其他主题和问题，只是偶尔描述瓦格纳的特征。这些基本上围绕着当前流行的情感主题，我以自己的方式理解这种主题，认为它基本上有两个方面的来源，一方面是伊芙·科索夫斯基·赛奇维克（Eve Kosofsky Sedgwick）和"酷儿理论"，另一方面是德勒兹。[8]他们之间的关系是一种争论，我这里并不想特别参与，我也不想对年轻学者（有些是我的学生）在这一标题下所写的各种有趣的著作进行挑战。我要补充的是，应该为这一讨论提出第三种可能的来源，即现象学，尤其是海德格尔的心境或情绪概念，以及萨特对激动的分析。同时，我觉得，不论弗洛伊德还是拉康的精神分析，对这种理论都远没有直接影响；毋宁说，它们像是这种新的理论阐述的激发器和借口。

这种方法使我感兴趣的是，它把情绪和情感对立起来，作为两种不同系统或类型的经验感受；而且，这种主张偶尔也提出关于这一切的历史观问题，但历史观暂时仍是个次要问题。这种新的二元论还包括时间的区分，也许是两种时间性体系之间的对立，不过这也可以暂时仍作为背景。

首先，让我来谈谈情绪本身的问题。我认为，情绪在历史上被理解为一种体系，并在传统上引发了许多关于体系的论文：亚里士多德的《尼各马可伦理学》，各种关于情绪的理论，阿奎那对情绪的区分，笛卡尔的《心灵的激情》（1649年完成），以及更

38 现代的这个或那个学院心理学派的各种更新也许更片面的著作。诚然，正如在所有体系里那样，激动在这里倾向于构成成对的二元对立，但我觉得更重要的是对激动或激情本身的命名。它们被命名为激动，而正是名称组织并安排它所代表的心灵物质的秩序，名称赋予每一种如此表示的激动以某种本质。这等于是这些不同心态的一种客体化，或者更明确地说，等于是整个主体性范围的物化。应该并不令人非常惊讶的恰恰是语言本身，特别是名称有责任测绘出内心的风景，或者更确切地说，有责任使它第一次呈现出来；拉康曾教导我们，名称，尤其是专用名称，是一种异化，实际上是一种创伤。歌唱，缪斯，阿喀琉斯的愤怒！如果"爱情"一词出现在他们之间，我便不知所措！作为补充，我想说，伴随着这种系统分类和分类过程，逐渐形成了一种完整的表达美学：被命名的情绪在这里应该被"表达出来"；表达性只是对它们的名称和语言存在的更普遍的延伸。

通过提出我所主张的那种非常不同的情感逻辑（按照我对那个术语的理解），上述一切都将会得到澄清。康德对感情和情绪的区分如下：感情是身体的状态；情绪是意识的状态。如果我们把"感情"（feelings）改为"情感"（affects），这将是一个不错的起点，除非我们不赞成精神和肉体分离。但它使我们肯定了下面关于情感的观点：作为身体状态的情感是无名的，与情绪不同。情感参与整个无名状态，从欣悦到压抑，从充满活力的健康到呆滞和不悦（确实，如果任何古典的激动体系更接近我描述的这种新体系，那么它将是幽默的体系，因为它在身体里找到了它的合作者，并且预见到各个时期一系列的混合和结合）。实际上，我对当代情感理论的主要指责就是它忽视了身体状态几乎无限的滑动，一种从高到低的过程，而它的支持者喜欢集中描述这种或那种据说是基本的情感，例如羞愧［对希尔凡·汤姆金斯（Silvan

第二章　作为戏剧家和讽喻家的瓦格纳　43

Tomkins）而言］或忧郁。与此相反，情感并没有以那种方式被实质化，它们多种多样并可能不断变化；它们像管弦乐队本身那样在不断变化中闪闪发光。

现在，让我用一个历史叙事来说明我认为是激动与情感之间的差异，相当绝对的差异；正如你们已经注意到的，我喜欢用"情感"一词的复数（affects）。这次是一个文学命题，而且颇为反常，因为我要提出的主张是：在19世纪中叶和资产阶级时期之前，身体很少有文学记载，我指那种盖格计数器（Geiger counter）的记载——它记载特定环境里的辐射程度。我们以福楼拜和波德莱尔作为这一重大事件的标志，他们标志着身体的感觉中枢开始进入文学和书写语言。我认为，在这个时刻之前，传统文学机制没有能力或缺少手段去记录各种感觉，对此我只能简单地在这里加以说明。我们可以引用波德莱尔对一个油漆过的街道标牌的描写："一种非常鲜美的绿色，感觉刺眼"；或者福楼拜所说的整个《萨朗波》（1862）都是为了传递某种黄色的病态（我们还会记得他对这部小说另外的说法，即几乎无人知道为了复兴迦太基他是多么忧郁、多么"悲伤"）。

但是，让我们在这里也提出一些反对的意见或抗议。巴尔扎克怎么样呢？没有任何作家像他那样充满具体描写和身体感觉［这里也许你可以补充自己喜欢的章节，但最常被引用的肯定是《高老头》（1835）里的"伏盖公寓"，以及它的霉味、破旧的墙壁和过时的家具］。这是一种绝妙的反驳，因为巴尔扎克恰恰证明了我的观点，即他的描写的这些特征根本不是情感而是意义（它们表示体面的不幸，可尊敬的贫困，以及腐朽的过去，等等）；它们是对社会和心理状态的讽喻；它们没有任何感觉的单一性，没有不可分类、实际不可命名的独特性质，与1840年代和1850年代波德莱尔或福楼拜描写的那种感觉完全不同。

现在我必须尽快强调所有这一切对叙事的影响。其实，我们一直在概述本质上是两种时间性的理论。一种是命名为或物化为情绪的时间性，它是过去和未来的时间性，是时间作为可以叙述的命运的时间性。另一种是情感的时间性，它是现时的时间性，一种永恒现时的时间性——一种旨在打破叙事本身的时间视角。正是从现实主义到现代主义的过渡，将会最生动地说明这种通过无时间的情感对叙事时间的取代，它们的斗争——叙述对场景，讲述对展示，叙事对抒情——构成19世纪真正的艺术历史（以及整个艺术的历史），这点我们在后面将会看到。

现在也许我们可以转到瓦格纳，特别是重写那个太过熟悉的故事。根据这个故事，《特里斯坦》的序曲（1857）是现代性的真正开始，它的主题歌和国歌仿佛也是。然而，《特里斯坦》与特里斯坦的和弦是某种事物的开始，其中肯定也包括人们仍然称作现代性的东西；但是瓦格纳的半音阶方式，在我的框架里可以理解为情感本身在世界文化和艺术舞台上的出现，理解为一种新内容的形成和表达。但要根据情感与早期命名为情动之间的对立来理解这点，人们必须把瓦格纳的所谓无休止旋律的理念与传统的（意大利）咏叹调实践进行比较，后者的美学作用显然是表达情绪，是一种给定的、已命名的情绪：复仇！爱！嫉妒！瓦格纳交响乐的非凡变化，由于像普鲁斯特或福克纳的长句似的不断发展其音乐语言，所以明显不同于咏叹调的封闭性，咏叹调希望有力而完整地表达一个事物，然后停止。当然，在瓦格纳的交响乐里也有中断和停顿，但它们非常重要，它们是音乐结构自身的组成部分，本身就是强烈的音乐事件。

同样明显的是，瓦格纳无休止的旋律在其情绪摇摆中有着非常多的变化，它常常戏剧性地从一种情感转向另一种情感：我们倾向于以旧时的情绪语言说明这些转变，完全因为我们还没有情

第二章 作为戏剧家和讽喻家的瓦格纳   45

感本身的名称，所以我们仍然不合时宜地把这些重要的转变说成是布伦希尔德对音乐的热爱，齐格弗里德的愤怒，阿尔贝里希的憎恨，如此等等。但它为这一讨论增加了另一个维度，从而使人们记住神话故事的主题之一恰恰就是男孩还不知道恐惧之故事的主题：当然，恐惧是一种情动而不是感觉。齐格弗里德最终认同的恐惧——对性别区分的焦虑，迄今尚不明白的对性欲的困惑——事实上是一种情感。因此，在瓦格纳的作品里，神话故事的主题实际上可以视为一种情感战胜情动的寓言。

无论如何，这种跨越现代主义艺术的情感变化所形成的问题，明显是一个方式问题，按照这种方式，不稳定的、几乎神经质似的变化的主体性可以被纳入艺术作品的叙事组织中。其中单独的音乐可以根据迥异的素材编织，然后在器乐及其音质和各种节拍及时间性中反映出来。但是，在音乐或小说这样的时间艺术里，真正提出基本创作问题的是一系列的心情或疯狂交替的情感。例如，托尔斯泰最令人惊奇之处是他的人物的内心变化，他们的心境、感情、印象、反应等可以在同一页上进行改变，从敏感变得模糊，从对某种确实不重要的思想非常好奇变得心不在焉。

在音乐里，这种多种情感交织需要瓦格纳在一封著名的信里（1859年10月29日）所说的"变调艺术"。这个短语对所有现代主义都非常重要，包括从诗人到塞尚，从福楼拜的纵横交叉到爱森斯坦的蒙太奇。[9] 不过，那封信里最吸引人的东西是他处理音乐问题的方式，他利用日常生活和自己情绪的摇摆说明音乐技巧特点，因为他不可能以其他方式传递给自己最终的听者（马蒂尔德·韦森东克①）。这种方式证明了我们的直觉认识，在瓦格纳的

---

① 马蒂尔德·韦森东克（Mathilde Wesendonck，1828—1902），德国诗人，瓦格纳的女友。

作品里，一向不甚严格地被认为是激情涌动的东西，事实上是一系列暴风雨似的情感和激情本身，而对于这种情形，他甚至（相当滑稽地）试图以对话行为来说明（但请记住，这也是一个戏剧家试图在这里"表达他自己"）。

现在，如果这是我们的基本主题，那么我们就需要至少在两个层面上理清我们的主题：情感的吸引力如何以音乐结构记录下来；它如何影响情节本身。有两种迥然不同的讨论。对音乐而言，非专业人士低声抱怨"半音阶方式"就是奏鸣曲的逻辑转变并发展成情感的工具，这么说就足够了。但这立刻会使我们面对主乐调的核心问题，阿多诺明确谴责它是正在迅速蔓延和强化的商品化的形象和症候。（但是，难道阿多诺没有告诉我们，现代艺术品通过使自身商品化或物化在其环境里防范商品化？）[10] 不过，像德里克·库克一样，那些试图通过主乐调实践证明乐谱的丰富性和新的复杂性的人，肯定不希望把它说成是贝多芬之后的进一步发展，因为贝多芬对奏鸣曲形式的完善、变化和发展标志着一个高峰，后来的作曲家事实上很难达到和实现。阿多诺想把瓦格纳纳入他自己关于新的音乐语言发展的故事，但他认为这种发展在勋伯格那里达到顶点，因此他不可能真正容忍瓦格纳的主乐调，在他看来那属于一个非常不同的故事，即大众文化、粗劣艺术和电影音乐的出现。

根据我刚刚描述过的时间体系，我想对主乐调提出一种有些不同的读解。从那种视角出发，主乐调明显是命运留给音乐的现时的伤痕。诚然，这是音乐的记忆；但我们此处必须小心，因为奏鸣曲形式所要求的音乐记忆之扩展非常不同于这些明显粗劣的回忆，而强烈支持贝多芬音乐的时间性的人，决不想把这种粗俗的瓦格纳的时间与先前那种复杂性等同起来。然而，主乐调是命运赋予情感的新音乐语言，这种语言把它吸收到自身当中，融入其绝妙的新结构之内,并且在那种意义上,我们现在确认是《指环》基本主乐调的东西与情感音乐必须放弃的那种难以消化的主框架并没有什么差别。

同时,命运也在一些更大的形式上留下了它的标记。不仅命运是整个《指环》的主题,是它希望从中形成某种新哲学意义的观念素材;而且它还是塑造形式的力量,它一直保留着许多插入的、常常是冗长故事的更小形式,以及对先前行为的概括和台下或基本事件的叙事——我们可以称之为古尼曼兹①的时刻。人们一定怀疑,在这些单调和静止的,甚至不能提供咏叹调乐趣的描述当中,有什么东西穿过了以前那些听众的脑海?但现在我们有了字幕,因此在一般能够想象与重复的新关系的文化里,我们应该发明新的欣赏它们的方式。无论如何,它们是叙述的组成部分,是此类作品旧的讲故事一极的真正引力。它们远不是瓦格纳在时间上向后的创作中——从《众神的黄昏》到《莱茵的黄金》——不幸的偶然痕迹,它们本身就是一些重要的时刻,其中人物面对命运的压力,仿佛在时间的当下拖延他们的生活。[11]

这里我们也可以考虑这些戏剧自身的形态,它们远离任何史诗的传统——更不用说与它们没有什么关系的《尼伯龙根之歌》——但却使人想到 19 世纪现实主义所重视的老家族小说(以第一部瓦格纳式的小说而达到顶点,其作者是瓦格纳的真正追随者托马斯·曼)。尼采嘲弄了另一种 19 世纪的共鸣:"在(以更富朝气地重新讲述瓦格纳)的过程中最令人震惊!你相信吗?瓦格纳的所有女主人公,无一例外,只要她们被剥去英雄的外衣,几乎全都变得与包法利夫人一样!反过来,人们认为福楼

---

① 古尼曼兹(Gurnemanz),瓦格纳的歌剧《帕西法尔》中的人物。

拜可能已经把他的女主人公改写成斯堪的纳维亚或迦太基那样的形式，然后把她神话化，奉献给瓦格纳作为一个剧本。"[12]尼采在这里以意识形态分析或揭示的方式为我们提供了有益的教训，因为他为堕落的、神经质的瓦格纳的档案提供了又一个有力的证据，证明瓦格纳基本上是一种文化病态。这种做法非常有力，并且仍然实用（阿多诺后来完全把它转换成法西斯主义和专制个性的表达方式）。然而，仍然有待于观察的是，在我们后现代的今天，这种文化批判是否仍然合适，仍然具有说服力？如果不是，为什么不是？为什么曾经流行的颓废观念对我们不再有什么意义？

在核心家庭甚至后核心家庭时代，家族小说可能也不再适宜。然而，《指环》里的各代人全都以同族婚姻纠缠在一起——布伦希尔德竟然是齐格弗里德的姨妈（《巴马修道院》的阴影）！在当代世界上，越轨的乱伦主题也许失去了它的锋芒，它已被大量其他更令人震惊的"变态"超越。不过，在一种意义上，瓦格纳这种看似传统的浪漫主题可以用一种令人惊讶的后当代方式重新解读。确实，在《女武神》里，关于弗里卡对瓦尔森兄妹乱伦媾和的愤怒（"什么时候发生的/那对兄妹成了情人？"），沃坦有一个预言性的回答：

> 今天你亲眼看见了它发生：
> 因此知道某件事
> 可能自行降临
> 虽然它以前
> 从未发生。[13]

所有这些都可以通俗地翻译成"你想不到！"。在那种意义上，瓦格纳所表现的传统上认为可耻的爱情和通奸实践，打开了1960

年代那种更革命和更具乌托邦性的"价值观的颠覆"——按照诺曼·O. 布朗①对多种变态性行为的赞扬——而在后来的形象里，在"酷儿理论"里，性别范畴本身也被废除了。但是，这样一种隐含的进步观也有另一面，它在列维-斯特劳斯对《指环》亲属关系的分析中再次得到强调，他认为重返同族婚姻表示对日益狭隘的近亲循环的一种限制。[14]

关于社会经济的语境，两大家族——沃坦家族和阿尔贝里希家族（在福蕾雅的插曲之后，父亲们都被确认为单身）——之间的争斗确实使人想到旧时强盗贵族们的激烈对抗。瓦格纳的长篇家族故事（正如乔纳森·卡尔对它所做的迷人叙述）提醒我们，最初命运的好坏同样也世代相传。[15] 所有这一切也可以纳入萧伯纳对瓦格纳的马克思主义的经典解释：《指环》是原始积累；巨人愚蠢地密藏黄金而没有把它转变成资本（即转变成自身可以产生利润的货币，"有效地"产生的利润会产生更多的利润）。因此这种行为对应于强盗贵族的时代，古斯塔夫·迈尔的名著《美国豪门巨富史》（*The History of Great American Fortunes*，1907）对此做了详细叙述。这本书也是布莱希特最喜欢的著作之一。

关于结尾——不论它只是表示诸神和宗教的终结，还是表示整个世界的终结——它都是《指环》中没有解决的两大问题之一，包括齐格弗里德这个人物。我们在这里或其他地方也不可能解决，因为正如他们说的那样，它不可能解决。我们将会看到，尼采非常睿智地把我们置于两种选择之间：要么选择费尔巴哈，要么选择叔本华。然而瓦格纳通过他的创作时序把自己层层包裹了起来，甚至关于布伦希尔德最后自白的三次变奏也没有为解释

---

① 诺曼·O. 布朗（Norman O. Brown, 1913—2002），美国著名思想家，1960年代颇有影响。

的多样性留下什么余地（虽然文学对这个问题有大量不同解释）。我们可以假想这像是一个幸存的古代政体（即使她现在是人而不再是半神半人），布伦希尔德必须被判殉夫：以前那些神以及对它们迷信的所有痕迹必须被清除；过去的行为记录必须以革命的方式一笔勾销。然而，夏侯发现了一个运用费尔巴哈解决办法的不同方式：1976 年，在拜罗伊特宏大的百年纪念演出时，他完全遵循瓦格纳的舞台指导——大量好奇的旁观者转过身，在瓦哈拉神殿被火焚烧之后面朝听众。这还不是乌托邦，而只是人类时代的开始，有些像《德意志零年》（1945 年）中废墟上幸存的人口。同时，卡斯帕·贝克·霍尔腾①壮丽的哥本哈根版《指环》大胆地删除纠结之处，抛弃瓦格纳的结局，并让布伦希尔德幸存下来，生下超人的孩子。实际上，瓦格纳的结局是所有伟大艺术的典范，因为它不是突出这种或那种解决方式（在任何情况下都必然是意识形态的），而恰恰是突出矛盾本身。

但是，关于齐格弗里德这个人物仍然有许多话要说，我们将从两种时间性假设的立场进行探讨——叙述对场景，贝多芬和咏叹调形式的终结。主乐调确保过去—现在—未来的时间性，确保以前—以后的时间性：沿着音乐剧自身内部的冗长叙述，它保证了类似那种"讲述"的东西或缩短的情节概括，亨利·詹姆斯在小说"无休止的旋律"中强烈反对这种做法，但他也不得不承认这是局部的必然性。[16]

当然，主乐调也占有并完善一种不同的时间性，借用黑格尔的说法，我们可以把这种情形称作"音乐现时性的巨大特权"。这里它与多种其他主题相互发生作用，并以独特的、真正瓦格纳

---

① 卡斯帕·贝克·霍尔腾（Kasper Bech Holten，1973— ），丹麦皇家歌剧院指挥。

第二章　作为戏剧家和讽喻家的瓦格纳

类型的感人强度谱写成管弦乐,以便适应新型聆听集中关注的空间。这种集中关注的空间与旧的商品化聆听根本不同,后者备受反瓦格纳者(从敌视他的同代人一直到阿多诺)的指责,但后来被当代音乐研究最好、最敏锐的评论和分析取而代之。如果应该否定在类似音乐的时间性艺术里几乎不可能构想某种纯粹的现在,那么作为回应,我想从关注音乐事件的音质和音色方面对它进行描述,从关注它的乐器整体和奇妙的声音结合方面进行说明。声音的结合必然使声音的经验脱离它在时间中的运动,而且远比某种新音乐自相矛盾的非时间性方式更加确定。

这两种时间性由此变得像是音乐的历时性和共时性,而正是本着这种精神,现在我想从音乐转向戏剧,探讨齐格弗里德的问题,即最后的魔药问题,因为在《众神的黄昏》第一幕里魔药使他失去了对布伦希尔德的记忆。关于这个人物我们做什么呢?伟大的东德导演约阿希姆·赫兹(Joachim Herz)曾这样评论他:从人性解放的视角出发,齐格弗里德不过是一个角色分配的错误。同时夏侯这样描述他自己的困惑:

> 面对齐格弗里德,我确实失去了冷静;但我在等着听任何导演告诉我,他觉得齐格弗里德没有问题。他不必对瓦格纳有任何了解,不必了解他的作曲问题,也不必了解他妻子科西玛以及他们生活中发生过什么。他只知道页面上的人物,也就是他必须使之活起来的那些人物。如何使齐格弗里德活起来呢?我觉得对于排练唯一可能的指导是,他时时暗中怀疑通过他表达的东西他不能直接面对,因为那些东西太重,他难以承担。但是,如果他真是个"不知道恐惧的人",那么人们怎么能协调那种天真的愚蠢和我刚刚提到的困境?所以我建议,演员要经常在即将实现的时刻非常简明地呈现自己,并通过焦虑、通过绝望或更普遍地通过怀疑表达自己

的恐惧；他表现出丢失了某种东西的感觉，某种对自己的怀疑，而且当他尽力去想时有一些走神儿的时刻（像卡森·麦考勒斯所说，回到自己的内室，发现没有他可用的东西）。所有这些显然都是文学的：角色写得贫乏，只能得出这种结论。[17]

这是一种严肃的指责，并包含这样一层意思：导演有最后的发言权，因为导演如果不能在表演中理解戏剧，那么——不论理论家对角色的解释多么聪明——其判断也是决定性的。因此，真的很难找到一个具有夏侯那种超常理解性和想象力的导演，很难找到他那种创造性和精湛的舞台技巧，但即便是他，面对瓦格纳的戏剧性要求也绝望地举起双手。

确实，我们现在无须完全放弃对不良写作的概括性判断。相反，我们可以利用 T. S. 艾略特旧时的"客观对应物"概念，按照那种概念，他曾谴责《哈姆莱特》对哈姆莱特主观上厌恶母亲及其通奸行为缺乏表达力，指责莎士比亚没有找到一种客观的（和戏剧的）形式来描写这种奇怪的复杂情绪（或许我可以说是情感）。[18]我们也可以对瓦格纳作品的多个地方提出这种指责，这里的理解是，对于音乐剧，"客观对应物"要包括音乐以及词语和动作。正因为如此，我常常觉得《莱茵的黄金》的高潮时刻在这方面不够充分。你们记得，在《指环》开篇，"前夕"一幕竟以伟大计划的结论开始。"多么完美的不朽之作！"（WR，i，70）沃坦叫道。永恒之作，伟大的计划（瓦哈拉神殿），已经被胜利完成！计划已经完成，该考虑新的计划——最后，我们可以把所有对劳动和计划的哲学分析都读进这种奇怪的开始，从黑格尔和马克思到海德格尔和萨特：当计划完成之后，它就被外在化了，在"完成"一词的中性意义上它被异化了，并不再属于我们，如此等等。在沃坦于《女武神》的发现里，我们对"外化"（外在

第二章 作为戏剧家和讽喻家的瓦格纳

化和客观化）的概念有一种原初哲学的批判：除了他自己，他永远不可能真正生产任何东西，那种真正的他者性不易受人类生产的影响：

> 我发现我厌恶的
> 永远只是我自己
> 在我涉及的一切之中！
>
> (WR，*Walküre*，II：ii，152)

无论如何，正如我们都知道的，仍然存在的问题，由此开始了一个漫长的、无法预见的旅程［记得在开始时，诸神对黄金一无所知，其他的超人（巨人和侏儒）也不知道——至少一直到阿尔贝里希发现之后］。所以在这第一个周期的前夕最后，沃坦必须发明一个新计划，实现这一计划——不论成功还是失败——将占去未来三个晚上和作品本身的其余部分。

但是，这一新计划如何传递给我们？什么是它的"客观对应物"呢？这里我们只有瓦格纳对《莱茵的黄金》的舞台指导那些话："非常果断，仿佛被某种宏伟的理念牢牢抓住。"这句话可能只是表示后面的话："因此，我赞扬坚定，/既不害怕也不着急。"(WR，iv，116) 但这是一种手势和动作，根本不能传递"强大思想"的精神，实际上，在下一个剧目《女武神》（作为超人的创造）的漫长解释和叙事之前，这种精神一直没有传递给我们。这确实是瓦格纳的一个形式问题，如果你愿意也可以说是形式的矛盾。这里的困境是，你可以形成一个计划，而实现这一计划会打开变幻莫测的客体化和异化的命运，打开人类不可能自由的命运。怎样才能解决这一困境呢？

诚然，回到夏侯对齐格弗里德这个角色的判断，我们总可以看到大师的鼓励：孩子，努力创新！孩子们，创新，想想某个新的东西，使它成为新的！我们可能记得无法实现的舞台指导和背景要求，在瓦格纳自己的时代也无法实现，但现在通过现代的特技系统都成功地实现了。带着无限的感谢和敬意，我们告别了迄今30年之久的夏侯执导的演出，今天我们期待着现在和未来《指环》的不可预料的天才导演。然而，我仍然觉得，两种巨大的再现困境——沃坦的"强大思想"和齐格弗里德——对我们必定仍是理论困惑的对象。

实际上有许多理论框架可以安排并重新评价齐格弗里德这个角色。从某种历史的视角看——例如，从生产方式和社会体制的历史看——我们可以用家族系统的发展代替资本的原始积累和新生的个体主义的发展。我们还可以把一对英雄的竞争——齐格弗里德和哈根——理解为两个敌对家族发展阶段之间的竞争，而且两者都可以被看作肯定的人物（值得回忆一下，在《尼伯龙根之歌》里，哈根是核心英雄人物，齐格弗里德被缩小为一个插曲的角色，在诗里很早就结束了）。倘若如此，那么家族的生存就可以在时间里向后投射到图腾人物的身上，由此我们可以从一种新的视角看到诸神——他们的领袖是"光明的阿尔贝里希"（沃坦）；还可以看到侏儒，他们的领袖是所谓"黑暗的阿尔贝里希"。同时，两个图腾领袖的痛苦和焦虑表明，在这种本质上去中心化的社会体系里，"大人物"或族长的地位是不稳定的，这在后来的封建主义里有其相似之处。［就资本主义而言，我们也可以回想索思坦·范伯伦（Thorstein Veblen）对20世纪之交基本上是封建资本主义的看法，以及霍克海默对历史的看法，由于家族变成了罪恶的匪帮，霍克海默把历史看作一系列的"敲诈"和欺骗。[19]］于是，瓦格纳的古代元素呈现出一种批评分析的意义，而不是一种倒退的或反革命的民族主义的颂扬。

但是，我们现在必须直接面对齐格弗里德这个人物，因为他承载着双重意义，即承载着未来的希望，又承载着解决指环及其诅咒的险恶效果。有三个特征似乎使这位"英雄"比其他人物突出，甚至比他那个整体上更有魅力和悲剧性的父亲齐格蒙德还突出。首先，像与他齐名的人物格林一样，他是个不知道恐惧的男孩。其次，也许由于这种年轻的天真，他体现了一种更普遍的对世界以及对自己族谱的无知，这也可以被认为表示他开始形成个体主义（例如，作为一个资产阶级的主体）。最后，更莫名其妙的是，也许是前面所说的一切相结合的后果，他似乎代表着"自由"，而这个哲学概念一般与瓦格纳无关，除非我们回想起 1849 年德累斯顿的路障①，回想起巴枯宁，以及瓦格纳据称是革命的无政府主义。（实际上，齐格弗里德偶尔被认为与巴枯宁②本人相似，这对旧的、传统的、更粗糙的歌剧生产似乎更可信，但不适合晚近的歌剧：我们可以想象哈根长着北欧海盗那样的胡子，但对年轻的齐格弗里德就不那么容易。）

  对所有这些构成元素，我们要增加那种神秘的遗忘魔药——或者，它是一剂爱情的魔药？（瓦格纳自己对此从未明确）——以及它似乎一直召唤的审美判断。托马斯·曼认为瓦格纳本可以删除魔药部分；其他人把它视为情节剧的讨好行为，与在最后音乐剧里仍然存在的传统大歌剧机制有关，当然因为那是初出茅庐写的第一个剧本的文本。[20]此外，我们还有不知感恩的"儿子"尼采提出的哲学问题。齐格弗里德是超人吗？如果不是，为什么不是？1876 年整部《指环》（在拜罗伊特）首演之前很久，尼采就对《指环》尤其是齐格弗里德非常熟悉；但 1876 年，尼采非

---

  ① 1849 年，德累斯顿爆发立宪主义者的起义，受到镇压，瓦格纳曾参与设置路障。

  ② 米哈伊尔·亚历山大罗维奇·巴枯宁（1814—1876），俄国早期革命者，后背叛革命，著名无政府主义者。

常果断地离开了大师：主要是因为瓦格纳不断地对他的小圈子演唱他的音乐剧，并且已经出版了剧本和乐谱，而作为弟子的尼采本人也是个天才的音乐家，他可以在自己的钢琴上弹奏。可以肯定，尼采最讨厌和感到幻灭的根本原因是那部沉重的、伪宗教的《帕西法尔》。齐格弗里德似乎并没有证实那种对堕落的基本判断，而尼采认为瓦格纳基本上是颓废的；实际上，这位哲学家很可能是第一个［在《瓦格纳事件》（Der Fall Wagner）里］以费尔巴哈与叔本华对立的方式提出了对瓦格纳的解释：

> "人们怎么能消灭旧社会？"只有对"契约"（传统，道德）宣战。那正是齐格弗里德做的事情……黄金时代出现；代表旧道德的众神的黄昏——一切弊病都被消除。
>
> 长期以来，瓦格纳的船愉快地遵循着这条路线（费尔巴哈-巴枯宁的革命路线）。毫无疑问，这是瓦格纳寻求他最高目标的地方——发生了什么呢？一种不幸。他的船触到暗礁：瓦格纳不知所措。暗礁就是叔本华的哲学，瓦格纳在一种相反的世界观里陷入困境。[21]

应该注意的是，不仅从这一素描中出现的齐格弗里德是真正革命的（远不是他必须为现代听众删改的喜剧人物）；他所代表的理想——摧毁宗教，终结法律和道德——恰恰也是尼采推崇的理想，尼采直到他意识生命的最后一直坚定地捍卫这种理想。在那种意义上，尼采实现了费尔巴哈（费氏很早就退出了思想政治领域），他对瓦格纳父亲般的崇拜，肯定至少部分地受到这位费尔巴哈式革命者足迹的激发，虽然瓦格纳那时在特里布申过着家庭生活。

不过，我们必须再进一步。甚至在破裂之后，尼采也对齐格弗里德这个充满模糊性的人物令人生疑地保持沉默；但是，超人的概念在 1880 年代《查拉图斯特拉如是说》问世之前并没有真正形成。不应该进行这样的推测：正是关于瓦格纳对未来英雄的戏剧再现的这种可疑的模糊性，才迫使尼采力图进行某种新的理论阐发。这种理论阐发不会导致对新人物的再现，而恰恰是查拉图斯特拉对他的召唤："我教你成为超人。人是某种应该被战胜的东西。"[22]查拉图斯特拉本人也不应该以任何方式被当作超人（当然有病的、神经质的尼采也不是，他的整个工作就是尽力战胜自己）。这种对未来预言性的悬疑，这种精心设计的对任何肯定性细节、任何欲望特征的遗漏，且不说更充分、更具体的描述（如列宁主义者对未来共产主义没有任何描述），都表明了对瓦格纳实验的修正，然而它与瓦格纳都深刻地预示了未来，遵循布洛赫我们甚至可以说，那是乌托邦的方向——后来尼采尖刻地称之为"预感"（Ahnung）。

因此，在这种意义上可以进一步推测，尼采充分意识到瓦格纳的齐格弗里德不可再现的（甚或滑稽的）东西，所以他在这方面对自己努力尝试的概念采取了预防措施。不过，除了赞成对瓦格纳的"所有价值重新评估"（不包括旧的价值、习惯和法律），仍然还有查拉图斯特拉预言的另一个特征，它可能为我们提供某些有益的教训。它不是名言"权力意志"，权力意志被认为破坏瓦格纳那种权力与爱情之间的经典对立，因为尼采——这里是敏感而坚定的"心理学家"（他如此称呼自己）——认为，爱情像其他一切事物一样，其本身就是一种权力意志的现象。确实，预言的另一个特征不是权力意志，尼采学说的特征在这里对我们有更大的意义，确切说那是一种永恒轮回的学说。

我想对永恒轮回有许多解释的方式，就像对弗洛伊德的死亡—意愿有许多解释的方式一样；实际上，任何自尊的知识分子和理论家肯定都想尽量发明一种自己的新方式。无论怎样，我建议这里把永恒轮回读作对永恒现时意识的承诺，现时意识迅速变换的内容和结构总是会得到肯定，不论它们对未来（或过去）会产生什么影响。如果你愿意，你可以在这种解释里逐渐理解我前面概述的两种时间性的理论要点。在年代时序和永恒现时意识之间存在着对抗。"同一个"永恒轮回意味着意识——作为非个人的，作为与任何唯心主义或唯物主义无关的——永远是"同一个"。

把这种奇怪而又纯属哲学的概念用于瓦格纳是否显得武断呢？但他自己发明了这个概念，而且与布朗肖（Blanchot）、克洛索夫斯基（Klossowski）和德勒兹的理论阐述恰相一致，正如在沃坦与自己的失败做斗争的不同阶段中我们所发现的一样。一般说，哲学问题（假如可以称作哲学问题）出现在所谓诸神长生不死与赫拉克利特的宇宙时间流逝之间的不一致性或鸿沟当中；在赫拉克利特的宇宙里，甚至他们的永恒也难以不受命运的左右（海德格尔喜欢阿那克西曼德的箴言：他们必须偿还对时间欠的债）。[23] 诚然，这是一种再现的矛盾。它不会在基督教里存在，在基督教里时间性分裂了，上帝（未被再现也不可能再现）仍然是永恒的，而耶稣基督（按照他的人性再现）服从于时间的流逝和命运。但是，如果诸神被赋予人的形象，那么后者必然会受到某种挑战，可能是一神论本身的挑战，也可能是构成其背景故事的更原始的神话的挑战。于是，宙斯推翻了克洛诺斯（Chronos），诸神诞生、结婚，诸如此类，直到最后，在基督的支持下，他们因耶稣的出现变成了许多魔鬼［参见让·塞兹奈克（Jean Seznec）的博学的解释］，抑或像在福楼拜的作品里那样奇怪地死去。[24]

人们会看到，这恰恰是《莱茵的黄金》为我们戏剧化的过程，其时，诸神失去了福蕾雅的"金苹果"（只把后者的音乐留下）。但正是这些神的软弱准备了他们最后毁灭的可能性。应该注意的是，这种悖论适合所有现代关于诸神的再现，一直到萨特

第二章　作为戏剧家和讽喻家的瓦格纳　　59

的《苍蝇》(1943)；那是一种再现的窘境，它以某种方式使我们从费尔巴哈又回到黑格尔：因为诸神作为再现本身的存在，作为戏剧人物的存在（不只是偶像或形象），意味着他们只不过是人们心里的幻想和投射。因此，在黑格尔的某种意义上，他们的外貌具有一种真实性，一种自身的客观性，即使他们的真实性并不存在。此处我觉得这种文本有一个自我指涉的维度，在无意的情况下，诸神自己作为客观现象的外在化变成了作品更深刻的主题，不论作品对诸神的公开判断如何——他们存在，或他们不存在——事实上都突出了再现他们必然出现的问题，仿佛他们一开始就存在似的。

不论怎样，沃坦自己最终的"失败"和毁灭也有一种自我指涉的色彩。不过，更直接的是，由于文本在这里沿袭斯堪的纳维亚史诗中最后一场大战，所以它预设了那种可能性，甚至诸神的首领本人最终也与他的"种族"一起被消灭。我们已经知道，像宙斯那样，沃坦在世界梣树的符文里也是更大权力的命运主体。然而这种限制是他自愿选择的（他从世界的神树上砍木做矛，接着在因果决定的最后灾难中神树立刻开始慢慢地死去）。

但是，关于沃坦在《女武神》里的结局，后当代的东西是他的计划失败——法律和符文迫使他杀死自己选择的代理齐格弗里德——只在开始产生出绝望：

啊，正义的耻辱！
啊，可耻的悲痛！
上帝可怕的需要！
上帝可怕的忧伤！
无限的愤怒！
悲伤永无止境！
一切生命中

> 我最为不幸！
>
> （WR，*Walküre*，II：ii，148）

接下来是一种自杀的冲动：

> 放弃我的工作；
> 我唯一想做的事情：
> 结束——
> 结束！——
>
> （WR，*Walküre*，II：ii，153）

我希望这并非滥用自我指涉的概念来表明下面的情况：当沃坦要求"结束"时，戏剧也要求一种结束自己的方式，完成一切。在这种意义上，最后的大火不仅实现了阿多诺的巴枯宁逸事［如果这是水，伟大的无政府主义者被假定谈及《漂泊的荷兰人》(1843)，那么当他遇到火时会是什么样子？］；而且它同时还转移了传统上关于布伦希尔德最后独白三种结局的批评争论。于是真正重要的不是它表示什么意义，而是在什么程度上它变成了一种绝对结束感的原型：它意味着"结束"本身，而不是某个事物的这种或那种结局。

接下来他寻求与艾达协商，但不是为了了解事件和历史的过程，而是作为紧急关头最后的补救方法：

> 但我要感谢
> 你丰富的智慧，
> 说出了如何停止
> 滚动的车轮。
>
> （WR，*Siegfried*，III：I，225）

但这里没有最后的方法，《指环》隐含的历史观非常有趣的特征就是历史本身力量的根本转换,一旦引入了金钱(黄金,指环)它立刻发生了转换。在这种转换的早期——如像是前资本主义的景象——行为本身(不论是诸神的,还是人的)使力量开始运转并构成真正的原因。因此,出现了阿尔贝里希诅咒的力量,甚至齐格弗里德不知恐惧的力量,更不用说沃坦的阴谋计划了。在这个世界上,许多不同的力量、不同实践的原因和结果都相互发生作用,不考虑是失败还是胜利:行为和事件仍然以人的——或许最好说拟人化的——标尺衡量,因而"自由"的语言仍然得到确证。

但是,这种行为网络的另一面渐渐地显示出自身,那就是超越任何拟人化控制的系统决定。这里甚至命运也改变了它的意义,它从个体的命运变成了某个过程必然的盲目力量。在交流系统里,货币在这里是新的声音的元素,正如哈贝马斯在《交往行为理论》(*The Theory of Communicative Action*, 1981)里所说:正是这种外来的躯体、这种化学的构成元素澄清了事物的另一种秩序。它使"滚动的车轮"向前,就像沃坦看到的那样,从孤立社群的多种独立的历史当中出现了一种包罗一切的总体性,这种总体性无人能够把握或改变。不清楚的是,在这种新的、第二级的意义上,在体系、实际是资本主义本身的意义上,指环重归莱茵少女是否可以恢复事物在历史之前那样的原始状态。

事实上这是瓦格纳的观点,根据外在和无关的哲学或历史理论,它被刻写在文本之内而不是强加于文本,因此它可以通过《莱茵的黄金》里的爱尔达和她女儿们(命运三女神)的反应来判断。非常明显,爱尔达体现知识,即对所有历史事件和结果的了解:

> 诸事过去怎样——我知道;
> 诸事现在怎样,
> 诸事未来怎样,

> 我也明白……
>
> （WR，*Rheingold*，iv，112）

这种知识明显是个人命运的知识，交织着叙事中对他们的时序知识的叙述，交织着因果关系的时间性，以前和以后、过去—现在—未来。

恰恰是人类行为这种体系被命运三女神织入她们纵横交叉的网络中，它会被记住，但在《众神的黄昏》的"序曲"里戏剧性地破碎了：

> 一种永恒智慧的终结！
> 聪明女人不再
> 告诉世界她们的信息。
>
> （WR，*Gotterdammerung*，284）

与这种高潮破坏对应的是，爱尔达在她第二场里（在《齐格弗里德》那部里）的混乱，那时她听说了布伦希尔德的命运：

> 自从我醒来以后
> 我感觉心烦意乱：
> 世界旋转失控
> 出了错！
>
> （WR，*Siegfried*，III：i，256）

根据知识的性质，根据对过去、现在和未来拟人事件想象的性质，根据诸神即将覆亡来解释这种决定性的破坏是非常错误的。事实上它是一种全新的历史时间性的出现，即货币的出现：此后在个人行为核心显得混乱的东西，呈现出一个非常清晰的"滚动的车轮"，一种非个人的决定，它源自非人的、超人的立场，亦即后来的经济体系。

因此,《指环》这里记载的是两种事物之间的根本差别:一种是历史的动力,实际上是资本主义决定论;另一种是早期的生产方式,向前延伸到乡村文化,树林中孤立的茅舍,甚至诸神和人、侏儒和巨人那种自足的家族。

于是,回到沃坦及其对永恒轮回的预示,他绝望和失败的效价的基本变化,其中必定包含从被动到尼采称之为肯定的转变,换言之,也就是永恒轮回。这并不是顺从或强忍着接受;它远比那种情形主动:欢迎这种结果,仿佛你一开始就希望的那样,仿佛你希望它源自永恒(一而再,再而三地在语言里"反复重现"):这是沃坦现在的新选择;在爱尔达第二场高潮时刻和直到转换结束:

> 害怕诸神消失
> 不再吃掉我
> 我现在的愿望就是如此!
> 我曾拼命解决的
> 事物,
> 在内心混乱的强烈
> 痛苦里,
> 我现在自由表演
> 高兴且愉快地……
>
> (WR,*Siegfried*,III:i,257-258)

但是,沃坦误将这种肯定作为自己的选择;选择——诸神的终结——是为他准备的;他重新选择了它——命运之爱:他以新的选择或肯定的形式对它设想。正是在这种意义上,布朗肖的朱丽叶——完全像她敏感的姐姐朱斯蒂娜那样面对同样的折磨和屈辱——通过选择那些屈辱而不是忍受它们掌握了自己的命运。[25]

这就是绝望的尼采发明的那种永恒轮回，或肯定你最初好像就希望的那种恐怖［请注意，在瓦格纳和据说是后叔本华或反叔本华的尼采那里，叔本华的术语"will"（意志、希望）一直被主动地坚持使用］。

我想结束这种冗长的补充性说明回到所说的方法问题，按照那种方法，齐格弗里德也可以说体现了尼采的永恒轮回，或至少以某种重要的、富于启示的方式预示了永恒轮回。因为永恒轮回之永恒现时的另一个特征是强烈的健忘，就是说，故意抹杀过去（实际上，可能也抹杀未来）。在《指环》的插曲里，最容易引发批评抱怨的就是在《众神的黄昏》里把魔药给予齐格弗里德，使他立刻产生出丧失记忆——特别是对布伦希尔德的记忆——并陷入与古德龙相爱的效果：独特的结果无疑意味着与单一的经验一致。因此，这种完全不同的爱情药剂在《特里斯坦》里不可避免地进入思想（正如我已经谈到的，托马斯·曼认为瓦格纳应该把两者都抛开），而魔幻色彩也微妙地干预了其他各种非自然力量，例如阿尔贝里希的诅咒。举例说，如果人们知道当下的人布伦希尔德也是一个女巫，至少她身上的某些更超验的属性已经消失，那么这一定会令人感到不安。

我自己不同意这些判断。为了使情绪转变成情感（或至少以一种新增加的情感覆盖它），合乎逻辑的做法是：无论存在什么戏剧技巧的情绪成分，都应该叠加纯粹身体或生理的维度，使身体充满毒药的狂热，血液致命地沸腾，以及突然陶醉的药物冲击。我把这里所说的情绪（健忘，大怒）作为年代时序和"讲述"的建筑材料。据此，药物对情绪事件附加的情感维度在很大程度上是场景现时形成的寓言，也是两种当下共存的时间维度之间张力的寓言。

但是，对情节剧药物机制的辩护，也可能引发较少理论而更

第二章 作为戏剧家和讽喻家的瓦格纳　　65

多日常生活的心理层面。实际上，因为齐格弗里德可能保持着孩童的心智，很容易受到影响，接受瞬间及其直接的诱惑，所以让他屈从这种魔力绝对是合适的人物；或者，如果你愿意，也可以说这种魔力本身只是戏剧化和夸大了已经存在的条件，即他个性中先前存在的特征，其中幼稚和冲动已经结合在一起。尼采后来提出以"强烈的健忘"代表超人，但他不可能忽视那个未来人在这方面的枯燥乏味——这是他没有以查拉图斯特拉再现这个人物的另一个原因，也是预言性诉求的对象而不是可爱的细节描绘。后来，凯撒·博尔基亚掠夺的残酷性被添加到尼采唤起的"强人"身上，以便消除齐格弗里德天真幼稚的所有痕迹，而伯里克利所赞扬的雅典人的"无忧无虑"——"大胆和恶毒""疯狂、荒诞，以及突兀的表达，他们的作为不可预料，甚至不可思议"[26]——与齐格弗里德那种日耳曼人的大胆相去甚远，就像比才（Bizet）与瓦格纳相去甚远一样。诚然，齐格弗里德和同名歌剧的第三幕之间有 12 年的差距（且不说与《众神的黄昏》的差距），这一点应该纳入对他的描绘成熟过程的考虑，即使不考虑他的性格本身；而齐格弗里德之死，他恢复对布伦希尔德的记忆，以及布伦希尔德同样被唤醒，肯定可以说标志着这个人物的发展。

　　现在，我想从一个不同的角度来看齐格弗里德的性格问题及其意义。在瓦格纳的音乐里，似乎尖锐刺耳和不可改变的英雄模式已经成为常见的特征——由于许多管弦乐队传统方式的音响（布列兹对这一问题特别刻薄），由于对瓦格纳本人多不胜数的政治漫画，这一印象被强化了——这种特征可能遮蔽了戏剧和音乐都取得更微妙效果的一些时刻。布洛赫非常擅长音乐本身的这种效果。[27]我想强调戏剧的类似特征，因为它们经常被声音和典型的瓦格纳"风格"淹没（对此作曲家本人有时应该负责）。

　　因此，正是那种看似无休止地拖延的爱情二重奏（在《齐格弗里德》第三幕里）常常使最具同情心的听众/观众感到愤怒，在没有字幕的情况下尤其如此。我们这里失去了关于两个童贞的焦虑和犹豫的最微妙的戏剧，关于接近和远离那种错误地被称作引诱行为的最微妙的戏剧，也失去了把瓦格纳刻意描写的那种发现（两者都发现）性别区分的"恐惧"明显地戏剧化——这是一种值得最敏锐的"心理学家"的解释，而尼采非常赞赏法国传统里从拉辛到保罗·布尔热这样的心理学家。但是，确实瓦格纳的宏伟音乐可能分散我们对更多心理活动的语言戏剧及其变换的注意，事实上可能使我们完全忽视这种戏剧。

但是，我想提出瓦格纳戏剧另一个相关的特征，它甚至更少引起人们注意；我把它称作某些场景人物之间的一种劳动分工的寓言。其中最明显的当然是对沃坦"愿望"的"解构"，它始于《女武神》的第三幕第二场，在其最后一幕的第三场达到高潮。这不是对受挫的愿望和追求的一般描绘，虽然在戏剧方面它有助于把宏伟的安排表演出来，作为沃坦对弗里卡法律的屈服，以及随后布伦希尔德抵制沃坦的屈服而不是抵制法律。但恰恰是这种区别在这里面临危险，也是沃坦不厌其烦地表达的所在。我们已经注意到合法夫妻冷酷地拒绝这个非婚生女儿，她的正式作用只是和死去的英雄一起居住在瓦哈拉神殿（最初没有设计使用神殿），另外在各种特殊的境遇里充当沃坦的得力助手。所有这一切对于以适当的"戏剧"方式强化戏剧并扩展其内在关系是非常有效的。

但是，沃坦并非反对一般的不服从，而是远为更复杂的东西。在《女武神》里，在宏大告别场景的高潮时刻，沃坦把布伦希尔德抵制的意义阐发为一种对愉悦的实际窃取：

所以你做了
我非常想做的事情——

但我受到双重压力
不能按需要去做。
于是你轻松地认为
可以赢得内心的愉悦,
此时强烈的疼痛
冲进我的心脏
可怕的需要
激起我的愤怒……

(WR, Walkure, III: iii, 186)

对沃坦而言,难以忍受的并不是宏伟计划的毁灭,不是屈从的折磨、放弃的痛苦,甚至不是可爱儿子的去世。可以说,那一切都是正常的痛苦和折磨。不过,真正使他大怒的是布伦希尔德对他必须放弃感到高兴:她从他的处境假定那种巨大力比多的满足,包括过去和未来、欲望和实现:

何时我转向自己
吃尽折磨,
开始发怒,
软弱痛苦,
强烈渴求
狂热欲望
激起可怕的意愿
结束我永恒的悲伤——
然后高兴地放弃
甜蜜地安慰你;
着迷的情感
醉人的兴奋

> 你饮自爱情之杯
> 笑声中分开双唇——
> 而我的酒里混合着
> 无限抱怨
> 苦涩绞痛?
>
> (WR, *Walkure*, III: iii, 186)

62 毫无疑问这种情况的背景是日益发展的个性化。在前面的场景里,布伦希尔德肯定自己是他的希望,就像特里斯坦认为自己是伊索尔德、伊索尔德是特里斯坦一样,布伦希尔德与父亲也是一致的。她向他保证,当你告诉我内心深处的想法时,你不会是在告诉另一个人,或另一个主体;而在夏侯的作品里,沃坦的"自我表达"发生在一面镜子之前,并且去掉了他的眼罩露出脸来——这是一个有三个而非两个主体的情境。但在后来时刻,十分明显布伦希尔德使自己分开,成为一个独立的主体。

这个有趣的时刻不应该理解为简单的嫉妒,但关于瓦格纳的心理体系及其奇特性,我们这里也许可以插入某种解释。如果想象这个体系是围绕着传统的善恶对立组织的,那将是错误的,尽管其中有情节剧的现象,甚至允许像尼采那样把善解释成对核心主体欲望的肯定。因为在《指环》里取代恶的东西毋宁说是妒忌:一种羡慕和嫉妒的强烈混杂,它渗透到整个瓦格纳的感觉和动机之中。因此,这里赞扬巨剑诺顿克是"令人羡慕之剑"变成了成规——鲍尔特错误地把它翻译成"我需要之剑"(当然这是剑名的确切意思,而不是形容词令人愉悦的意思)。确切说,剑的荣耀是它唤起了他人的羡慕:这完全是封建名誉和英雄光荣的概念——伟大就是被人羡慕,而忠诚则是包含在那种对伟大的基本羡慕中的东西——例如,当巩特尔委婉地表示愿意成为齐格弗里德的属下,对此齐格弗里德意味深长地回答说,他没有房子也没有奴仆回报，他只有自己的身体。

这里妒忌是这种封建世界的原始驱动力；在后来的道德体系里可能被确定为恶的东西在这里从属于妒忌。沃坦作为最高地位的神是因为他不需要妒忌任何人（甚至对阿尔贝里希拥有指环也不妒忌）。同时，我们可以冒险做一种传记的思考，想象瓦格纳自己的偏执狂（以及他的反犹太主义）是感觉的表达，不仅觉得世界欠他的收入，而且其他所有的人——特别是其他作曲家——都妒忌他。因此他的宽慰（一般只是短暂地）在于发现别人，学生、情人，尤其是科西玛，还有国王，这些人把他们假定存在的妒忌转变成了谄媚。

因此，如果人们要构建一个瓦格纳的情感体系，毫无疑问将围绕着妒忌和"无畏"之间的基本对立进行组织，使定义不清的自由、爱情和法律等概念以符号的方式围绕着这种基本的张力聚集在一起。这里不是构建这种体系的地方，然而仍然应该观察瓦格纳最伟大的学生尼采对它修改的方式。因为瓦格纳的体系本质上仍是个人的。尼采的创造性——诚然，他自己远比粗暴的瓦格纳更加谦逊——是把妒忌的概念转变到集体范畴，即怨恨的范畴，而这肯定是尼采最有影响的哲学成就之一。在尼采那里，怨恨的对立面变成了一种不同的自由（你也可以说无畏），即孤独；因此，在后来的政治和意识形态世界，新的体系追求它自己独立的命运。

但是，在这种长篇附记之后，我们现在必须回到前面所说的瓦格纳戏剧里的"心理寓言"。当然，让个体人物承载这种或那种心理动机的意义是非常正常的（实际上，关于妒忌我们已经有过不可避免的人物雅戈）。使音乐剧能够掌控这种结构的是它所用的方式，它把所有的人物以及他们的相互对话都归入音乐元素，大大缩小寓言的拟人化所确定的传统距离。音乐呈现出心理功能，其中各种不同的冲动出现、区分并重新结合，用我一直想确立的术语说，它具有协调的作用，剧情里不同的元素——各种命了名的情绪和动机——变得一致并被转变成情感流。

这确实是在我想译注的第二寓言序列里发现的东西，即（再次）在齐格弗里德结束时的爱情二重奏。老女人为年轻男人提供了什么，把他作为新手或实际上作为学生？十分奇怪，另一方面也许并不惊奇，提供的正是她的知识。其范围似乎是从前面提到的魔力（她使他的身体刀枪不入，除非从背部攻击——现在我们已经知道）一直到命运交织的知识，一种她自己也缺乏的知识（哥本哈根版的《指环》确实让她在某种图书馆里研究以前更早的插曲）。事实上，《指环》里的人物没有一个真正是全知全能的。我们看到，甚至爱尔达自己在制造指环之后也失去她的先知。许多谜语和疑问的场景（你知道会怎样吗？）把这种方式提升到一种乔尔斯意义上的真正的"简单形式"，即使这种形式本身还不是一种文类（沃坦是这种谜语形式最重要的实践者，先是与米梅，然后又与齐格弗里德本人）。[28]前面我们已经说过，对于音乐剧开始部分各个原始世界的居民，几乎像中世纪那样无知。我曾谈到爱尔达那种全能全知（智慧），后来又谈到诺恩（命运三女神）的全能全知，我认为只有依托早期氏族和种姓那种几乎对地理无知的背景，全能全知才成为可能。这种可能性的丧失标志着一种新统一的、总体化历史动力的开始——货币或甚至工业资本主义的动力的开始。

然而布伦希尔德的知识仍是早期的各种知识：她知道各种人物和力量的命运，就是说，她知道相关的叙述和传说，并预见到（在《齐格弗里德》里）等待着他们的命运：

  你不知道的东西
    我代你知道；

第二章　作为戏剧家和讽喻家的瓦格纳

> 然而我进行了解
> 完全是因为我爱你！——
> 　　　　(WR, Siegfried, III: iii, 268)

但恰恰是这种知识，这种对以前和以后、过去—现在—未来时间性的"智慧"，齐格弗里德不能理解——确实，他的不理解说明了我们可以另外称之为他的无知或不成熟的东西：

> 奇妙的声音
> 你快乐地歌唱；
> 但它的意思
> 我却难以理解。
> 　　　　(WR, Siegfried, III: iii, 269)

这种不理解不应完全等同于入迷的、感性的沉思，等同于欲望及其意义，尽管那是表达它的前提：

> 我不能以我的感觉
> 理解遥远的事物，
> 因为所有这些感觉
> 只能看见和感觉到你。
> 　　　　(WR, Siegfried, III: iii, 269)

这种交流确认了两种不同的、在这里彼此相对的时间性概念——知识对感觉，布伦希尔德等于故事，齐格弗里德等于现时场景——并说明了一种双重的方式：一方面通过爱情的结合，另一方面通过音乐的机制，寓言式男高音和载体那种标准的机械分离在瓦格纳的作品里减弱了，变成了一种事件而不是静止的结构。于是，瓦格纳以自己独特的方式解决了重大的戏剧形式问题，即随着古代政体而瓦解的文类体系与在充分发展的工业资本主义中新生的自然主义之间的戏剧形式问题：特殊与普遍或个体经验与一般化意义的分离问题。通过孤立的家族进入王朝和联盟的新社会世界（遵循列维-斯特劳斯，德勒兹称之为从同宗到认同）[29]，齐格弗里德同时代表着那种旧的对不同世界地理仍然存在的无知。这种无知是他个人脱离家族和联盟的孤立，如果说它有什么作用，它只能表示"自由"在《指环》里可能有的意义。

因为沃坦面临着自莱克格斯以降所有立法者以及他们的理论阐述特有的政治困境，即如何避免强加一种必须自由选择的法律。[30]这是一种理论的困境，远比传统的法律和权力对立更加复杂，而那种对立常常被认为是《指环》的核心，甚至最经常地与专制者或篡权者相联系。但是这里，在这个新的人类世界里，甚至沃坦的权力也应该被他的臣民赞同和肯定。这是接受宪法而不是组织军事力量的问题，它与奈格里非常敏锐地根据从民选政权到委任政权的过渡所分析的那种奇怪的悬置相一致。[31]……

但沃坦恰恰处于同样的境遇。他必须创造实行他预先确定之计划的自由的人类个体，而个体的人又自由地以某种方式改造自己，根本不考虑沃坦。齐格蒙德整个成年与流浪汉生活在一起，并提前为他准备了一把战无不胜的宝剑，但他并不能实施这个计划。或许齐格弗里德能够实施，条件是他什么都不懂，对沃坦最初的目的一无所知。实际上，这种独立性意味着沃坦必须放弃他自己的权力（甚至他的神性）。于是齐格弗里德砍断了他的矛（意味深长的是，在哥本哈根版的《指环》里，正是沃坦自己把它折成两段）。因此，沃坦像他之前的莱克格斯一样，实际上他自杀了。

然而，齐格弗里德只要积累了足够的行动并有了命运——而且记着它！——他就从纯现时的时间性转到年代时序的时间性，尔后便被杀死。布伦希尔德自己仍然属于与旧世界和神相联系的命运的时间性，并且她还选择了随着它消失，仿佛这个新的人类世界甚至没有永恒记忆的一席之地。它也没有英雄的位置。它远不是把尼采"最后的人"的到来戏剧化，而是像在这里把超人限定为不仅是对"人"的胜利，而且是对人类英雄本身的胜利。

[注释]

［1］参见 Niklas Luhmann, *The Differentiation of Society*, trans. Stephen Holmes and Charles Larmore (New York: Columbia University Press, 1982)。

［2］我非常赞赏斯拉沃·齐泽克（Slavoj Žižek）的评论："难道黑格尔的《精神现象学》没有一次又一次地告诉我们那个相同的故事，即主体实现他的计划的努力不断失败？……"参见 *The Subject: The Absent Center of Political Ontology* (London: Verso, 1999), p.76。

［3］参见后面第七章。

［4］Ernst Bloch, "Paradox und Pastorale bei Wagner", in *Literarische Aufsätze* (Frankfurt am Main: Suhrkamp, 1965), pp.294–332.

［5］Deryck Cooke, *I Saw the World End: A Study of Wagner's* Ring (Oxford: Oxford University Press, 1991), pp.2–5.

［6］参见 Bloch, "Paradox und Pastorale bei Wagner"。

［7］我指的是德勒兹坚持通过艺术产生"新概念"——但是，概念不是以抽象的哲学语言产生，而是通过他们特定的媒介产生：于是便有了电影摄影的概念，色彩或响度的概念，如此等等。

［8］作为例子，参见 Eve Kosofsky Sedgwick and Adam Frank, eds, *Shame and Its Sisters: A Silvan Tomkins Reader* (Durham, NC: Duke University Press, 1995); Eve Kosofsky Sedgwick, *Touching Feeling: Affect, Pedagogy Performativity* (Durham, NC: Duke University Press, 2003); Jonathan Flatley, *Affective Mapping: Milancholia and the Politics of Modernism* (Cambridge, MA: Harvard University Press, 2008); Sianne Ngai, *Ugly Feelings* (Cambridge, MA: Harvard University Press, 2005)。

[9] Richard Wagner, *Selected Letters of Richard Wagner*, ed. And trans. Stewart Spencer and Barry Millington (New York: Norton, 1988), pp. 475-476.

[10] See Theodor W. Adorno, *Versuch über Wagner* (Berlin/Frankfurt: Suhrkamp, 1952).

[11] 众所周知,瓦格纳先写了《齐格弗里德之死》(脚本中《众神的黄昏》部分),尔后觉得应该把它置于早期的历史故事之中,最终依次成为《齐格弗里德》、《女武神》和《莱茵的黄金》。此后他开始创作音乐,仿佛倒转,以最后写的(《莱茵的黄金》)开始,然后推进到《齐格弗里德》,到第二幕,他停了下来,在12年的间断里,他创作了《纽伦堡的名歌手》(*Die Meistersinger Von Nürnberg*)和《特里斯坦与伊索尔德》(*Tristan und Isolde*)。最后,1864年,在国王的压力下,他重新开始,写了《齐格弗里德》的最后一幕以及歌剧最后的部分《众神的黄昏》。

[12] Friedrich Nietzsche, "The Case of Wagner" (1888), in *Basic Writings*, trans. Walter Kaufmann (New York: Random House, 1995), pp. 601-54, at p. 632.

[13] Richard Wagner, *Wagner's Ring of the Nibelung: A Companion*, ed. Stewart Spencer and Barry Millington (London: Thames & Hudson, 1993), p. 142. 此后,注释次序是歌剧的幕或场景、页码,如这里是 *Walküre*(《女武神》), II, i, 142。

[14] Claude Lévi-Strauss, "De Chrétien Troyes à Richard Wagner", in *Le regard éloigné* (Paris: Plon, 1983), pp. 301-324.

[15] 参见 Jonathan Carr, *The Wagner Clan: The Saga of Germany's Most Illustrious and Infamous Family* (New York: Atlantic Monthly Press, 2007)。

[16] 詹姆斯这样说:"奇怪的积习是,图画总是嫉妒戏剧,而戏剧(虽然我觉得总起来说更耐心)总是嫉妒图画。"参见 Henry James, *The Art of Novel: Critical Prefaces*, introduction by Richard P. Blackmur (New York: Scribner, 1962), p. 298。

［17］ Pierre Boulez, Patrice Chéreau, Richard Peduzzi, and Jacques Schmidt, *Histoire d'un "Ring"*: *Bayreuth*: *1976—1980*（Paris: Lafont, 1980）, pp. 76-77. 詹姆逊自己翻译。

［18］ T. S. Eliot, "Hamlet and His Problems", in *The Sacred Wood*, 2nd ed. (London: Faber & Faber, 1997), pp. 81-87.

［19］ Max Horkheimer, *Dämmerung*（Zurich: Oprecht u. Helbing, 1934）.

［20］ 参见 Thomas Mann, "Sufferings and Greatness of Richard Wagner", in *Essays of Three Decades* (New York: Knopf, 1974), pp. 307-352。

［21］ Nietzsche, "The Case of Wagner", pp. 629-630.

［22］ Friedrich Nietzsche, *Thus Spoke Zarathustra* (1883—1885), ed. And trans. R. J. Hollingdale (London: Penguin, 1969), p. 23.

［23］ 阿那克西曼德："万物由它产生，也必然复归于它，全都依照必然性；因为依照时间程序，它们彼此惩罚和补偿。""阿那克西曼德箴言"，见 *Early Greek Thinking*: *The Dawn of Western Philosophy* (New York: Harper, 1975), pp. 13-58。

［24］ Jean Seznec, *La Survivance des dieux antiques* (London: Warburg, 1940); and see of course Gustave Flaubert, *La Tentation de St. Antoine* (Paris: Charpentier et Cie, 1874).

［25］ Maurice Blanchot, *Lautréamont et Sade* (Paris: Minuit, 1949).

［26］ 尼采引用修西得底斯作品中伯里克利的葬礼致辞，以此作为对雅典人的赞扬："勇敢……善良和邪恶"。参见 Friedrich Nietzsche, *On the Genealogy of Morals, and Ecce Homo*, trans. Walter Kaufmann and R. J. Hollingdale, ed. Walter Kaufmann (New York: Vintage, 1969), Part I, Section 11, p. 41。

［27］ 参见前面脚注 5，p. 35。

［28］ 见 André Jolles, *Einfache Formen* (Tubingen: Niemeyer, 1930)。

［29］ Gilles Deleuze and Félix Guattari, *L'Anti-Oedipe* (Paris: Minuit, 1972), p. 170 (Chapter 3, Part 2).

[30] 见 Fredric Jameson, "Rousseau and Contradiction", in *Valences of the Dialectic* (London: Verso, 2009), pp. 303–315。

[31] Antonio Negri, "Constituent Republic", in Michael Hardt and Paolo Virno eds. , *Radical Thought in Italy: A Potential Politics* (Minneapolis: Minnesota University Press, 1996), pp. 213–221.

第三章　马勒的超越和电影音乐

献给拉蒙·戴尔·卡斯蒂洛（Ramón del Castillo）

  这是室内乐获得大丰收的一年（1927年）：先是三个弦乐器、三个木管乐器和钢琴的合奏，散漫的片段，我可以说体现了冗长的主题，人物的即兴创作，它们以多种方式进行，但从来都是含蓄的。我多么喜欢那种体现其特点的渴望、热切期盼的情形；那种浪漫情调——因为毕竟一切都以最严格的现代方法处理——主题，确实浪漫，但有许多并不"重复"的变奏。第一乐章明确被称作"幻想曲"；第二乐章是一种慢板，在有力的、逐渐增强的声音里升起；第三乐章是终曲，开始非常轻快，几乎像嬉戏，逐渐增强变成复调，同时呈现出越来越多悲剧严肃性的特点，直到最后像葬礼进行曲似的在忧郁的尾声中结束。钢琴从未被用作和谐的补充，它的作用就像在钢琴协奏曲一样是独奏——可能从小提琴协奏曲中保存下来。也许我最深为敬佩的是对解决声音结合问题的把握。在任何地方管乐器都没有掩盖弦乐器，总是使它们发出自己的声音并随着它们调整；只有在极少的地方弦乐器和管乐器才在合奏中结合起来。假如我做个概括：它仿佛是人们从一个确定和熟悉的环境被吸引到更荒凉的地区——一切都与自己的经验相左。阿德里安对我说："我并不想写奏鸣曲，而是想写小说。"

托马斯·曼：《浮士德博士》[1]

一

确定作品的主要形式矛盾并非要批判它,而是要找出它产生的根源:换言之,就是遵循卢卡奇有用的方法,阐发作品试图解决的形式问题。如果不正视这种形式问题,换句话说,如果不努力解决真正的矛盾,那么就很难看出作品何以能有任何独特性或赢得价值。形式问题(不一定解决,因为矛盾永远不会得到解决,对它们的"解决"只能通过阐发)确保作品的历史地位,包括形式历史,最主要的是通过形式确定不同层面社会的历史、主体性的历史,以及生产方式的历史。

马勒的评论者常常从他的歌曲开始,这些歌曲确实非常优美和独特,因此也可以记录下来作为管弦乐延伸的重要源泉。但是,由于它们是诗歌,由口头语言构成,它们很容易引起意义(不论是传记的,还是客观存在的)方面的评论,危险地导向解释的泥沼,而任何坚定的形式分析都会尽量避免这种解释。

(值得补充的是,不仅这些思考漏掉了歌曲——抒情作品非常重要的部分,从任何观点看,它们都代表着德国歌曲作为一种形式的高峰——而且这些歌曲与交响曲极其不同,甚至可以认为它们是一种完全不同的艺术或媒体实践,就像一个伟大的画家写抒情诗,或一个伟大的剧作家迷恋十四行诗系列,或一个小说家绘画,一个诗人制作电影——或者,甚至一个画家讲述故事!歌曲把交响曲作品的素材转变成美妙的音调,由此将动人的声音在变动中转化成具体的、难以忘怀的抒情表达时刻。《大地之歌》是对生活的告别,但不是哀怨生活的紧张,而是把生活的紧张提升为对特别记忆的肯定——"苦乐参半",就像文化记者们说的那样。这确实是谈论旧式的解释意义的地方——不论乐观还是悲观——也是引发情绪而非情感的地方，正如我将说明交响曲作品时那样；但它是一种根本不同的语言或媒体，与声音代表的东西迥异，例如在尼采伟大的抒情诗里，它嵌入了第三交响曲，甚至在《大地之歌》的某些段落里，交响曲有些冒险地接近于压倒中国诗歌以及暂时与之一致的歌手。歌唱是独特珍贵的时刻，适合特殊的场合：交响曲的精心制作是无止境的，人们可以随时投入正在进行的作品，提出新的问题，找出新的答案。）

在马勒还不是一个作曲家之前，他首先是一个管弦乐队的指挥。（"任何一个傻瓜，"阿多诺告诫我，"都能够在他的音乐里发现指挥家的音乐痕迹"[2]；也许这种放肆的评语使我有资格在后面针对阿多诺进行某些批评。）当然，同样合理的是对声音进行更多的形式思考，并把它作为另一种乐器，因为在所有其他乐器都已经完成它们的作用并穷尽它们潜能的这一时刻（例如，在第三交响曲的第四乐章里），出人意料地引进另一种乐器是比远处牛铃叮当声更大的冲击。

同时，合唱的介入在传统上指的是文章标题所许诺谈及的超越，但事实是歌唱或歌曲本身在形式上应记录为一种管弦乐发展难以达到的封闭性（它们之间的关系可以不甚严格地比作短篇小说与长篇小说的关系），并通过提供更符合传统的完全停止（例如第四交响曲）用于避免终结的问题（对此我们后面再谈）：它是一种解决办法，但与那交响曲那种著名的欢快或田园风格毫不相干，而是一种纯形式的解决办法。

因此，我们必须以管弦乐队自身开始，它在后瓦格纳时期大大扩展，并在19世纪的城市里成为一种合适的、主要的社会机构，包括它的预算，它与政府的关系，它的官僚或管理地位，其中指挥家相对新的地位最为重要。阿多诺把它比作突然出现的新型政治领袖（或甚至专制者）的角色，例如拿破仑三世或俾斯麦,好像它是可以鼓励我们对权力及其满足加以思考的某种东西,但是它还更多地从物质方面吸引我们注意后勤工作,管理一个大管弦乐队的情形如同管理军队,而不是像写一部长篇小说(尽管左拉能够把他的创作转变成项目,包括研究、档案、考察旅行,以及各种计划)。

与此同时,我们还必须回顾达科·苏文(Darko Suvin)所强调的那种基本类比,即另外一种可与之相比的艺术机构,就是剧场,它自身也是复杂的工业社会的缩影,包括它的物质性和等级制度,它的劳动分工和职业,有技术的和缺少技术的,它的助手及其官僚分支和下属,更不用说某种选举的公众坐在它面前进行评判。因此,像剧场似的,交响曲管弦乐队代表一种社会总体性的形象,一个社会的世界,其中国家及其功能也是象征性的角色,而关于它们的争论(就戏剧而言,我们有多种丰富的记载,从达科·苏文记录的那些关于巴黎公社的争论[3],到阿陶德和布莱希特的宣言,关于事件的概念,再到我们自己时代的演出实践),包括音乐和管弦乐队理论,其本身都是政治性的:它们重演各种政治哲学和意识形态,各种策略,宪法和革命危机,这些都是现实世界特殊审美生活中熟悉的东西,它们经常成为对这些东西的寓言式表达。

同时,这种强调也对风格问题提出了新的解释。毫无疑问,调配更大的管弦乐队打开了新风格的可能性,同时它也产生限制作用,即排除旧的简单性和它们能够运用的情节剧形式,要求创造新的更复杂的措辞表达。

诚然,风格是对意识形态和我们常说的世界观的含蓄的表达,就像斯皮泽和萨特对我们表明的那样;但它们也有历史限制的功能,即限制作品能说什么以及它如何被历史地接受。贝多芬和马勒都有独特的风格,但在某种意义上,他们在形式方面的成就

第三章 马勒的超越和电影音乐

与那些更持久和更个人的表达形式处于张力状态,其中铭刻着时代的风格和某种风格(或时尚)的历史。

我们也不应该忘记类似"体制风格"的东西。或许我们会重新加入中性和描述性的形容词"交响曲的"(symphonic),以及"罗马风格的"或"小说的"等,当后两个词被用于单个句子时,巴特尽力表现出轻蔑的不满:对于看似完成部分或细节的无知,含蓄地召唤一种整体的体制形式,句子在整体构成中只是一个步骤。因为巴特的意思是,正如华丽的言辞可以立刻被发现是"雄辩的",同样叙事的意图——以及叙事的小说方式——也常常可以在瞬间"传递"的句子中被感受到,它是小说的示意标志,但不是在计划中大的、必需的成分里发现(例如开始和结尾,戏剧活动,等等),而是在最不重要、可以省略的顺带评论中发现,然而这种评论恰恰产生真实的效果,对小说作为一种活动在意识形态上至关重要。[4]

因此,也许这里不是在作曲里,而是在演出里,大型管弦乐队打败了自己,它使自己的措辞和击打显得华丽、丰富,完全让"交响曲"代表它的意思,暴露出管弦乐队、听众和作曲家都是其合谋者的体制,从而揭示出这种形式与资产阶级本身更深刻的构成关系,资产阶级使它诞生并培育了它的演出。这是一种对机遇的自我意识,对其有才干的、待遇丰厚的、有声誉的演出的满足,城市建造音乐厅,实行季节性票价:一看就比布尔迪厄的"区分"更加深刻,它非常短暂地暴露了文化的罪恶以及它与体制的合谋,而其所用的方式地方管弦乐队永远无法做到,或者有些不够非常完美的"打击"、不够舒适和自信的对乐章的把握(尽管非常困难)也不可能做到。当然,正如马勒在他自己所处的时代那样,越是非经典的音乐,这种明显揭示的场合越少用途;更熟悉的音乐也是如此,因为那些非常娴熟的老手——尽管他们本身仍然有精湛的技艺——不可能吸引这种短暂的注意力（因为我们事先就熟知管弦乐队和指挥的等级地位）。

风格概念本身——鉴于它从"刻写"或手写发展而来——开始是一种视觉艺术的鉴定方式，尤其是对绘画颜料的化学成分和画笔形态的分析（类似法庭上对笔迹的辨认）。只是随着个人对各种僵化传统抵制的现代主义的发展，独特风格的产生才被确定为"天才"的明确标志，并成为现代主义的核心目的和基本创新的坐标。

但是，在贝多芬的时代，创新仍然是革新形式的问题，仍然是扩展各种音乐类型表现能力的问题。贝多芬肯定有自己的风格，就像以他的主题方式所记录的那样，但那仍然是他的形式素材：因此他的英雄乐章中的敬畏——一点不像海顿，据说基本上受法国革命音乐那种全新和不同方法的激发并借鉴了那种方法[5]——不可能归纳为表达这种新能量的不同主题。

在一种方式更具"文化的"意义上——以不同的意义带有深刻的历史和社会标志——主题本身的什么特点仍然是一种"风格"？它不传递这种新历史事物的独特精神，因为它是非常革命的，带有巴特所称的维也纳城市性的社会文化痕迹（尽管事实上莱茵兰德的贝多芬和他之后的摩拉维亚-犹太人马勒一样，在这个国际大剧院里本质上都是外国人）。这些主题有一种典型的抒情风格，它使人想到布莱希特对勋伯格惊人的批判，理由是后者的音乐太"温柔"（也许他想到早期作品中那种更具表现主义激情的苦乐参半的情形，例如《升华之夜》）。这就是人们必定指责马勒的那种个人-文化风格中独立的具体维度，尽管后来某些这种维也纳城市性被认为是拼凑的，而不是表达这种或那种个人的一致性。但事实是，马勒的主题总是可以辨认的（甚至或特别是在缺少其形式语境的情况下），而且正是他作品中的这一成分或层面最终可能使听众感到厌烦，产生一种马勒式的疲劳，既与乐章本身的形式无关，也与那些乐章具体的管弦乐曲无关。

二

此刻，我们可以认为作曲家的作用是两个作家之间的一种合作，也许被赋予两种技巧并承担两种迥异作品的责任。在这种情况下，也许最经常的是单独一个作曲家兼具两者，这没什么；然而人们认为，按照事物的正常进程，音乐作曲采取初稿的形式，有基本主题和旋律草稿，有它们沿着时间发展的清晰理念，以及推动和引导它们的方向。（当然，对歌剧的作曲家而言，还有第三个阶段——或毋宁说第一个增加的阶段——即剧本的创作；但开始、中间、结束的顺序同样不那么重要，除非是逸闻趣事的顺序。）

在这个我们可以称之为线性草稿的时刻，也许甚至是故事或叙事的时刻，一种不同的进程必然参与进来，这就是对那个乐章谱曲，不仅使之协调（因为这常常是初稿的组成部分），而且在不同乐器当中进行分配，例如扩大乐器的利用，甚至反向律动，如我们可以称作漩涡或旋转的律动，等等。因此非常清楚，对于早期的作曲家，这可能是一种相对机械的活动，即以一种有限的管弦乐器、有限的声音、常常是常规的分配方式填充乐谱——但对于马勒，这种管弦乐的作曲过程不仅变得极其复杂，而且具有更重要的核心意义，因为我们的注意力会因此从连续性转到一种永恒的当下。诚然，这种劳动分工意味着对这种音乐的双重探索，既探索更大的形式，又探索聆听的时刻。事实上，所谓马勒作品的困难大部分源于乐章的长度，以及像良好的听众那样有效地、创造性地在记忆中把乐章连接起来的困难；真正马勒式的指挥——例如伦纳德·伯恩斯坦——的优越性首先在于所用的方式，其中序曲乐章被投射并标志出来以便保留在主动的记忆当中。伯恩斯坦的过度阐发——许多人似乎认为是自我放任和固执——也可以作为对修辞的强调，作为强调具体乐章的方式，它关注的是在我们聆听、记忆和期待中对乐章的组织。我们将会看到，这也可以理解为一个叙事或讲故事的过程，实际上这个过程经常导致滥用解释或抽象的重述。然而这种叙事意义上的观点可以理解为暂时性的，正如概要重述（例如关于第一交响曲结尾"爆发"争论的概要重述）[6]被理解为一种对先前事物的记忆，以及它们在时间和空间中的完全消逝。

在这种自觉行为当中，自负的犹豫、悬置、停顿肯定是有限的，它们使即将产生的跳跃戏剧化，这是重大的决定，是对管弦乐队的突然冲击，抑或调制成全新的东西，一般是节奏和速度的变化，其中短暂的沉默本身就是吸气，是音乐要素不可分割的组成部分。这种短暂的停顿也有自己的风格；其沉默部分本身就是一种姿态，它可以是华丽的或平凡的：伯恩斯坦或蒂尔森-托马斯明确地、引人注目地标示着这些时刻，否则这些时刻可能被忽视；它们仿佛是歌剧马勒的特征，自我戏剧化的作曲家兼指挥突出他自己的效果。但是，首先我觉得它们恢复了某些正在进行创作的性质，我不想把它们称作即兴创作，而是称之为常说的文本生产，仿佛我们目睹处于构想过程中的演说，它们不是某些已经记录下来摆在指挥家面前只需背诵或重复的乐谱。因此在这种值得赞赏的任性和演出的修辞方式里存在着创新，它使我们意识到音乐的真正发生，仿佛它已经在马勒的头脑里充分和谐一致地形成，就像说话过程中一个不完整的陈述，按照句子的发展自动诗意地展开自己，实际上并没有一个说话者事先已经完全想好并"有意"为之。

我们可以想象这种情形处于一种不同的境遇，例如伟大的名演员在一个轮演公司里的境遇：他假定各种小角色或人物与他同时表演，而他扮演主要角色，也就是英雄或浪漫领袖的角色。这样一个演员会为自己想象什么样的戏剧呢？肯定像莱昂内尔·阿贝尔（Lionel Abel）对哈姆莱特提出的建议那样，其中各种各样的情调都可以用来展现他精湛的艺术技巧：哀婉，喜剧，戴着面具，荒谬，感动，郁闷不乐，所有这些都集于一个独特而复杂的角色身上。[7]所以马勒作为一个职业音乐指挥的经验，或许也影响他自己对作曲效果的看法，激发他展现自己的技巧，使之达到非同寻常的精湛，并改变气氛，改变整个音域范围和情感，也改变表达方式和构成。

然而，空间意义或音乐视角主义可能占主导地位，因为我们的注意力从构想其情节的作曲家的角色转向管弦乐演奏家的角色，其中时间的当下变成了发明创新的地方，实际上变成了音乐事件本身的所在，某种新的声音确实在其他声音背后出现，而且不只是附加的。其实，此刻乐谱本身可能首先出现并开始指示线性的发明；无论如何，我的兴趣不是实际的或传记的过程——尽管每一个可能都非常吸引人——而是这一过程如何决定我们注意对它聆听，注意音乐作为一种巴赞式的深度冲击，其中我们不仅看到声音的同时性，而且几乎是视觉的透视，可以分辨出多层次的乐器，而它们在作品的深处彼此的距离各不相同：当然这在主题相同时最明显，因为它在彼此背后更大、更远、更沉静的空间里被重复，在单个独奏乐器的细微声音里达到高潮（舞台后面号的技巧扩展召唤着瓦格纳，召唤着消失在树林里的猎手，就像在传说或时间迷雾里那样）。但这里我认为，正是在第六交响曲里，我们可能遵循这种隐退层面的声音，回到几乎察觉不到牛铃叮当声的寂静，但通过这种方式马勒并非想表现田园风光，而是表现在我们自己之外的另一个世界的空间。[8]

三

通过这种从情节作家的作品转到舞台导演，我们面临着新的谱写音乐的可能性，其中各种声音组合可能对立并彼此搏斗，例如管乐会干扰弦乐，铜管乐像霸王龙雷克斯似的吓走了其他洪亮的声音；偶尔召唤秩序，其中一种类型的声音——不论声音高昂还是温柔，也不论是纪念碑式的还是像室内一样亲密——阻止管弦乐队其他部分增加的混乱，使它进行组合与有节制的活动；如果做不到那样，就会突然释放出各种类型的嘈杂声，结果造成混乱并促进混乱带来的兴奋。

因为正是声音组合（现在回到管弦乐队本身的问题）必须继续使听众出神入迷，而这些声响对应于某种类似听觉的壮丽景象：一种像烟花或马戏的事件[9]，其中听众疲惫的审美嗜好被赋予一场新的、迄今无人试过的组合盛宴；这与马勒整个独特风格的重复相当不同，与世纪末情调的历史也明显不同，马勒滞留在那种历史里，而我们最终（在我们探索新的历史感受当中）希望回避那种历史。也许因为从纯粹音乐史的观点出发，马勒接近20世纪的现代，所以暴露出一种含混性，既可以理解为19世纪调性和交响曲的终结，也可以理解为以全新的音质克服并取代它的最早的、强有力的冲动——可能由于这种难以确定的双重境遇和反应，我们才能够发现创新的需要在这种音乐内部以更新的方式得到满足，同时又不为其他东西而放弃传统形式。愉悦和痛苦，大调和小调结合，乐器而非音符与音调不和谐，"它伤害美妙的青春"（波德莱尔），甜里带酸，原生的，烹熟的，以及腐烂的，所有这些同时发生——这些就是马勒能够要求他的管弦乐队所做的那种结合："如果我想产生温和轻柔的声音，我不会使用容易产生它的乐器,而是使用一种必须经过努力并在压力下产生它的乐器——常常必须迫使它自身超出其自然的范畴。"他这样告诉鲍尔-勒克纳(Bauer-Lechner)。[10]所以甚至乐器也被用来逆反自身,被折磨成更新的创新,对场景产生更新的要求,更新的感受和兴奋,直到最后(至少在传统叙事的意义上)感受被弄得疲惫不堪,渴望获得休息,得到缓解。在这种喘息中,各种对传统的回归都会被再次利用起来,直到躁动的感觉恢复,消费的目的达到,创新性再次要求其应有的权利。这种情形适合所有的艺术,适合感觉经验的各个维度:我们需要再现新的感情和情绪,我们需要注意新的油彩和新的色彩搭配,我们也需要新的空间,我们厌倦了旧的永恒公共空间的选择,也厌倦了庸俗的、东西过多的内部舒适。它发现了在什么程度上节制、禁忌,各种强制的禁欲主义也可以更新其看法;沉默也可以提升音响的感受,而不仅仅强化大量管弦乐的巨大差异和不和谐。身体渴望极端;同时它被刺激得耗尽自己:在它出现的时刻,资产阶级的身体贪得无厌,希望在同一时间消失到它新的狂喜之中,被它自己形成的感觉摧毁。世界被一种新的躁动不安吞噬:

> 突然,从19世纪最后20年的平静心态里,整个欧洲出现了一种兴奋的狂热。无人确切知道正在做的是什么;谁也说不清它是否会成为一种新的艺术,一种新的人性,一种新的道德,或许一种社会的重组。于是人人都说出对此感到高兴的东西。但是各个地方的人们突然站起来进行反对旧秩序的斗争。勇敢的人突然到处出现在适当的地方,而且——这非常重要!——有魄力行动的人与有志气的知识分子把力量联合起来,以前被压抑或从未参与公共生活的某种天才突然被涌现出来。他们彼此之间极其不同,他们的目的不可能矛盾。有些人喜欢上层,有些人喜欢下层;有崇拜健康和太阳

的，也有崇拜纤弱少女的；有崇拜英雄的热情，也有信仰平民的热情；人们有虔诚的也有怀疑的，有自然的也有造作的，有强健的也有病态的；他们梦想旧时皇宫园林里绿树成行的林荫道，秋日的花园，平静如镜的池塘，宝石，大麻，疾病，相信魔鬼，但他们也梦想大草原，广袤的视野，铁匠铺和转动的磨坊，裸体摔跤手，奴隶起义，早期的人，以及社会的破碎。这些肯定是对立的、广泛变化的战斗的呐喊，但却异口同声地发出。对那个时期的分析可能产生某种胡说八道的东西，就像试图用木头铁制成一个正方的圆形，但事实上它整个混合成闪光的感觉。在世纪之交那个魔幻时期所体现的这种幻觉非常强大，以至于有些人对新的、尚未经历的世纪充满热情，而另外一些人选择尽快在旧世纪享受最后一刻，就像某人在肯定要搬出的房子里胡闹一番，丝毫不觉得在这两种态度之间有多少差异。[11]

所以，如果需要某种境遇的动因来解释我们这里终将提供的形式描写——随后是相对穷尽和狂热时期更大的刺激，喘不过气来的静止——至少在这里、在现代本身的真正要素里可以找到一种（不是唯一的一种）。

四

事实上，我们可以把这种情况称作标准的现代叙事：但它有自己特殊的音乐版本，我将集中（在发明调性以后）围绕着贝多芬穷尽的奏鸣曲形式来考虑，在贝多芬之后，一代追随者只会重复现成的形式方法，或者在随后一代当中，为了交响诗和各种形式的描述音乐或标题音乐而完全抛弃奏鸣曲形式。托马斯·曼的主人公阿德里安·莱威尔金颇有说服力地说明了为什么奏鸣曲不再有乐趣：

　　我对那种平淡乏味感到不安，而它竟是支撑的结构，甚至是天才作品实质的条件；我对其中的元素也感到不安，它们是训练和普通的特征，是获取美的常用习惯；我对那一切感到羞愧，感到厌倦，感到头疼，而那以前是正确的。如果提出"你是否理解它们？"这样的问题，那是多么愚蠢、多么虚伪呀！因为你为什么会不理解呢？如果它是美妙的，情形就会如此：大提琴自身发出一种沉思的、抑郁的主题，它质疑世界的荒诞，质疑斗争和努力、追求和苦恼的原因——一切都具有强烈的表达性和高雅的哲学性。大提琴短暂地扩大了这个难题，否定，悲伤，在它们看法的某一点，某个正确的选择点，管乐器的合奏以一种深沉充分的声音加入，使你心潮起伏，以合唱圣歌的方式，严肃动人，十分和谐，产生出各种铜管乐低声的庄严和温和约束的力量。于是，响亮的乐曲继续进行，几乎达到了高潮，接着按照它最初回避的经济规律，削减、停滞、下降、推迟，极为美妙地徘徊流连；然后隐退让位于另一个主题，一个歌曲那样简单的主题，有时幽默，有时严肃，有时通俗，天生明显自然地轻快有力，但你觉得它们狡黠，对于在主题分析和转换艺术方面敏感聪明的人，它证明自己极有意义，能够发出高雅的声音。有一段时间，这种小歌曲得到控制和配置，灵巧优美，它被分开，被仔细观看，变化多端，从中出现一个令人愉快的形象，并且引向小提琴和笛子演奏的最迷人的高潮，在那里暂停一下，当它达到最佳效果之后，温和的铜管乐重又以前面那种合唱圣歌的方式开始并逐渐突出。铜管乐不是像最初那样从开头演奏，而是仿佛它的旋律已经在那里一段时间；它严肃地继续达到高潮，并明智地克制一下子再达到高潮，以便激动的情感、惊讶的效果更加强烈：此时在短暂的大号音调的有力支持下，它华丽地呈现出它的主题，毫无障碍，然后仿佛十分满意地回顾完成的效果，一直高雅地唱到最后。

亲爱的朋友，为什么我一定要笑？一个人是否可以利用传统或因为有更大的天赋而把技巧神圣化？感觉更敏锐的人是否可以获得美？我抛弃不幸，我一定要笑，尤其在得到低沉的巴松音调支持的时刻，嗡、嗡、嗡，砰！[12]

然而，真正与贝多芬对立的人既不是他的维也纳前辈，也不是他的德意志继承人；达尔豪斯告诉我们[13]，与之对立的是罗西尼，是19世纪在意大利歌剧作曲家当中出现的一个独特而类似的流派。我们已经评论过歌剧问题（马勒指挥过所有的歌剧）；然而把马勒看作歌剧性的就会对他形成新的看法。

但是，这种把音乐源泉分裂成两种迥异的传统，说明了为什么在贝多芬之后只能有一种什克洛夫斯基（Shklovsky）的"马弃兵"（knight's gambit）类型的运动，他反对不是从父亲到儿子而是从叔父到侄子相继承的各种艺术的历史，因为其方式是激活并利用前辈可能只是间接运用的风格，但在主要渠道受阻之后现在它成了新的渠道。[14]

因此它非常适宜讨论音诗和标题音乐，但在马弃兵运动里，音乐史在这一时期遇到了真正的继承者瓦格纳，他跳到德国歌剧尚未实现的地方，在那里创造出一种庞大的管弦乐玩具供他的后继者玩赏（在音乐历史的标准叙事里，后继者当然是勋伯格及他的追随者，他们对传统与创新的结合被阿多诺经典地、也许相当阴郁地说成是一种封闭的故事）。但是，为了欣赏什克洛夫斯基的"历史理论"在这里仍然有效的启示，我们必须以一种有些不同的方式修改阿多诺。人们记得，在对1876年拜罗伊特首演

第三章　马勒的超越和电影音乐　　91

《指环》失望之后，在《帕西法尔》引发争议而感到失落之后，瓦格纳宣布此后只写交响曲；我们不知道它们是什么样子，即使不一定对他不写歌剧感到遗憾。实际上，我们感到宽慰的是这样的幻想：马勒自己写的恰恰是这种难以想象的瓦格纳交响作品的合奏，因而恢复了最初导致瓦格纳走向歌剧的那种穷尽和消失了的形式，但在那个时期，其他 19 世纪晚期的作曲家，例如马勒的朋友和对手理查德·施特劳斯，他们发现自己必须以当时已经消逝的奏鸣曲形式替代音诗。

但是，当收到后瓦格纳的管弦乐这样一份大礼时，你要做的不是挥霍它，把它转变成微不足道的个人目的，强使其联合起来的演奏者让某些不可估量的旋律高扬，或者猛烈爆发出某种刻意制造高潮的和弦，换言之，以修辞和戏剧的方式利用公众的感情（"你是否认为利用我比利用管乐器更容易？"），根据某种随意的形式，或叙事，或实际是心理的传统，以这种或那种方式吸引他们。这是把管弦乐队视为一个整体；关于整体性的哲学概念我们可以回到康德来说明它的含义（他所界定的是他认为成为一个"系统"的东西，而不是颇受诽谤的那种黑格尔-卢卡奇所用术语的意思）：

> 整体的形式——这个概念不仅指以演绎的方式决定多重内容的范围，而且决定各部分彼此相对占据的位置……所有部分与之相关的最终统一，以及它们彼此相联系的理念，使我们可以根据对其他部分的了解确定是否缺失任何部分，并防止随意增加……因此整体是一种有组织的统一（*articulatio*），而不是一种聚集。它可以从内部形成，但不通过外部增加。因此它像一个动物的躯体。[15]

德勒兹对这种大胆承认有机论的否定，其动因不只是一种原则性很强的反柏拉图主义者的反唯心主义；但我们可以把那些深深扎根于我们时代精神的其他冲动抛在一边。最好强调有机本身的模糊性，当然它会肯定器官的一种自然统一，即像"动物躯体"那样统一起来；但它也可以——例如，可参见乔伊斯《尤利西斯》的章节所谓对应于各种"器官"[16]——隐含着各种器官本身及其功能之间的根本不同；正如远离生态系统同时隐含着强调一种与后者的环境关系。

于是，管弦乐队的各种乐器——其不同的乐器躯体由不同的材料制成，发出完全不同的声音和音调——可以像它们产生明确和谐的音调那样，肯定也可以把我们导向不和谐和互不兼容的音调。但康德解释的优点是，它使我们想到在有机主义框架内省略的重要意义："是否缺失任何部分？"而不是"防止随意增加"。后者把我们导向熟悉的、传统的、对自治的关怀（阿多诺仍然非常关注这种情况，我们后面将会看到）；前者表示扩大有机主义，以及当并非所有乐器被正确使用时所表现的缺陷。于是，这最后一点激发起真正是马勒式的雄心，即确保最广泛地利用各种可能的乐器声音和它们的结合（而前者只是激起对牛铃声和击锤声的迷恋）。

（这并非否认作曲家可以与各种乐器有独特的个人关系，就像在特殊场合你喜欢这个或那个朋友一样。但一般说这里有某种自我保护，把这种偏爱掩盖起来，把其他的作用赋予它们，从而使个人的象征不至过于明显。在作家当中，我想这更可能是为了某类句子对句法的偏爱问题；但在抒情诗更局限的范围里，最喜欢的一些词可能真的表示一种整体风格，而由于同样的原因也可能回避这些词，或者说规避物化和认知。）

因此，这种看法促使我们认为，管弦乐队的总体是各种音响可能性的巨大资源，是一种傅立叶式的集体性，它由多种不同的乐器构成，不论什么类型，都根据它们物质性的整体范畴加以利用,并以最机械的综合方式结合起来,大量而非无限地可确定的结合。

有人曾说,"在这种小小的乐器里有大量音乐",其实初次观察马勒唯一合适的方式就是认为,他穷尽了这种巨大玩具的种种可能,这是他被赋予的历史命运;同时他也从这种玩具中挤压出各种音响和音响的结合,能够以物理的方式产生、制造出声音。换言之,它不是传统意义上的音乐,在19世纪晚期这个时刻尤其如此,因为当时音乐本身似乎已经做了它能做的一切,已经提供了足够的"杰作",在未来一段时间可以为整个欧洲的指挥家和管弦乐队提供足够的节目。关于对新作的需要,长度显然是驳斥这种自满的一种方式;它引发了极繁主义对极简主义的关键争论,对此我们这里不可能进一步讨论;但必须注意的是,这种探索管弦乐的雄心无疑包含着对长度的宽容,而长度是马勒对我们的绝对要求之一。

但是,甚至一般人也可以想象出探索这些不同音响群组相结合的其他可能性,它们就像看上去那样是无限的,单一的独奏衬托以其他众多声音,小冲突伴随着奇妙的不和谐("如此美丽的嫩绿被它伤害。"我们经常引用波德莱尔这么说),并且要尽可能长久地品味,像是某种特定蔬菜的酸性。这决定了一种纵向而非横向的阅读或聆听:当然,主题的过去包含在它的现在之内,它包括所有的预兆,所有预备性的变化,它的有力的、难以捉摸的形式——所有那种历时性此时都因为这种当下充满活力的流行形式而成为内涵。但我们想要的是叠加到许多其他主题上的东西,即其他乐器的原始声音(以及在这种随着它们出现的特殊音乐文本内部不断变化的过去):由此产生出一种十足的现时性,而在现时性的瞬间存在着一切,或整个体系,但像现时一样,它处于不断运动之中,并因此会被其他某种东西消除或修改——发生变化或中断。于是新的声音结合将被生产出来,从管弦乐队中挤压出来。但这种对管弦乐队及其多样化的大量乐器资源的系统利用,绝不能被认为是不同乐器的音色问题,或假定一种单独声音的概念。我们必须想象每一种乐器自身内部实质上有多种不同的主题(或旋律),它们彼此非常不同;所以,例如——一个想象的、归纳的、构成的、虚构的例子——我们可以说,管乐器自身内部有一种欢乐的主题,一种行军的主题,一种浪漫的主题,一种忧郁的气氛,如此等等。这些确实可以再现多种不同的情感,或者更确切地说,可以再现印度美学及其八种基本情感(爱、欢笑、愤怒、同情、厌恶、恐惧、英勇、惊奇或诧异);但它们应该有机地生成,就是说,要排除听者对完整性的怀疑,对各种感人的基础性的怀疑,以及对这种或那种可能性的怀疑(这是一种谈论完整性说明或现象的更好的方式)。大调和小调可能只是讨论这八种旋律或主题变化的一种方式(我们能这么说吗?);还有合奏和独奏、主调和从调,等等。

五

这样一种看法有它的问题;实际上它真正的兴趣就是要产生更多的问题,后面我们会考察它们。但是它也受一种作为价值观的完整性概念支配,而作为价值观自身也需要某种最初的讨论。诚然,它的第一种形式是托马斯·曼那种预言性的评论,断言"只有穷尽才真正有意思"[17],并由此提出一个实验过程,在这个过程中,我们尽量说出一切,就像曼自己的大师瓦格纳和左拉那样,而"说出一切"隐含着一种美学,在其历史语境里带有简单的熵的色彩和未说出的感觉,当我们达到一切事物的终点,达到我们可以在实际意义上(《勃登布洛克一家》,《众神的黄昏》,第二帝国的终结）观察那种终结之际，我们只知道我们成功地说出了一切，达成了一种结论，结论本身是一种实现，但它并不排除在旧地方有某种新生和某种新世界的可能性。

同样，在这些情形当中，追求完整的动力也是一种权力意志，它完全可以被想象成与指挥家的专横激情一致，指挥家以集体的方式开展工作，像一个国家的政治领导人那样可以组织和调用他的庞大战争机器；或者像大的企业家——实际上我们主要处于这种强盗式的资本家时代——扩展他对市场的产业垄断。但是，如果引起我们兴趣的是心理学，那么我们也可能考虑这样的可能性：对艺术家而言，这样一种"对整体性的强烈愿望"也许是使这一切脱离他的体系的方式，或者利用许多冲动和精力的方式，或者使那种无限具体化以便达至平静和安宁。

无论如何，当这样一种美学原则历史地重现时，这些动因都不会呈现；我认为这个时刻是战后结构主义的时刻，它集中体现在巴特和格雷马斯的组合美学之中，在他们的美学里，艺术的出发点也是一套已经确定的限制，其中隐含着一种合乎逻辑的序列设计。[18]于是艺术作品被理解为以一种相当不同于19世纪晚期的精神"穷尽"那种序列设计：宁可围绕着大量（但非无限）可能性的变化——例如，人物之间的关系，或者基本情境里固有的变革，语气和风格的变化，乐器传送中节奏的力量，或者色彩搭配中的限制——然后停止。列维-斯特劳斯的四卷本《神话学》可以说是这种美学的一个里程碑，是那种付出巨大代价的胜利，它达到一种我们无法区分有限和无限的程度，其中大部分被用作最终的检验，而"文本生产"或文本化提前庆祝它自己的葬礼。但马勒的交响曲并非完全是以莫顿·费尔德曼（Morton Feldman）那种五小时长的弦乐四重奏的方式创作的；序列和/或穷尽的美学最终并没有正确对待时间上的满足和实现，不论是他的个体乐章还是完整的单个作品本身。

我认为，实际情况是，我们的注意力被转移到某种模式，其中单独的时刻被凸现出来，个体的声音组合、被理解为一次性实现诸种可能性、瞬间的产生，这些似乎只能被添加到黑格尔的那种"坏的无限"之中，再不能由自身产生任何形式的单元或连续性。我想，我们必须继续坚持马勒的"现时论"，坚持马勒构成其作品的插曲式即时呈现：由此含蓄地反驳主题和变化方式的诱惑，而这种即时概念可能会不断陷入其中。

实际上，完整的乐章也许有些类似阿多诺的悖论，即完整的思想同时等同于世界观或意识形态[19]：它的一些碎片被置入自己独立的发展中，只在某些朦胧的瞬间重新结合；虽然对充分重述的威胁（或甚至乐章第一次完整出现）不会影响实现，但却影响对重复的厌倦，甚或这种或那种肯定低俗作品的感伤主义（否则就是赞美诗的、严肃的拟古主义）。也许正是这种不相称的再现部分使斯特拉文斯基在勋伯格的第一个四重奏[20]里听到它时深感"不安"，因为达至同一性的那种洋洋得意的速度不慎出现了失误。必须指出，马勒偶尔也出现这种情形：然而分散成无数半自治体的整个精神一直存在，尽量避免那种意外情形，以便"发展"最初潜在于主题内的东西。

事实上，在托马斯·曼那种我们含蓄地比作结构主义美学的重大计划里（巴特最接近于对它的明确阐发）——就是说，作为一种特定序列构成的作品的发展会产生其结构允许的尽可能多的结果，然后结束并宣称已经"完成"——这两种美学事实上彼此非常不同。结构主义的观点是封闭性的——作品或其出发点（被认为是一种序列构成，一种格雷马斯式的符号方阵）包括有限的、事实上可以"穷尽的"可能性；而作为这篇文章箴言的勒沃库恩（Leverkühn）的引语则表示一种开放的视域，一切未知的和未探索的永远是可能的，非常符合维克多·祖克坎德尔（Viktor Zuckerkandl）的精神[21]，其中的"发展"（假定在这个语境里仍然是个有意义的术语）把我们带向非常遥远的地方，使我们看不见我们的出发点，因此抛开了所有我们的旧习惯、我们听音乐的传统模式、我们的旧观念、我们旧的空间感，并因此接触到真正是新的和未知的东西。于是，结构主义美学——假如我们现在可以这么称呼它——实际上是放弃现代主义的刻意创新，含蓄地否定发明或创新的可能，并总是以某种方式回到它的出发点。（人们会反对说，正是在这种时刻翁伯托·艾柯（Umberto Eco）发明了"开放作品"的概念和理想；但那种概念本身可以被看作结构模式自身内部的一种辩证的反映，一种对它的明确否定。）

因此曼保持可能创新的活力；然而马勒的实践，特别是他的极繁主义，以及我们在他的交响曲里所发现的他对音乐时间性的广泛投射，实际上是通过抹去记忆，使我们甚至不可能在思想里回到开始（除非求教于专家和他们的乐谱）而获得"创新"；他的实践至少是相对无限的，而这种无限也确实提出了关于结束的实际问题，并因此产生一种全新的辩证困境。

六

处理这些问题的一种更有效的方式，也许是由大卫·格林对这种不断变化的音乐所做的现象学解读提供的，他根据音乐事件呈现的时间性来理解马勒的音乐：音乐实际是通过时间性本身的一种纵向构成（对于主体性本身更明确的解读，作为主题的时间性提供一种媒介和桥梁，如果那是我们在这里力图探讨的主题）。具体说，格林描绘了一种时间，其中必然写到未来，然而却"否认与未来任何事件相关"，这种对立在其他地方被认为是旋律和调式之间的对立。"如果没有即将到来的事件对现时发生作用——如果它根本不会产生任何事物,那么可以说现时就没有未来。"[22]"通过改变未来的相关性,马勒的乐章投射不同的时间进程"[23],或"模态的和弦(即和弦不发生声调作用)"[24]。但这还是我们自己意义上的时间吗?也许最好把它称作叙事,并力求找到某种构成叙事的方式,以此"改变未来的相关性",永远把它不可压制的现时吸收到自身之中,就像农神吃掉它的孩子们那样。

马勒的形式以两种不同但并非不相关的方式提出了时间问题。第一种我已经称作主题和变化的问题,即如何防止把这种或那种主题总是转变成被认为是一再重复的特性;换言之,如何保持变化作为一个事件,而不只是一种重复。但是,假如一个给定主题的变化过于确定和过于成功,那么如何保持音乐的连续(以前音乐的"发展"),使之不致断裂成一系列互不相干的新的时间的现在。

同时,我已经观察到,主题和变化的概念本身在这里并非是一种真正的解决方法,因为马勒的实践预示了那种后结构主义的悖论或仿真幻象的困惑,或者说没有原件的复制;我们有变化但无原初主题,然而又可以通过其多重变化认识和确认它的特性。因此这里的问题是:它是否全都"一样"?是否有任何新东西产生?

这确实是罗森分析的巨大价值,他分析了从 18 世纪二重或三重形式中出现的奏鸣曲,坚持那种新的形式有些像一种叙事,其中确实有某种新东西出现("对三重形式本质上静止的设计或空间的想象被某种更戏剧性的结构取代,其中揭示、对比和再揭示具有对立、强化和解决的功能")[25];我想对叙事学的概念增加这种重要的补充性评论:"在全阶第五音中发生作用的乐器因此

第三章　马勒的超越和电影音乐　　99

（在三重形式的奏鸣曲形式的转变中）被认为不和谐，就是说，需要后面的变调来解决。奏鸣曲形式与早期巴洛克形式之间的真正区别是这种新的、被大大提升的不和谐概念，它从乐段和乐句的水平被提高到整体结构的水平。"[26] 这里的论点是，我们和马勒处于过程的另一端，简单的奏鸣曲发展不足以包容他为我们储存的多种多样的音乐事件。这是因其在特定乐章内部呈现自身的那种时间问题；或者说，同一性和差异性在这里引出的不是哲学的困境而是音乐的困境。

七

根据交响曲大大扩展的音阶，可以发现这种现象的一种不同形式。马勒不像其他人，他没有放弃这种形式，也没有发明一种代替的形式；然而我们也可以说，与许多交响曲作曲家不同，每一个新的交响曲对他都是创作与以前明显不同的交响曲的机会，因此如果我们概括地谈论马勒的风格或他的音乐策略，我们不可能真正谈论一种"马勒的交响曲"，仿佛它是一次性修改和编写的形式，如同我们对左拉的小说那样（但不是对福楼拜的小说），或者像对塞尚的绘画那样（但不是对毕加索的绘画）。

然而，在这些与其他人极其不同的每一个创新作品当中，我们确实都遇到了一个共同的时间问题（不过，可能所有交响曲作曲家都得以这种或那种方式面对这种时间问题），即如何使从一个乐章到另一个乐章的轨迹赋予时间意义，因为原则上每一个乐章都是一个独立的、完整的事物。怎样通过一系列不同的、封闭的音乐表现来创建一种预期和整体节奏的期待呢？这里的问题同样是一致性和多样性的问题：我们是否鼓励一个指挥家克制自己而不对给定的第一乐章进行真正令人满意的改革，抓住高潮的效果，使我们至少对它的结局和确定性部分地不满，以便为即将到来的东西保留某些注意力和欲望？这也是作曲家的问题，他肯定不想提供一个未完成的作品，然而他一定说他的第一乐章的结局只是暂时的，直到我们在最后一个乐章得到更满意的、圆满的、充分的结局。把整个交响曲变成一个主题及其变化，如像塞萨尔·弗朗克（César Franck）那样，无疑是最简易的解决办法；虽然在可能对立的一端只是互不相关的片段组合在等待我们。就此而言，什么是奏鸣曲最初的现象学意义？有力地提出一个问题，一个三重奏，一个缓慢的乐章，然后什么结尾都看似合适：这是否是某种心理学的情绪序列，它随着我们从演奏到休止再回到演奏设想一种人性的、一系列准心理学的反应？似乎可以想象，由于马勒运用的那种巨大的音阶，这些问题对他更加严重：如果每一个乐章实际上要表明一切，运用从所有可能的演奏形式到所有可能的休止形式的音域，那么任何那样的乐章怎么会为那些总体或音乐单体有意义或令人满意的序列而被留下来呢？对贝多芬来说，跨越四个乐章不同情绪和节奏的序列简单得多，它更像雕刻似的把听众的主体性构建成一种现象学的意识，并必须以可控序列包括一些基本经验，如高兴、悲哀、渴望、胜利，等等。根据更仔细的考察，马勒的基本因素也可以用同样的方式编录；然而这里真正的问题不是它们更大的数量，而是像格奥尔格·齐美尔（Georg Simmel）所描绘的那类巨大城市的精神注意力被多重分散一样，对我们每个瞬间的注意力提出一系列令人困惑的要求，以至我们不可能较长时间只有一种情绪，实际上，我们最终会渴望这些瞬间的变化，在它们的多样性里获得乐趣，避免可能出现的厌倦。[27]

当然，这是要赋予时间形式以意义，它们大大超越了纯粹的或中性的现象学解释；而我自己必须避免给人以这样的印象，即认为马勒是这种或那种后现代"现时主义"的先驱（甚或他当前的流行乃是由于他在其形式特征和时代精神之间预先设定了某种和谐；虽然那可能未必不实，但萨特指出成功流行的程度——在他的例子里指《包法利夫人》的命运——常常基于集体的误解和滥用）。[28] 马勒的极繁主义（尼采强调它与极简主义的辩证，就像他对瓦格纳那样）必然增加对现时注意的负担，不论在声音结合里还是在整个插曲里，这点都相当明显；但是考虑到一般认为这是马勒那种永恒的现时，此处也许更应该看看在什么程度上我们仍可谈论他作品中的主题或乐句——更小的时间单位，即使它们不再受奏鸣曲形式发展的影响，它们也仍然用于组织总体形式，组织比我们坚持现时声音所提供的时间更长的时间。第一主题，第二主题，奏鸣曲说，但这些是否可比作句子？由于它们以音调体系构成、传播和接受，它们共有某种更深层的、预先给定的叙事结构，这种结构围绕着音调组织，包括支配性的音调，附属的音调，可以用大调或小调重写的音调，以及许诺一种不可避免的结果和决定（当然，这种许诺很可能被打破，或者一开始就不意味着要保持它）。伦纳德·迈耶的音乐"心理学"，以及他的期望和满足，他的延宕和夸张，就像你踩浪时浪花掠过你而不被注意——所有这些关于欲望和满足的微观叙事都是音调体系在其高潮时刻大量提供的东西，也是真正的现代听众开始厌倦的东西。但是，在这个体系内部，人们很容易想象一个主题就是一个句子，甚至是一个完整的句子，除非它不是真正最后一个词并激发你愿意等待。这样一个句子必须是完整的吗？实际上，在乔伊斯的作品里，布鲁姆先生那种著名的、电报似的思想-句子是大量的缩写，它们远比乔治·艾略特甚至普鲁斯特的长修辞时段更强烈地要求连续。

难道我们不会为布鲁姆完成他的句子，就像人们有时想对一个吞吞吐吐的演讲者那样？但是，关于多种后果，关于永远新颖和创新或乔姆斯基式的新的可能性，哪一种我们可以通过图谱或图示进行分析（格特鲁德·斯坦因非常喜欢这种说法，斯坦利·菲什常常用它嘲笑坚定相信阐释循环的人）？实际上，片段式开放的乐句有时完全误导我们，把我们引向后来更完整的乐句所采取的相对确定的形式，以便按照它的方式重构或"发展"成某种完全不同的东西。这会使我们回到主题和变化的险境以及相对更现代的境遇，在这种境遇里，我们像没有原件的复制品那样，发现自己面对着没有主题的变化，不得不请这个或那个音乐家对它确认，也就是说，随意为我们发明一种解释，以便缓解本质上是一种暂时的不安，一种在时间本身里的不快，它的科幻小说的维度围绕着我们不断变化，或者它的格雷马斯式的"同位素"不断在脚下转移。这里我们发现自己处于马勒的领地，处于永恒或持久现时的这种独特实践之中，这种实践似乎会达到某种目的，但其后续或散漫的逻辑却证明很难确定什么目的，除非我们自己做出决定，或者也许由指挥家做出决定。如像对电影批评那样，关于"基本单位"的语言学地位的理论（或符号学）问题在某些音乐批评里也非常重要：是否主题或乐句（"曲调"）可以比作句子？颇有影响的音乐家维克多·祖克坎德尔首先肯定了这种类比："每个乐句都有开始，运行过程，然后达至或多或少明确的结束。没有任何无限的句子，不论其语言是文字的还是声调的……"[29]在明显确定的听觉事实里，乐句也有一种奇怪的心理学构成，我们承认听觉事实只是一些原初声音碎片构成的特殊旋律，然而这种情形并不能用于视觉或言语。但后来祖克坎德尔从音调后退（或前进）到多音调，收回了他的论断："无限的运动产生于有限的运动：多声调音乐某种本质的东西在它的下一个句子里得到表达。关于多声调作品的结束总有某种随意性：仿佛不得不从外部强行结束。任由它们自己，跟随它们自己的冲动，声调永远不断运动。在这种意义上，多声调音乐比单声调音乐更接近于时间的流动。"[30]

因此，这是一种独特的形式，在这种形式里，我们希望马勒作品里相关的张力可以被表达出来：这是一个完整的或可理解的"句子"与那种"无限运动"之间的张力——前者是相对完整的主题，它可以经历传统性质的发展，例如，从熟悉的奏鸣曲出发——而在那种"无限运动"中，音乐的声音通过"内在的冲动"使自身持久化，由此以辩证的方式产生一种新的困境，即达到与那种相同的内在逻辑完全一致的结束。

八

也许，如果不是试图把音乐的可理解性等同于语言本身，我们可以更好地根据那些抽象的"时刻"进行思考，黑格尔曾把康德的范畴转变成那种抽象的时刻：非个人的逻辑抽象形式本身不传递任何信息，它们也不靠这种或那种**绝对**的方式存在，但在特定境遇和语境的场合会以特殊和限定的结合表达我们的思想。根据这种观点，我想看看马勒第九交响曲的第一乐章，以及它那难以确定的主题和无法决定的碎片：它投射出真正不确定的范畴，铜管乐器周期性的介入旨在中断这种不确定性，提出多种"决定"，或最好提出确定性，甚或是某种海德格尔类型的（果断的）"解决办法"：恰似支配着诸如不确定性的抽象的**生产**（在这个过程中偶尔也产生确定性）。这些抽象的纯音乐的范畴不应转移到别的地方，也不应转移到整个马勒的作品或风格中，它们在这里只是作为音乐事件某种特定作用的形式指称，而我们尽可能以纯粹和非叙事的方式说明它们（但事实上是不可能的）：音乐的

"主题",亨利·詹姆斯常用这个词表示观念或逸事,因为它们激发这种或那种短篇故事或中篇小说的写作。

我在别的地方谈到过这种美学特征,其中现时的停滞与那些在时间里几乎无限的现时序列结合在一起,引发结束或结论概念的问题而不只是中断问题,然而这似乎丧失了现代作曲家的真正使命。作为现代作曲家,他要用某种方式特别构成或重构其听众的时间性,至少要暂时改变他们的主体性及其习惯,把历史上异化他们的东西吸收到自身之中(例如,在现代城市或现代资本主义的时间性里),把那种异化本身异化,用以构成根本不同存在的素材。

于是,主题或乐句问题重又加入关于艺术同一性的整个哲学争论:例如,它先是像围绕叙事中的人物的同一性,或者更确切地说,关于人的主体性的一致性,或像有时所说的中心意识,或者贯穿从各个不同角度呈现的那种对同一性的坚持,如像普鲁斯特出人意料(或许我们应该说这是他期待的出人意料)地揭示他的人物之一在某个方面与我们最初的理解完全矛盾时的情况(例如,呆头呆脑的克达尔医生是个伟大的诊断专家)。但是,文学叙事既从内部又从外部发生作用,因此问题不仅涉及我们对他者及其身份的感觉,而且涉及对叙述者个性的感觉,从他(或她)最初被赋予的思想和感情与后来的反应是否真的能有某种一致性?〔当然,此时出现了反讽,我们开始慢慢地意识到,我们"认同"的人物——不论意味着什么——实际是("来自外部的")一个难以容忍的道学先生或霸道的人或别的什么人;对此后面再谈。〕当然此时出现了绘画中的比喻表达,它对我们的类比及其富于成效的工作可能有些过于遥远。

无论如何,这里至关重要的肯定是认识问题。跨越连续漫长的时段和记忆我们是否还认识自己?(我想这是一个经常被错误地提出的问题,其原因在于对记忆观念本身的物化。)是否不被认同的第三者[31]阻碍我们自相矛盾的认识(因为此前我们绝不知道最初这个人物是谁)？这也许是一个更好的开始的地方,尤其因为它包含开始并提出了是什么构成"最初的认识"问题(那些逻辑－哲学的悖论之一类似于第二次重复)。是否认同的概念不够充分？为什么把它叫作认识？然而,这是在一个概念之下具体划分的问题,在这个实例里指人物的概念或音乐主题的概念,就像人们必须对称作植物的客体有某种先在的概念,才能把远处看到的特殊绿色称作有机植物。但在叙事里,名称常常是一种引发归纳过程的快捷方式,也是探索在这里要展开的整体概念的快捷方式。

同时,心理学家告诉我们,认识在听觉感知中具有独特的作用：瞥一眼色彩或形态不会提供关于相关客体的充分信息,就像咕哝几个单词不足以传递完整的句子或说话者心里的信息一样。但我们知道,两三个音符足以确定熟悉的旋律,因此音乐的认识过程非常独特,它具有明显不同于其他感觉的能量和要求(尽管气味也许对许多动物也是如此)。

但是,由于同样的原因,音乐形成统一性的过程也明显不同且更加复杂：在什么地方一些音符陷入模式？在什么地方它们变成一个整体,并被确定为一个乐句或母题,或一种曲调的主题？这种情况从一个世纪到另一个世纪如何发生变化,如像西方音乐逐渐提升听音乐的习惯和对新音乐(一度新的)声调系统的要求？无论如何,到马勒的时候,这种情况已经是一种习得的文化,是第二性的,或许现在已经成熟,适宜于嬉戏地重新整理和听觉游戏,即使还不适宜于解构。这里我们常常召唤主题和变化的概念作为外行了解这种统一性的便捷方式,其中一致性可以通过差异甚或差异的方式来观察,而差异本身则可以用来建构"一致性"。

九

　　无论如何,正如在第九交响曲的第一乐章里那样,这就是主题通过其变化最初呈现给我们时发生的情况,就此而言,它也许可以比作指称代词,其中代词已经回指一个尚未出现的名称。因此,回溯一些音节之后,我们便明白主题本身已经出现,它已经通过从属部分或预期的掩饰得到宣示,这些从属部分或掩饰现在以回溯的方式变成了对它的准备,变成了准备本身、失真的信息、玩弄先兆性的片段,等等。但"片段"一词——德国浪漫派非常喜欢,在德勒兹的机械性里再度恢复——提醒我们注意理论问题潜在的重要意义:因为这里我们心中的音乐格式塔很难以片段来传递;在那种意义上,它的有机形式并非由片段构成,尽管它的部分和片段本身也不像是有机的。回到我们起初集中注意的认识问题,它们很容易被理解为暗示、梗概,仿佛尚未完成,仿佛有待于延伸的排列或有待于填充的感触。当然,所有这些都已经编入修辞很久,包括其推延的方法以及其他名称的句法方式。

　　但是,通常,或我们一般认为,奏鸣曲形式包括对主题(或多重主题)的最初确认,它们的发展变化,以及最后对它们的再度肯定——一种伴随而来的更充分的认识,这种认识包括熟悉的以及也许不太熟悉的人类社会生活范畴,例如自然规律。马勒的第九交响曲之所以独特,在于它回避了这种轨迹(我们也许想或不想把它称作某种叙事),因此值得给予另外不同的注意,既不是作为传统上崇拜柏拉图理念的"第九交响曲",也不是作为感伤和传记特征的作品,仿佛马勒对生活、对作品等在做某种悲剧性的永别。它有一些精妙的乐章,但也许我们会令人惊愕地准备断言它是比较次要的作品,比如说,它没有第三或第七交响曲的

第三章 马勒的超越和电影音乐 107

声望,实际上,特别在它独特的第一乐章里,它是一种奇特的实验。

因为在这里,正如我们已经表明的,主题根本不是确定的,或者毋宁说,只有在乐章的最后它才逐渐被明显确定;甚至这最终的认识或"命名",也不会真的再对已经相当长的音乐之其他细节和插曲的发展提供新的解释。我毫不怀疑音乐家已经重新确定了所有的片段,并实际表明每一个片段如何以这种或那种方式都是对最终成为基本主题的东西的重写;但是这并不一定与我们听众相关,听众非常愿意承认这里的一切都出自大量而有限的音乐素材,它们彼此之间的关系就像堂兄弟姐妹,可以通过与家族其他分支的关系确定。

但是,如果用一种反知识分子的方式,我可以说那是知识而不是经验;事实是,从经验上讲,我们对乐章的大部分感到迷茫(并非不快),力求在肯定是片段的东西当中找到某种连贯性,就像人们可能细察一个疯子的胡言乱语试图找到某种连贯的陈述(我毫不怀疑,当代的评论者,至少那些不关心马勒的记忆及其多舛命运的人,会以那种方式看待马勒,把他视为一个精神错乱的、在作曲方面退化的音乐家,认为他不可能保持早期作品中那种更有力量的连续性,而只能在他无法再控制的复杂事物中挣扎)。然而,这是一种有趣的迷茫,我曾想在"不确定"的标题下把它重写在作品之内,作为一种形式范畴,其对应项出现在那些少有的时刻,即铜管乐联合介入,然后是连续的击鼓声,力图使这一切回到秩序,在这种不确定的漫游当中肯定某种"决定",但它们只能中断而无法阻止这种漫游。更确切地说,我想提出的是,这种音乐**产生**确定和不确定的范畴,它们不是我们所理解的那种冲击之后的特征,而是真正的音乐"概念",正如德勒兹所说,这些是乐谱本身正在思考的概念。

这种情况是刻意为之的，绝不是丧失精神活力的结果，在第三乐章结尾不断变化产生的那种超常力量和能量可以证实这点，这种持续的多变性与第一乐章那种漫游状态形成对照，产生出某种绝非与其概念更对立或更确定的东西，而是产生出某种新的动能，需要更充分的描绘来说明其特征。事实上，不论提出的过程怎样，这种对特征的描绘最终只不过是玩弄各种模式或解释的叙事，这种情况我们在后面会看到。

+

其中之一与对这种音乐所提供的各种乐句、主题或母题的评价相关，面对它们，我们仿佛面对着收集的句子，我们把它们分门别类，例如分为高雅或低俗风格，流行话语或知识话语，土语或专业术语，等等。认识的辩证在这里也必然发生作用，实际上是预设的，在某种意义上是超音乐的、外在的、附加的审美。开始的乐句——无论长短，无论完整还是中断的，抑或是期待的——不仅设定作品的基调，赋予一些乐器（常常是弦乐或铜管乐）以某种事实上主导的特权，而且它们也"触动"听众的"心弦"，召唤某种音乐文类或附加的音乐文类；人们肯定可以列举这些形式，音乐形式（快板、慢板、柔板、庄严、三重奏、夜曲、等等，随着速度逐渐隐入形式本身）还有更加流行的：进行曲、兰德勒舞曲、回旋曲、民间舞曲、牧羊人的短笛、歌曲、赞美诗，等等。所有这些都潜在地具有幻觉甚或引证的情形，既涉及经典又涉及流行，它们反映出19世纪晚期那种广为人知的困境，即在所有文类里都渗透和积累着生产或生产过剩，对一切都已写过的哀叹，模仿而非创造的自我意识，以及即将打破那一切并发明某种新风格的原初的现代反叛性。这里我们重又回到阿多诺那种潜在的不满以及文学范畴的骄矜（例如反讽），后者本质上与我们所认为的那种经典的借鉴及掌故相关，而前者与通常所说的流行或低劣俗气的附加的音乐情形相关。

如果我们从高雅艺术和大众文化对立的观点来看马勒，那么音乐的结构就变成了寓言的，我们看到日常的音乐——粗俗的手风琴，前行的乐队，甚至意大利的咏叹调和歌剧的歌曲——极力从高雅交响曲强烈的管弦乐语境中显现出来，它体现了艺术自治的意愿，不仅体现在它的形式之中，而且也体现在它的物质内容之中，按照由来已久的传统构成，包括音乐厅，管弦乐队本身，资产阶级或贵族听众，以及他们的捐助和包厢，等等。在进入20世纪之际，所有这些都是交响乐形式的内容（巴特把它称作"内涵"[32]），因此在交响曲里利用的奏鸣曲形式本身就是社会阶级（或布尔迪厄所说的"阶级区分"）的一种标志。

对于只是真实和不真实之间部分对立的这种张力（因为所谓的流行文化元素本身就是陈旧模式的和商业的，在那个词的原本意义上决不再有真正"流行"的意思），我们必须补充使它戏剧化的东西，即一种感觉，觉得音乐的语言、主题、旋律等此后只能在大众文化里获得，就像在文学里，故事和真正的叙事已经陷入亚文类，如探险故事、侦探小说、恐怖小说、传奇，等等。正如在马拉美或勋伯格的体系里对它的体现，甚或在抽象绘画里对它的体现，艺术本身是一个建构的所在，但不再是叙事的所在；我们可以把经典奏鸣曲主题的展开视为某种讲故事的情形——尽管音乐的乐句终究不是语言的——而旋律的完整性只能比作完成的（"恰当的"）句子。

然而在马勒这里交响曲的形式继续存在，伴随它的是要求一种音乐叙述；对此增加的另一个维度则是表达，如在歌剧的咏叹调里那样（我们一定记得，马勒一生的职业都献身于歌剧），于是我们处于这样一种境遇，其中当前这些事物——仍然存在着叙事的大众文化，以及致力于表达各种歌剧式强烈"感情"的商业音乐——的根源不可能销声匿迹，也不可能在形式上忽略"现代主义"音乐。那种被表现的世界有些像马勒的素材，但他必须标明它的不真实性并承认它与"高雅艺术"的距离才能加以利用：因此它必须与后者斗争，拼命上升到管弦乐队的层面，以自己的方式掌握管弦乐队，与此同时把它的竞争者抛在一边，以便行进的乐队尽力排除民歌之类的东西。在我看来，通过注意音乐主题或旋律是否完整可以发现这种斗争：它的完整表达（这里我确实认为完整句子的概念非常合适——我们总会知道，旋律何时得到充分表达或何时中断，何时没有实现它的完整性，等等）标志着粗俗—流行的胜利和艺术的失败。因此决不能让它达到那种程度，采取那种形式。

于是，随着作品本身的开始，我们已经面对它尚未作为真正艺术的存在，仿佛极繁主义和极简主义有着相同的出发点，人们在上面什么都不能写的那种马勒的空白页竟然辩证地与所有这种二手音乐的巨大时间性一致。阿多诺发明了一个小寓言使我们可以在这里继续，它非常适宜于马勒第一交响曲的开始，在其奇妙的持续低音逐节控制的情况下，音乐本身以中等音程开始演奏。（这里，或某个地方，有人会提醒我们马勒的音乐观点，以及相关的情况，其中——仿佛遵循沈克尔的概念，或浪漫的远景，遥远森林中召唤的号角通过音乐特写可以被听到，而它们本来可能只是被当作强大的、淹没一切的声音——有一种刻意以声音层次的演奏，像在视觉透视或在巴赞的"景深镜头"中那样。）

无论如何，阿多诺把这种持续低音的地方比作窗帘，在它背后或透过它一切都开始发生；它可以同样被比作玻璃下面中性化的展品,最终还可以比作难以接受的、名之为"消除"(德里达借用自海德格尔)概念的那种弄巧成拙的印刷距离,所有这些都与构想反讽功能的方式有些相似,在提及的同时又取消,说出某种事物的同时又否认说过,肯定的同时进行否定(在完全沉默的地方,或否定,或断然肯定)……这种演出产生的结果可以预见;它就是变得与阿多诺等同的那种著名的"突破"[尽管他从保罗·贝克(Paul Bekker)非常不同的用法中借用而来],人们设想它会为时刻分类,其中马勒的音乐——可信性,真的事物,真的物品——打破其典故和引证的面纱,触及超越艺术的现实,而它本身通常被作为附加的美学,就像受到指责的不正当的引语和拙劣的作品。

　　至于"突破"这一术语本身,尽管保罗·贝克先用(在他1920年出版的关于马勒的书里),但这里的基本线索是托马斯·曼对阿多诺挪用的挪用:因为在曼的《浮士德博士》里,这个词不仅指阿德里安力图打破孤独的致命努力——不惜驱除他周围那些人,只有他的人文主义天主教朋友,也就是他的叙述者是个例外——而且也指德国自身致命的动乱,在东西方之间的中欧陷于孤立,它拼命想通过希特勒的军队突破到外部世界以及它从未接触的彻底的他者性。[33]阿多诺对这个词和概念的借用不可能完全从曼的后期浪漫主义悲怆中清除(也许在他对勋伯格"自治艺术"的描绘中间接地反映出来,而自治艺术是他的社会极权主义的重复——然而曼从阿多诺的手稿中也许已经借用了另一种可选择的密切关系,他在写小说的过程中阅读了那部手稿)。我们一定不能忘记,曼并没有亲自经历希特勒时期,当时他非常成功地在太平洋的帕里萨德斯流亡,因此《浮士德博士》可能是试图对他那些不得不经历希特勒时期的同胞给予补偿。

十一

因此我推断"突破"表明阿多诺自己想努力突破：这里指努力突破艺术绝对自治的封闭概念，对此他一生深信不疑，只是短暂地触及作品明显与之分离的外在的历史和社会现实。贝多芬与法国大革命的关系并非是一种寓言式的解释，也不是一种与动荡的社会历史事件类同的艺术形式[34]；它是一个瞬间，在这个瞬间，《英雄交响曲》的形式创新不仅与其音乐内容一致，而且神奇地通向革命本身巨大的社会－形式创新；于是现实和形式再次折回到它们独特的领域。如果你喜欢，"突破"的概念可以说是阿多诺自己未实现的幻想，它被封闭到他那几乎是宗教式的对（现代主义）艺术自治的信念之中，封闭到某种更深刻的历史与形式的关系之中。

但事实上，如果我们不得不继续使用这个经过转运，甚至受到污染的术语"突破"，那么突破就只有形式的意义而非本体论的意义，因为它的发生仿佛是从马勒发展中的一个时刻到下一个时刻：每一个时刻，不论令人痛苦还是愉快欢畅，事实上都是对前一个时刻的突破，而这种突破随后又被下一个时刻突破。因此，这里我们不是设想隐含在突破中的微小发展，而是以一系列自治时刻（肯定长短各不相同）的观念进行试验，这是一种关于当下的美学或蒙太奇，它以不同的方式呈现创作问题。

这意味着"发展"一词这里也不再适用，一种第二级的节奏——时刻的连续——被增加到时刻本身内部的节奏和暂时性上面；因此，在时刻可以暗指这种或那种过时或继承之形式的地方——例如，进行曲，咏叹调，快板，行板，某种狂热激动的东西——它们的顺序不是其中的任何一个，就像一系列不可控制的独特情绪，它们本能地厌恶空虚，逃避无聊地把它们延伸为与前面完全不同也无关的东西。所有这些都源自相同的原始素材，但正如说过的那样，它们的不断改变与旧主题及其变体毫无共同之处。

所以，在第四交响曲第三乐章的结尾部分，著名的行板[35]，平静优美的开始，使我们可以期待一个缓慢节奏的乐章，它的长短取决于指挥家的性格，于是奇怪和预想不到的可能变化开始发生：管弦乐中较小的乐器匆匆加快速度，然后是一种突然非常温和缓慢的抒情时刻，接下来是管弦乐真正超越的爆发，声音高亢激昂走向崇高，随后是那些怪异的声音，或者说勋伯格的好莱坞学生为恐怖片或科幻片创作的音乐背景，最后又整个回到乐章开始时的主题，"完了！"但结束的方式使我们不能真正确定是否对这种传统的回归感到满意，正如前面所说（什么地方！什么方式！为什么！），用下一个也是最后一个乐章的歌曲作为预想不到的结束是否为我们解决了问题。我甚至怀疑音乐学家是否能够在形式方面为这种顺序命名，从而能够为他们的武库增加某种可以持久的专门术语；但我毫不怀疑，另外一些人能够由这种顺序构建这样或那样的叙事。

不过，我想提出另一种观点，它只有通过演出和演出的比较才能表达，更不用说证实了；这是一种与布莱希特所说的表情的类比，就是说，演员能够吸引对动作、说话或手势注意的方式——这种注意力必然旨在切断手势的流畅和动作的连续性，以便使之客体化，成为一个单位；但要做的远比这更多。一些布莱希特的追随者——我想到斯特劳勃和惠莱，也想到了写《哈姆莱特机器》（Hamlet Machine）的海纳·穆勒——认为，最好把著名的"陌生化效果"理解为一种变化，一种所有常规感觉的中性化，犹如我们把事物本身、言词、行为都理解为"真实的东西"：由此机械地、声调平板地产生出著名的或叙述的片段。我相信，与之相反，正是通过多出的东西姿态才得到传达，补充的戏剧性才添加到更"自然的"模仿上面，因此我们现在通过它与自身的距离把后者理解为真实的存在。我曾本着这种精神描述过劳伦斯·奥利维尔（Laurence Olivier）后期的风格习惯[36]，但对于马勒来说，只要聆听那种非同一般的柔情曲调就足够了，伯恩斯坦能够在我前面描绘的那种顺序中的适当时刻产生这种柔情，这是一种真正的歌剧和戏剧的柔情，它以真正是布莱希特的方式引用并强调音乐的修辞，与迈克尔·吉伦那种演出的直率性形成对照（吉伦很可能是当代最好的马勒作品的指挥，也是他的管弦乐队音响生产的大师）。

<h2 style="text-align:center">十二</h2>

这种关于马勒意志的思想构成，现在允许我们做出三个不平衡的结论：第一个结论是，感谢伯恩斯坦那种最明显的自我放纵，以及他那难以接受的对某些素材的自由处理，这在其他时刻也会令人不快和无法接受，但是它抓住了这位作曲家的歌剧一面，正如我一再提醒的那样，他一生都是个歌剧指挥家，指挥过各种各样不同的歌剧（据说他还非常善于各种形式的舞台创新，那些创新也许我们今天正在赶上）。这仿佛是帕瓦罗蒂的马勒，因此我认为，任何不能欣赏戏剧光华的人都不可能从这位作曲家获得最真正、最充分的乐趣和实际的愉悦，甚至在他艺术最严峻的那些时刻亦是如此。

罗森经典著作中更令人激动的解释之一是：海顿的奏鸣曲形式——在贝多芬和其他人的作品里，这种形式运作的基本出发点——是在音乐里模仿戏剧中的喜剧，包括它的拾遗，它的

第三章　马勒的超越和电影音乐　115

打趣,它的对话转折、颠倒,等等。[37]这种有趣的类比可以使各种过分的叙事获得音乐本身的解读,以拟人的方式转变成人物、动作等,这个问题我们以后将在另一种语境里探讨。

但是,就马勒而言,这种解释可能带来的东西确实令人惊讶:因为它表明那种常常被指责是粗俗或过分的东西(甚至布列兹也这么认为)本身就是一种模仿的结果,而马勒的交响曲完全可以理解为一种模仿,虽然不是模仿戏剧而是模仿歌剧。不过,我们必须具体说明这里涉及的是什么类型的歌剧:我认为不会是瓦格纳类型的,不论马勒在音乐上受到瓦格纳多少影响(显然直到瓦格纳打开某种音乐可能性之前,马勒不可能创作出他那种音乐,但这绝不是说马勒受到直接影响,或与之相似或属于同类)。不,这里所说的歌剧是前瓦格纳的标准,或者自从必须把威尔第纳入这个范畴以后,确切说,它是歌剧音乐与交响音乐的平行发展,意大利音乐和德国音乐的平行发展,按照达尔豪斯的看法,它是罗西尼传统和贝多芬传统的平行发展。

这使我们可以恢复"粗俗"的语言含义,粗俗实际上是对马勒某些维也纳社会生活主题中社会内容的承认,是民间音乐的一面,是华尔兹的精神,是乡村音乐(已经被贝多芬引进音乐,但没有牛铃),是整体维度的交响诗,不仅有阿尔卑斯山风光,而且有奇妙地标志着维也纳的城市风光:可以说,所有这一切都是马勒经常运用的外在的社会含义方面,一般被指责为粗俗的也正是这点。

不过,我想强调这种音乐的修辞特征,它的表达-演说的维度,"歌剧的"过量——确切说,瓦格纳以及其他许多现代主义者想取消的东西,但在这里这些东西又以报复的方式返回,因为音乐本身承载了类似无声电影夸大每一个姿态那样的表演使命——痛苦、欢乐、焦虑、忙乱和奋力前进或英勇抵抗,等等。

这可能被认为是马勒反思的一面，音乐本身意识到它在情感表达中更深的根源，刻意把它凸显出来（不像在现代主义极简论里那样，试图逃避它、中立它或至少尽量减少它）。但我认为，在这种令人眩晕的对马勒音乐的过分表现中也有某种危险的东西，它使人非常激动，然而又使人觉得受到玷污，仿佛对倒退到低下的音乐情感和效果而感到内疚，颇像古代人所谴责的那样（同样也受到现代主义的唯美主义指责）。

第二个可以得出的结论是，音乐学家必须停止谈论反讽问题，仿佛这是某种令人羡慕的文学批评的发现，旨在丰富新出现的音乐理论的写作。按照詹姆斯或托马斯·曼惯用的反讽，它后来在文学批评中已被穷尽且不再流行，就像今天在真正的文学生产中那样。它是一种骑墙的方式，兼具两个方面——其形式根源具有深刻的政治性，具有资产阶级知识分子过渡时期的时代风格，但他们不确定是同情两个方面还是同时伤害它们，因此进一步加重了他们自身构成的含混性，所幸他们能够以这种具有各种目的的新式词为这种含混性命名并使之得到尊重〔弗里德里希·施莱格尔（Friedrich Schlegel）已经以同样的方式用过这个词〕。布莱希特不是反讽而是讽刺，但后现代性用拼贴或情感中性化来代替一种过时的过渡性。至于马勒，按照一种反讽姿态从理论上阐发其复杂的解决方式可谓是极富新意，在音乐上只能处于《纽伦堡的名歌手》和拉威尔的《波莱罗舞曲》（*Bolero*）之间的某个地方；但是，据说马勒的管弦乐队演奏各种这样的轻音乐，包括序曲、施特劳斯的华尔兹，等等，并全都充满热情，因此这个特殊的指挥家不可能对它们暗中蔑视。我认为有更好的方式为这个问题命名（且不说解决它）。

十三

但是，为了这么做（第三个结论），我们必须谈谈阿多诺和他的解释，我觉得这对确定讨论的背景至关重要，不仅对可接受的反讽概念十分重要，而且对马勒的普遍质疑也非常重要（他显然不应该被认为对作曲家在历史接受中长期缺失责任，但这种缺失造成了哈贝马斯对现代性的补充[38]，仿佛那是他的责任，就像对纳粹时期许多其他教条和僵化堕落的艺术的责任）。

对阿多诺的否定主义气质，是否可以表达偶然的恼怒？它的哲学和历史根据十分清晰，合情合理："否定辩证法"在于它顽固地对大量意识形态去神秘化，而对意识形态的肯定则支撑着我们的社会体系，不允许任何批判的对抗自身形成一种肯定，包括它最初所依据的马克思主义原则本身。这种观点坚信法兰克福学派对资本主义的原始分析，但这种有力的批判因斯大林主义的发展失去了它的正能量或革命的能量：十分清楚的是，战后德国的历史处境——处于分裂状态，一方面是战后恢复充斥着纳粹政权的遗留人员；另一方面是基本上依靠苏联的共产主义政权，由纳粹时期流亡于莫斯科的激进派执掌——以存在主义的方式加剧了这种困境。当时，这种具体的历史境遇最适宜各种反讽的发展，其中双重同情必然导致一种萨特所说的自我欺骗。阿多诺理智的否定是竭力避免这种深刻的意识形态后果，而我这里想探讨的反讽与他个人和他的哲学并不相关。

但是，关于他顽固地拒绝"肯定的"决断[39]，其反讽是这种立场的双重性，以及一种更普遍的对不可调和的痛苦的审美趣味——如果我可以这么说的话。阿多诺的情感"历史哲学"即使不允许幸福的结局，至少也允许矛盾的暂时解决：黑格尔和贝多芬是两个突出的历史时刻,其时这种短暂的"调和"得到承认;但他们过去那种安全的地位并没有作为一种历史"终结"而停止,而是在他们之后继续恶化(在哲学和音乐方面),这就使我们失去了在他们的成就中获得安慰的权利。萝丝·苏波特尼克(Rose Subotnik)曾经指出,阿多诺从未提及海顿,尽管他评价过大量音乐史:这意味着——我们将会看到——欢乐在他的体系里无权存在。正是这种在结构上没有中断痛苦的一席之地,更不要说绝对否定痛苦,偶尔使他对普遍痛苦的不断提示获得了昏庸的泛音,布莱希特非常聪明地利用这点谴责"知识分子",即资本主义国家左翼知识分子精英。[40] 我认为这一切是为了把他颇有影响的马勒著作置于其更个人的语境,强调他关于这位作曲家深刻的含混性,既不能指责这位作曲家像瓦格纳或斯特拉文斯基,也不能赞扬他在音乐素材的历史发展中十分重要,就像阿多诺赞扬(并非没有他自己的保留)勋伯格那些创新的"进步的"实践者那样。因此在阿多诺看来马勒是个问题;他庞大的作品使他面对着一种创作方法,这种方法与现代目的的标准叙事大不相同,但又不能等同于西贝柳斯或巴托克的民族主义,也不能等同于理查德·施特劳斯的回归。

马勒的交响曲不是为了恢复奏鸣曲而做的反革命尝试,其本身也不是交响诗。至于这位作曲家所体现的大量痛苦,如果你想证实他的作品具有悲剧或哀伤之类的观念,那么还有其他的一些时刻,对此阿多诺下面这一如今已经被滥用的句子可以证明(他指的是第五交响曲的最后时刻,它对任何马勒学者都是一个真正的难题和困境):"马勒是个唯唯诺诺的人。当他表明价值观、只是根据信念说话时,当他自己把主题分析所利用的那种令人憎厌的压制概念付诸实践时,他的声音像尼采那样断断续续,并如此制作音乐,仿佛世界上已经存在过欢乐。"(p.137)人们不会对这些评论争辩，因为它们实现了阿多诺那种独特的单句子美学，单句子表明一切，包括不可逾越矛盾中确定的成功和失败。实际上，阿多诺的《马勒》一书是他最好的作品，因为它需要巨大的努力来面对马勒作品那种超常的矛盾，因为阿多诺在这里勇敢地直面那些挑战，正确地对马勒同时进行指责和赞扬。这本书充满了大量精妙的评论，不仅非常值得引用，而且提前说出了可能对这位作曲家所说和所想的一切（当前这篇文章也不例外）。阿多诺这里的巨大贡献是，辩证法成功地实现了它无可辩驳的许诺。

如果黑格尔的基本格言是同一性和非同一性的同一性，肯定阿多诺的格言应该以类似的方式表述为可能性和不可能性的可能性。他在各个地方对这种辩证句子的实践，既是对这一原则的肯定，也是对它的修订：正如他在其关于最自相矛盾的语言实验的文章里所表明的，在《浮士德II》的最后场景里（谱成了马勒的第八交响曲），浮士德仿佛升到了天堂，对于这一点，在这个堕落的现实和卑劣的语言世界上，人们无话可说，因为一切都由此被归纳为空空如也的神秘主义或者普遍的虚无主义或怀疑主义。[41]然而，后者也是一种内容和一种肯定，以无信念表达一种信念本身仍然是自我矛盾的信念。但通过表达这种矛盾，阿多诺可以同时表明他否认它的可能性，这是不可能性之困惑的积极方面：无连接的链接，对不可能的支持给以支持，彻底把黑格尔翻了过来。

不过，在指责第五交响曲结尾的句子里，阿多诺揭示性的修辞含蓄地、也许并非故意地表明，他本人由此占据了唱反调的地位，就此而言，必须说他并不总是令人信服。这种积习难改的"否定"有时缺少思考，因为它习惯性地、几乎是本能地诉诸我已经提到的"痛苦"。我想这里所说的正面的马勒不只是第五交响曲的最后乐章，虽然人人都乐意对它表达混合的感情[42]；更确切地说是第二或"复活"交响曲的结尾，质疑它有些像是阿德里安·勒沃库恩"取消第九交响曲"（他的意思是贝多芬的第九交响曲）的意图。但克洛普施多克（Klopstock）的诗也并非是无条件地"肯定"，我觉得从形式方面可以进行更好的讨论，这比那些悲观主义或乐观主义的讨论更好（它们只是更接近情绪或意识形态，而不是更接近哲学）。

109　　阿多诺所说的马勒的复杂性——如何赞赏不适合历史结构的事物——通过这篇论《浮士德 II》结尾浮士德升天的小文章得到了澄清，其艺术和再现的性质最终提出了同样的矛盾，即"否定的辩证法"被用于在纯思想领域解决（或逃避）的那种矛盾。这里本该要么纯属劣作，要么完全是现代主义的作品，结果变得两者都不是，没有任何历史借口地退回到遥远的过去（但丁，索福克勒斯），以至可以说，从不需要面对现代的种种问题，如商业化的媒体导致语言堕落，资本主义导致思想本身（及其再现）的堕落等。

　　作为开始，阿多诺承认当代人赞同说出自己思想时的双重困境，因为其天真性立刻变成一种世界观，也就是一种意识形态，虽然拒绝这样做（恰恰根据那些充足的理由）最后也变得更意识形态，即我们所说的怀疑主义或虚无主义。因此，真正的困惑是歌德的表达能力，即如何表达英文里最平常的布朗宁式的格言（"好高骛远"）而不至于落入感伤"文化素养"的无底深渊；同时，某种缺少华兹华斯微妙性的基本的自然诗（瀑布，闪电，树梢）能够以某种方式传递一种超越性，没有虔诚的含义或宗教的伪善（尽管有僧人、圣人和三种形式的圣母）。这个问题对我们更贴切，因为恰恰是这最后部分马勒在第八交响曲的第二乐章逐字逐句地谱成了音乐，也就是名声显赫的"千人欣赏的交响曲"的合唱部分。自然诗或风景内容总是同时是抽象的和具体的，通过高度传递另一个世界,仿佛它从高空拍摄电影景观,不受任何具体地点的约束〔彼得·斯坦因(Peter Stein)的巨作把这些有机形象留给了语言本身,通过不同年龄的浮士德—人物和陪伴他们的天使所乘的巨大螺旋传递上升的过程〕。这种拟古风格使它脱离了口语而又没有"风格化",同时通过单纯的简化还避免了"诗歌"——阿多诺把这种风格说成是自我约束和自我限制的选择,它以最微小的方式保持世俗状态,因此回避了传统超验性的、空洞的神秘主义。"在歌德和黑格尔的作品里,限制作为伟大的一个条件有其社会的含义:资产阶级是**绝对**的中介。"[43]然而他强调风景本身的逻辑,上升到新的高度,同时被突降的瀑布贯穿,"仿佛风景在以寓言的方式表达它自己的创造故事"[44]。

这里,引用歌德自己对这种场景的描述也许不无助益,1831年6月6日他在与艾克曼的对话中说:

> 我们当时谈到〔浮士德的〕结局,而歌德把我的注意力引向下面的一段:
> 这个精神世界的可贵成员
> 从魔鬼那里获得拯救:
> 因为他的努力从未停止
> 我们才能提供救赎;
> 如果更伟大的爱
> 对他也表现出兴趣,
> 那么天堂的主人
> 就会对他友好地欢迎致意。

"这些诗行,"他说,"包含浮士德被救赎的关键:就浮士德本人而言,直到最后都有一种更崇高、更纯洁的行为,因此永恒的爱从天而降给他帮助。这与我们的宗教观念完全一致,按照我们的宗教观念,单凭我们自己的力量,我们不可能变成神圣的，但通过神的恩泽提高它们我们则可以实现。不过你必须承认，这种带着救赎的灵魂升天的结局我们很难做到，因为，如果我没有根据鲜明描写的基督教和教会的人物和思想特意抽取出某种限定的形式或本质，我可能很容易由于这种超感觉的、难以想象的事物在朦胧中失去自我。"[45]

因此对阿多诺而言，这些评论里的关键是歌德暗中期待着把素材的宗教内容中性化，把传统的基督教意象理解为纯粹的形式或传统叙事，它像基本上是世俗的希腊传统戏剧节发展形成的神话，具有保证使叙事得到理解的功能，从而让观看者的注意力固定到另外的事物上，而在不甚严格的意义上，我们可以把这种事物说成是形而上的或实际上不可再现的。

至于著名的伦理禁令，阿多诺有他自己独特的解释（其解释本身反过来又帮助把它的意识形态内容中性化）[46]：基本的建议不是持续不变的生产性，而是忘记的治疗力量，即尼采所呼吁的消除过去及其罪孽。浮士德的秘密（以及在最后的场景里他被认为有100岁）在于他遗忘自己化身的能力，因此总是面对当前的新东西，没有过去无数罪恶的重负，从第一部分里任由格雷琴死去到结尾抢占土地的暴行以及结局之前对腓里门和鲍西丝的谋杀，统统都被遗忘。这是与魔鬼原始契约的更深层的意义：别想紧紧抓住那个瞬间！那是罪恶的谎言和致命的悔恨（歌德自己的生活以及他的各种逃避为这种独特的解读提供了传记性的支持，而阿多诺——以及作者本身——通过格雷琴的复出和她的原谅对此有所缓和）。

但是，场景本身强调转变（即使不是灵魂的改变）而非进化或救赎，它使我们想到歌德的名言，即人们别想成为某种东西，而应该是任何东西（实际上前面的行为已经强调了浮士德的多种约定，而不是它们成功或单一的结局——事实上一切都是失败）。其实，正如《浮士德 II》的开篇所公然表明的，"拯救"浮士德的并不是成功或成就的力量，甚至也不真正是志向的力量，而恰恰是遗忘本身的力量。

正是尼采那种"强烈的遗忘性"使他"向前飞行"，摆脱了放弃格雷琴的罪孽，一直到最后腓里门和鲍西丝的毁灭。这是不可或缺的前提，仿佛它是伟大的歌德和黑格尔工作或生产活动之精神的阴暗面，马克思把它改变成生产和生产力本身的集体精神。这种阴暗面最终将以浮士德终于失明的情形出现，并伴有海德格尔所说的那种忧虑或担心，担心使浮士德最后获得一种混杂的祝福：能够无视梅菲斯特的掘墓人（狐猴），并错把他们的喧嚣声当作一个"自由共同体"从海洋开拓新土地的劳动。非常奇怪的是，人们可以把这一复杂的主题用下面的空间方式表示：

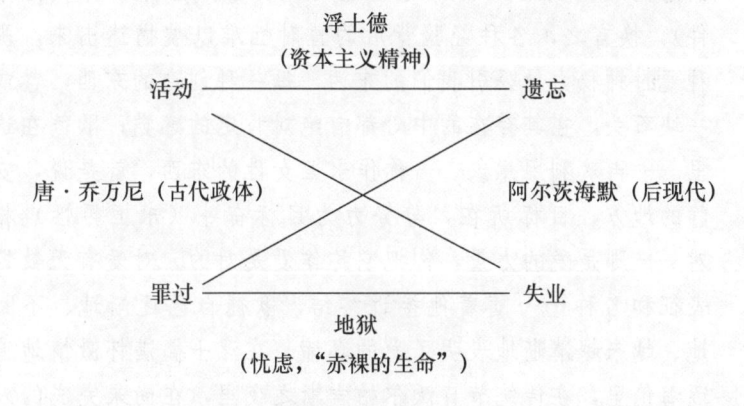

```
              浮士德
          （资本主义精神）
活动 ─────────────────── 遗忘
         ╲         ╱
          ╲       ╱
           ╲     ╱
唐·乔万尼（古代政体）   阿尔茨海默（后现代）
           ╱     ╲
          ╱       ╲
         ╱         ╲
罪过 ─────────────────── 失业
              地狱
        （忧虑，"赤裸的生命"）
```

阿多诺非常明确地写到这最后场景的语言，作为他对"晚期风格"[47]感兴趣的一个实例，并表达了他对其方式的惊奇：简单的、表现的风景如何能避开"表现性"本身作为意识形态的陷阱，以及通过时间和历史"表现性"如何必然引起腐朽的风格？《双行诗》的非个人性从个人性中拯救了它们，也从等待"生命哲学"和"经典"的低劣艺术中拯救了它们。阿多诺的文章——或毋宁说他的思考，因为这些思考直接以笔记形式表达出来——传递一种未明说的惊奇，他惊奇歌德在这里所实践的一种文学的否定辩证的方式，不是通过形式和内容的绝对统一和一致（如在黑格尔的"理念"中那样），而是通过两者以彼此中性化相互参与。在风景最字面的意义上，宗教在这里就是自然，然而风景事实上是斯宾诺莎所说的创造的自然（natura naturata）；尽管宗教人物对于通过他们说出的动机都是非个人的立场。

与此同时，非常清楚的是马勒并不这样看，这在一封非同一般的信里得到证明：

> 要传达某种不可能充分表达的东西，不论采取什么形式，都只能是一种寓言。只有暂时性可以被描述出来；但我们感觉或推测的东西不可能达到（或者体验为一种实际事件），换言之，各种经验背后的暂时性难以被描述出来。那种通过神秘力量吸引我们的东西，每一种创造的东西，甚或一块石头，在其存在的中心都有绝对肯定的感觉；歌德在这里——再次利用意象——称作永恒女性的东西，就是说，安静的地方，目标所在，与努力为目标奋斗（永恒男性）相对——那是爱的力量，你把它称作爱是对的。对爱有无数的表征和名称……随着他接近终结，歌德自己逐渐地、不断地、越来越清晰地表明了爱的真谛。在浮士德满怀激情地追逐海伦里，在传统节日沃尔帕吉斯之夜里，在尚未完成的人的雏形里，通过多重低级和高级的实现——他更清晰也更确定地呈现出来，直到人格化的永恒女性嘉丽母亲出现。于是……歌德自己对听众说："一切暂时的东西（在这两个夜晚我呈现给你们的一切）只不过是以世俗形式呈现的意象，当然是不充分的；但摆脱了这种世俗形式的不充分性，它们

第三章 马勒的超越和电影音乐 125

立刻就形成存在,此时我们便无须释义,无须修辞,也无须意象。我们在这里徒劳地试图描述的东西——因为它无法描述——在那里已经完成。那么它是什么呢?我只能再次借用形象说话:永恒的女性一直吸引我们——我们已经到达——我们在休息——我们只能拥有我们为之努力奋斗的东西。基督徒称之为'永恒的福祉',而我只能利用这个美丽丰富的神话——在这个人文时代,它是可以得到的最完整的概念。"[48]

但是,歌德式的禁忌对黑格尔式的伦理意识形态提供了支持,我喜欢把这种意识形态称作工作或活动而不是"努力",它本身预示了马克思主义对活的劳动和生产的强调。对"永恒女性"的召唤也可以被看作弗洛伊德发现永恒欲望的一种先兆,但其中的指涉更直接地使我们想到歌德对他的精灵和他经常否定人类集体生活的个体性及原始性的看法。诚然,马勒有他自己的精灵,就像他被音乐作品本身所驱使那样被它驱使;在19世纪晚期的语境里,性别意识形态无疑会把阿尔玛与歌德的"永恒女性"相联系。

然而,也许正是在关于罪孽的问题当中,我们最清楚地意识到作曲家与他深爱的歌德之间的差距。因为在《浮士德 II》里,最后的场景同样也召唤未出生便死去的婴儿——玛格丽特的婴儿流产,浮士德本人"并未采取这种途径";其中并没有任何我们在马勒关于死去婴儿的歌曲里听到的那种强烈哀伤。因为在歌德那里,未出生的婴孩是一种独特无知的时刻;天使使他们有机会传递关于世俗意义和他们未见世界的最纯粹的经验:这就像看见、听到、闻到地球的呼吸和芬芳。这既非乐观亦非悲观:它是超越堕落的人类生活的本质。

不过,这种感觉的更新本身就是艺术现代主义的一个使命;对马勒而言,这种场景为我们所称的超越的成就提供了一种最佳的形式借口，但现在这种超越也许应该确定为崇高本身。

十四

然而，当我们再次提出崇高问题时，必须牢记人们如何上升到崇高：崇高不是人们完全占有的声音、效果或水平，尤其不可能一开始就占有。崇高必须被达到和实现，这就是一种运动，它总是根据上升到某种高度来想象，就像演说家或音乐那样。无论如何，这些当然是两种时间性的语言，然而，人们可以提出这样的问题，例如：是否一幅绘画——在画框里静止不动，只等观看者走近它——不可能成为崇高？

唤醒米开朗琪罗的亚当之上帝的手指难道不崇高？但那已经是一种运动，提前暗示一种崇高的未来时刻，或生命本身的创造，在视觉上有些像这类事物中非常流行的"让光明出现"〔我觉得非常重要的是，虽然力图列出一系列美的事物（例如，列出文学、绘画或音乐里一百种最美的东西）显得可笑，但另一方面对崇高而言——在很大程度上始于朗基努斯，其后是伯克——通常的做法是编纂关于崇高时刻的读本，或关于引用的情况，不论它们是伟大的演说还是伟大的诗歌〕。因此这种习惯认可我们把崇高看作某个"时刻"，并因此看作时间中的某个时刻，一种人们达到的时刻。在我看来，这种情形确证了根据上升而非下降对崇高（高度）的思考，或者像词典编纂者告诉我们的，"从最低处出现，上升到空中，所以高"[49]，或者换一种说法，"斜着上升，爬上陡坡，所以高"[50]。

每一种说法都很可贵：第一种表示从深处的迸发，第二种表示奋力爬坡和向上运动。它们并非真正传递康德那种关于数量和能量的对立；但因为每一种含义必然是运动和克服对立的结果，

第三章 马勒的超越和电影音乐　　127

所以它们也可能随时混合，并出现在大部分实例之中。"高度"有时被译成"深度"是一种颇为有趣的扭曲，其中低即其对立面被转变成一种自身的升高：深度或深邃一般被当作一种理想的感觉，例如深邃的精神。实际上，其原初（Rom. 11：33）正是这么做的："深哉，上帝丰富的智慧和知识！他的判断多么难测，他的踪迹多么难寻。"

除此之外，关于概念在不同语言里的相对重要性，词源学可以为我们提供某些线索。德语"erhaben"（突起）一词只表达提升或升高的概念，它缺少必须打破的最低和最高限度的内在精髓。后者在这种情绪或感觉中促成一种暴力感，实际上也促成一种时间或叙事过程的感觉。因此在拉丁语系的语言里，恐惧的因素找到它的位置并得到保持，而德文里的对应因素只能表达温克尔曼（Winckelmann）的古典平静和提升且并不保持。康德备受折磨的概念性与这些互不兼容的元素进行斗争，试图确证崇高的平静时刻是对战胜恐惧的回报。

但是，关于深度，使徒高度的另外的或对立的意思完全可以被看作尼采所说的那种高度，就像它出现在第三交响曲第四乐章的特殊背景中那样，那是尼采伟大诗歌的背景——深深的午夜，其深度甚至未被时日本身意识到——在结尾被完全倒置——"所有的欢乐都想永恒不变"，对此马勒细心但又缺乏成功信心地谱写了乐曲，在清除它之前还清除了紧接着它在下一乐章出现的欢乐儿童唱诗班，然而它本身并不构成那种"欢乐"（德文里的"Lust"），而是某种另外的东西，一种不同的情感，即天真无邪的高兴和快乐（对于浮士德，抹去先前时刻的记忆，本身并不可悲，而是严肃的告诫）。这使我们想到，在这种艺术发展中，正如利奥塔关于康德的政治热情所论证的，情感完全是一种纯粹的美学现象：它既不等同于压抑也不等同于狂热，尽管它的范围和规模可能源于它们的现实。因此，作为情感，悲哀和欢乐不是对立的两面，而是在某种程度上相关的时刻，据此它们通过其动量和变化彼此限定；只有它们的超越被理解为电影音乐时，它们才表现出真正的对立，此时它们成为情绪而非情感的管弦乐，而对于这种或那种寓言叙事的材料，我们归之于作为其潜在故事的乐谱。

十五

但是，我们必须具体说明独特的超越形式，假如我们不想滑入超越的概念，即认为超越应该完全等同于高潮，等同于胜利地完成某个简单的音乐发展；在马勒的作品里，这种类型的发展只在我们所说的（遵循黑格尔）特定乐章"时刻"而非在整个乐章里出现。诚然，那些高潮存在，并限定更多的像第二交响曲那样的标题音乐（尽管乐章的结束经常是虚假的高潮，其中终曲和重奏被伪装成一种解决方式）。毋宁说，我们得到的是整个马勒作品中多种超越形式的实践——相对的、境遇的或暂时的形式——其中某个时刻（我已经具体谈过这种时刻）为结束而凸显出来，在不断变化中紧密连接这种主题的特殊情结，并在向着一个完全不同时刻的运动中自行消失（或"被超越"）。因此这些短暂的、完全是相对的狂喜并不是确定的"陈述"（假如你喜欢那种语言），就像它们是不同性质注意力的分散那样；更具线性或视域性的注意会再次寻求全面的作为整体的瞬间形式，重新相互认同各种局部主题，极力重新创造那种以再不可能（或令人满意）的奏鸣曲形式艰难发展和达成的独特的音乐记忆。然而情况仍然是，正如通常对圣保罗的误解，超越始终与升调或更高的管弦乐表达相联系[51]，与那些和高音度相关的乐器相联系，如笛子和木管乐器，高音域的小提琴，以及竖琴和某种号声。铜管乐表示另外的东西；对它的看法是（我相信是马勒自己的看法），牛铃不会引发任何田园的东西，而是引发其他世俗的东西（同样适合第六交响曲中令人不满的击打声）。

于是，这里的诱惑是把多种乐器与某些意义相联系，或至少与特定的情感相联系；马勒非同寻常的管弦乐曲，我想至少可以部分地理解为一种试图摆脱这种物化联系的不断努力，以求发明出新的结合和新的运用。这里与康定斯基那种带有神秘色彩的结构和体系只是表面上显得关系密切，尽管后者可以用一种"家族相似性"的美学加以说明。

但是，这也是为什么与叙事文类的联系不可避免时必须谨慎地利用这种联系：在构成这里音乐风景必然特征的行进曲里坚持运用的铜管乐，我想决不可与阿多诺以为在马勒的音乐叙事中发现的那种"世界的方式"过多地进行主题联系。诚然，在英国戏剧的意义上，这个短语是黑格尔的（Weltlauf）而不是 18 世纪的；这里所说的"世界"不再是那种贵族的、无价值的、前革命的某个谢里丹的世界，而是新生资产阶级时期已经充满繁忙的商业节奏的世界，其中"主体"在浪漫的意义上（如果不是在马克思主义意义上）被典型地异化了。确实，阿多诺诉诸这种社会范式来反对个体的做法非常令人惊讶，除非他只想把此后的传统叙事归于马勒自己，认为这种音乐中的一切都发生作用。但实际上，只要更仔细地考察这种解释，就可以发现阿多诺反民粹主义（我不喜欢把它称作精英主义，以免唤起左派的反理性主义，那会导致同样危险和有害的政治后果）的思想局限，他以"世界的方式"反对主体及其抵抗："前者事先就面对着'敌对和虚空'〔黑格尔〕的意识。马勒是欧洲悲观厌世传统中一个后来的环节"（p. 6）。但这完全是那种"个体与社会之间冲突"的陈旧模式，一种基本上是人文主义和道德化的解释，实际上是对解读马勒作品中复杂的相互作用最有局限性的方式（它也真的不应该归于黑格尔，在黑格尔看来，那只是一个"时刻"，已经被许多其他形式取而代之或废除）。但是，那种斗争的意识经常被法兰克福学派等同于"否定"本身，以及对普遍商品化的社会极其重要的批判（借用马克思嘲笑的表达方式），它很容易陷入这种陈旧的叙事模式，因为它没有使自己认同于任何社会群体或历史参与者（作为知识分子）。

119 不过，事实上，阿多诺这里一直在表达他对某种有些不同于肯定之东西的敏感性，而这东西就是修辞。正如在文学判断中，意识到作者的意图（他试图使我在这里大笑，或者在另一段激起悲哀）可能对读者的接受产生巨大影响，同样可见的意图也是音乐修辞里的一个基本特征。因此激起破坏音乐效果的情绪不是证实而是意图的问题：欢乐的感觉是迷人的，常常是无法抵制的，但旨在表达欢乐并向听众传递欢乐信号、引起愉快和振奋情绪的意图，却反而是一种堕落的、纯属操纵的运作，即使不是一种纯传统的运作。在第九交响曲的最后一个乐章中，当一种肯定的、官方的、乐观的声调响起时，我们便有足够的理由赞同阿多诺的厌恶，并把它视为一种可以预见的、完全是成规的情绪：马勒的作品可能没有许多这样的乐章，很可能这一乐章是形式所必需的（例如，需要从一种表达转到另一种表达），但正如瓦莱里（Valéry）所说，艺术中必需的东西是造成坏艺术的东西。

无论如何，我想把修辞问题与戏剧性问题分开（或者如果你们愿意，也可以说与直接的修辞分开，这种修辞炫耀地呼唤对自身的注意）。就坏的意义而言，修辞和意图属于指明的情绪和表达的美学；因此我想把马勒作品里真正肯定的乐章在某种更加非个人的意义上与情感和崇高联系起来。

然而我援引的句子[52]，作为一种征象，可能会揭示阿多诺这里更深刻的窘境，它在于马勒对那些德国人称之为"粗俗作品"的大众文化素材的运用，从而把传统流行文化中感伤的持续吸纳到商业化的、像工厂流水线那样的文化工业的产品当中（"爵士乐"是他最出名的例证，但总的来说，美国，特别是"文化"一词是更普遍的憎厌目标）。伯格-勒沃库恩（Berg-Leverkühn）在他们的表现主义梦魇中对这种素材的运用显然摆脱了阿多诺那种关于马勒的混杂感情，在其作品的每一页里都呈现了。我这里想强调的是阿多诺本能地在"肯定"（意识形态上赞同）和这种堕落的大众文化之间所做的联系：这是处于他所有最有力的社会和艺术批评核心的一种认同。

十六

但毫无疑问，我这里提出的解决方法——"一切事物都是在引号里构成的"（p.6）——也会在阿多诺那里找到：回到事物本身，我将尽力以一种有些不同的语言展开它。因为像阿多诺的句子那样，马勒的音乐也追求永恒的现时，在现时里，我们无须等待"发展"便可以直接获得满足：它不是一种明显的时间艺术策略，而是提出了一些关于音乐记忆最难解决的问题（因此同时也是关于音乐形式的传统观念问题）。这些问题不可避免地把人们导向现代艺术极简和极繁之间的对立，导向尼采对极繁主义的瓦格纳那种非同寻常的评论，即说他是一个伟大的极简主义者。

但这些仍然是关于时间性的问题，也许时间性作为一种哲学的抽象最有助于避免心理学的表达或叙事模仿（即使从长远看，甚至哲学的概念也能够被揭示为叙事，至少这是格雷马斯的观点及其追求的目标）。因此，极简和极繁的辩证是两种时间之间的矛盾，它在现代各奔东西：通过因果关系结合在一起统一的事件序列，如果它们不是偶然和随意产生或开始的事实，至少也有封闭的结束和完成；于是在另一方面就是现时，即著名的"永恒的"现时，而我们试图立刻完全处于其中，甚至忘记了记忆是什么（如果"记忆"一词表示更长的时间感，另一方面可能否认这点；因为每一种观点都否定另一种观点，都以自己的语言对它重写，所以记忆完全是一种掩盖起来的冒犯，通过记忆，现在所谓的"现时主义"力求削弱和质疑被其他时间感非常傲慢地肯定的更大的时间框架）。

那种被削弱的、大大减少的对手（有时也称作历史主义）试图为历史极繁主义强推它的实例，无力地抗议说情况并非总是如此，并说两种类型的时间彼此曾非常接近，远不像最近这样分离；在某些时期，现时在其时间顺序中的位置要比这种情形更合适，那时它进行抵制，要求靠自己的力量完全独立；那时更大的时间形式——把它们称作时期、叙事、持续时间、历史故事、个人命运，甚至"历史哲学"——仿佛与现时共有力量，它参与哲学家所称的"协调"（即使不一致），参与粗心的非专业人士以为是黑格尔式的那种"综合"（一个并不存在的"概念"）。不，从未有过那样的过去，利奥塔喊道，它总是一样的；德里达更微妙一些，他在辩护中利用弗洛伊德的"事后"概念解释说，这种所谓的过去只不过是我们现在的投射，一种想象的整体被我们自己分裂的现在时间投射到我们身后。[53]

于是，不论在政治、艺术、主体性还是在宗教里，人们开始大胆地把历史确定为这样一些时刻；就这里我们感兴趣的音乐史而言，它为我们提供了贝多芬的奇怪实例，他既完善又毁掉了奏鸣曲形式，为他德国传统中的追随者留下了一个辩证的任务，即在现已毁灭的不毛之地创造某种新的东西（瓦格纳、马勒、勋伯格标志着这种创新的努力),或者像在法国传统中那样,完全忘记贝多芬和他的"传统",例如德彪西(Debussy)和梅西安(Messiaen)以及"后系列"(post-serial)一代人转向非西方音乐和异国声音,以另外事物的名义彻底忘掉现代的辩证(这当然是一种新的音乐时间性,其中另一面即永恒的现时被赋予一种完全不同的地位)。

于是,他们对马勒的重新发现(我想到布雷那样的作曲家、指挥家)直接把我们置于一种时间的对立之中,对立的一面是现时的马勒[类似美国的后现代主义,完全像法国现时主义概念的发明者——弗朗索瓦·哈尔托(François Hartog)[54]——或者像德国鼓吹狂喜瞬间(他称作突发事件[55])的卡尔·海因茨·伯赫尔(Karl Heinz Bohrer)的追随者],另一面是更困难的问题,即如何保证这些宏大乐章的一致性,把它们理解为某种更加统一和有机的东西,而不像黑格尔那种一个接一个时刻的"坏的无限"(因此接近亨利·福特对历史本身的定义)。

我们已经对主题及各种不同方式的危险做过评论,在那些方式里,孤立的时刻或时间的现在被连接成一个不断变化的巨大过程,然后我们匆匆忙忙把它说成是一种统一。与此同时,奏鸣曲被许多专家排除在外,认为它不值得探讨,除非它的缺失或不可能性会造成那种巨大的形式困境。诚然,还有其他许多音乐形式在评论中被放弃,但那不关非专业人员的事。

关于那些让非专业理论家或业余哲学家感到可怕的专门术语,最有效和最令人畏惧的两种无疑是音乐和数学术语;这绝非偶然,因为它们属于人类精神能够把握的最抽象的语言,雅克·阿塔利(Jacques Attali)据此在他的论证中确实证明了它们的密切关系,不仅音乐创新与经济结构关系密切,甚至(在《噪音》里)前者可能在历史上预见后者,因此生产方式中某个时刻的音乐常常预示即将到来的经济基础的发展。[56]

然而，从音乐样板以视觉形式嵌入文本到阅读乐谱，到确定音调以及它们作为主音、全阶五音等等的彼此内在关系，再到调式（大调和小调）的作用，一直到原本表示这种或那种速度后来变成乐章或结构名称的外来词语（快板、慢板，等等），都以符号在指挥家那里结束，例如速度极快或狂暴激动等——从这一切当中，我们确实看到那些专门符号逐渐被人格化，其情形像是出现了原型叙事，但最初只是作为情感的音调或语气显现出来。"约翰·马西森 1739 年曾经谈到……为何'慢板乐曲表示痛苦，挽歌表示悲痛，柔和乐曲表示宽慰，行板乐曲表示希望，亲切乐曲表示爱情，快板乐曲表示舒适，急板乐曲表示热切，等等'。"[57]这其实就是滑坡，它导致我称作"坏的或人文主义的寓言"形式的"解释"，就是说，把音乐片段插曲转变成各种表达，例如表达乐观主义或悲观主义、胜利或悲剧、激烈的斗争、安慰、苦修的接受或拒绝，诸如此类：这些所谓"世界观"的材料不仅被归于艺术作品，而且也被归于活生生的人，把后者转变成道德化的故事，并在这个过程中使艺术获得额外好处，即艺术作为生活有益的附属品合法化了。叙事肯定无处不在，而这里并不是考虑它的多种功能的所在；但这种特殊的叙事需要不断警惕，并揭露它是意识形态有害的记载（我认为，正是这一点被阿尔都塞们指责为"人文主义"）。作为哲学（或神学）子域的伦理之缺陷绝不是因为它推行和保持这种叙事，而是因为这种叙事明显有助于分散我们对政治的注意，尽管它们的作用远不止这点。通过马勒批评来探索这种叙事的无限多样性（作曲家本人也难以不受其影响）可能非常诱人，但也可能令人不快。我提出有争议的形式主义的目的，其实就包括揭示这些"解释"，它们还有助于掩饰材料的历史本质，但对此更空洞的词"唯心主义"并不充分。

不过，如果相信回到某种客观的或专门的纯音乐分析的语言就可以解决这个问题，那将是一个错误。

因为这是我们这里的根本问题：我同样认为，从长远看，一切事物最终都被叙事化，甚至肯定是非叙事或反叙事的事物也是如此，在这样的境遇里，如何避免使这种音乐叙事化呢？因此，甚至对这种音乐在时间上任何特定时刻之永恒现在的描述，也很容易适应关于我们如何达到这点的叙事，这种叙事境遇提供各种可选择的逃避和逃避的方式。

如果音乐是卓越的时间性艺术的基本方式之一，我们通过音乐在时间中构建主体性或个人主体，那么我们显然会提出马勒式的现在反映了一种境遇，在这种境遇里，人类因其社会和经济的限制被降低到一种枯萎的现时生命（我在其他地方称作身体的萎缩）。[58]于是这就成为一种叙事，其中人物与基础的某种关系得到表达，伴随着某种抵制或复制的模糊因果关系：是否马勒的那种现在只是反映这种境遇，抑或它是一种回答和补偿的方式，在某种程度上赋予偶然以超验性？

十七

但是，我可以冒险提出另一种叙事模式，或至少在这种模式上面增加一种不同的"思想形象"（德勒兹），这种形象在时间中引发关于这一切抑制不住的运动感，甚至在其安宁或静心思考的瞬间也无情地向前，不知怎么这种动势永远不可能停止。但是音乐和专门术语——不论多么小心地修改和订正，也不论多么合适——总是暗示相似性以及这种或那种回归：即使这一乐章不是奏鸣曲的形式，我们仍然提及那个关键的词；即使变奏曲永远不会完全回到最初出现的原始主题，我们也仍然表达一种回归的乐章；即使重演，对音乐记忆的坚持也得到肯定，声音的时间性会被重新组织为潜意识的空间性或某种图解。而所有这一切在新的描述中都将被避免。

因此，我选择一种新的类比，即把马勒式的主题乐章比作永远运动的海洋潮流，它不可能定位，也不可能确定一个始点或终点，不可能像标准的人类航行那样；另一方面，周期的概念也不会被真正欣赏，而只能暴露人类精神没有能力思考这种自然现象，因此最好说它无法再现，或至少只能以消音的方式再现，使一种语言学实验适应更视觉的实验。因为这是真正的问题本身，即如何以这些视觉形式展现时间。这些视觉形式全都可能再次主张取消我们先前的方式，以一种不可能的对立显示两者。如果静止的那一面在一条线上折成点，那么以地球形象（仿佛它自身不是形象而只是最初的再现，即使从外部空间看见它并拍成照片）作为其刻写表面的这一面则在运动中划线（"描绘"一个椭圆或圆周——借用几何学的主动语言），于是强调了点和线之间的再现基本上互不兼容，这使我们再次回到更熟悉的、难以想象的空间和时间，或主体和客体、运动和停止，等等。

然而，海洋潮流（我们这个世界上有17种）[59]有所助益地要求我们做不可能的事情，即考虑一种物质形态，大量的液体，既在又不在同一个地方，既向前运动又不向前运动。这是一种不错的方式来了解这些声音的奥秘，为那个特殊的悖论增加某种使它复杂化的附加的对立。因为这种潮流可以是表面也可以是水下（人们很容易再次诉诸视角，看见某些结合处于前景，某些处于背景，某些肯定而不容置疑，某些寂静并接近回声状态）。这些同样的潮流也可以分类为寒流和暖流，而这肯定会赋予我们以另外不同的、也许是更新的关于它们奇特地相互影响的意义，它暂时可能比大调和小调或调式的语言更生动：寒流和暖流——尤其

第三章　马勒的超越和电影音乐　　137

在它们生发或排除植物、生命、外部气候当中——表明某种比专门语言更根本的东西，也许暗示某种最重要的、当前盛行的意识形态的作用，并且还有助于艺术的构建以及确证某种完全无信念方式支持而存在的事物（即使从另一种观点看，音乐和意识形态两者可能都是同一原因的投射，都是相同历史和社会逻辑的版本）。

　　正如我坚称它们不停运动的潮流运动——因为音乐也需要不屈不挠地成为艺术的必然，其动势不可避免，命中注定（即使作为人类的构建，它也难以成为现实中的那些事物）——随着潮流运动，它们在前进中形成涡流和漩涡，随着它们继续前进，形成围绕它们巨大的、旋转的环形运动，这种大规模但总是有区别的运动必然伴以最密集和多样的中心声响，仿佛是建筑空间里管弦乐声音本身的超验的背景，在这种空间里它们产生回声，不论回声多么可以衡量，都更像是一种观念而不是可以触摸到的听觉的东西或物质，因为这种观念像总体性观念那样围绕它们并完善它们，但总体性本身不可能被看见，然而又同时是想象的和真实的（就此而言，也许像视角本身对视觉一样）。

　　于是就有了那些非常不同的东西，这就是漩涡，仿佛水的插曲离开了向前的中心运动，形成了各种新的、短暂的瞬间形态和形式；在这些更短暂的形式事件中，人们很想看到发明本身和形式作用——偏离中心——的实质，这种偏离中心并没有促进任何东西，但没有它们音乐的发展就缺少真正的兴趣，偏僻的小路不会导向任何地方，空地的野餐，林间空地和林中小路，休息的时刻和超人的紧张时刻，具有家族性主题及其变体的相似性，然而在各方面彼此之间或与原始主题都没有令人信服的相似之处，也不像自强不息地驱使潮流前进的东西——这些是我们迄今看到以静态方式描绘现在彼此接续的那种时刻的情形，但如果它们被看作无意形成的序列，而当时主要力量间接地受到破坏和冲击，那

126

么它们也可以呈现一种不同的情形。

于是就有了波峰和波谷，节奏本身的节奏，不同类型的波长，而且每一种都是质的不同而非量的不同；道路或潮流有自己的边界，不允许它们走偏；潮流有自己内在的不稳定性，随时可能崩溃；它有平均速度，根据其平均速度它的种种变化呈现它们的意义。于是多种运动的态势——因为这些潮流每一个都必须被想象为与其他许多同时共存，正如这一乐章与其他四个或五个（或六个）乐章同时共存，每一组乐章或每一个交响曲都以大致的同时性与其相近的组合乐章或交响曲共存——从内部把一种仿佛是特别的音乐世界投射到它自身之外，这是一个有着确定力量和动机的世界，其力量和动机回避音乐材料自身内部的任何可能的记录或表达，但完全可以影响它们，正如科里奥利效应影响潮流的形成，随着不同类型的风推动这种或那种发展的继续，气候和温度、太阳黑子、月亮全都不停地以其奇妙的内在结构影响这种奇妙的海洋潮流。

然而其他形象、其他的特征描述肯定也可以获得，人们很可能想"与这种音乐里可变性的更强大的'现代主义'形式进行比较，我们最初似乎在其中面对一种激动与宽慰或平静之间的简单对立。但平静本身取决于激动可能采取的多种形式——高尚、英勇、神经质、期待、充满焦虑、不祥预感、欣快、讲究修辞的歌唱、雄辩、崇高或哲学上的崇高、病态、疯狂、兴高采烈、无意义的礼节，等等。这些形式每一种都必然根据其力量被暂时克服，而平静的方式——总是短暂的——会消失到一种新的激动之中。就其本质而言，暂时性就是激动；它不可能长时间保持一种平静状态；平静总是返回一种新形式的激动。这就是为何整体并非简单地自身消解为一系列的变体，为何奏鸣曲形式不能解释这种力量，因为它的基本形式问题是：这种从高到低、从忧郁到轻快的不断变化，怎么可能结束呢？在什么关键之处结束呢？（至于马勒，应该记住的是，弗洛伊德对他分析的根据，是作曲家对他父母激烈争吵那种骚乱的童年记忆，当时他把自己关在卫生间里，同时听到从街上传来无法回避的手风琴声。）"。

不过，如果需要更多的诊断式分析，我们也许可以冒险根据拉康关于弗洛伊德死亡愿望（一个著名的多义概念）的版本来说明这种只是暂时平静的、激动的特征。按照拉康的说法，"死亡愿望"事实上是驱动（本能）力量，甚至当我们的个人欲望和愿望穷尽时，实际上，甚至当我们自己的个体能量几乎消耗殆尽时，它还通过我们发生作用。这种非个人的生命力似乎不可能发现死亡，甚至在那些我们即将结束的时刻会复苏过来——这点似乎足以使它也适合解释音乐。

事实上，它在音乐中最臭名昭著的神话版本也许是巴托克的《神奇的满大人》（*Miraculous Mandarin*），这是一个寓言故事，东方的满大人在去寻花问柳的路上，受到一群暴徒的攻击，反复被剑刺伤。然而他本能的内在驱动力量一次又一次使他复活，虽然不断受到攻击，但非凡的受害者以他内心欲望那种不可抗拒的力量再次站了起来。对于马勒的音乐驱动力量异常多变的内容，这也许是一个过于抑郁的寓言，然而它可以帮助传达一种无与伦比的生产和创造的、难以压制的音乐能量，马勒的这种能量比任何其他作曲家的都更不会被穷尽，更不会达到它的终点，因此它是浪漫派称之为无限的那种特征。

"天哪！公众用这种产生新世界的混乱做什么呢？难道只是为了毁掉下一个时刻？对于这种原初的音乐，这种漂浮、咆哮、激荡的声音的海洋，对这些跳动的星星，对这些惊人的、色彩斑斓、闪光的破碎浪花，他们应该说些什么！"[60]

[注释]

[1] Thomas Mann, *Doctor Faustus*, trans. H. Lowe-Porter (New York: Knopf, 1948), pp. 455-456.

[2] T. Adorno, *Mahler: A Musical Physiognomy* (Chicago: University of Chicago Press, 1992), p. 30. 此后所有相关页码都指这一版本。

[3] Darko Suvin, *To Brecht and Beyond* (Brighton: Harvester, 1984), Chapter 3: "Politics, Performance and the Organizational Mediation: The Paris Commune Theatre Law".

[4] Roland Barthes, "L'effet de réel", in *Oeuvres complètes* (Paris: Seuil, 1994), Vol. II, pp. 479-484. 作品日期是1968。

[5] Scott Burnham, *Beethoven Hero* (Princeton: Princeton University Press, 1995), pp. 123-124.

[6] 这种观点最初出现在 Paul Bekker, Gustav Mahlers Sinfonien (Berlin: Schuster & Loeffler, 1921), p. 44。阿多诺一度挪用，见该书第五页；对争论更全面的分析参见 James Buhler, "'breakthrough' as a Critique Form: The Finale of Mahler's First Symphony", in *19th-Century Music* 20 (1996), pp. 125-143, 以及他对阿多诺的评论，见 *Indiana Theory Review* 15 (1994), pp. 139-163。

[7] Lionel Abel, *Metatheatre* (New York: Hill & Wang, 1963), p. 47.

[8] "来自大地最后的问候穿透荒凉寂寞的山峰"：引自 Michael Steinberg, *The Symphony: A Lister's Guide* (Oxford: Oxford University Press, 1995), p. 317。

[9] 阿多诺把艺术作品比作烟花——参见 T. S. Adorno, *Aesthetic Theory* (Minneapolis: University of Minnesota Press, 1997), p. 81——而爱森斯坦（Eisenstein）的 "Montage of Attractions" 则指的是马戏。

[10] Nathalie Bauer-Lechner, *Recollections of Gustav Mahler* (Cambridge: Cambridge University Press, 1980), 160.

[11] Robert Musil, *The Man without Qualities*, trans. Sophie Wilkins (New York: Knopf, 1995), p. 53.

第三章　马勒的超越和电影音乐　　141

〔12〕Mann，*Doctor Faustus*，pp. 132－133.

〔13〕Car Dahlhaus，*Nineteenth-Century Music* (Oakland：University of California Press，1991)，p. 8.

〔14〕Viktor Shklovsky，*Knight's Music*，trans. Richard Sheldon (Champaign：Dalkey Archive，2005).

〔15〕Immanuel Kant，*Critique of Pure Reason* (Cambridge：Cambridge University Press，1997)，p. 691.

〔16〕例如，正如斯图尔特·吉尔伯特所概述的，参见 Stuart Gilbert，*James Joyce's Ulysses：A Study* (New York：Knopf，1930).

〔17〕Thomas Mann，*Der Zauberberg* (Stockholm：Fischen，1950)，p. 2.

〔18〕作为例子参见 A. J. Greimas，*On Meaning：Selected Writings in Semiotic Theory* (Minneapolis：University of Minnesota Press，1987)。但是，关于巴特，应该说他经历了开放和封闭之间一种真正的辩证。

〔19〕在康德讲演里，我认为这是他的原则意思，旨在避免对任何"绝对第一次"或本体论的原初的寻求：T. W. Adorno，*Kants Kritik der reinen Vernunfi* (Frankfurt：Suhrkamp，1959)，pp. 224，284——哥德尔定理的一种方法论的颠倒。

〔20〕Robert Craft，*Conversations with Stravinsky* (London：Faber & Faber，1958)，p. 71.

〔21〕Viktor Zuckerkandl，*The Sense of Music* (Princeton：Princeton University Press，1971).

〔22〕David B. Greene，*Mahler：Consciousness and Temporality* (New York：Gordon & Breach，1984)，p. 142.

〔23〕Ibid.，p. 143.

〔24〕Ibid.，p. 146.

〔25〕Charles Rosen，*Sonata Forms* (New York：Norton，1988)，p. 18.

〔26〕Ibid.，p. 26.

〔27〕参见 Georg Simmel 的经典文章"The Metropolis and Mental Life".

[28] Jean-Paul Sartre, *L'Idiot de la famille III* (Paris: Gallimard, 1972), p. 421.

[29] Zuckerkandl, *Sense of Music*, pp. 144–145.

[30] Ibid., p. 145.

[31] 参见我的 *Antinomies of Realism* (London: Verso, 2013), Part I, Chapter 8。

[32] 巴特《神话学》(*Mythologies*) 的核心概念，后来被放弃。

[33] 见 Thomas Mann, *Doktor Faustus* (Frankfurt: Fischer, 1947), pp. 219, 266, 263, 365, 450, 459, 482, 723。

[34] "如果人们在贝多芬的交响曲中看不到法国大革命的反响，那么在不理解其所谓音乐进程的情况下就很难再与贝多芬相提并论。"(Adorno, *Aesthetic Theory*, p. 349)

[35] "1990年夏天，马勒曾谈到第四交响曲的第三乐章，有时说它像慢板，有时又说像行板，这使娜塔莉·鲍尔-勒克纳（Natalie Bauer-Lechner，奥地利小提琴家，马勒的女友。——译者注）大为不快。当她问他为何如此时，他回答说，同样还可以把它称作中板、快板或急板，'因为它们都包括在内'"。Constantin Floros, *Gustav Mahler: The Symphonies* (Pompton Plains, NJ: Amadeux, 1997), p. 125.

[36] Fredric Jameson, *Brecht and Method* (London: Verso, 1998), p. 75.

[37] Charles Rosen, *The Classical Style* (New York: Norton, 1972), p. 155.

[38] Jürgen Habermas, *Die Moderne—Ein unvollendetes Projekt* (Stuttgart: Reclam, 1990).

[39] "肯定的"以及与之相似的"确定的"和"断然的"都是法兰克福学派表达意识形态的术语，用以肯定这种或那种形而上的内容。

[40] 布莱希特的"Tuis"(知识分子的缩写)出现在一个朦胧的关于法兰克福学派的寓言之中，它讲述一个富有的官僚，临终之际把他周围的知识分子召唤到身边，要求他们找出世界上邪恶的秘密和根源，对此布莱希特补

充了"不明白这根源正是他自己"。

〔41〕"Zur Schlußscene des Faust", in T. W. Adorno, *Gesammelte Schrifen II：Noten zur Literatur*（Frankfurt：Suhrkamp, 1997）, pp. 129 - 138.

〔42〕克伦佩勒尤其认为这一乐章是个失败。作为例证，参见 2009 年 4 月 27 日丹尼尔·巴伦博伊姆的访谈，在 danielbarenboim.com 网页上可查到。

〔43〕Adorno,"Zur Schlußszene des Faust", p. 134.

〔44〕Ibid., p. 133.

〔45〕*Gespräche mit Eckerman*, *Jue 6*, *1831*（Basel：Birkhäuser, 1945）, p. 475. 文字是我（詹姆逊）翻译的，但诗行借用于 A. Arkins 编辑和翻译的 *Faust I and II*（Frankfurt：Suhrkamp, 1984）。

〔46〕Adorno, "Zur Schlußszene des Faust", pp. 137-138.

〔47〕这一概念在他于 *Noten zur Literatur* 中论贝多芬的 *Missa Solemnis* 一篇文章中展开，但对爱德华·萨义德来说，这一概念在他自己的音乐论著中也非常重要。

〔48〕Mahler, letter of June 1909，引自 Steinberg, *The Symphony*, pp. 337-338。

〔49〕Eric Partridge, *Origins：A Short Etymological Dictionary of Modern English*（New York：Macmillan, 1977）.

〔50〕Ibid., p. 358. 参见 Barbara Cassin 在 *Vocabulaire européan des philosophies*（Paris：Seuil, 2004）一书中的相关文章。

〔51〕例如叔本华的看法："在和声最低的音调里，在基础低音里，我意识到最低级的意志的客观化，等等。" 见 *The World as Will and Representation*, vol. I（New York：Dover, 1969）, p. 258。

〔52〕见前面："……仿佛世界上已经存在过欢乐。"（Adorno, *Mahler*, p. 137）

〔53〕"不，毫无疑问，他说得很清楚：不存在整个野蛮的原始社会，但我们都是野蛮的，都是资本化—资本主义的野蛮人。" Jean-François Lyotard，*Économie libidinale*（Paris：Minuit，1974），p. 155. 我将在另一处解释这种独特的事后时间性（以及伴随它的辩证本身）如何产生于马克思对资本主义体系的看法，即认为资本主义体系或"生产方式"是以所谓原始积累重写其过去的一种时间性。

［54］作为例子参见他的 *Régimes d'historicité*（Paris：Points histoire，2012）。

［55］Karl Heinz Bohrer，*Plötzlichkeit：ZumAugenblick des ästhetischen Scheins*（Frankfurt：Suhrkamp，1981）.

［56］参见 Jacques Attali，*Bruits*（Paris：PUE，1971）。

［57］Andrew Bowie，*Aesthetics and Subjectivity*（Manchester：Manchester University Press，2003），p. 35.

［58］参见 Fredric Jameson，"The End of Temporality"，in *The Ideologies of Theory*（London：Verso，2008）。

［59］数字源自 Eric L. Mills，*The Fluid Envelope of Our Planet*（Toronto：University of Toronto Press，2011）。

［60］Mahler，letter to Alma，October 14，1904.

第二部分
电影中的后期现代主义

第四章　安哲罗普洛斯和集体叙事
献给斯塔西思·库夫拉基斯（Stathis Kouvelakis）

在现代电影里，我们未能给予西奥·安哲罗普洛斯（Theo Angelopoulos）他应有的地位[1]——可以说，在理论实验方面他不及戈达德，在政治炫示方面他不及帕索里尼，但为什么我们更喜欢看安东尼奥尼或费里尼的影片而非他的影片却仍然是个谜——对此更容易的解释显然在于现代希腊历史的特点，因为它远不像西欧诸国的历史那样为人熟知。希腊有过一种集体的经历，而其他民族对此只有零星的了解：革命、法西斯主义、占领、内战、外国干预、西方帝国主义、流亡、代议制民主、军事独裁，60年代以后还经历了新巴尔干战争可怕的暴行，以及伴随而来的难民潮，这又唤起第一次世界大战结束时希腊自己被从爱奥尼亚逐出的难民经历的回忆[2]（我未提当前的经济灾难，因为它还没有来得及出现在安哲罗普洛斯的纪录片里）。[3]毫无疑问，由这种独特历史经历所产生的政治激情对西方公众是陌生的，虽然他们愿意接受我前面提到的其他制片人的那种左翼同情；在这些制片人工作的国家里，阶级斗争没有达到直接内战的状态，除了在战时不同的占领时期，当地的反动意识形态可能因纳粹及其军队的存在而被以某种方式掩盖起来。

但是，安哲罗普洛斯在西方没有地位还有其他一些原因，我很快会谈到它们。首先，我们需要划分他工作的不同时期，即它们可以划分的阶段（他自己喜欢把它们称作三部曲，这种不确切的说法似乎主要用于宣传）。第一批作品——我认为这类作品包括最早的六部——完全集中于希腊国内的境遇，特别是独裁、占领和内战、流亡和失败者、共产党和游击队。这一时期或阶段从梅塔科萨斯独裁和占领到内战结束［其中我们也许可以包括大约20年以后返回的流亡者，他们出现在电影《塞瑟岛之旅》（Voyage to Cythera，1984）里］。在影片生产的时间（而不是它们内容中的时间）里，它对应于激进的1970年代（在许多国家仍是1960年代本身的组成部分），包括安哲罗普洛斯最著名的影片《流浪艺人》（The Travelling Players，1975），有一段时间，这部影片成为左派颇负盛名的电影偶像［直到20年以后的1995年，一个非政治的年代，它才被他另一部三个半小时的作品《尤利西斯的生命之旅》（Ulysses' Gaze）取而代之］。

在那以后，仿佛流亡现象通过几乎是黑格尔的逻辑被转变成一种调解，调解关于边界本身辩证的一切事物：是否某种事物在那里终结？是否它只是划分两个截然不同的空间和国家实体？或者，在我们强行注视之下，在摄像机的注视之下，是否它本身也慢慢地变成了一种现象？但不同于它界定的东西，变成了有些超越世界本身的空间，尽管受制于两边发生的一切。这一1980年代的中间阶段充斥着焦虑，它在1991年一部非同寻常的作品里达到顶峰，作品的名字《鹳鸟踟蹰》（The Suspended Step of the Stork）传递了这种空间和时间的奇特性。

然而也正是在这一年，有件事改变了历史关注的焦点，它从希腊甚至从它的疆界转到了边界之外：巴尔干战争，南斯拉夫解体，大量血腥的自相残杀的冲突，实际上好像以更大的规模重复希腊早些时候的历史。就此而言，我们可以说安哲罗普洛斯的摄像机变成了巴尔干的，历史缩小成希腊是否应该算作巴尔干国家的问题（在这个过程中，一个全新的问题和争议首先是：作为巴尔干意味着什么）。[4]《尤利西斯的生命之旅》是这一巨大转变的结果,我认为它更是人文主义的而非历史的,它利用国际明星传递关于生与死、时间与过去的形而上的信息。它是一种公路电影(road movie),这种风格似乎可以确证它那种肆无忌惮的插曲结构,但很快会更多地告诉我们关于安哲罗普洛斯的空间和时间,以及他对叙事和制片的构想(尽管我们不会涉及这部影片自身的疆界问题)。

《哭泣的草地》(*The Weeping Meadow*,2004)以一种回溯的方式重新回到希腊,重复利用许多早期的主题和插曲,仿佛是安哲罗普洛斯最佳影片或最佳时刻的一种选集;而《时光之尘》(*The Dust of Time*,2008)试图通过把不连贯的集体时间性范式转换到个体戏剧而实现新的突破(我认为并不成功),虽然仍有历史的分段,但更多采取新闻简报和摘要的方式,而不是性质上独特的历史境遇。在这四个时期里,历史境遇属于最早的一个,也是我们在这里集中考虑的一个。

由于对现代希腊历史不熟悉,人们习惯以另外两种方式谈论这些影片:一种认为它们产生于某种怀旧情绪,怀念具有这个民族—国家地方特点的古典风格——可能更多地受外国人影响,从温克尔曼到拜伦勋爵,从城邦的崇拜者到类似尼采那样迷恋悲剧残酷性的人;另一种认为它们是长镜头和"序列镜头"(sequence shot)的特殊实践,据此可以直接把他归类于从小津安二郎到贝拉·塔尔(Béla Tarr)等的慢速电影,尽管如大卫·汤姆森敏锐的评论所说,这种影片制作"并非像心目中的持续时间那样缓慢"[5]。

当然,人们可以列举经典的主题:第一部故事片《重建》(*Reconstruction*,1970)讲述奥瑞斯忒亚的故事,同时与维斯孔蒂(Visconti)的《对头冤家》(*Ossessione*,1942)又有同系的相似性,而后者是意大利新现实主义的先驱[也是詹姆斯·M.凯恩的小说《邮差总按两次门铃》(*The Postman Always Rings*

Twice）的诸多电影版本之一］。同样的古典弑母式戏剧（仿佛在"真实生活里"似的）也由《流浪艺人》的演员演出，年轻的主人公事实上名叫奥瑞斯特斯——"在我看来，奥瑞斯特斯这个名字是个概念而非一个人物，"安哲罗普洛斯说，"是许多人梦想的革命的概念。"[6]至于《亚历山大大帝》（*Megalexandros*，1980），我们被告知这个名字并不是指古希腊的世界征服者，而是指历史上的一个匪徒，"他存在于流行的、无名的传说和寓言当中"，创始于"1455年土耳其统治时期"，"与古希腊的亚历山大毫无关系"[7]；然而在某种意义上，古希腊的英雄也刻写在影片之中，在其非同一般的开始，我们将会看到，它的西方观众以及不幸的希腊文化崇拜者都是他的受害者。不过，假如古希腊意味着史诗和纪念碑，那么陈词滥调在这里就有其相关性，而且它还提供一种把陈旧文化模式转变成技巧特征的方式，这种转变在对此类影片的讨论里经常出现。

事实上，将史诗与怀古结合在一起的正是插曲的概念，我们已经涉及这点：因为声名狼藉的序列镜头（专家说，在整个《流浪艺人》里只有80个）必然处于插曲之中，且本身就属于插曲，而史诗本身同样如此。卢卡奇在《小说理论》里就曾指出，他所称的"小的史诗形式"在现代性里继续存在，但现代性使史诗丧失了作为特殊文类表现生活的能力：尽管他坚持这些"史诗"飞地（抒情诗，短篇小说，幽默故事）的主观偶然性，我们基本上以同样的方式倾向于把类比的可能性归于安哲罗普洛斯本人及其"风格"的独特性和偶然性：

> 在小的史诗形式里，主体以更有力和自足的方式面对客体。叙述者可能（我们不能也不想在这里建立哪怕是史诗形式的暂时体系）采取冷酷和优越的编年史家的态度，他按照偶然性对人们命运的作用那样观察偶然性的奇怪作用，这对

第四章　安哲罗普洛斯和集体叙事

它们没有意义并具有破坏性，但对我们却具有启示和指导性；他也可能把世界小小的一角看作无限的、混乱的、生命荒漠之中的一个井然有序的花园，受他的幻象影响，他把它提升到唯一现实的地位；或者，他也可能被个体那种奇怪的、深刻的经验感动和影响，把它们倾注到客观化的命运模式之中；但是，不论他做什么，都是他自己的主体性从无限的生活事件中选取的一个片段，赋予它独立的生命，允许从中抽取出片段的那个整体进入作品，但只是作为他的主人公的思想和感情，作为碎片因果系列中一种被迫的连续性，作为具有自身独立存在的现实的映照。[8]

现代存在的飞地概念与围绕日常生活的偶然性不同，它具有自己内在的形式和意义，是格奥尔格·齐美尔的伟大题材之一。齐美尔对年轻卢卡奇的作品产生过重大影响，同样也对沃尔特·本雅明产生过重大影响。这种飞地形式的特点是它们把完整性和碎片性矛盾地结合起来，只是偶然性呈现出主客体的统一，或者如卢卡奇所说，本质和生命的统一。诚然，作为某种整体的碎片是浪漫主义者自己的主要发现，他们把它对应于自己认可的反讽概念；但正是他们的主要敌人黑格尔把反讽抛开，在经典史诗本身内部找出了这种偶然形式的倾向：

　　史诗作品必须以明显不同于抒情诗和戏剧诗歌的方式展开。这里首先要注意的是叙述史诗的分离事件的广度。这种广度基于史诗的内容和形式。我们已经看到，在完全展开的史诗世界里存在着多种多样的主题，不论它们与内在的精神力量、冲动和欲望相联系，抑或与外在的境遇和环境相联系。由于所有这些方面都呈现客观性的形式以及一种真实的外貌，所以每一个方面都发展一种独立的形态，不论内在的还是外在的，诗人在其中都可能对描写或描绘徘徊不定，于是他可能允许其外在的发展；在反映出的共性中感觉的深度聚集并消失。伴随着客观性分离会立刻出现，同时出现大量不同的特点。甚至在这一方面，只是在史诗里而非其他诗歌里，自由也直接来自外部，几乎达到了不受任何约束的独立性。[9]

但是，我们也许更熟悉奥尔巴赫对这一概念的看法，它出现在《模仿》开篇对《奥德赛》的著名论述当中："荷马……不知道任何背景。他叙述的只是当下的时刻，是完全充斥舞台和读者思想的东西……荷马的目标'已经存在于他叙述进程的每一个时刻'……荷马的风格只知道前景，只知道同样鲜明、同样客观的当下。"[10] 奥尔巴赫（Auerbach）在这里力求以时间方式表达基本的句法对立——并列结构对主从结构——它也表明了《模仿》本身的结构：然而这是一种已经变成空间本身的时间，一种具有空间充分性和完整性的当下。它是一种从文学到电影的不错的方式。

因为恰恰以这些方式，我们才可以说明在安哲罗普洛斯的电影里什么是偶然发生的事情：长镜头（或移动的镜头，或系列镜头，取决于你喜欢用的术语）的时间连续性[11]，无论如何都隐含、包括并充分实现了一个完整的行为或插曲。然而这种"技巧"并不会使它的多种内容标准化或同类化（正如黑格尔以他对"完全展开的史诗世界里……多种多样的主题"的观察所表明的）(Hegel, 1975: 1081)。这就是为什么我们可以把这些分成多种似乎是概要的范畴，并把它们当作主题甚或着迷：反复出现的事件和形式的类型甚至也可以如此分类。

在这些确定的片段中，最明显的是咖啡馆里的舞蹈和音乐演奏，它们几乎总是被全副武装的专制人物打断；在狭窄街道上的前后运动导向中心广场或购物中心的示威者：有时候组织起来，有时候一盘散沙，另外一些时候拼命逃避炮火或警察的袭击，偶尔交叉着冲突和对抗（并在《流浪艺人》最著名的插曲之一里风格化了，其中法西斯小组和共产主义小组以一种"象征"对唱的方式彼此交换歌曲，而这种对唱也是一种决斗）。数不清的水的变化——作为其某种限制的海滨其实并不是边界（但当我们必须考虑河流而非海洋时它就变成了边界）；小型舰队、渔船和巨大的邮轮经常使人想到黑海，但也使人想到救生筏载着一对孤独的流亡者消逝在雾霭之中（如像传说中年迈的因纽特人双亲失去了生命）——不论海洋还是河流，在这里都回响着远处的群山和多石块的乡野草原，一些村庄像是由它们两者自然形成，更多的城市街道和广场完全是一种迥然不同的空间：这些构成一种非常封闭的物质性，对任何名称或地理认同都是如此，但希腊本身除外，用奥尔巴赫的语言来说，它们与事件自身的性质过于纠缠在一起，称不上纯粹的背景。

因此，此刻要打开隐含的东西，强调安哲罗普洛斯的唯物主义，对物质抵制的热情，对村庄房屋、街道的分量和坚实性的喜爱，尤其是对墙壁材质的重视。其真正的象征可能是来自《重建》开始的那种，在影片的开始，一辆公共汽车在凹凸不平的道路上缓慢地移动，这已经用于探索物质本身并记录它的不平衡性。在一次停车时，它陷入泥泞不能前进：使轮胎走出泥泞的努力本身就是关于观众渴望的一种颠倒的寓言，面对着这些纯属电影的形象，更深刻地体验物质，陷入其中，仿佛处于巴赞或克拉考尔那种超验的现实。在这种物质性当中，最重要的元素是摄像机，它是一个绝对去主观化的代理，被动地接受矛盾以及主体和客体相应的力量：这里，它的物质自治性变成一种正面而非负面或私有的特征，使我们感到震惊的是它的智力，因为它巧妙地围绕着某个场景拍摄，随着它的移动回传适当的意思，再看，寻找，记录。这也不是某种被公认的个人特征或安哲罗普洛斯自己的主观性。相反，这是摄像机自己做的——它愿意探索，想知道更多；它还能有耐心并等待；它知道一种时间性，既非作者的亦非人物的，而是它自己的第三种时间性，能够处于世界时间之外，直到事件终于出人意料地、缓慢地萌发，事件开始发生——也许是古代的物理时间，亦如海德格尔集中思考的，它是事物形成存在并根据自身节奏（"根据对时间的评估"）失去存在的一种时间。

于是，这摄像机现在等待着一群人走在小石城狭窄的街道上：它知道这些街道，这些建筑，坚持了解它们，从不感到厌烦。据说安哲罗普洛斯用了好几个月的时间在希腊各地旅行，以便收集他将物质性地纳入《流浪艺人》形象中的墙壁和房屋。诚然，旅行的摄像机使这种物质性运动起来，但在这种运动里存在着另外一种基本运动，即集体人物自身的正面接近：在《流浪艺人》里，最典型的是，随着成群的演员向着我们不停地运动，一队穿着传统黑裙的妇女和身穿西装头戴礼帽的男人，虽然他们有高有低，但总是手拿公文箱并常常拿着雨伞——由于其不必要的心理－神学色彩或荣格的情调，我不想把它称作一种原型——然而它甚至还不是那种事件，即从这些面孔突然唤起超越摄像机和观众的某种东西的不在场的存在，或镜头本身不包含的某种东西的不在场的存在。它同时是主观的和客观的：我们目睹集体的注视慢慢转变成一种凝视，仿佛它变成了更加固定的全神贯注和惊恐：也许是警察在进行巡逻，或者战时在通向山村的陡峭山路上他们遇到挂着的尸体。正是把现实和人类注视转变成这种奇特的本体聚焦才是史诗沉思的维度（而不是对后来某种科学静止的或科学的"客观性"，也不是对它分阶段实验的观测报告）。这种注视无论怎样也不是戏剧的，虽然很快我们就不得不面对安哲罗普洛斯的戏剧性。

但是，这里最好表明这些大胆尝试的片段多么可能发生变化，可以升华成引喻，也可以淹没在砰砰的射击和身体倒在地上的那种残酷的暴力之中。这完全是潜在的或虚拟的，而不是风格化的效果；我想那种虚拟真正象征的是，人群迅速围绕某个中心目标集中，多重性很快统一成一致性，就像在喜剧层面上，饥肠辘辘的艺人突然在雪地荒野中围绕着一只迷失的小鸡聚集在一起，或者在悲剧层面上，在《亚历山大大帝》中愤愤不平的追随者围着他把他毁灭，仿佛要像酒神的女伴所做的那样把他撕成碎片，但抛在后面的不是鲜血淋淋的四肢，而是一个经典雕像的大理石碎块，它们再次散开，一如出自德契里科的某个作品。

所以这是那种纯形式在支配它的各种可能性：界限及其各种哲学的自相矛盾突然扩展成河流，跨越河流，安哲罗普洛斯原型的流亡婚礼出现在《鹳鸟踟蹰》里（后来在《哭泣的草地》里重又出现，仿佛处于一种最伟大时刻的选集之中）。但我这里想强调的，不仅是这些片段或时刻达成（更确切地说是发现）黑格尔-卢卡奇旧的形式和内容统一的情形，而且还是在这些影片的独特场合达成一种批评和理论话语统一的情形。确实，电影提供一种特殊的空间，在这个空间里，可以观察解释或意义的话语转换的困境，以及关于技巧或构建的话语转换的困境：在解读内容和分析手段或方法之间进行选择。前者最终使我们回到历史，它是强制性的，对个人和集体均如此；后者导向摄像机装置，导向设备，尤其是它的移动性，导向连续镜头的独特性质，这些镜头使动作在他们内部展开并包括各种事物；在《猎人》（1977）里，"我们有一些连续镜头，每一个连续 7 到 11 分钟；因此没有任何差错或即兴表演的空间。最微小的错误意味着我们必须重拍所有的镜头"[12]。因此安哲罗普洛斯的方法是爱森斯坦蒙太奇与好莱坞剪辑的极端对立,剪辑形象然后把它们重新结合成特殊的叙事序列。它更接近巴赞那种深度镜头(例如在威尔斯的作品里),但它是一种活动的深度镜头,产生一种单独的叙事块,然后其他相关的叙事块结合起来;因此,正如已经看到的,在《流浪艺人》里,只有 80 个这样的连续镜头便构成了这一宏大的三个半小时的影片。[13]这种探讨电影的方式——按照大卫·波德维尔对范式的描述(Bordwell,1997:32-4)——具有额外的优势,它使解释的方式边缘化,迫使它从电影研究进入一种人文主义和文学未占领的领域,在这个领域里,业余爱好者无休止地进行关于意义的学术讨论,但这些意义与生产者和影片发行毫不相关(不过发行是另一个技术性但更具社会学"客观性"的领域),与制片人也毫不相关(就像批评家经常与作家毫不相关)。

但这是一种并不局限于电影研究的分隔:它把主体/客体的分裂戏剧化,这种分裂至少自笛卡尔以来一直纠缠着哲学,并在政治意识形态的唯物主义和唯心主义争论中留下了它的烙印,实际上,它更深刻地刻写在日常生活的现代性和后现代性之中,刻写在"技术问题"和资本主义与个人主体以及宿命论与自由的关系之中。因此主客体的对立对美学至关重要,对关于艺术自治的争论至关重要,对它与自己身陷其中的多种外部情况可能的关系(意识形态的,暗中破坏的,等等)也至关重要。关于安哲罗普洛斯——以及复活一种古代黑格尔式的史诗概念对他考察——非常重要的是,在这里长时间地消除了这种对立,谈论技巧在这里也是谈论意义:连续镜头的时间性与历史是一致的,更确切地说,与希腊历史的独特性是一致的,按照西方看法这种独特性不是现代的,因此它也不一定对我们强加一种主体/客体的替代。

但是,我们还没有触及这种替代更深层的根源,其中形式和内容最后一个时刻在安哲罗普洛斯那里再次无法区分。诚然,这是新浪潮时期；但这位希腊影片制作人并不与法国人类同，尽管他在巴黎学习了电影理论，实际上他更接近地中海和意大利的电影导演，尤其是安东尼奥尼和费里尼。如果问我们自己，为什么他不只是另一个他们那种类型的伟大影片制作人，那就触及问题真正的核心，就会理解经常盗用和借用——例如《尤利西斯的生命之旅》里列宁的大脑袋，它不断使人想起《8½》（1963）里的空中耶稣——不仅仅是影射，也不仅仅是影响或简单的互文性。

有人提出，把欧洲地方化[14]，但最好说把西欧地方化，因为正是后者占据一种文化—帝国主义的中心地位，只是后来才被美国取而代之。在《流浪艺人》里，斯科比将军占领军的出现（且不说接替的士兵），在各种西方资本主义历史体系里巴尔干的难以界定，更不用说苏联国家集团，应该足以表明更广泛的"东方主义的"偏见，警示我们可能有更多基本的差别，但常被滥用的"文化"一词已经将它们淡化。

因为，在安哲罗普洛斯的安东尼奥尼一边，我们要注意他的主人公（以及《8½》中的主人公）那种神经质和自恋痛苦的缺失，那种对男人性无能迷恋的缺失——性无能已经成为意大利政治瘫痪的一种比喻。这些在安哲罗普洛斯的作品里无一存在（至少在他前两个阶段），尽管许多形象带有忧郁情调；实际上，在这些作品里，经常难以发现个体主人公一开始就有这种主体性；这也无视了在两个国家政治失败的共同特征，以及政治本身和革命的最终失败。事实是，在这些意大利人及其政治人物身上，西方的失望在更深层的意义上并不是政治的，它反映出政治的缺失而非政治的失败。在安哲罗普洛斯的作品里，甚至后者也仍然是政治的，因为它保持着集体性，而只有集体性才真正是政治的。这就是安哲罗普洛斯的长镜头和人物包装以及他们的行为和内心经历与众不同的地方，它们以某种方式超越了任何传统的主客体分裂：这些镜头不是个人主体性的观点，而是一种集体的维度，其中确有个人，但无视他们的个体性以及他们个人的激情。集体是安哲罗普洛斯不得不教给我们非同寻常的一课。

因此，正如我曾说过的，在这种形式和范畴的运作中，尽管有《甜蜜的生活》（*La Dolce Vita*）和《8½》中的男性主人公，我们通常还是转向费里尼寻求实例来说明命定对立中客体的一极：确实，他那宏大华丽的成套片段暗示着形象本身一种胜利的神秘，可以说明他们在摆脱主观性及其异化的痛苦时那种欣悦和欢乐。毫无疑问，我们很少在安哲罗普洛斯的作品里发现这种欢乐的形式，相反，后者的重要作品与爱森斯坦颇多相似，缺少技巧大师那种豪华的姿态。在安哲罗普洛斯的作品里，形象是偶像而非征象：他们不是在个人创作者的超越和欣喜中形成的，而是由现实本身事先提出的，是摄像机发现了他们的内在形式和一致性。因此，在《鹳鸟踟蹰》的结尾，头戴黄帽的电工们爬上线杆，就像在《斯巴达克斯》里沿着阿皮安大路排列的那些被钉在十字架上的奴隶——这些人物并不构成超越自身意义的形象，不论它表示希望还是共同体，抑或只是跨越界限的交流。他们不是象征，他们并不代表另外的事物或概念，他们说一种自主和自身内在的、自足的史诗的语言。这就是为什么史诗也是片段的，是图像的系列，是名副其实的时间圣幛，它证明了安哲罗普洛斯能够使我们接触的那种集体性本体存在，不论多么短暂，也不论是以什么陌生的民族历史和经验实现的。

然而，仍然有一种最后的不确定性，这就是戏剧性本身的不确定性；因为，不论在多么中性和集体的形式里，难道自我展现的真正可能性不是我们所称的戏剧性？尽管在安哲罗普洛斯的影片里戏剧无处不在，但电影这一新的媒体不是必然会指责那种另外的、旧的、非常不同的媒体？

第四章　安哲罗普洛斯和集体叙事　　159

确实，类似这样的事情在《塞瑟岛之旅》里得到了充分体现，在影片开始，儿子（基乌利奥·布罗吉）似乎在排练某种剧本。[实际上，他面前好像放着整个剧本，就像在某个电影里，其实就是在我们观看的电影里，关于他的游击队父亲（曼诺思·卡特拉基斯）从流亡中归来以及因此在这里受到屈辱的故事。]一排似乎看不到尽头的老年男性群众演员靠在墙上等着（仿佛等待着被处决），他们穿着黑衣服，戴着帽子，一个接一个被叫到台前，检验他们在戏里仅有的一句话："就是我！"当导演和儿子离开房子时——奇妙的一笔，安哲罗普洛斯从不放弃这种典型的方式，总是利用素材中固有的多重维度——他来到同样的群众演员人群中，这些人全都经过单个考察，当时正三五成群地聚集在剧场后面的小巷和街道，也有一个人的，他们抽着烟，好像在排练，准备扮演伟大历史的人群和示威者，这将成为安哲罗普洛斯的基本事件，而这些满怀希望的非专业人员现在也期待地等着，但根本没有多大希望。

144

这是一个非同寻常的、预想不到的插曲：但现在儿子和母亲（朵拉·乌拉纳斯基）开始了这一主要事件，从俄国来的海上班轮到达，那个孤单的人穿过候船室走出，拿着必不可少、一直使用的手提箱；这是一个憔悴瘦削的人，当他更接近他们，他们能够在他流亡 37 年后认出他来时，他说出了同样的话，这次非常肯定（他得到了他的角色！）："就是我！"这是重复还是重合？它是现实还是幻觉？是模仿还是模仿的模仿？在这部影片里，它当然是个华丽的小片段，影片的宏伟场景是年迈的流亡者在荒凉的村庄、在他死去同志的墓地跳舞，跳传统的希腊舞，激动地伸开双臂和双手，标志着这样的韵律：绝对悲伤、绝对欢乐的景象，没有地点的地点，没有时间的时间。另一个形象是救生筏，在它上面是被逐流亡者以及他现在已经和解的年老的妻子再次被送到海上，穿过雾霭，消失得无影无踪：死亡、失败、历史，一切都是超验的和掩饰的，遮蔽起来，消逝到他们自己也已变成的那种永恒的雾霭之中。[15]安哲罗普洛斯在这里令人难忘的东西——不需要评论或解释的文化表象，然而自身之内却静静地承载着整个叙事的情境——以其不合时宜的原创性展现给我们。

《流浪艺人》展现的戏剧是一种不同的重复，流行的情节剧村村一样，其角色过于趋同，然而年轻一代总是说那是历史的过去，认为它是老一代的事。[16]但是，戏剧最终被包含在影片的过程之中，它著名的起始台词得到重复，并且加入了对"埃奎斯托斯"这个人物的刺杀，最后还加入了那对年轻恋人主人公的死亡，他们作为英国士兵被击毙，根据历史的重复英国士兵暂时处于他的位置。我认为，如果过于强烈地坚持这部影片中时序的交替安排（其活动从1939年一直到1952年），那一定会发生错误：这部影片不是《去年在马里昂巴德》（*Last Year at Marienbad*，1961）——历史的运动相当明显，尽管有一些容易辨识的插曲取代不合时序；著名的起始和结束的场景及台词——其中演员重复了他们到达艾琼，但那是在1939年而不是1952年——根本不表示某种永恒的回归，某种维科或乔伊斯式的历史循环，相反，它们只是要求我们重温事件，把事件归总为一种独特的记忆，通过把所有插曲汇聚成一个连续体（影片本身并不想为我们建构这种连续），历史地思考这种集体命运的性质。换言之，它们构成一种过去。

此外，还必须说，《流浪艺人》更接近爱森斯坦那种吸引人的蒙太奇，而不是他自己创造的东西［也许与《罢工》（*Strike*，1925）最接近］。它是一种音乐剧，其中每一个片段都通过无处不在的手风琴引出，最后很少有对话，仿佛对话属于某种其他形式或媒体，也就是舞台。影片内部的戏剧通过把反面人物整合到集体本身之内而得到维护："埃奎斯托斯"对剧组的功能而言是必需的，实际上后来他使剧组聚合在一起，这种职业团结与政治斗争那种绝对划分和对立在结构上明显不同。然而，家庭戏剧的这种突变因其充满争议的形式与外部政治历史的突变一样简单；这些简单性的交换以及它们的相互作用，对于跨度漫长而复杂的一个时期的作品显然需要这样来理解。

但是，在《猎人》里，整个那一时期必须以一种迥然不同的方式来处理，故事发生在 1952 年"正常化"之后，就是说，在右派取得预期胜利和内战结束之后。《流浪艺人》中的事件现在已成过去，实际上已过去很久〔剧组本身已经解散，成了《雾中风景》(Landscape in the Mist, 1988) 里相当伤感的重复部分〕，但并不是说不可能再出现这种压迫。确实，除了在《流浪艺人》中对不同历史插曲偶尔令人困惑的穿插，如果说安哲罗普洛斯还有什么"实验性"的东西，那就是他在此处对这一问题的解决，可如果与拉斯·冯·提尔的《狗镇》(Dogville, 2003) 之类的"实验"相比，但它确实显得俗艳。因为其中没有任何真正的闪回倒叙，只有类似在舞台上的时刻，在那种时刻，来自历史其他时刻的人和事件突然闯进确定的安排并取而代之，重演他们的历史角色，就像不知不觉地从当下后撤，而当下一群既得利益者和反革命分子在庆祝 1977 年的除夕，也就是希腊左派惨痛失败三十年以后（英国和后来美国的反共力量的援助促成了他们的失败）。这些人——社会底层和小资产阶级，左拉的《卢贡家族的命运》(1871) 中的人物，或者俄国的政治寡头，或威尔明顿暴动中的种族主义者，这些人都是机会主义者败类，他们攫取自己并未进行斗争的胜利果实。

在影片华丽的开始，人们发现了这种庆祝的美中不足，一开始人们看见一群猎人穿过广袤的雪野，慢慢地接近，然后看见他们像一个神秘物体似的——白色狂野里的一个黑点——开始迅速奔跑。我看见一个本质上并非黑人的黑人，呼喊着塞尚，他的伙伴们在寻找一位女士失去的雨伞。这个黑点在更确定和更大的方面"并非本质"：我们不可以说它体现了犯罪，因为这些人物没有任何犯罪的感觉，而是只感到实在的过去，以及失去的机会、可选择的可能性、强烈的记忆和（对其他人）失败的经历，这一切全都在这里莫名其妙地上升到表面并物质化了。

于是，我们看到一个白雪覆盖的广袤荒原，跨过宽阔的银幕：黑色的人物在它上面慢慢出现，分散在各处，缓慢地从很远的地方前移。他们是猎人，而摄像机在等待时机，仿佛它知道靴子从雪地里拔出来是多么吃力，但又肯定有个事件值得等待。在慢悠悠地接近和加快速度之间，观看者更难确定它们转换的确切时刻，根据速度，一些人先于他人看见，猎人们前前后后开始汇聚到雪地上迄今尚未确定的一块黑暗的地方。这也需要时间，但现在是兴奋、期待、唤起好奇心的短暂时间：因为对于这些人，某种事件或某种非同寻常的事情也将很快发生。《猎人》的观众已经知道它是什么：在实现和平的希腊那是雪地里一个游击队员的尸体，而在希腊已经有二十年没有人见过活着的游击队员。

可是"他们已经没了"，这群猎人中的一个喊道；确实，这个尸体会躺在整个庆祝当中，它是一种活生生的遣责，人们很可能会说，对它可行的回答是把它重新埋葬，尽可能深埋让它再不被看见，并让它从头脑里消失。但这种结论并不能优先占有想象创造的场景，在想象的场景里，游击队员重又回到生活当中，并且和他同样死去（或流亡）很久的同志一起处死了所有那些可恶的胜利者。这是一种戏剧的技巧而非电影的技巧，也许更多奥尼尔而非布莱希特的色彩：随着记忆场景的开始，记得的行动者、压迫者和受害者等慢慢地重新侵入这种节日的空间，其"真实"和当前活着的居民默默后退，让出道路，以便让过去暂时复活（在历史性的反抗或压迫时刻，它的时间深刻地烙在活着的希腊人记忆当中，即使不在非希腊观众的记忆当中）。起因是一个警察在调查这一奇怪尸体的罪证，如果是一个证据，犯罪应该发生在载着除夕客人和政治要人的那艘愉快的小船到达下面的码头之前。然而正是地点本身相当不祥地激起了这种政治和历史幽灵的显现，因为它以前曾经是一个游击队的总部，在失败之后被一个更不知羞耻的反叛者因为一首歌而买了下来。

在《亚历山大大帝》里，元旦以另一种形式出现，在新世纪（这次是 20 世纪）的一开始，一群傲慢的爱好希腊的英国人非常反感地发现，他们雅典的主人甚至不知道荷马时期的希腊，更不用说从拜伦那种有利视角看到新的曙光。他们对历史的祝词，哎呀！莫名其妙地不合时宜：因为在所有电影艺术最引人注目的突现之一里——突现、幽灵、凸显在阿多诺看来是艺术自身的主要范畴——他们越过海湾的视野突然被一个幽灵打断，仿佛古希腊本身从浅薄现代性的深层升起：一个古老头盔的顶饰和"波动的羽毛"（荷马），然后是勇士的整个身体，仿佛从英勇的战马上跃起：亚历山大大帝本人随着他从历史进入当下，爱好希腊的游客将被作为人质，被判监禁，然后被判处死。这是同名的亚历山大大帝，一个反叛者，他把周围被剥夺了财产和权利的人收编成一支完整的军队，对合法政权发起了强大有力的、令人惊讶的反抗，与此同时，当权者正在国会大厦的宫殿里闲散地庆祝新年。安哲罗普洛斯在这里似乎放弃了他早期的激进主义，因为这一虚构的亚历山大、这一精神错乱的江湖骗子控制了整个村庄,并因此在影片的结尾受到谴责,而在另一个难忘的时刻,他被普通百姓围住,变成了一座打破的雕像;但并非在他于我们眼前恢复古希腊和现代革命之前。

[注释]

[1] 我非常感谢 Andrew Horton, ed., *The Last Modernist: The Films of Theo Angelopoulos* (Trowbridge: Flicks, 1997), pp. 41 – 42, 同样感谢 Horton 整个论电影制作者的著作;我也感谢 Dan Fainaru 的选集 *Angelopoulos: Interviews* (Jackson: University Press of Mississippi, 2001)。应该补充说明的是,当前这篇文章第一个版本曾收入 Horton 编的选集。

[2] 任何对这些影片有兴趣的人,我觉得都会像我一样感谢 Dan Georgakas 对那段历史的简明概述:1935 年,希腊的君主政体通过军事政变得到恢复。一年之后,梅塔科萨斯在君主制基础上建立了独裁政权。在对政变的解释当中,最主要的是必须制止[影响日甚的]希腊共产党。梅塔科萨斯成功地囚禁或流放了大部分共产党领导人。1940 年,墨索里尼要求希腊让他的军队自由过境到非洲作战。对此爆发了普遍抵抗,写着巨大的字"不许"的石头被放在希腊的山上。墨索里尼攻打希腊,但他的军队被迫退到阿尔巴尼亚,这是在第二次世界大战中的首败。翌年春天,德国人接着攻打,控制了所有主要城市和大部分土地。梅塔科萨斯自然死亡,希腊国王流亡到英国,常规部队的残余在中东重新集结。他们的活动受盟国控制,直到第二次世界大战结束都没有在希腊进行战斗。在希腊国内,党派团体开始形成,分左、中、右三派。最重要也是当时最大的团体是民族解放阵线(EAM-ELAS),发展到拥有五万多人的武装部队。这一团体的领导由敌视梅塔科萨斯遗存的共和派军官和希腊共产党联合组成。到战争结束时,他们解放了希腊的大部分领土。主要的政治争议是战后政府的性质问题。是否允许共产党人参与?1944 年,EAM-ELAS 试图控制雅典,并且只差几个街道就取得了胜利。他们受到英国军队的阻止,后者担心出现一个 EAM-ELAS 的政府而与各种力量联合起来。斗争的后果是国王及其军队返回希腊。EAM-

第四章　安哲罗普洛斯和集体叙事　　165

ELAS 同意解散，但条件是不得恢复战前的镇压。大部分 EAM-ELAS 解散并解除了武装；随后几年，那些证明没有理由害怕的也被解散。许多曾在希腊国内与纳粹斗争的游击队员在日益加剧的暴力中遭受迫害，使人想起梅塔科萨斯时期。许多以前的游击队员流亡国外，其他人则返回山区，参加了后来的内战。不像在抵抗时期，新的游击队领导者都是共产主义者。大约四十多年来，一直争论内战是强加给他们的还是他们引发的。内战初期，共产党在全国成功地采取小分队的方式活动。不久，英国通知美国，它不能再为皇家军队提供经济支持，于是美国开始介入，实行所谓的杜鲁门主义。1948年，共产党游击队在北部重新集结，以形成正规军队。这在很大程度上是回应苏联希望对南斯拉夫施压的要求，当时南斯拉夫刚刚与苏联阵营决裂。但是，希腊共产党曾使得到铁托的大量战略援助。他们不可能既使铁托满意，又使苏联人满意，这导致外国支持的中断，促使了他们的失败。在同一时期，美国重新武装了皇家军队，包括提供在山区作战使用的凝固汽油弹——这也是第一次在欧洲使用这种炸弹。共产党被打败了。虽然许多抵抗者被杀，但大部分被迫流亡到苏联或被捕。被捕的共产党人，以及此前作为预防措施抓捕的 EAM-ELAS 游击队员，都被投放到荒岛集中营监禁，其中大部分在那里待了三四年，但也有一些一直被囚禁到 20 世纪 60 年代。甚至在他们被释放之后，这些战士和他们的家庭也都面临着种种困难。他们的孩子们常常得不到大学奖学金，不能在政府工作，甚至拿不到驾照。整个 20 世纪 50 年代，任何对政治问题持不同立场的人都可能被认为是失败了的游击队员。这一时期共产党被禁止，但以联合民主左翼党取而代之，它参加选举，获得了百分之十的选票，而这恰恰是共产党合法时获得的票数。1967 年军人集团夺取政权，坚持认为 1963—1967 年的动乱类似梅塔科萨斯当年的情形。于是一开始行动便是重开 50 年代的集中营，把许多年迈的左派和他们的家庭再次囚禁。

　　[3] 这对他未完成的影片 *The Other Sea* 至关重要。

　　[4] 作为例子，参见 Maria Todorova, *Imaging the Balkans*（New-York/Oxford：Oxford University Press，1997）；以及 Dušan I. Bjelić and Obrad Savić, eds., *Balkan as Metaphor：Between Globalization and Fragmen-

tation (Cambridge: MIT Press, 2002)。

［5］David Thomson, *The New Biographical Dictionary of Film* (New York: Knopf, 2002), p. 22.

［6］Fainaru, *Angelopoulos: Interviews*, p. 18.

［7］Ibid., p. 28.

［8］Georg Lukács, *Theory of the Novel* (Cambridge, MA: MIT Press, 1971), p. 50.

［9］G. W. F. Hegel, *Aesthetics* (Oxford: Oxford University Press, 1975), p. 1081.

［10］Erich Auerbach, *Mimesis* (Princeton: Princeton University Press, 1953), pp. 4–5, 7.

［11］关于安哲罗普洛斯作品充分的技巧讨论,参见 David Bordwell 的论文,见 Horton, *Last Modernist*。这篇文章后来的版本,参见 David Bordwell, *Figures Traced in Light: On Cinematic Staging* (Berkeley/Los Angeles/London: University of California Press, 2005), 第四章。

［12］Fainaru, *Angelopoulos: Interviews*, p. 23.

［13］Horton, *Last Modernist*, pp. 32–34.

［14］Dipesh Chakrabarty, *Provincializing Europe: Postcolonial Thought and Historical Difference* (Princeton: Princeton University Press, 2007).

［15］在安哲罗普洛斯这第一部寓言式的后革命影片里,我不愿意淡化其中不同性质政治的作用。尽管其中不乏有力的政治时刻,例如《塞瑟岛之旅》中归来的流亡者拒绝把村庄共有土地中他那一部分出让给购物中心,但现在这经常是一种面对国际消费主义的政治,其目标是市场和普遍美国化,再不是法西斯主义或反对共产主义。因此,市场在国内的渗透,以及它对村庄古老生活方式腐蚀的影响,使每个人都成了流亡者;然而这个范畴(就大规模的人口转移和新世界体系的跨国性而言,它似乎非常古老)事实上又用了十年来等待它真正的内容,直到南斯拉夫内战动乱发生才使安哲罗普洛斯把他的新形式转换到一种经过重大修改并扩大了的维度,把这个维度称作"后国家"空间无疑是反讽的,但它显然已经是对世界体系的

反讽。

　　[16] 我们也不应该忽视他第一部影片中隐含的戏剧性，它颇有含义地被取名为《重建》，在欧洲许多司法制度里，这个词也用于表示再现犯罪的原位。

第五章　索科洛夫作品中的历史与悲歌

如果你没有看过索科洛夫导演的电影《黯然的日子》，你会认为他的作品总是乌云密布，弥漫着死亡气息。然而，《黯然的日子》为我们呈现了一道希望之光。这一点尤其体现在结尾处的两个镜头里——马里亚诺夫选择留在小镇上继续他的医生职业；同时，一段历史即将成为过去，历史沿着自己的轨迹前行，一切似乎没有什么改变。在接下来的讨论中，我想对一个与死亡有关的问题展开讨论：如何用一种个人化的写作方式描写死亡但同时又赋予它华丽的色彩？倘若在这个命题中存在某种让我们感到有些怪诞的元素，它是否仅仅指那些分散我们注意力、使我们不再想到死亡的人物？抑或某些患有人格缺陷的人物（爱娃·布劳恩提到希特勒时曾说他是个活死人，意思是说只有当希特勒觉得有人看他表演时他才觉得自己活着）。这些人实际上已经死了，只是自己不知道而已。或者说，这些人活着，但毫无生命活力。在电影《黯然的日子》中，我们看到，日食过后，太阳重新升起，将光辉洒向灰暗的世界。在苏联加盟共和国偏远地区一个贫穷落后的小镇上，青年医生马里亚诺夫每天面对的是各种各样的病人，不是营养不良就是身体残疾。这种生活让他感到沮丧，不过，他依然精神饱满，积极生活。（在这部纪录片中，畸形人出场时常伴以一些突兀的镜头，比如，情绪激动的人群涌向希特勒；在拥挤与混乱中，一只高跟鞋掉在一旁；一架飞机从跑道上腾空而起，巨大的气浪将一把椅子掀翻在地。）

故事片通常聚焦于死亡发生时的某些景象，纪录片则将镜头转向历史，讲述一代人经历的失望，以此揭示历史事件在时间中的消弭。这些内容在小说中往往只能用隐喻或象征才能呈现，比如，历史长河中的苏联，及其后来解散为多个国家的变化过程。在这类纪录片中，历史以一个个片段呈现；埋葬着一代人的一大片墓地、普通农民一天不如一天的艰难生计、满载着俄罗斯艺术家的客机飞离祖国、二战中的生活困境（比如电影《再也没有了》）、苏联解散（关于叶利钦的纪录片虽然以"希望"字幕结尾，中间偶尔也有乐观调子，但是，总体上是一曲"悲歌"）。《俄罗斯方舟》带有明显的国家主义意味，但太过高调，难以让人相信其真实性（除了影片中那些绘画作品）；更为重要的是，影片带有浓烈的怀旧与失望情绪。

纪录片和虚构叙事是两种类型的手段，索科洛夫将历史与存在这一对立关系进行了充分展现。他对这两种类型有着同样的热情，并在实践中取得了非凡成就。由他执导的电影一直以政治中立著称（堪称政治立场上的"零度"写作）。从这个角度观察，关于他作品中的两种时间是指向历史，还是仅仅停留在与生命和死亡有关的哲学层面，这个问题本身并不重要。

我想就影片的历史主题展开讨论。索科洛夫的近作——权力四部曲——属于历史题材的代表作。依照卢卡奇的观点，具体的内容和明确的形式是历史想象的基本方法。在历史剧中，重要的历史人物重现于舞台。我们感受他们的英雄气概与个人意志，聆听他们的重大决定。高于实际生活的戏剧形象，以及他们在执掌权柄时的焦虑，紧扣观众心弦，使人心潮澎湃。在历史小说中，作家通常以间接的叙述方法描写人物，比如，借用故事中普通人的视角对历史人物进行观察；这样的观察者偶尔也会与历史人物发生短暂交集。这种叙述方法使得叙述与故事交汇发生。

倘若以上述两种类型为参照，索科洛夫的历史电影不属于其中任何一类。不过,就历史严肃性而言,他的作品毫不逊色。当然,这里有电影编剧尤里·阿拉伯夫(Yurii Arabov)的功劳。制片与编剧存在很大不同,如果要对此进行研究,尤里·阿拉伯夫的编剧艺术本身很值得关注。一般而言,电影艺术的美学框架比戏剧艺术更加吸引眼球,当电影将镜头转向戏剧作品中的历史题材时,这种优越性更加明显。观众渴望看到历史真相,希望以自己的眼光看待历史,尤其希望看到"伟大的历史人物"(布莱希特语)在私人空间里的样子(哪怕仅仅是片刻曝光)。这些都是历史题材在观众心目中激发的期待,当这些期待与历史电影相遇时,电影的魅力有可能超过戏剧。

电影《遗忘列宁》(Taurus,2006)正是这样一个例子。影片以写实的手法让我们相信,斯大林在列宁临终时真是百般谄媚。他低声对列宁说:"是我,是我呀!"一边摩挲着伟大领袖的衣襟。对于列宁,斯大林怀有太多的疑问与怨恨,但此刻他只得压制这些情绪。这种不真诚在他身上一贯如此。他转过身勉强亲吻了一下克鲁普斯卡娅的脸颊之后,说她的脸色灰白难看(列宁在最后一段日子里对斯大林极为不满,他明确表示,斯大林对克鲁普斯卡娅缺乏基本的尊重)——斯大林的这种行为与希特勒对待部下的态度如出一辙:他和部下一一握手,但是,毫无情感交流,像是对着空气完成一个仪式。

依照卢卡奇的历史观,公众人物的私人生活在一定意义上仍然是公众的。也就是说,历史人物的身份包括他们的公共生活与私人生活,并通过二者相加形成身份完整性。这也解释了近年来一些历史人物的私生活为何频频曝光。当然这种做法必然产生一些负面影响,有些甚至颠覆了历史人物以往的"历史地位"。历史电影在处理这一问题时倾向于将私生活呈现为历史人物人格的另一面。比如,位高权重的历史人物在私人空间里显得衰老而幼稚，像是经历第二个童年期，人物形象几近一个分裂的主体。当然，任何一个主体实际上都是分裂的，或者说，人类的心理世界从来都不是统一的。历史人物和常人一样吃饭、野餐，以自己的语言方式开玩笑、说无聊话，偶尔还会发火、发呆。当然，他们并不希望公众看到这一面。比如，希特勒对下属的恶作剧（令人反胃的玩笑）：当客人们正在狼吞虎咽时，这位素食者突然提醒他们正在吞噬动物尸体。不过，这种幼稚的玩笑并没有真正"揭示"人物心理。希特勒患有疑病症，他经常在爱娃·布劳恩面前自哀自怜，时不时陷入空虚与低落情绪。当然，所有这些丝毫不会抵消他是个杀人恶魔这一事实。同样，由奥利弗·斯通导演的《尼克松》也不会让我们感到人物具有莎士比亚式的悲剧意味。或许有必要对这里的空间加以重新界定，它既非公众也非私人，也不是二者的混合。不妨以《希特勒奏鸣曲》为例略加阐述。开场镜头中的希特勒显得疲惫而衰老，他双臂交叉于胸前，神情沮丧，若有所思。与这一形象不同，我们在新闻片里看到的希特勒总是在慷慨激昂地演讲。在影片中，大量的难民、受害者以及战争场面挤压着画面。所有这些实际上都包括在希特勒的公共形象中。有人会觉得，这一形象与《莫洛赫》（*Moloch*）中的希特勒发生了偏离。需要指出的是，如果说《莫洛赫》赋予了希特勒某种程度的人性化，那也是因为影片采用了爱娃·布劳恩的视角。也就是说，爱娃才是这部电影的真正主角，影片的重点在于同情地展示她的不安与孤独（就像德国雕塑家威廉·勒姆布吕克雕塑雅利安人）。在她周围那些平庸的男性人物眼中，玛格达·戈培尔几乎就是一位女权主义者；《莫洛赫》从爱娃的角度描绘希特勒，展现这一人物眼中的希特勒，两种方法十分接近。在《遗忘列宁》中，我们感到克鲁普斯卡娅值得同情，不过，当时苏联的实际情况比贝希斯特加登糟糕得多；后者在瓦格纳和李斯特

（应马丁·鲍曼要求）的作品中被美化成了一种刻板套话，使得这一地点与政治语境发生了剥离。

可以肯定的是，两部电影都充满了死亡的幽灵：希特勒整天担心自己患有致命疾病（一些历史学家发现，希特勒原本计划于1943年开战，因为这种担心他把战争提前了好几年）。与《遗忘列宁》描述的时间吻合，列宁的确在那个时候生命垂危，但是，影片的重点不是讲述当时的列宁，而是对那段历史的遥望。列宁因为中风导致右侧瘫痪，此后便搬到了高尔基村别墅式的房子里，从此以后他实际上一直处于被隔离状态，而这也使他感到愤怒却又无可奈何。影片准确地展现了列宁生活中的这一状态。只见他一瘸一拐地走着，费力地上下楼梯，艰难地从椅子里站起来又坐下，佣人和家人前来搀扶，但都被他推开。每次，他都习惯性地大声说道："自己做！"这句话像是一首曲子里反复出现的最强音，将其各部分串联在一起，同时反复强调。比如，在餐桌上，当克鲁普斯卡娅为自己取汤时，列宁神情严肃地夸赞她："对！自己做！"与这一形象形成差异，人们想到列宁时习惯与折磨和惩罚发生联想，甚至无限想象，固化了西方把他看作斯大林恐怖始作俑者的错误认识。与想象中那个精力充沛、独断专横、飞扬跋扈的形象形成了巨大反差，影片中的列宁身体孱弱、内心孤独。影片始终以高尔基村为地点，这一选择表明，列宁当时已经被斯大林隔绝。从他生病至过世，整个过程只有斯大林前来探望，由他充当列宁与外界和政治局之间的唯一联系人。也是在这个过程中，斯大林对列宁的一切消息进行了审查与封锁（包括列宁那份著名的"遗言"）。

或许我们可以这样假设：这类电影代表了与历史题材有关的第三个样板。《莫洛赫》与《遗忘列宁》记录了历史人物的"私生活"，电影镜头聚焦于历史人物的那一刻相当于一种凝视，代表了人物处于一种毫无反抗力的被圈禁状态。镜头记录了人物心理层面的不成熟（维托尔德·贡布罗维奇意义上），当然也有身体意义上的无力感。电影屏幕犹如一个实验室，又像是一个被隔绝的房间，我们在这个空间里遵循影片的进程，但它已不是传统意义上的观看感受的有关公共或私人空间。影片中的房子，比如，希特勒在贝格霍夫的府邸，成了迷宫一样的实验场所。我们看到，历史人物生活其中，同时也困于其中。这里的关键词是空间。

  与空间相应，时间性也显得不同寻常。时间受制于日常琐事，或者说体现在依照时钟对日常生活进行的安排中。总之，两部历史电影对时间和空间进行了重新安排。这一特点同样体现在影片《第二层地狱》中（尽快安葬父亲这一事件产生的紧迫感推动着情节进程）；《母与子》也是如此：母亲即将离世这一事件主导了其他事情的发生。在《黯然的日子》中，马里亚诺夫每天必须外出给病人治病（其中一位病人在这个过程中去世），这一行为特点强化了故事中的时空结构。不过，这种结构特点并没有导致故事像乔伊斯的《尤利西斯》那样将叙事逆转为反叙事。借助电影媒介，索科洛夫凸显了实际生活中时间的重要意义，使他将擅长驾驭故事片与纪录片的才华发挥到极致。电影摄像机与实际事实，或者说现实生活的关系，常常被形容为一种"选择性亲和关系"（elective affinity）。依照这种说法，所谓的现实不外乎在时间中呈现的当下时刻；至于那些重大事件以及实际发生的时间，则无须记录：生活重复着每天的节奏，人们每天做着同样的事，日复一日，似乎没有尽头。摄像机不加评论地记录了这一切。从电影发明者卢米埃尔兄弟到沃霍尔，我们都能看到这一传统的延续与发展。

  对于这种时间经验，《悔悟》中的那位统治者深有体会。他说：今天又是一天，和昨天没什么不一样，我的一生也不会有什么变化。北极舰队每天重复同一件事的行为特征代表了时间的重复性：每天都一样，除了漫天冰雪和寒冷，其他都不存在。在影片主人公眼里，这景象具有形而上意义，代表了"生命的意义"；就像对军队的调度与安排一样，这种时间性体现在你对每天生活的安排中。这与实用、管理或效率无关，而是一个社会与集体机构的缩影。故事中的统治者把自己比作19世纪俄罗斯官员，有着自己的职业（帝国时代），与现实生活中每天与水手们一起在海上巡逻的行为截然不同。

自然主义小说家在处理这类题材时通常会关注社会运作机制，相比之下，电影制作人所处的位置更有利于对社会运作机制进行观察，原因在于制作人本身是一个极其复杂的集体中的一员。对于实际操作知识的了解与人物的精神面貌和动机密不可分。舰船与船员，包括日常工作、行为手册、教学、军事物流，这些不单单是生活的隐喻写照（比如，传说中的"愚人船"、梅尔维尔的航海故事）。它是对电影制作本身的自我指涉，同时也是关于当代艺术，尤其是现代派艺术困境的展现。索科洛夫对苏联后现代主义艺术没有兴趣，他的电影也与此无关。

现代主义艺术对日常生活及其时间性的征服，这是一个值得探究的话题，不过，迄今为止，关于这一现象及其具体表现的研究尚未展开。"沙砾中的世界"、日常习惯与微观世界里的"光学无意识"，本雅明提出的这些说法实际上也与这一问题有关。其中一个核心问题是：死亡对这些细节进行重新组织并重新呈现新的时间性，使得其中的荒诞性得以展现。对此，索科洛夫曾说过："我深信，那些非常复杂、矛盾的现象最后都消弭在日常生活中，我们每天的生活从起床、刷牙开始，到入睡那一刻结束，这个过程并没有让我们学会如何更好地生活。"然而，日常琐碎分散了我们的注意力,让我们专注于活着这一刻,从而无暇留意生活的荒诞本质。或者说,像是看电影时的体验一样,我们看着故事一幕一幕地继续,但不能加速故事进程:父亲死了,世界变得那样陌生;面对这一刻,儿子有些茫然,但同时又得立刻着手处理那些繁文缛节,准备葬礼。从这个意义上讲,电影代表了对公共观看行为的象征展现。

这并不是说,索科洛夫笔下的所有人物都处于这种日常状态。故事中的人物基本上一直处于被流放与隔离状态:塔吉克边界线上的战士、中亚小镇上的马里亚诺夫、高尔基村里的列宁、《第二层地狱》以及《母与子》中的儿子。"流放"与"荒诞"这两个通常与某些历史背景相连,因此也不太适合形容这里的情形。索科洛夫反复描述的是被囚禁状态背后的真实情况;至于隔离区以外的世界,他把它展现为故事中人物难以企及的另一种状态,即,带有一定程度的压力感或异样感。

说到这里,我们或许可以用时下流行的创伤理论以及拉康之后的忧郁理论阐释索科洛夫的作品。这些理论将19世纪的厌倦和存在的焦虑替换为创伤,并在此基础上提出了一些有价值的观点。在这里,"加密"(encrypted)[1]指代的是索科洛夫第一部纪录片《玛利亚》中那个去世的孩子。影片开始时有一个镜头,农户家的一个孩子骑着马儿;10年以后,他死于醉酒卡车司机的轮子下。他的家人悲痛不已,诉说着孩子原本准备上学,打算学习农业技术。比起《第二层地狱》中的父亲和《母与子》中的母亲,这一人物更符合创伤理论所谓的悼念地:他代表了那两部电影中的儿子们,他们都没有自己的生活,在毫无生机的生活中坚韧地活着。当然,这一人物也是马里亚诺夫的化身。如果他没有死于车祸,多年以后他就是索科洛夫笔下那位朝气蓬勃的青年医生。

当然，这一切要想成为现实，必须有一个前提：苏联共产主义依然存在。也只有这样，国家理想与个人理想才能同时实现。所以说，我们不能把创伤理论简约为心理层面的问题。这里的核心是集体哀悼。此外，历史悲剧也是这种新情感中的一个重要维度。那个农民的孩子或许可以成为又一个马里亚诺夫，但那只是有可能而已；创伤理论对忧郁的阐释实际上包含了对失败的叙述。对此，吕西安·戈德曼（Lucien Goldman）在《隐秘的上帝》（1959）一书中有过详细的分析。在他看来，罗马天主教未能作为一个阶级获得权力地位，正是这种失败感使得忧郁成为法国传统悲剧艺术的核心内容。苏联式的忧郁不仅仅是与空间相关的悲剧，不只是远离中心导致的忧伤，或是外省人对单调枯燥生活的幽怨，除了这些，它还是时间的悲剧——俄罗斯扩张时代以及帝国的终结（正如《俄罗斯方舟》）、苏联时代及其英雄战争的告终，还有斯大林时代（据说丘吉尔曾郑重其事地表示，斯大林应当被写入历史）。索科洛夫生于1951年，好不容易挨过了"停滞时代"的艰难，可是随即而来是苏联的解体。他把这种忧郁演化为北极地带的日常生活：天寒地冻，一群俄罗斯海员以观看美国电影来解闷。屏幕上，一群美国青年正在沙滩上嬉笑打闹。

《黯然的日子》堪称展现这一景象的一个经典样板。影片根据斯特鲁加茨基兄弟（Strugatsky brothers）的小说《末日来临之前的10亿年》（英译版题目为《绝对也许》）改编。在原著中，来自不同研究领域的一群科学家突然遭遇了一系列神秘事件，有的令人喜出望外，有的令人不安，有的像是警告，预示着危险即将袭来。后来——我们也渐渐明白——宇宙（故事中叫作"动态平衡宇宙"）正在采取形式上各自为政、目标上高度一致的系列行动，以终止科学考察，而这一切最终（题目所示"10亿年"）将导致宇宙自身毁灭。

索科洛夫和编剧尤里·阿拉伯夫摒弃了原著故事的科幻框

架,保留(甚至强化)了故事中那些神秘的突发事件。故事中的人物,当他们面对突如其来的神秘事件时,有的选择放弃科学研究,有的选择自杀,有的死于军事行动,有的则退隐到日常生活(有的是神秘爆炸的亲历者),有的离开了小镇。只有马里亚诺夫留下来坚守自己的职业岗位(与原著不同)。马里亚诺夫认为,宗教信仰有助于提高人体对疾病的免疫力,因此,他把自己的选择看作验证这一理论的一次实践。这一情节安排以隐喻方式表达了对绝对的认同。作品描述的对象是袭击人类的外星力量。对无法展现的对象进行展现,这一特点使得作品具有后现代性质。在原著中,作者斯特鲁加茨基兄弟的意图在于引导人们将注意力从以前对"硬性"极权主义的抨击转移到对当前"软性"极权主义的关注。这一意图在《第二次火星入侵》中更加明显。不同于威尔斯笔下星际大战时代的血腥暴力,新时代的统治者们以贿赂和宣传为攻略。的确,在当今消费社会中,媒体的角色极具蛊惑力。从这个角度看,全球化和美国化在索科洛夫的历史电影中属于顺带批判的对象。

那么,是否可以把索科洛夫看作最后的现代主义艺术家?如果答案是肯定的,他比苏联现代主义大师们落后了整整一代。在他之前,有导演谢尔盖·帕拉杰诺夫、安德烈·塔科夫斯基,还有健在的电影制作人,比如,亚历山大·克鲁格。不过,和他一样不合时宜的艺术家恐怕只有维克多·艾里斯(Victor Erice)和贝拉·塔尔。在这些艺术家的作品中,我们可以感受到一种姗姗来迟的现代主义风格,还有将"伟大艺术"视为自足体的传统信念。这种信念代表了这样一种价值观与立场:对基本价值的放弃等于后现代立场。在后现代文化中,的确有这样一种倾向:人们摒弃了永恒、未来观念,对昙花一现的大众文化反而热烈拥抱,甚至支持魔鬼与商业订立契约,以笼络文化市场上各种流行思潮与新品牌，包括以赞赏的口吻谈论怀旧情感以及各种复制（包括对现代主义本身的复制）。其间涌现的怀旧情感不亚于两个世纪前的新古典主义。

索科洛夫的第三部作品是《日之丸》(2004)，也是四部曲中的第三部。在影片中，我们看到，裕仁对卓别林喜爱有加，影片以这种方式对这一历史人物进行了温和化处理。卓别林在日本曾广受追捧，裕仁对他也是喜爱有加，以至于在言谈举止方面与卓别林有几分神似。

最后一部是根据歌德歌剧改编的《浮士德》(2011)。作品不同于权力四部曲，也有别于索科洛夫其他作品，因此，很难说它属于哪一类。索科洛夫让梅菲斯特输掉打赌（他最后的感叹是："你并不很美，不值得停留"），这种改编使得剧情与原著发生了反转。索科洛夫的梅菲斯特外形狰狞，故事背景是中世纪时候的一个小村庄里。值得一提的是，这种改编与他同时代的导演亚历克西·戈尔曼（Alexei Gherman）有些类似。这部作品即便算不上对同行大师的礼赞，至少也是后现代拼贴艺术的一个典范。[2]这个版本中的浮士德形象臻于成熟，他无须任何使之恢复活力的灵丹妙药：人造人在这里既不是帝国，也不是特洛伊的海伦。[3]权力四部曲实际上说的不是关于权力，而是关于日常生活中的无助，甚至在掌握权力时同样万般无奈。人们注定生活在边界上，四周戒备森严。

2003年，索科洛夫推出了《父与子》。在这部电影中，父与子的角色同样发生了置换：儿子成为故事主人公。评论界认为这部影片意义模糊，因而反响不佳。此后，索科洛夫转向了伪纪录片创作，风格上也倾向于明快。最近的《亚历山德拉》(2007)就是如此。影片中没有父母亲角色（健在的或已故的），只有外祖母一人独自前往车臣军营，看望在那里服役的外孙。这一人物

第五章　索科洛夫作品中的历史与悲歌　　179

由加利娜·维希涅夫斯基卡娅（Galina Vishnevskaya）饰演，演技精湛，令人感动。

　　索科洛夫的作品具有晚期现代主义特征，包括创作过程资金问题导致的困境（由于资金短缺导致发行困难，这种现象在西方被形容为"审查"，凡是对此有所了解的读者，都会看到这里的相似性，比如，戈达尔、黑泽明、奥特曼）。在索科洛夫作品中，艺术地位主要由音乐来体现，电影音乐与影像在这里呈现为一种对立关系。北极舰队的军官有些言不由衷：我只管眼下现实——他似乎这样告诉我们，但实际上，他喜欢阅读19世纪俄国长篇小说，以此躲避现实。当然，他也喜欢契诃夫的短篇故事。影片提到文学经典，目的在于烘托一种宗教般的严肃氛围（类似于阿诺德的"高度严肃性"）。这里的宗教不是塔科夫斯基（Tarkovsky）电影里那种宗教神秘主义，而是艺术的替代品。当然，对于俄罗斯人（包括俄罗斯犹太人）而言，宗教在他们心中一直占据着重要位置：面对后现代性中的反艺术冲动，艺术以高度的严肃性悄然登场，而这种严肃性与当代新族裔情感产生共鸣。

　　另外，我觉得这个过程还为时代精神注入了另一个几近消失的主题与价值，即，民族主义。艺术是否能够重构时代精神或某种崇高价值，这个问题值得进一步商榷，不过，可以肯定的是：艺术代表了族群的文化表述。在全球化、后国家时代，什么样的俄罗斯艺术才能真正代表这个民族？同样可以肯定的是，宗教（以及语言）有时候像是一枚徽章，代表了后现代条件下某个群体独有的气质，但是，这里的群体是指某个少数人群体。伟大的现代主义艺术必须承载某些与国家命运相关的情感。这也解释了克鲁格的作品（无论在风格上多么反讽，形式上多么后现代）为什么依然重复叙述着德国历史中的某些模糊性，并从中揭示某些乌托邦意义。安哲罗普洛斯（至少在他最近转向巴尔干地区问题

159

创作之前）也不例外；他一直为希腊内战及其历史例外主义思想的创伤记忆所困扰。索科洛夫对俄罗斯历史命运独特性的展现像是一曲哀歌，这与他的忧郁和美学思想密切相关。凭着他那不同寻常的方法和不合时宜的美学，索科洛夫在全球化条件下的后现代公共领域内开辟了一块艺术飞地。

[注释]

[1] 该词出自 Nicolas Abraham and Maria Torok，*The Wolf Man's Magic Word: A Cryptonymy* (Minneapolis: University of Minnesota Press, 2005)；索科洛夫笔下的这一人物让我联想起 Mahler 的一首歌 "Ich bin das Leben abgekommen"，讲述的是一个离世的小男孩来到天堂门前，拒绝离开。而这又让我想到兰波的诗《童年》(*Enfance*) 中的最后一句："有一个结局：当你又饿又渴时，总有人将你驱逐。"

[2] 据说 Pauline Kael 就约翰·特拉沃尔塔 (John Travolta) 的科幻史诗《地球战场》(*Battlefield Earth*) 有过如下评论："如果这不是我看过的电影中最糟糕的，它至少是最惨不忍睹的。"对这话略加引申，我们可以用来形容那种由崇高引发的震撼感，而这正是戈尔曼 (Gherman) 两部杰作：《哈鲁斯坦洛夫，开车！》(*Khroustaliov, My Car!*)、《上帝难为》(*Hard to Be a God*)。关于这两部电影，我将撰文单独评论。

[3] 对这部电影的积极评价，见 Jeremi Szaniawski，*The Cinema of Alexander Sokurov* (New York: Wallflower, 2013)。

第六章 《十日谈》与《十诫》

当人们大都热衷于阐释问题时，如果能够冷静关注纯粹的形式问题，这不失为一种明智的选择。结构主义分析似乎已经过时，不过，我将用它作为方法，探讨克日什托夫·基耶洛夫斯基作品蕴含的哲学意义。从形式角度分析叙事作品，这得感谢俄国形式主义理论家们的贡献。立足于形式，我们很容易发现电影《十诫》与短篇故事之间的独特关系。就时间和情节安排而言，《十诫》不同于常见的故事片。我们不会费心思考影片是否更像一部长篇小说，但是，至少会觉得影片与常见的短篇故事存在类型差异（当然，它也有别于戏剧或是拍成电影的那种舞台作品）。

《猎鹰》是薄伽丘《十日谈》中篇幅最短的一则故事。贵族青年菲代里戈擅长训练猎鹰，他有一只十分神奇的猎鹰，因此远近闻名。他深深暗恋着附近的一位贵妇人。贵妇人听说了他那非凡的驯鹰本领，有一天她特地登门拜访。然而，这位贵族青年除了那只心爱的猎鹰几乎一无所有，为了款待贵客，他不得不把鹰杀了做成盘中佳肴。

这则故事堪称短篇中的精品，短小精悍，言简意赅。除了故事情节离奇，更为重要的是，它揭示了短篇故事蕴含的意义。我们从中可以看出，偶然性构成了短篇故事的核心母题，也就是歌德所说的"闻所未闻的事件"（unerhörte Begebenheit），或者说包含某个史无前例的事件。这样的偶然性一直隐匿在这则故事中，并随着情节发展逐渐显现。就这则故事而言，偶然性指人物的行为，以及由此造就了人物命运的某种结构要素。

从这个角度看，《猎鹰》包含了形式主义强调的故事类型范式。这一特点主要体现在故事中两条明显的情节线，或者说两个核心点：一个与猎鹰有关，另一个则是与爱情相关的激情。整个叙述过程像是哄人的小把戏：我们以为骰子在一个碗下面，可实际上却在另一个碗底下。出乎预料的是，猎鹰从它原先所在的那条情节线进入了另外一条情节线中，最终以盘中美味自我显现。这个突然发生的位移现象使得两个情节发生融合，同时切断了其他可能性。可以说，使得两条情节线合而为一的核心事件代表了短篇故事在类型范式上的独特性。一旦出现这样的叙事情形，其他可能性将不复出现，故事也就这样戛然而止。

就阐释而言，这里值得讨论的问题非常丰富：那位穷困潦倒的年轻人堕入情网，这是否相当于说，摆在餐桌上的那盘佳肴实际上就是他命运的写照？是否意味着他在那一刻已经把自己作为祭品献给了贵妇人？此外，我们还可以认为，故事存在着第三条情节线，即，猎鹰将两个人物联系在一起，同时以祭品作为身体的象征物，以此替代两个人物之间直接的接触和交流。另外，我们也可以认为，猎鹰之死代表了故事本身的消亡，犹如作者明示读者：除了召唤读者，作者别无更好的礼物可以奉献。我们还可以从阶级、悲剧或命运角度提出更多的阐释。但是，这些相当于猎鹰的肉和羽毛，或者说，是故事的行动与价值——至于骨架部分，则是上述从经典结构主义立场对两条情节线的分析，包括两条线之间变戏法一样的替代。

基耶洛夫斯基导演的电影《十诫》在第一个故事中同样有两条交替出现的情节线：一是宗教，二是科学。占据主导位置的是电脑技术。故事背景基本上属于现代社会，因此，电脑技术这项后现代科技艺术在故事中略显突兀，让人觉得后现代技术突然闯入了19世纪生活。我对此感到有些吃惊，也有些不解（有人把苏联解体归结为因为没有用电脑技术规划经济活动，或许电影含有这层意思）。故事发生在波兰，神秘的绿色灯光以及谜一样难以破解的电脑信息令人困惑。我们感到故事发生在一个似曾相识却又有些陌生的资产阶级社会里。电脑在这里像是一种无声的语言，令人费解，然而又难以回避，犹如燃烧的丛林里的上帝。电脑是科学的代言，就像拉康所说的，是"一个期待被了解的人"，这也解释了故事中的父亲为什么把电脑看作上帝。至于另一条情节线，即，宗教及其形而上问题，我们只能这样假设：这些问题代表了某种原初状态的神秘力量，与性有关，尤其是男孩与父母分离导致的焦虑。从这个意义上讲，男孩是这两条情节线之间的一个替代，既是宗教，又是科学。

需要指出的是，与《十诫》中的故事类似，这部影片像一个谜。在我看来，以这样的方式作为这部系列剧的开端，这个安排有些别扭。我不喜欢这种宗教氛围，当然，有人认为与后面的几个故事相比，第一个故事中的宗教主题很得当。故事最后以男孩之死结束，我对这个结局同样不以为然。男孩之死，这当然得由作者负责，而不是上帝之过。许多年前，阿贝尔提出过一个后来广为流传的说法：虚构故事里倘若有人死了，犯罪嫌疑人便是作者，他/她应该承担责任。至于上帝是否也得负责，不妨引用萨特或加缪的话（我不记得是他们中的哪一位）：上帝创造了死亡，所以他是第一个杀人犯。[1] 倘若我们将命题略加限定，或许可以接受这样一个观点：作者在处理情节时难免遇到两种可能性，以悲剧作为结局，还是以皆大欢喜的大团圆结局？至于处理方法，有可能是无心的。有些情节安排——或许是好事？——带有难以避免的某种态势，我这里不一定指死亡（大团圆结局也有可能是必然的，比如，简·奥斯汀的小说）。以现在的眼光来看，薄伽丘的主人公杀死心爱的猎鹰，这是必然的。但是，对于男孩之死这一安排，我觉得不能原谅基耶洛夫斯基与他的编剧皮尔斯维奇（Piesiewicz）。当然，我对这一结局的不满情绪或许是作品预设的一种审美效果，即，通过某些恰当的美学手段，使之成为一种替代品，以体现如今无法令人感动的宗教主题。

我要说的重点不在这里，而是另外一个问题。我认为，基耶洛夫斯基从根本上说是一位短篇故事作家。正如我们看到的，他的这部电影已经突破了短篇故事的形式限制；不过，正是这一点让我觉得电影反而不如故事本身有趣（在哲学层面也更为深刻）。在我看来，他的经典之作是他那些早期电影，比如，《人员》（1975）、纪录片（尤其是《个人履历》1975）、官方发布的第一部"故事片"《影迷》（1979），还有颜色三部曲中的《白色》（三部曲中唯一讲述波兰的作品，我认为这是三部曲中最好的一部）。在《白色》中，颜色作为母题并没有成为一个具有形而上学意义的阐释线索，也不是鼓励阐释的一个引子，而是一个意义含混的词语，像一个双关语，或者像索绪尔的"异常书写"（paragram），或是雷蒙·卢塞尔（Raymond Roussel）的"方法"，它将各种可替代的情节线编织成一幅合成图，其中有白色婚姻（停留在精神层面）、白夜（无眠之夜）、空弹夹，等等。

颜色系列中的另外两部表达了这位波兰导演对欧洲新形势的看法，或者说，代表了他对共产主义之后、冷战之后，以及"持不同政见"的看法。就这一点而言，《薇若尼卡的双重生活》最具代表意义。影片涉及的形式问题，以及故事人物象征的双重样板——一位在巴黎，另一位在波兰，包括其他方面的成就，蕴含了丰富的叙事多样性，值得我们探究。

电影《影迷》开端，一只猎鹰俯冲下来，飞速掠过镜头——这里也有一只猎鹰，不过，就我目前讨论的议题而言这纯属巧合。要从这一镜头中读出别样意义对于外国观众并不容易。这类作品常常采用意义丰富的象征物，目的在于展示波兰人的日常生活状态。波兰观众一看就明白其中意蕴，而外国观众则常常不解其意。在一定程度上，这也是《影迷》的主题：一种看上去让人觉得可能不良的政治，比如，滥用职权的官僚、腐败、低效率，但是最后显现为非但不坏，反而是一项相当不错的集体事业。我的理解是，正是因为这种政治——至少在影片描写的那个时代如此——波兰共产主义和共产党发挥了积极作用：表面上是苏维埃模式，实际上执行的是自己的路线——正如影片中那位工厂负责人所说，他们根本不理会强制的生产额度，不然的话，就有好几百人失业。在这种逆转中（前述提到短篇故事叙事形式机制），工厂负责人代表的官员形象，以及审查员，突然摘下了面具，显示为代表集体智慧和共同体利益的代言人。这种逆转在西方文学中十分常见，我把它叫作间谍故事中的英语天主教模式。比如，在格雷哈姆·格林（Graham Greene）的作品中，居心不良的间谍变成了好心人，天真而善良的西方人（通常是美国人，或是新教徒）成了制造事端的恶人。不过，在这些作品中，叙述的重点一般落在伦理层面，呈现出伦理意义上的二元对立结构——好人变成了坏人，或者反过来——而伦理的最终意义并不是社会政治层面，而是宗教。这些作品像是对二战中的某些素材进行了反转处理，或者说，作品带有二战的印记（纳粹谍战故事没有这一特点）。

接下来我想对一些与二战相关的文学形式做些讨论。这种我称之为第三国际的辩证思想在萨特的作品中十分明显，对此，彼得·魏斯（Peter Weiss）在他的《抵抗的美学》（*Aesthetik des widerstands*）中有过充分阐述。这种辩证思想的基础是对集体与个人、党派政治与成员（包括反对者）个人意见之间悖论关系的充分认识，它强调不能用同一标准对它们之间的关系加以约定。

在我看来，这种思想在波兰得到了富有创造性的发展。《影迷》将电影摄影师置于中心位置，由克里日托夫·扎努西（Krzysztof Zanussi）编写的台词具有模棱两可和悖论的特点。在西方电影史上，只有讲述爱情与完全关于个人生活的故事片中才会有这些特点，比如，埃里克·侯麦（Éric Rohmer）的电影。在基耶洛夫斯基的导演生涯中，这部影片仅仅是一个阶段性作品。更具典型意义的是他在20世纪80年代的作品。当然，这不等于说此后作品全无这些特点。

基耶洛夫斯基的第二部影片名叫《机遇》（Przypadek），片名的意思不仅指盲目的机遇，而且指纯粹的偶然性。这也是他希望影片突出的主题意义。如果说偶然总是盲目的，那么，那种非盲目的偶然又是什么呢？我们或许觉得这个问题十分愚蠢，实际观看时也不希望被这一类问题困扰，免得影响观看。在这部电影中，我们看到了代表三种生活的三位人物：一位是党员，另一位是持不同意见的天主教徒，还有一位既不是党员也不是天主教徒，不过，他以受人尊敬的方式与党派和宗教保持距离，免得受双方束缚。与主题"偶然"呼应，主人公准备乘火车前往华沙（他可能赶上，也可能错过火车）。如果你愿意，我在论述《十诫》第一个故事时提到的意义多样性同样适合于解释影片的结尾。

我觉得这部电影并非是一部哲理片（要对哲理电影下个定义并不容易，但是，扎努西的作品应该算是这一类），因此，偶然在这里仅指影片的主题而不是一个概念。在哲学范畴中，偶然与神谕是一对语义对立的词语，也就是说，这两个词中的任何一个都不可能单独出现。偶然性与或然性相关——像《影迷》中从天而降的那只兔子那样的场景？或者像谋杀一幕里突然飞进画面的那块洗车布？或然性（原本是中世纪概念）总是因为某种语境而产生意义。如果我们把这里的或然性与存在主义的或然性进行联系，或许会发现某些值得深思的意义。萨特在谈论或然性时回忆起儿时看电影时的情景。他说，电影中的一切都是有意义的（即便当摄影师呈现一些与故事无关之事时观众仍然认为其中定有深意），因此，他说，当他走出电影院时，强烈地感到街道以及周围的一切都是无意义的。

我想说的是，偶然在这里相当于一个调节器，它使变化与差异得以呈现。像一个钉子那样，它将不同的结果、不同的生活，以及不同的故事固定在一起。偶然将无限的、无形的可能性转化为一种结构，使得结构中的变化与差异互为牵制，同时赋予它们以有限的形式和数量，将它们从原来的可能性变为某种可以被测定的结构。这一特点正好契合隐含在短篇故事形式中的要旨：如果没有在偶然中实现的结构变化，每一种生活只是经验世界里一些无法重复的事实。没有生命或命运，只有一些经验——个人的、政治的、历史的，或者职业的。如果没有变化与差异，我们仅仅是简单的存在。或者说，因为有了偶然及其发生机制，我们才能把无法比较的经验变得如此丰富，使它成为短篇故事及其叙述的内容。当然，这些短片故事属于新兴现象，与经验同步发生，并与之形成共时关系。作为一种叙事形式，短篇故事在快速发展中形成了一种新的结构：犹如一架合成机器，它生产出不同的叙事形式，同时使叙事产生文类差异。我们目前很难对这一现象进行理论化，不过，我想说的是，关于偶然展开的叙述及其形式变化，对这个问题加以思考，这将有助于我们从一个新的角度探究短篇故事。

在《偶然》中，基耶洛夫斯基呈现给我们的并不是一部关于生活的长篇小说，影片也不是为了传递某种本体意义。影片是一部故事集，它采用独特的策略使得故事之间互为关联。基耶洛夫斯基时而采用的某些抽象手法令人想到结构主义的一些理论术语，同时又像是一场效果并不如意的形式实验。继这部影片之后的《没有结尾》采用了鬼故事套路。依照这一故事形态，他原本可以为观众提供三个结尾——如果主人公活着，故事会怎样发展？在他死后，事情怎样发展？如果主人公是游荡于人间与冥间的一个鬼，故事又会怎样？这部电影像是《十诫》的预告片，故事中也有一场审判。这种故事套路使得结局既有开放性，同时又对它加以限定，堪称形式与内容合而为一的佳作。演员水平也十分出色，饰演主角的阿莱克桑德·巴迪尼（Aleksander Bardini）后来还参加了《十诫》的演出。《没有结尾》在情节安排方面的不足同样见于颜色三部曲中的《蓝色》与《红色》。说到这里，读者或许已经明白我对电影结尾的看法。现在让我们谈谈《十诫》。这部电影当然是基耶洛夫斯基的杰作，在电影上能够与之比肩的可以说寥寥无几。如果影片不采用将十个故事串联的方式，还有没有比这更好的方法呢？

基耶洛夫斯基也尝试过许多别的方法。我原来想采用比较方法，将这部短篇故事集（姑且这么描述）与根据卡佛短篇故事集改编的《人生交叉点》（奥特曼导演，1993）做一个比较。不过，两部作品的出发点截然不同：《人生交叉点》近似于我在前面提到的狄更斯风格，即，不同故事之间互相联系，多个情节线交汇重叠（与狄更斯小说的连载方式相似）：原本以故事片段独立呈现的每一个短篇具有相对独立的自足结构，但是，当单个故事中情节向着互相联系方向推进时（比如，《人生交叉点》最后与地震和其他相应事件一并出现），原先的自足体就会显得十分脆弱。在这种情形下，多条叙事线相交重叠，使故事整体产生了特殊效果。乔伊斯的《尤利西斯》便是如此。在《尤利西斯》"夜城"的描述中，此前所有主题与母题一并显现。法斯宾德（Fassbinder）的《亚历山大广场》也不例外，影片反复出现长时间的梦魇场景。奇怪的是，颜色三部曲中最后一部《红色》也是这样：渡轮上大部分人丧命于沉船事故。

《十诫》则完全不同，最后一个故事以集邮为主题单独成立。大多数观众可能觉得这一安排使得整部影片带有喜剧意味，有的甚至认为这是十个故事中最富有意义的一个。在我看来，这个故事与此前9个互为结构。以集邮为母题，这个故事向我们展示了影片如何避免情节趋于统一。与集邮形成类比，一个个故事都像是价值不同但同样珍贵的一枚枚邮票。故事结局显示，所有邮票不翼而飞；同样，所有故事最终也没有被整编在一起，更没有一个最终的结局。通常，人们在遭遇失窃后会有一种奇怪的心理，认为接下来还会发生些什么，甚至觉得无论结果如何都应该知道失物究竟在哪儿，总之，希望事情有个圆满了结。但是，《十诫》最后一个故事没有满足这种期待，甚至对失窃事件本身的处理也是轻描淡写。我们对此感到困惑不解，也因此以为故事还有下文。然而，故事就此结束，好像失窃这件事不曾发生过。

就这部影片而言，还有其他一些结构安排同样值得关注。比如，苹果机操作系统里的那个男子。这一人物形象让我们想起在《尤利西斯》中一笔带过的那个神秘人物。他是作者本人？还是某个神秘的天使？或是爱尔兰共和军枪手？还是代表读者？或者英国间谍？究竟是谁，从来没有人说得清，我们也不得而知。要对此进行阐述，我们只能重新回到叙事形式本身的意义：电脑操作系统里的那个男子只是个隐喻，是对人际关系和重复本身的象征展现，是以人形化手段对城市同一性的表述，也是对所有关于"被观看"（being-seen）状态的形容。在影片中，与这个意义呼应的还有另外一个人：有一个人背着一些物件，骑着自行车快速穿过树林；只见他来到冰冻的湖面旁边，围着一堆火取暖。这里

168

有一个重要的阐释问题，即，这个人物的出场是否象征着命运（这里指前述提到的偶然）？或者说，如我前面提到的，他代表了所有人物之间各种关系构成的共同命运？如果是后者，那么，这里的问题就不是形而上的命运，而是形式安排问题。当然，此处的形式是形式本身折射的社会意义：这一场景的意义在于揭示其对立面——公寓大楼及其代表的城市生活。

巴尔扎克认为，应该将人物置于某个片段中加以观察，然后把他放在另一个片段中重新审视，他把这种方法叫作"人物展现法"。不过，这一方法在这里的意义有所不同。在弗洛伊德看来，这种二度阐述使得不同片段相连，不仅能够产生补充信息，而且令人愉悦。与颜色三部曲相比，这一效果在《十诫》中更加明显；突然出现的法庭一幕（中间有一段波兰语）有些出乎预料，它提醒我们留意三个片段之间的相关性（《红色》也是如此，尤其当银幕上出现了我前面提到的"社会新闻"那个悲剧场景时）。所有这些都让我们领会了导演的意图，并且相信故事的真实性。我们觉得这些片段之间互相关联，而这正是导演的意图。如果不是这样，我们有可能把这些片段看作毫无意义的偶然与片段，认为影片主要讲述的是偶然性。不过，即便如此，这仍然是故事的表面。

我想指出，这里实际上存在另一种与谎言有关的组织要领；或者说，它与幻象有关，不同的是，这里的幻象具有特殊意义。我的意思是，这部影片本身有着独特的结构，它包含的十个故事让我们联想到《圣经》中的"十诫"，以为这个故事是现代版"十诫"。但事实上，我们最后发现二者并无直接联系。在意识到这一事实之前，我们努力寻找这两个文本之间的关联，最终却发现白费力气。即使是在《尤利西斯》中，这种平行关系也比这明显。不过，这种比较容易产生误导。在《尤利西斯》中，我们可

第六章 《十日谈》与《十诫》　　191

以把两条叙事线进行并置，而在这里，我们看到的是这样一种情形：一边是形式上相分离的叙事文本，另一边是严格的形式法则。

　　这样两种截然不同的话语之间存在什么关系？可以肯定的是，影片不是用来说明或否定某个准则的故事（比如，拉罗什福科的作品），也不是借故事表达道德的寓言。说到这里，我想起了一部十分重要却一直被忽略的著作，即，安德烈·若莱（André Jolles）的《简单形式》。该书出版于1929年，至今未被译成英语。若莱的一个基本观点是，叙事文本存在一些简单的，或者说原始的基本文类——他概括为9种核心或结构要素。以这些核心要素为基础，叙事衍生出各种复杂的文类。这些要素属于基本的语言表达式，他的这一立场类似于海德格尔从词源意义对古老而简单的存在形式进行的探究（两位理论家基于不同历史语境提出这一观点，在当时看来有些陈旧过时）。在若莱的模式中，前面三种文类成熟而复杂：传说、英雄传奇、神话，随后是谜语、谚语、社会新闻、神仙故事，以及玩笑（也称俏皮话，弗洛伊德认为玩笑等于俏皮话，在德语中这两个词几乎可以通用）。与我们目前讨论密切相关的是第9种，即，若莱所说的"案例"（Kasus）。他提出，除了在法律语境中，案例的形式意义尚未被真正揭示。如果我们把审案当作一种复杂的文学形式，那么，庭审便具有案例特征；作为一种简单形式的核心要素，庭审便是一种基本类型。在庭审中，片段与一些被压缩得不能再简单的那些禁令之间存在类比关系。这里涉及的不仅仅包括核实证据或推测动机，同时还有一些必须予以解决的重要问题，比如，普遍与特例、判定行为是否属于法律范畴，甚至包括对法律本身有效性的质疑。正如若莱所说：

　　　　案例的形式源自对各种行为进行价值评估的标准化，但是，在通向实现这一目标的过程中，价值规范本身成为一个问题。各种规范的成文、价值，以及变化进程，都得被评估，而评估本身又牵出另外一个问题：评估依据的是什么样的规定或规范？[2]

与神仙故事中的叙事情形一样，两种话语出现了并置；面对某种我们熟悉的话语时，我们通常将其中的一种置于另一种之上，但是，这里涉及的是两种截然不同的话语，它们互相质疑，各执一端。我希望揭示的是基耶洛夫斯基电影中的法律主题——《红色》中的法庭插曲及其审判；在我看来，它不是道德或法律审判事件，而是一种话语形式。由此，我们可以看到，所谓的审判实际上是两种话语形式之间的一种互为关系，而其中的任何一种都是不明确的：是一个事件？还是事实？或是行为？是否存在一种叫作法律的话语？

需要注意的是，这种阐释看似将我们重新引到了对《十诫》的常规化解读，即，以《圣经》"十诫"为参照的阅读。不过，我希望展示的是另一种阐释立场，但它同时又能让《尤利西斯》与《奥德赛》两个文本在平行中保持富有意义的可比性。我认为，这里的平行关系不涉及两个文本内容层面的相似与否，而是表明各自为政的封闭与统一。乔伊斯从《荷马史诗》中汲取了某些元素，但是，乔伊斯的文本应该被视为完整的封闭体。形式对自身进行了防御，以免内部产生创造因子，但同时又得允许创造不断发生。关于这一悖论，评论家们有过许多真知灼见，也有过不少谬论；不过，关键是，如果不对创造的自由加以限定，这种自由也就不复存在。

我觉得关于《十诫》的阐释应该更加确切和具体一些。电影《十诫》与《圣经》中的"十诫"一样，都是关于"戒律"，这一事实表明，人们对两个文本及其形式的认识十分近似。影片引导着观众朝着某种阐释立场进行理解，也就是说，影片通过话语层面的"案例"影响观众的注意力，并对疑虑加以限制，继而将注意力和疑虑体现在形式层面，最终引导观众在形式和意义层面均为"相同"的一些片段之间来回移动。与此同时，传统文化和《圣经》的"十诫"对意义范畴进行了划定，将关于电影《十诫》的解释限定在一个特定的范围内。在这种情形下，阐释的意义未必是不确定的，或无限的。在《十日谈》中，薄伽丘采用了有限的数量词这一传统套路——数量词"十"已经足够，但是，在基耶洛夫斯基的影片中，这种用数量加以限定的做法在历史中形成了折叠结构，因此，其力量也更加强大。

正是这种折叠结构——封闭与形式复制——为《十诫》奠定了丰富、开放的阐释过程：十个故事中的任何一个，无论它具有怎样的开放结构，最终都以对比的方式呈现各自的意义，而这种对比结构总是开放的（同时也不会让我们得出一个一劳永逸的结论）。

不妨从显而易见的角度再做阐述。这部电影主要讲述了日常生活中的一系列非常事件。我忍不住要说，是关于中产阶级日常生活（尽管从历史时间上说并非如此）。除了两位出租车司机，其他人物都属于职业阶层。不过，与自由移动的电影镜头形成反差，我们并没有看到故事人物拥有中产阶级常有的自由流动特点。影片中有高耸的公寓楼，有滑雪、登山这些带有雅皮士格调的场景，但是，总体上属于传统资产阶级生活。而事实上，人们在当时生活在一个具有明确政治色彩的国家里，政治斗争仍在持续，直至现在也是如此。不过，电影并没有展现这些内容。唯一具有政治意味的事件出现在讲述抵抗德国入侵的第八个故事中。在这个过程中，我们既没有看到关于社会主义的问题，也没有关于异己分子如何反抗的老套叙事；事实上，当时反共产主义思潮

172

正值高涨期。我觉得，导演在第一个故事中就已经象征性地对这些内容进行了回避。代之以这些政治内容，影片展示了科学和宗教的对立。当然，这些意识形态力量对马克思主义思潮仍然具有吸引力，对共产主义运动的对立面也一样。两股力量在势均力敌的较量中彼此消耗，这也解释了为何我们在第一个故事中没有看到其中的任何一种。第一个故事将政治括除在外，这一处理为整部电影设定了基本调子：没有以抗议方式显现的英雄主义，也没有党派政治。观众看到的仅仅是中产阶级生活的表象及其时间过程。不过，这仅仅是表象：这样的乌托邦实际上是社会主义，代表了二战后的乌托邦形态。可以说，正是通过将政治括除在外，乌托邦才得以表达。以早已成为过去的东欧中产阶级生活作为障眼法，影片向我们展示了未来的乌托邦日常生活。我想引用齐泽克的话来解释这一现象（齐泽克的观点值得以更多篇幅来说明）：

> 我们这里涉及的是一个与缝隙有关的传统结构认识：一方面是空间，另一方面是将一些积极内容注入这一空间；就积极内容而言，大部分共产主义政权失败了，引发恐惧与痛苦，它们同时也开创了一个空间，产生了许多乌托邦期待，包括促使我们思考社会主义为何失败。[3]

在《十诫》中，基耶洛夫斯基努力将这种隐含在资产阶级生活中的乌托邦呈现给我们。他将一种19世纪文化传统和生活模式移出了其历史和基础结构，把它置于一个以无声的商品形式为主要特征的社会语境中。毫无疑问，《十诫》让我们看到了新的影像文化和新的商品化，但是，我们同时也看到了这种文化的内部情况：它表述了在19世纪资产阶级生活中被抑制的乌托邦内容；在现实依然存在的社会主义中（这与卢卡奇提倡的批判现实主义形成奇特的对应关系），这种乌托邦昙花一现，随后受全球化与后现代性裹挟,很快消失在晚期资本主义社会中。

这种转瞬即逝的乌托邦或许与德勒兹所说的虚拟性(virtuality)有关。倘若真是如此,我们必须在一种特殊的空间里把握这种虚拟性的运作机制。有人认为,电影《十诫》与《圣经》里的"十诫"关系不大,反而与谎言有关[4](关于这一点尚无详细阐述),我倾向于认同这种观点。另一方面,拉康曾提出,《圣经》中的禁令都属于象征秩序,或者说,都与语言本身有关,也就是说,撒谎以及撒谎的可能性具有某种原初属性。[5]艾柯同样认为,说话不是撒谎的前提,相反,除非你会撒谎,不然就不会说话。[6]总之,我们在《十诫》中看到,是撒谎导致了德勒兹意义上的虚拟性与潜在性。谎言生产了多个叙事,使得叙事发生变化,使虚构的或想象的几个故事线同时并存。

沿着这一思路推进,我们不难发现,《十诫》第二个故事实际上讲述了一个奇特的案例,或者说一个类似于所罗门断案的戏剧故事:女主人公的丈夫如果不久于人世,她就放弃堕胎;如果丈夫幸存,她就选择堕胎。医生骗她说,她的丈夫将马上死去。这一谎言将两件事合而为一,十分有效。这个带有救赎意味的母题表明,人们可以,也应该愚弄上帝:谎言是一种强大的发明和创造行为。《影迷》或许也包含了这样的母题,渴望说出真相的意志力固然具有破坏力,但是,其程度远不只是尼采所说的颠覆力量。

说到这里,我不由得自问是否陷入了一个我从一开始就希望避开的阐释困境:关于《十诫》我想赞扬的是,影片至少没有让我们看到对艺术和审美加以弘扬的后现代姿态(通常伴以这种或那种宗教主题),它不是时下那种掏空内容后的空洞艺术(这一点在基耶洛夫斯基三部曲的最后一部中有所显现)。不过,我很快否定了这种想法,作品中的撒谎母题难道不是以虚构为形式献给艺术的礼赞吗？当我们称之为政治的东西，即社会内容，被排斥在形式以外时，乌托邦也就应运而生了，对艺术的礼赞不正是发生在这一刻吗？

这一点至少在随后两个故事中十分明显。梦幻般的生活与虚构的故事融为一体，或者是自言自语的方式（比如第四个故事中带有乱伦性质的父女关系），或者是第三个故事中那位爱撒谎的出租车司机。这些片段倾向于描写纯粹的主观性以及毫无规则可循的替换性，有时候显得有所节制，并且具有明确意义，不过，这是因为它服从了我们需要另外一种阐释的愿望，使我们避免把它看作一个扑朔迷离的白日梦。

这一形式问题在第七个关于假母亲的故事中更加明显：外祖母的叙事（即，真正的母亲是她，而不是她那个没有能力抚养孩子的可怜女儿）具有社会意义上的客观性，也就是说，这是个公共谎言，人人相信是真的，而不是虚构的。至于第八个关于纳粹集中营的故事，以及第九个关于性无能的故事，主要表现为历史与秘密，或者说是对未解之谜的探究与重构。当初还是个孩子的犹太人寻求帮助但遭到拒绝，不是因为那对夫妇突然改变主意，或是心肠冷漠，而是因为抵抗活动的情报机构出现了危机，也可能有人走漏风声。在第九个故事中，那位丈夫认为自己性无能妻子才有了情人，而事实上，妻子在这之前就已经红杏出墙。我想说的是，实际生活中，忠诚难以长久，这不仅限于私生活层面。其余三个故事中有两个涉及的主题足以单独成为故事片：一个关于死亡，另一个关于爱情——以谋杀和偷窥为核心事件；最后一个关于集邮。

在第五个故事中，真正重要的不是出租车司机是否幸免于难，也不是处以死罪还是从轻发落，而是这样一种假设：如果小男孩的姐姐活着，他会有什么样的生活？在经典短片故事中，常

第六章 《十日谈》与《十诫》　　197

会出现交错手法，即，叙事虚拟性从受害者（在这个故事中是那位法官，以及涉案的第三方）转移到了杀手，使得叙事发生了逆转。这里的情形也是如此。故事讲述的这个案例让人痛心和感动，或许还令人伤感。

第六个故事在处理手法上摒弃了爱情与欲望之间的对立结构。男青年为性欲所驱，暗恋着住在家对面的一位女子；色情在这个故事中被赋予了具有道德，甚至精神提升作用的功能。受害者变成了攻击者，以令人反感的方式用身体侵袭男子；至于那位男子，原本是个有些变态的侵扰者，随着情节发展反而成了单纯、无辜的受害者。同时，"后视镜"场景似乎意在把这个故事置于美学框架中加以反思，探究摄影镜头、电影，及其对不道德的曝光行为：我们在观看时应该如何看待这些问题？

最后一个故事中的两个儿子代表了两种不同的叙事。从亡故的儿子转到亡故的父亲，沿着这一情节进程，我们看到，流行音乐与朋克音乐对苏联时代资产阶级或西方文化的退化进行了干预〔正如佩里·安德森（Perry Anderson）所说，抒情鼓励我们挣脱书本戒律〕。传统的资产阶级乌托邦思想，或是维多利亚风格的公寓楼正在趋于消失；波兰人民共和国即将朝着某种新的欧洲市场经济发展。从这个角度看，两个儿子发现父亲的故事——这一情节堪称整个故事的高潮。他们发现的不仅仅是父亲的秘密，甚至不是此前从未觉得有什么价值的那些物件。想起斯坦利·卡维尔（Stanley Cavell）说过，你回忆电影故事时记错了的那些内容恰恰是电影内容的一部分。我觉得这个故事触动我的是那些没有发生的事，也就是说，是我记错的那些。两个儿子再次找到那位集邮商，和他讨价还价。集邮商为了骗得黑便士邮票用心设陷。他平静地对他们说：我在等你们来，我真的不想留着这枚邮票，只是想让它在我手上多留几个小时，再欣赏一天，这算是暂时性或临时性的私人藏品。我觉得这是这个故事的另一种叙事。

总之，两个儿子最后发现的是一个完全不同的世界以及突然显现的秘密。它不为人知，被社会机构遗忘；对于局外人而言，这个世界难以命名，也难以形容。像东欧那些地下恋足癖组织，或是互联网上被屏蔽的那些儿童色情网站。在这个秘密的集邮组织中，有阶级和等级划分，还有管理者、领导者，以及当地权贵。该组织有自己的传统和历史，还有传奇：两个儿子的父亲正是这个组织的成员，他曾是这个组织中的风云人物。这是个隐匿在乌托邦世界中、从中脱胎而生的一个古老乌托邦，代表了被集体取代后的个人危机与个人故事。以这一带有救赎意味的故事结尾全剧，令人欣慰，让人想到爱尔兰的守灵仪式——正是这种感觉让我们觉得失去珍贵的邮票也是值得的。

在上面的阐释中，我尽力淡化作品的形而上或宗教意义。不过，作为结论，有必要提出一个伦理问题：作为一种阐释，伦理能否就这样轻易地被搁置一边？那么多悬而未决的故事结尾是否等于布莱希特强调的选择，以及评判的伦理？我倾向于齐泽克的观点，即，认同黑格尔或者拉康对伦理的认识。我由此得出结论：这些电影中的基本主题不是伦理而是道德，或者说，是从伦理出发的道德批评（而不是关于伦理立场自身的问题）。这实际上是齐泽克政治批评的范畴：把伦理批评限定在这个领域，由此凸显20世纪80年代东欧历史语境——比如，关于"诚实"的辩证关系，关于政治异议的含混性，关于共产主义，等等。不过，这种特殊的情形到了1989年便开始消弭，此后也很少再以主题或历史情景出现在此后的作品中，这也使这种特殊性成为一个跨国悖论。

至于形式，它萌发于对偶然的构建，产生于将日常生活重构为巧合的过程，也就是说，把日常生活变为一个个谜团，在引发阐释的同时拒绝给出明确的意义。谜团产生了叙事变化，孕育了丰富的叙事线和故事世界（这种"虚拟性"本身由某个历史时刻促成，即使不是由那个时刻产生。在这个历史时刻，仍然存在着另外的经济体制）。

[注释]

[1] 关于父亲对气温的预测与湖面结冰厚度之间的差异，作为出版物的故事梗概从自然主义，或者说，从科学角度为读者提供了一些解释。值得注意的是，电影对此只字未提。

[2] André Jolles, *Einfache Formen* (Tübingen: Niemeyer, 1930), p. 190.

[3] Slavoj Žižek, "Suicide of the Party", *New Left Review* I/238 (November-December 1999), p. 46.

[4] 比如，Annette Insdorf, *Double Lives*, *Second Chances* (New York: Hyperion, 1999).

[5] Jacques Lacan, *Le Seminaire*, Livre VII (Paris: Seuil, 1986). 参见 Kenneth Reinhard and Julia Lupton, "The Subject of Religion: Lacan and the Ten Commandments", in *Diacritics* 33: 2 (Summer 2003).

[6] Umberto Eco, *The Search for the Perfect Language* (London: Blackwell, 1997).

第三部分
后现代作品中的改编实验

第七章　欧洲垃圾？还是导演歌剧派？

丹麦皇家剧院最近上演的瓦格纳的歌剧《唐豪瑟》引发了持续的理论讨论，这一现象与几部重新改编的瓦格纳歌剧密切相关。事实上，几乎所有的经典歌剧都已经被改编，成为20世纪的"现代"经典。执导《唐豪瑟》的是丹麦皇家剧院的卡斯帕·贝克·霍尔腾，当时他只有27岁。假以时日，他必定与那些会多种语言的指挥家、艺术家、演员和球星一样，成为文化全球化时代国际舞台上的活跃分子。由他执导的《唐豪瑟》或许为我们观察这一新的历史现象提供了一个新视角，而这是瓦格纳或霍尔腾的个人才华难以显示的。

《唐豪瑟》属于瓦格纳创作生涯中的转型期作品，这部剧的形式问题曾让瓦格纳备感苦恼。这部作品具有其特殊性。瓦格纳在去世前一周曾对妻子珂西玛说：我还欠世人一部《唐豪瑟》。《尼伯龙根的指环》首次上演于拜罗伊特艺术节，瓦格纳对演出效果并不满意，甚至想从此放弃歌剧，转向音乐创作。可以说，《唐豪瑟》（1845年首演于德累斯顿，原本不是"音乐剧"，而是"浪漫歌剧"）这部作品实际上是未完成状态。首先，瓦格纳觉得形式过分传统，甚至有些老套（比如，注重合唱、舞台布景、向观众概述舞台指示），而这些形式难以将歌唱与表演两个元素进行混合；此外，咏叹调虽然没有被主旋律覆盖，但已经无法展现精湛的贝利尼风格。

这些特点在瓦格纳此前的作品中已有所显现，比如，具有资产阶级性质特征的《纽伦堡的名歌手》，它生动地呈现了骑士、歌手之间的唱歌比赛。在《纽伦堡的名歌手》中，主人公瓦尔特凭借一首歌曲胜出，凸显了歌唱艺术在这部剧中的重要地位。不过，在《唐豪瑟》中，唐豪瑟的歌唱却有所不同。当然，歌唱艺术具有一定程度的自我指涉意味，也就是说，音乐将观众的注意力引导到音乐本身——这当然也是歌剧的属性，与形式密切相关。

《纽伦堡的名歌手》以纽伦堡为地点，以二重唱为主。据说大约在 1216 年前后，纽伦堡确有其事——剧中人物均有历史原型（除了唐豪瑟）。在瓦格纳之前，霍夫曼（E. T. A. Hoffmann）根据这一题材创作过一部小说。另一个源头来自中世纪的一个传说，说的是人类因为诱惑误入魔幻或厄运并且难以挣脱困境的故事。瓦格纳将这些内容改成了爱神维纳斯及其神话世界。在融入基督教文化之前，维纳斯的形象已有一些异教成分，显现为一个具有毁灭力量的魔鬼形象［让·塞兹奈克（Jean Seznec）的著述对此做了详细的描述］。维纳斯堡——我的维纳斯！——可怜的唐豪瑟因为诱惑误入维纳斯堡，难以自拔。这里的地点显然是一个世俗空间。对于沐浴在基督教圣辉下的信徒而言，人间，包括艾森纳赫（Eisenach）的法庭，处处充满邪恶。用现代医学来讲，就是患了性上瘾症。歌剧中的这一主题堪称将之喜剧化的首次现代实践。这一点容易让我们联想到与爱情有关的两个女性形象——一邪一正，一位代表肉身，另一位代表灵魂；前者是出卖肉体的妓女，后者是守护家园的圣母。唐豪瑟知道自己对伊丽莎白——写手海恩里希的妹妹、歌唱大赛的组织者——怀有纯洁之恋，而歌唱比赛本身也是这一恋情的象征。在瓦格纳的歌剧中，世俗之爱有时候显得十分纯洁（虽然维纳斯之爱也代表肉欲），这一点体现在他对音乐的处理上。当然，音乐本身又掺杂了与基督教赞歌有关的一些元素。总之，这部歌剧的音乐为人们提供了多个聆听立场，产生这种效果的原因在于风格上的混搭，听起来让人感到迷惑。

　　有一个问题一直困扰着瓦格纳。他不明白，与伊丽莎白有关的纯洁之爱，包括骑士之爱，为何总是与教堂和宗教有关。爱欲以及相应的表述，或者释放，都是因力比多所致，而这些并不需要用西方神学中的原罪与救赎进行解释。类似的主题在瓦格纳的后期作品《帕西法尔》中也有所体现。在这部作品中，我们看到，瓦格纳步入晚年以后显然接受了圣洁观念——作品中的宗教不一定指基督教。事实上，有不少人认为这部作品并不代表正统神学。可以肯定的是，瓦格纳赋予了作品仪式感。需要指出的是，不是任何一个地点都适合上演这部歌剧。或者说，理想的演出地点应该选在像拜罗伊特那样具有宗教氛围的地方。同样值得一提的是，瓦格纳曾公开声称自己是反犹主义者，不过，当他得知歌剧将由一位犹太人执导时，他却表示满意与欣赏。

　　《唐豪瑟》与《帕西法尔》借用了相同的典故。在霍夫曼的小说中，那位恶魔般的诗人名叫海因里希·冯·奥特丁戈（Heinrich von Ofterdinger），这个名字同样出现在诺瓦利斯（Novalis）的作品中。唐豪瑟的朋友有时直接称他海因里希，这说明瓦格纳知道这个典故。在霍夫曼笔下，使故事中那位诗人备感苦恼的不是爱欲，而是诗歌。他祈求一位名叫克林索尔（Klingsor）的魔法师赐予他写诗天赋。当然，所谓的天赋实际上是魔鬼的诱惑。瓦格纳在《帕西法尔》中借用了这一人物形象，不过，他把故事地点换到了西班牙。在剧中，这一人物变成了堕落的圣杯骑士。他在荒郊野外的花园里施展法术，帮助那些恳求他赐予法术的路人。帕西法尔拥有纯洁的灵魂，他不仅拒绝了诱惑，而且揭穿了魔鬼的骗术。剧中的花园与《唐豪瑟》中的维纳斯堡有很多相同之处，在音乐表现上也有相似性。只是在后来的音乐剧中，两部作品产生了明显的差异，克林索尔最后因为沉溺魔法而丧失了性能力——这一人物形象的象征意义类似于《尼伯龙根的指环》中的阿尔贝里希。

在接下来的讨论中，我将从另一个角度观察瓦格纳的歌剧艺术，同时，从"学术研究"的维度提出一些看法。19 世纪 40 年代，瓦格纳敬佩的歌剧艺术家贝利尼依然备受喜爱，但是，当时的德国歌剧发展并不顺利。当时一部比较成功的歌剧是卡尔·韦伯（Carl Weber）的《自由射手》（Freischutz）。阴森茂密的德国森林、神奇的魔弹与猎手，还有比赛（不是歌唱，而是射击），以及把灵魂出卖给魔鬼的主题都广受欢迎。这部歌剧为瓦格纳提供了宝贵的音乐灵感，同时也让他从德国歌剧传统中汲取了素材，为他自己的创作奠定了重要基础。我认为霍夫曼的小说是我们理解瓦格纳《唐豪瑟》混搭风格的一个关键。爱神维纳斯与异教主题使得魔鬼故事中十分典型的德国主题变得模糊，不过，这一主题在韦伯（以及歌德）的作品中早已存在。瓦格纳的成就在于这种非原创性的创作。这种将原创与传统合而为一的做法极大地激发了他的热情，促使他深入日耳曼文化传统挖掘更多元素。这一特点在瓦格纳晚期作品中尤其显著。

瓦格纳如何表现爱神维纳斯的魅力？众所周知，巴黎版《唐豪瑟》（1860）在维纳斯堡的演出中加入了芭蕾舞，这里不再赘述。第二帝国时代，骑士俱乐部观众也要求在最后一幕中加入芭蕾舞。瓦格纳曾对人提起——这一改编完全是应拿破仑要求所为——依照瓦格纳本人的想法，芭蕾舞应该出现在第一幕，不然就不用芭蕾。这场演出虽然并不成功，但是为瓦格纳在欧洲赢得了巨大声誉，也促成了波德莱尔留给后人的那篇著名文章《浪漫派艺术：瓦格纳和唐豪瑟》。瓦格纳认为芭蕾歌剧难以融入自己的作品，《唐豪瑟》的实验在于探索如何解决二者间的矛盾。在《帕西法尔》第二幕中，当花卉少女们纵情狂欢时，舞台上出现了芭蕾舞，这一处理堪称完美。从这个角度看，芭蕾歌剧的实验是成功的。

说到这里就有必要谈一谈卡斯帕·霍尔腾的典型风格：恢宏的舞台布景。呈现在观众眼前的并非光线昏暗（暗红色）的岩洞，也不是瓦格纳歌剧脚本所指示的，"远处"有一个"淡蓝色的湖泊"，"河神奈德斯（Naiads）正在游泳"。我们看到的是宅邸内的一个房间，里面有许多奇形怪状的楼梯，舞台前景中央有一张书桌，唐豪瑟正在伏案疾书。这一场景对"阅读"行为的强调值得思索。除了歌唱，唐豪瑟还擅长"阅读"。"阅读"，这一巧妙构思是霍尔腾喜欢的修辞手法。我在接下来的讨论中将会提到，不能把这里的"阅读"看作结构主义范畴中的"书写"。吟游诗人既是歌手又是写手，霍尔腾展现的唐豪瑟显然是一位歌手，同时又是一位表演者。霍尔腾对最后一幕的处理表明，唐豪瑟擅长事无巨细地记录一切，其熟练程度丝毫不亚于他的唱歌才华。这让我想起几年后在拜罗伊特上演的《纽伦堡的名歌手》。演出在当时十分轰动，导演是年仅 29 岁的卡特琳娜·瓦格纳（Katerina Wagner）。与霍尔腾的"对折"（doubling）手法十分相似，剧中的歌唱变成了绘画，不同艺术媒介发生了叠加与对应，使得剧情充满了挣脱传统束缚的动力同时使改编富有新意。

霍尔腾导演的《唐豪瑟》保留了爱情对唐豪瑟具有激发作用这一经典套路。略有夸张的是，剧情显示，一旦失去维纳斯的魔法，唐豪瑟变得无法写作。

我觉得这里起关键作用的是舞美效果。当我们看到维纳斯夫人带着红色假发时，我们忍不住怀疑故事发生在类似于妓院那样的地方，甚至觉得马上就会有妓女登场。所幸的是，接下来看到的并无不当之事，人物行为优雅得体。场景基本上属于家庭生活状态：姑娘们穿着维多利亚时代的服饰，几个青年男子像是管家或男仆。序曲开始，幕布徐徐拉开（瓦格纳为巴黎版《唐豪瑟》设计的芭蕾舞出现在这个时候）。序曲开始段显得庄严而沉静，这时候，主要人物登场——不是维纳斯，而是伊丽莎白和她的儿子；两人走向正在伏案写作的唐豪瑟，给他鼓励。但是，紧接着发生的事让他们感到惊恐与失望，于是悄然离开。与序曲中的欢快旋律形成对照，剧中出现了令人不安的一幕：舞台上的所有人开始骚动（男女人物不分角色，在舞台上处于同等位置，这种编排在维纳斯堡场景中可能是首次出现，通常只有一位人物作为男性舞者）。很显然，酒神狄奥尼索斯是唐豪瑟艺术的灵魂。我不知道尼采对此是否有过专门阐述，也许正是唐豪瑟激发了他的思想。可以肯定的是，后来的音乐剧及其新的美学思想都与此有关。

混乱嘈杂的场面及程度随着音乐效果的增强而加剧，导演成功地展现了这一场景：强烈的激情感染了所有人物，男人们脱下了衬衫，女佣把一桶水浇在了自己身上，演员用杂耍替代传统芭蕾舞。只见舞台上所有人都左摇右晃，最后唐豪瑟也卷入了这场狂欢。不过，唐豪瑟表述其癫狂的方式是不停地写，他在舞者的裸体上疾书（这里颇有几分后结构主义关于"书写"和文身的意味！）。不一会后，唐豪瑟对这种狂欢感到厌倦；与此相应，剧情朝着形而上意义推进。演员们开始在形状怪异的楼梯上来回奔跑，只有一个人例外。只见他在这些交叉叠加的楼梯中逆向而行！他从容镇定，对于眼前的景象似乎习以为常。在混乱的狂欢中，他显得无足轻重，因而观众一开始并没有注意到他。当观众注意到他的时候，最多也只是感叹一声："哦，是这样！"这种反应在文学作品、音乐，甚至所谓"冻结的音乐艺术"——建筑艺术中并不少见，但是，在舞台艺术中以这样的方式展示却是罕见：眼前的一切令人难以相信，以至于人们竟然感觉不到新奇！

这就是导演歌剧派（Regieoper）以后现代风格显现的崇高感与表现力，代表了霍尔腾非凡的想象力（比如，沃坦把那把魔剑刺进了大树，霍尔腾一改以前版本中让齐格蒙德拔剑的情节，而是让齐格林德成为拔剑英雄）。

这些安排与改编都有特定目的，代表了霍尔腾的意图。舞台布景不是语言，但却是意义丰富的符号——象形的或表意的。霍尔腾希望观众看到，唐豪瑟在这一刻正在经历一个对他以前的价值进行重估的危急时刻。或者说，他在努力改弦易辙，回归纯洁之恋与宗教精神，以及对传统的忠诚，以便远离"维纳斯堡"及其令人生厌的声色犬马。换言之，唐豪瑟希望颠覆此前的价值观。不过，这样的理解实际上是对舞台艺术的简单解释，忽视这一艺术的特殊性，导致将舞台艺术的解释落入某些知识话语窠臼。这样的解释即便不是老套的伦理话语，最多也只是心理学经典中的那些习惯用语。舞台与剧本的关系，好比瓦格纳的音乐与剧本；所不同的是，它用另外一种语言加以表述。布莱希特或许会称之为"社会姿势"（gestus），当然，这仅仅是指其象征意义。在我看来，这一舞台时刻让观众感受到了所谓导演歌剧派的秘密法宝〔导演戏剧派（Regietheater）也是如此〕：它要求观众把作品拆解成意义的碎片，然后把每个部分变成字符，就像画谜一样，让符号及其意义直接呈现。

这种转换有可能失败，或者变得索然无趣。在《唐豪瑟》中有一个多余的人物：伊丽莎白。或许她与唐豪瑟有一个儿子？只是公众不知道而已？或许伊丽莎白与唐豪瑟确实有一个儿子，只是她周围的人不知道，唐豪瑟本人或许也蒙在鼓里？倘若真有这样的不体面之事，那么，以故事明示的纯洁之恋为参照，故事则是一种嘲讽。但是，从前述提到的"社会姿势—审美"来观察，这里存在一种合理的解释：那个儿子不一定非要现身，因为他仅

187 仅是这个独特的象形符号中的一部分；不久，与他无关的其他元素就会一起显现，观众也就不会关注那些不体面的细枝末节了。不难看出，霍尔腾的意图在于表现家庭生活：与维纳斯堡形成对立的并非是纯洁之恋，也不是虔诚的宗教信仰，而是婚姻与家庭，以及人们赋予这一社会机构以意义的某种"真爱"。至少在现代西方或个人主义眼里看来是这样。这一点在霍尔腾改编的《尼伯龙根的指环》中显得尤为明显。故事以大团圆结局，在布伦希尔德的儿子身上，我们看到了瓦格纳的影子，但同时我们又觉得有些不可思议。对瓦格纳歌剧进行非瓦格纳式处理，这种改编无疑带有反叛与率性特点。无论我们如何看待这种现象，我觉得应该将它区别于此前提到的把狂欢场景展示于舞台的做法。对主题进行改编，这种做法实际上属于阐释，因为它始终围绕着某个象征意义展开，而对狂欢场景的舞台处理则具有现代，甚至现代之后（post-contemporary）的风格意味，属于后现代寓言。

在后一种情形中，被切割的符号与意义纵向发生。我们从中或许能够看出后现代性从象征到寓言的发展态势：前者要求作品在形而上意义层面具有统一性，具有柯勒律治的"具体的宇宙"理想；与此不同，寓言——后现代意义上的——不是柯勒律治和华兹华斯反感的那种对旧政权的装饰——以独立的符号回到这一刻，从而对现代主义（浪漫主义）、"宏大叙事"，即，不在场的象征意义的统一结构，均投以蔑视的眼光。这需要一种不同的观看与接受姿态——或者说消费立场——不同于由"伟大作品"引发的文化体系阅读（architectonic）。这种现象早已有之，比如，对待希区柯克或布努埃尔的作品，我们必须抱着对某些形式实验接受的态度去理解。在观看的过程中，我们期待希区柯克用梦幻般的镜头或连续不断的梦境场景展示内容，期待看到纯粹多余的

第七章　欧洲垃圾？还是导演歌剧派？　211

绚丽装饰，例如，电影《火车怪客》（Strangers on a Train）里的网球比赛场景，观众一起左右摇摆，而就在这一刻，发现故事里有个人扭头瞪着你。比如，电影《夺魂索》（Rope）中，演员约翰·道尔拿着绳索站在厨房门中间，突然朝你莞尔一笑。

当然，霍尔腾的《唐豪瑟》未必代表一种全新的阐释立场。唐豪瑟从维纳斯堡回来，朋友们热情欢迎，民歌手则对他冷眼旁观，伊丽莎白恢复了往日的活力，并且提议举行古老的歌唱比赛——所有这些在一个富有资产阶级文化气息的夜晚达到了高潮：人物身着鲜艳的服饰，舞台上摆放着一些躺椅；唐豪瑟得意忘形，无意中向人们透露了他的"情爱"。他低声唱起了参赛歌曲，由于急于表现，不小心碰翻了椅子。贵宾，以及此时原本就对他不信任的朋友们都感到有些难堪，场面一时变得混乱嘈杂。突然，场上喧闹戛然而止，整个场景静止如画；此时，从维纳斯堡传来音乐，当然实际上只有唐豪瑟一人能够听到：如泣如诉的音乐像是在哀求他原谅，又像是向他召唤。

188

霍尔腾对第三幕的处理让人感到有些别扭。地点变为一个墓地，我们看到四周有些高于地面的陵墓。这个场景让我们对伊丽莎白之死感到略有安慰。虽然她的情感并不完全纯洁，但她曾在苍茫暮色中苦苦寻找"坏诗人"（poète maudit）唐豪瑟。而"坏诗人"在比赛时坦陈自己罗马之旅的种种不快，全然忘记了音乐表演。一个硕大的笔记本证实了他在写作方面确有天赋，这一点很快被沃尔特尔（Walther）发现了。这一幕中的文本化处理代表了对歌剧的总体化"阐释"：这种处理对于观众是否具有感染力？或者说，对这部歌剧的改编是否成为人们已经习惯了的某种固定形式？

不管怎样，观众并没有因为《唐豪瑟》在内容层面（瓦格纳对爱、宗教以及诗歌或天赋的展现或许因此得到了提升）的大胆改编而感到愤怒。至于那些从美学角度对这种寓言式多义性提出的种种批评，大多集中于道德与政治层面。其间出现的术语，"欧洲垃圾"（Eurotrash）不仅代表了美国人对欧洲文化自恋的鄙视，它同时也代表了传统现代主义对后现代和大众文化的抨击，强调其缺乏艺术品味。

肯尼斯·布拉纳（Kenneth Branagh）的《魔笛》当然是导演歌剧派中的成功之作。但是，这些让人觉得毫无惊奇感的改编反而使人难以琢磨。《魔笛》将地点安排在一战后的某个乡村，使萨拉斯特罗和夜女王之间的斗争变得生动有趣：前者温和慈祥，是一家难民避难所的负责人，代表光明之国的领袖；后者生性好战，是个战争疯子，她的三位随从都是不正经的护士。在展现塔米诺一见钟情的场景时，导演用黑白色将场景切换到上流社会舞会上，让观众觉得这像是一个"梦境"。序曲本身也是表现一见钟情的最佳形式，这是改编获得成功的一个关键要素，我将在下面谈到。一只蝴蝶飞过空旷宁静的田野，这一场景已经向观众透露了第一个信息（包括男主人公初次出现的那一刻），随后登场的是一位信使，他辗转于两个地点之间，将信件交到一位不知名的将领手中。后来我们知道，这位将领是军团仪仗队的负责人，他一身盛装，准备为即将开始的攻势吹响号角，而主人公则带领着军队踏着音乐节拍奔赴战场。原剧中的"蛇"在这里象征着死亡，剧本对这一情节的安排使得观众对这一意义早已了然于心。这一改编对伯格曼（Bergman）的现代主义版本并无进行任何削减处理。但是，反过来看，成就同样斐然：这部歌剧令人兴奋的音乐体现了布拉纳高超的创新艺术。

布拉纳的改编使得剧中那位原本温和的和平主义者多了一层意义，同时使得达·蓬特（Da Ponte）的作品拥有了前后一致的艺术效果，而这一效果并不是所有歌剧能实现的。我们当然还可

第七章 欧洲垃圾？还是导演歌剧派？ 213

以提出更多的解释，甚至可以从美学角度加以详解。可以佐证的例子很多，比如，罗西（Losey）执导的《唐璜》或哈内克（Haneke）执导的《女人心》[甚至蓬内尔（Ponnelle）的《特里斯坦》]。[1]最能说明这一点的莫过于卡特琳娜·瓦格纳导演的《纽伦堡的名歌手》[2]，该剧大有挑战拜罗伊特艺术之态势，其程度远远比左派对夏侯与布列兹合作的百年《指环》的挑战更令人反感（除了两位艺术家的国籍）。

这里不仅仅是作品本身的问题，当人们把注意力转向《纽伦堡的名歌手》里的歌手贝希梅森和瓦格纳的反犹主义时，关于作品的问题势必涉及意识形态。代之以回避问题，卡特琳娜·瓦格纳由内到外将作品翻了个底朝天，把民族主义放在显著位置；与此相应，让汉斯·萨克斯（Hans Sachs）的颂词以"神圣的德意志艺术"（die heil'ge deutsche Kunst）一语结束（这一处理与剧情及其历史语境完全契合，不过，现在的外国观众常常会因此感到不安）。正如克莱蒙斯·利斯（Clemens Risi）所说，之所以产生这样的效果，是因为导演把人物置于动态关系中，把人物——沃尔特尔、贝希梅森、汉斯·萨克斯——塑造为具有丰富心理活动，并且在变化中显现性格完整性的形象，而不是让他们停留在静止的角色层面。更为重要的是，导演将这些人物置于喜剧情景中，使人物本身成为处理现代情景的现代主义美学手法。得益于这一方法，剧情中的阶级差异在一开始就得到了强化：剧情中的这些"名歌手"（mastersinger）在当时虽然是手工业行会中的工匠，社会地位不高，但他们显然是富裕的市民。真诚但缺乏想象力的贝希梅森便是这样的典型。在这部改编剧的开头部分，萨克斯依然是原来那位慈祥的父亲形象，代表了传统手工业生产者——就他后来的变化而言，这是个坏兆头。沃尔特尔则是傲慢自负的贵族青年，他自鸣得意，一心想跻身于中产阶级。以阶级立场为出发点，同时将两个不同历史情境进行叠加，正是这一处理方式使得这部改编剧富有新意。就贝希梅森和沃尔特尔这两个人物处理而言，变化主要指战后现代艺术的变化：前者将自己打造成先锋艺术家，后者借助媒体获得大奖，成为成功的歌手。至于汉斯·萨克斯，这位本该是德国思想的代表人物最后沦为纳粹分子，不过，他那段长篇演说激情昂扬，大有纽伦堡名歌手风格。这部改编剧揭示了蕴含在瓦格纳作品中的某些元素，同时也表述了对剧情的批评与阐释：这不是说它对《纽伦堡的名歌手》或者瓦格纳作品进行了评判，而是说，它提出了另外一种合理的解释，同时通过创新与改编对原著的意义进行了补充。

　　这部剧中令人难以置信的部分是约翰尼斯之夜。许多德国历史人物（包括瓦格纳）的塑像列队出现在舞台上，场面狂野，像是表示越界行为的某种政治仪式。经历过20世纪60年代，人们对德国美学思想中的激进主义变得习以为常。认为亵渎经典就是对国家政权合法性的挑战，这种现象在法国和英国不多见。在美国反智主义文化中，人们觉得这么做毫无意义：人们早就把高雅艺术当作上层阶级的专属（虽然这里的上层阶级并无明确的阶级定义）。在美国人眼里，这种现象的积极意义最多只是掀起了社会机构披在艺术生产上的那层面纱，比如，德国观念艺术家汉斯·哈克的贡献。就这一现象在德国学术界产生的负面意义而言，它导致艺术低级趣味流行，而这种缺乏艺术鉴赏力的趋势则毫无政治力量。比如，康维茨尼（Konwitschny）的《众神的黄昏》（还有2002年斯图加特版的《指环》，由四个导演完成四部戏），在这部剧中，不谙世事的少年齐格弗里德骑着马，一副踌躇满志的样子。这些处理的确有些夸张，但还不足以说明导演歌剧派只有这些成就。

　　我在这里不妨这样断定（或许有简单结论之嫌），传统歌剧依赖于情节（包括各种自然主义歌剧）——从司各特到雨果——一直借用无声电影时代的表演艺术。从传统到现在这些看似无节制的改编以及备受诟病的"欧洲垃圾"，实际上源于两种潮流：对莎士比亚戏剧的现代实验，以及（颇具反讽意味）现实主义戏剧影响下的新实验。两种态势在发展过程中均具有辩证特点：它们指向现代或当代，但是并没有因此形成自己的传统，而是在发展过程中拆除各种壁垒与成规，将各种实验用于戏剧艺术，同时避免为导演歌剧这一形式加以正名。

实际上，现代版莎剧也没有摒弃古装戏套路，而是将带有时代和政治特点的服饰作为一套全新的符号用于剧情当中。比如，奥森·威尔斯在他的《凯撒大帝》中以意大利法西斯为故事背景，伊恩·麦克伦（Ian McKellen）的《理查德三世》以英国法西斯为历史背景。这种"改编"要求观众有能力辨识历史时期，同时，剧情本身又能以具体且重要的事件明示历史年代（而不是通过评论或介绍来炫耀这类"浪漫古装"有这样或那样的意义）。我们不妨沿着这个思路观察历史断代和时代风格问题（比如，怀旧电影），我们还可以思考根据小说进行的"改编电影"（这个词本身就很值得深思），包括动画片以及有声时代才有的配乐。我们不一定意识到，迪士尼的法宝（他在生产过程中的真正创新——迪士尼本人不会绘画）来自他的一个重大发现，即，必须给荧幕形象配以声音，并且要让形象与声音同步出现又互相约束。在无声片中，配乐必须尽可能跟上画面节奏，但到了有声片时代，情形则不同。迪士尼发现，若要保持动画片自身的特点，就必须让画面与背景音乐同步发生。我觉得，这一发现与人类感官特点有关：与视觉相比，听觉能够更加迅速地处理一个时间单元里的信息。据说人类只需要几秒就能从最初听到的几个音符中判断某个曲子；相对而言，视觉（vision）是零星的、片段的，对于信息的处理只能逐渐成型。因此，在动画片中，一开始出现的音乐能够立刻使观众获得一个完整的意义，而与此相配的画面必须立刻跟上。听觉先于视觉，这一点在自然影片中尤为明显。对那些记录野生动物的影片，迪士尼同样强调配乐，有些配乐甚至让人觉得滑稽（在这种时候，观众的接受与前面说的刚好相反，他们会认为配乐是对动物行为的"指挥"）。

这种看似牵强的比附实际上有助于我们理解新编莎剧中的同步手法。在现代莎剧中，原著的功能相当于音乐，改编必须跟上节奏，并且与之契合。这种要求实际上也是一种制约，使得改编不能任意为之。正是这一特点使得改编这种新文类必须面对自身的形式问题（卢卡奇提出的这个术语很有价值）。这些形式问题的意义类似于哲学范畴的矛盾，赋予改编这种新文类以历史意义。

193　　那么，这种对文本产生的制约机制如何作用于现代莎剧？不妨以《理查德三世》中的一个关键细节加以阐述。无论怎样改编，导演们恐怕都不会忽视那句著名的台词："一匹马！一匹马！用我的王国换一匹马！"对于任何一位莎剧改编者而言，这都是一个富有意义同时又极具挑战的关键点。在伊恩·麦克伦的版本中，他让篡位者的吉普车出了严重故障，成功地展现了这一细节的语境意义。一些现代改编者善于汲取在原著中未被充分展现的某些元素，比如，布拉纳把福丁布拉斯（Fortinbras）塑造为狂热的好战者；代之以领军直入波兰，他一心希望攻战丹麦的艾尔西诺，而实际上在那个时候，国王早已崩溃，艾尔西诺已无须攻战。另外，他为经典悲剧重新安排了一个大团圆结局。这样的处理并不罕见，比如，霍尔腾对《众神的黄昏》的改编——几乎完全改变了脚本。这里的差别相当于海尔穆特·考特那（Helmut Käutner）的《哈姆莱特》（1959）与汤姆·斯托帕特（Tom

Stoppard)的作品，或德里克·贾曼（Derek Jarman）的同性恋题材《暴风雨》；考特那将故事地点安排在纳粹统治期间蓬勃发展的工业"王国"。无论如何，这些通过改编对经典进行的阐释（或重新阐释）都会面临类似的阐释困境。瓦格纳的现代改编也不例外。

改编呈现的另一个态势则有些悖论意味。它将潮流引回到现实主义。具体而言，是东德对现实主义的重新发现，而这又与官方美学思想形成合流。在接下来的讨论中，我们将看到，德意志民主共和国的戏剧传统（从布莱希特理论到戏剧实践）一直致力于哈贝马斯所谓的"补救"（Nachholen）或"追赶现代"以重建艺术传承。相对而言，西德受到地方都市文化影响，成为从现实主义角度展现瓦格纳作品的最佳地点，也为后来的发展奠定了基础。法国导演夏侯在拜罗伊特瓦格纳百年诞辰纪念活动上推出的《指环》（1976）便是一个典型例子。

这里笼统而论的现实主义是指对文本及其内容的忠实。也正是在这个意义上，夏侯以其独特的方式揭示了这一潮流为何在西德得以顺利发展。[3] 另一方面，同样是忠实于文本这一特点使《指环》有了多个改编版——全球迄今为止有十多个版本——并以这种方式使寓言与阐释成为两种对立的模式。这种对立关系源于《指环》本身在形式与类型方面的多样性。当然，对这个总共四个部分、时长16个小时的作品进行改编，必然面临许多困难与选择。

首先，就戏剧与音乐关系而言，《指环》有一个核心问题——瓦格纳本人也没有处理到位（霍尔腾与夏侯都倾向于戏剧而不是音乐）——即，在多个层面同时出现多种选择，因此，导演必须对这些多样性加以有序安排。在音乐中，和声与对位关系是一个对立，前者体现在皮埃尔·布列兹用伴奏展示尼采所说的"微缩主义"(miniaturism)，后者是瓦格纳作品常用的管弦乐中的铜管乐（但凡希望体现瓦格纳风格的音乐家们都舍不得放弃用铜管乐表现振奋感）。第二个问题是古老的神话与我们这里讨论的现代之间的对立。不过，对这些对立面进行模糊化，使意义变得模棱两可，这一特点蕴含在剧情中。从政治层面讲，伟大的统治者和个人自由交替发生，有法的规定性与婚姻关系；神学层面，涉及众神与命运之间的关系、先知或宿命的问题；经济层面，有黄金与生产之间的关系；社会关系层面，有部落制度、封建主义和现代个人主义；心理层面，有分裂的主体，有斯宾诺莎所说的"痛苦的激情"，还有爱情与身份、阉割与权力意志；属于宇宙学范畴的，有土、风、火、水，还有关于传统地位、魔法与变身、魔法药剂与咒语；伦理层面，有信任、妒忌以及复仇之间的共存状态；最后，还有末日主题——众神、半人半神、英雄，以及关于世界是否终将消失的问题。现代改编如果避开上述主题，就不会拥有任何哲学意义，而瓦格纳在歌剧史上的贡献恰恰在于作品的哲学意义。我们这么说并非为了在道德和艺术之间进行划分。或许可以这样认为：瓦格纳让我们从显而易见的形式问题中发现了深层内容，因此促使我们思考那些被括除在"纯艺术"或娱乐（商业）以外的艺术问题。经过改编的作品被搬上了舞台，并且向观众呈现出一种绝对的姿态，即，要么你完全接受，不然就绝对拒绝！瓦格纳——现代主义——试图重新倡导黑格尔的观念，即，宗教之后，艺术成为言说真理、描述世界的主要工具。（在黑格尔看来，当艺术不再承担这些功能，或者说，无法具有这些功能时，艺术就沦为一种装饰品，而这一刻也就是艺术的终结之时）。

那么，这个令人不安的问题是否引发瓦格纳对艺术和哲学的思考？是否意味着他将某种绝对强加给了我们？一些当代学者和研究者曾对我说，对于瓦格纳而言，最重要的是完成作品，把它们呈现给公众。但是，我觉得，这并不代表瓦格纳是个唯美主义者，或是相信"为艺术而艺术"。瓦格纳认为，整个世界，包括政治、社会、革命、历史，都应该围绕"绝对"并且朝着这个向前发展。事实上，瓦格纳一生中有相当长一段时间执迷于这样的信念。不过，倘若我们认为他完全接受某种信条，这是对意识形态的曲解。意识形态是历史语境下现实矛盾的症候与表述。传统戏剧以及对作品的解释坚信有责任对这些矛盾加以展现并提出解决方案，继而将这种或那种意识形态张力变为某种具有一致性的世界观。以现在的眼光看，这种对一致性的要求在瓦格纳作品解释中占据主流；即便我们不能将这种阐释叫作现代主义，至少它带有现代主义方法——在戏剧艺术中，象征和现代主义往往联系在一起。

以阐释作为方法，我们同样可以从霍尔腾的作品中发现更多意义。1976年，夏侯与布列兹在拜罗伊特上演《指环》，此后，恐怕只有霍尔腾的《指环》可以与之比肩。从导演歌剧派艺术角度看，夏侯的版本几乎就是"现实主义"样板，这一特征主要体现在他把瓦格纳看作传统意义上的剧作家，因此，他在塑造人物形象时十分注重人物之间的对话与互动，以此突出戏剧内容（中间伴有用图像替代语言的后现代手法，比如，齐格弗里德的森林之鸟——她能说"森林絮语"——用真实的鸟笼展现）。

文化历史的发展过程极其丰富，同时也充满悖论。关于导演歌剧派的历史，我们或许可以从东德文化生产过程中寻找历史踪迹。在相当长一段时期里，人们对东德一直投以批判的眼光，导致对其文化历史的关注处于缺席状态。德意志民主共和国的戏剧艺术，从布莱希特到歌剧，一直与魏玛传统相伴发展，因此才有了像奥托·克伦佩勒那样的音乐家和柏林克罗尔歌剧。相对于哈贝马斯用"Nachholen"（补救）或"追赶"现代性对西德文化的描述，东德文化与魏玛传统的关系具有更加明显的线性发展特点。导演沃尔特·费森斯坦（Walter Felsenstein）和他的搭档约阿希姆·赫兹（Joachim Herz）、鲁思·伯格豪斯（Ruth Berghaus）曾是轻歌剧院的活跃分子——从后现代角度看，把他们的艺术称为"现实主义"似乎更合适——他们摒弃以往传统过分戏剧化的资产阶级趣味，为后来导演歌剧派的兴起铺平了道路。值得一提的是，后来出现的戏剧改革者都来自东德，他们中有一些继承了那一代大师的传统。（同样值得关注的是，因为有莱比锡学派，我们现在才开始重新认识东德绘画艺术家们的贡献；然而，对电影的研究则远远不够。）

需要强调的是，德意志民主共和国的现实主义与后现代美学存在明显差异，正是这种差异揭示了作品在形式和意识形态层面的矛盾与张力。从美学范畴来看（如果"美学"一词在这里依然适用的话），围绕阐释展开的角力，以及通过阐释让作品中那些充满矛盾的冲动与张力浮现在观众面前，这是问题的核心。瓦格纳作品经得起反复阐释，这种韧性并非源于作品在当时的轰动效应，也不是因为作品与我们当代政治与美学思潮相关（明智的做法是将这些不同层次进行区分，至少应该在基本层面加以划分）：就连瓦格纳本人对作品问题的看法也不足以揭示作品的力量。瓦格纳作品的魅力来自他赋予作品的种种矛盾，更重要的是，他让这些矛盾展现为需要观众进行解释的现象。在上面提到的那些作品中，所有问题无一不是围绕着阐释的重要性，以及将阐释的矛盾与问题作为戏剧问题和文本方式加以展现的艺术。

从这个角度看，《唐豪瑟》以文本形式呈现的主题意义或许有助于我们理解霍尔腾对作品的阐释倾向，也有利于我们更好地理解他在安排结构与细节处理方面的别出心裁。据说，在拜罗伊特彩排时，摄影师彼得·斯坦因曾大胆提问："我能修改故事结局吗?"他因此失去了参加瓦格纳百年诞辰演出活动的机会。霍尔腾却对这种反抗姿态似乎颇为赞赏。在这里,我觉得有必要替夏侯向他表示感谢。在夏侯的《指环》中,布伦希尔德不仅保住了性命,还生下了孩子。这孩子本可以成为英雄,完成齐格弗里德无力承担的使命。我希望我这么说不会破坏大家对这部作品的美好印象。这里有个问题:这一处理契合于瓦格纳有意尝试的多结尾结构吗?——如费尔巴哈和叔本华认为的那样?[4]不管怎样,瓦格纳思想中的确有这样的倾向:他看到的不是世界末日,而是神消失后人的世界。夏侯把握了这一认识。在这部四联剧的最后一部中,我们看到了一个类似于电影《德意志零年》中的时代——人们看着熊熊大火不知所措,片刻之后,人群转向观众,此时幕布徐徐落下。

剧情以这一关键而富有深意的一幕告终。不过,问题依然存在:霍尔腾如此大刀阔斧的改编是否代表他对瓦格纳作品的理解,还是说仅仅代表了他对细节进行了调整?(说到这里,我想强调的是,导演戏剧是一种历史实践,由此我们可以转向另一个问题,即,这种现象包含的后现代含混。)

从电影评论角度做进一步探究……《老方法》(die alte Weise)……我们有必要回到霍尔腾版做进一步分析。剧情开始,莱茵少女变成了傲慢的酒吧女郎,阿尔贝里希是个酒鬼,一副孤独沮丧的样子。他们打情骂俏,暗含着某种不良用意——传统版本都强调他们纵情声色,甚至在夏侯的版本里,他们之所以丧失理性是因为水——在一种具有"特殊效果"的水中游泳——这一处理将观众的注意力转向了客观环境,因而对阿尔贝里希产生几分同情。令人意想不到的是,黄金变成了一位正在裸泳的男子;对于周围的水上酒吧,美国观众是再熟悉不过的了。象征力比多的这个场景与阿尔贝里希对爱情的放弃形成反差。接下来的剧情显示，这仅仅是推向高潮的一个小插曲：仇杀、性、欲望、妒忌、黄金以及阉割相聚发生，构成了这部讲述历史命运神话的核心。将现代服饰用于莎剧——起初这一小小的实验后来被用于改编，并且引发了一股狂飙！不过，这些看似无节制的改编并非完全任意为之：它表述了这部四联剧的意义——欲望与权力关系——如果一味忠实于原著，根据瓦格纳的脚本重新演绎，这些内容很有可能被忽略。从这个角度看，我们就不难理解霍尔腾为何一直谨记瓦格纳的忠告并且严格执行：孩子们！做些新东西！（Kinder! Macht Neues!）

毋庸置疑，霍尔腾看似粗暴的改编实际上强化了《指环》的意义。我将围绕这一点再做阐述。在这之前，我想强调，忠实于原著与改编之间的界限十分微妙。以《唐豪瑟》为例，导演将这部四联剧置于与书写和信息有关的框架中，这一安排令人费解。剧情的开场是在图书馆里，布伦希尔德正在那里寻找自己的前生身世，并得知了那个古老的诅咒。她与其他几位女武士一样，都是众神之王沃坦与大地之神爱尔达的后代。为了重新获得指环，沃坦前去拜访爱尔达，于是便有了一段情缘。按理说，这一处理的目的在于突出本剧与《前夜：莱茵的黄金》之间的剧情关系。从时间上推测，后者讲述的事件比《女武神》至少早十年，因此，接下来呈现的应该是在此之前的景象：众神、巨人、侏儒为了争夺指环与黄金发生的斗争，由此展开这部四联剧的剧情，揭示阿尔贝里希的诅咒。不过，我觉得这一意在创新的结构安排并没有取得应有的效果。有两个原因，首先，观众得琢磨布伦希尔德在图书馆里寻找真相这一事件是在什么时候（在齐格弗里德之前还是之后？）。其次，《莱茵的黄金》本身已经"现代化"。也就是说，令人着迷的神晕已经不复存在。

由于雄伟的殿堂尚未竣工，众神那些高贵的家眷们此时仍然居住在帐篷里。沃坦当时还是个自负又缺乏经验的青年，跟随他的是一帮游手好闲者和亲戚，而这些人因为尚未支付工程款而各怀心思（承包商是一些巨人，他们威胁到，将劫持女神弗莱娅，抢走使众神永葆青春活力的金苹果。我们看到，这个家族的最后"结局"几乎是一个单独的故事，与四联剧中最后一部毫无关系）。

至于那些巨人，他们是行会的组织者，同时也是保护人；这些人来自空中（他们的祖先生活在高山上，与那些生活在洞穴里的侏儒形成对照），寄居在摩天大楼工地上的升降机里。其中一位是坐在轮椅里的残疾人，另一位是个充满活力、好冲动的年轻人。他显然迷上了弗莱娅，后来在因为欠款引发的冲突中丧生（爱情与黄金之间的选择）。他的死亡与阿尔贝里希舍弃爱情形成呼应。

在这个过程中，众神一直等待着律师前来处理合同纠纷。这位律师虽然承诺鼎力相助，但却迟迟没有行动。原著中的火神洛格变成了衣衫褴褛、神情忧虑的小矮个儿（我们相信他有能力解决问题，接下来的剧情也暗示他足智多谋）。与这一人物相应，剧情转向了关于录音和信息的主题，由此推向"前夜"的戏剧冲突。我们看到，洛格在一个笔记本上认真地记录着什么，不时加上一些图形标识，一会儿又在一台古老的圆柱体录音机旁录音。这里的处理以令人意想不到的方式显示其意义：录音机对戏剧中的"神话"进行了重新书写（让我们感到遥远而古老的不是神话或关于世界起源的模糊性，而是让 21 世纪观众关注到原始的录音机）。此外，作品对原著最后一幕的重写也意味深长：无动于衷的沃坦正要走入他的世外桃源时，莱茵少女围住了他，恳求他夺回黄金——不过，黄金在这一幕里是指她们最初的心声，而这一切已经被洛格录入了那台蜡筒式录音机。但是，当初的聆听者并没有出现：霍尔腾用一支毒箭结束了洛格的性命。在原著中，沃坦对洛格十分不满，但只是将他逐出宫殿（洛格回到了代表他本性的火元素）。

至于尼本海姆的地下洞穴景象——我们在改编版中看不出显示侏儒族与巨人差异的手法。阿尔贝里希的"破相"体现为脸上的一个伤疤（观众很快明白是因为一次失败的实验所致），这与坐在轮椅上的法弗纳形成对应——这时舞台上的布景是一个实验室，令人联想到纳粹分子或是弗兰肯斯坦的工作间。阿尔贝里希穿着研究人员的白大褂，侏儒脸上的恐怖神色让人想起历史上的种族灭绝事件。

就在这种童话氛围中，我们体验了霍尔腾非同寻常的音译比附法：可怜的阿尔贝里希受尽了沃坦以其物质元素现身的种种折磨（洛格替他想出了这一取胜策略），使我们领会了指环的意义——一个黄金环状物嵌套着一只手的前臂：为了获得统治世界的权力，沃坦砍下了手臂。

就现代资产阶级戏剧艺术水准而言，这个版本中的《女武神》略显逊色。房子是传统风格，洪丁是经典的集权人物，或者说是纳粹分子，他对外国人充满敌意，尤其是对待像齐格蒙德那样的难民［由斯蒂格·安德森（Stig Anderson）饰演，他同时还饰演齐格弗里德。他演技精湛，观众没有因为两个角色由同一演员扮演而混淆两个人物形象。由他饰演的齐格弗里德是我看过的版本中最生动的形象］。四联剧第一部中的沃坦不同于以往任何一个版本，他虽然年龄偏大，但足智多谋，公平正义，说话略带讽刺［由詹姆斯·约翰逊（James Johnson）饰演］。沃坦神情专注，上场不久就让人看到了瓦格纳（有意或无意）赋予该角色的那种形象：他不同于齐格弗里德，是《指环》的核心人物。至于后者，不管他是神还是人，都是沃坦手里的一张牌。

另外值得一提的当然是布伦希尔德：成熟、富有母爱。随着后面三部剧情发展，我们对她的喜爱逐渐增加。不过，相比于传统版本，这一形象丝毫没有贵妇气派，甚至有些心理脆弱。要表现这些微妙的变化，对于年轻歌剧演员来说并不容易。通过改变故事结尾，以及重写她在《莱茵的黄金》中首次出场时的角色（她了解了一段血腥的历史并为之深感困惑），霍尔腾实际上将这一人物置于四联剧中的中心结构位置。由格温尼斯·琼斯（Gwyneth Jones）饰演的这一人物神秘而严肃，尤其是当她凝神看着深陷厄运的齐格蒙德那一幕（《指环》中有两个最诡秘的场景，这是其中之一，另外一场出现在哈根在睡梦中与阿尔贝里希相见那一刻。夏侯的处理手法比霍尔腾更加巧妙，这或许因为霍尔腾对舞台效果不那么看重之故）。不过，霍尔腾版本中的布伦希尔德［由艾琳·特奥林（Irène Theorin）饰演］使得这一人物由内到外散发着欢欣和愉悦，这一特点在告别那场戏中尤其明显。

齐格蒙德之死在现代观众看来十分残酷。沃坦原本就鄙视洪丁，这一点足以让观众觉得齐格蒙德不必死于洪丁的剑下（他是弗利卡的信使），这一处理当然明显不同于瓦格纳的脚本。

我在前面的阐述中提到，我欣赏安德森饰演的齐格弗里德。他十分精准地表现了这一人物年轻、率性的性格特点，生动地展示了他与米梅在两层楼房间里的争论（像年轻人常有的那样，他噘着嘴跑到楼上，冲进自己的房间）。集表演和歌唱为一体的歌剧演员必须理解为这一角色安排的两件事才能完成"不可能的角色"（夏侯之语）：齐格弗里德杀死米梅，突然迷恋上古德龙（全然忘记与布伦希尔德之间的爱情誓言）。从剧本中我们得知，导致这一急转的是魔药，但是，要把这一急转搬上舞台，就得有一些让人信服的理由，不然就会使情节显得可笑。这个版本对此处理到位：除了强调齐格弗里德年轻幼稚，我们看到，古德龙已经不是原来那个含羞、内向的少女，而是善于诱惑男子上当的荡妇。

米梅之死那一幕，难以自控的愤怒、混乱、后悔以及谴责，这些景象使得观众忽略了一个不太可能的情节：无休止的恼怒与憎恨竟然让这位年轻人对养育他那么多年的恩人痛下杀手！在最传统的观众看来，这种对一系列凶杀的警示，一直被看作恶意掩饰的反犹主义。霍尔腾成功地将原本属于齐格弗里德命运与使命的主题转化为观众对剧情的阐释。

杀死巨龙一幕同样值得深思。有些观众觉得应该直接用一条巨龙展现（夏侯用一只小玩具龙的做法缺乏观看效果），我也这么认为。霍尔腾将自来水管、导管盘绕在一起，让它像巨蟒一样从下水管道里爬出，其蜿蜒蠕动的样子的确让不知情的观众大吃一惊；法纳躲在台下一个角落里，通过一个计算机控制中心监视着地面世界。奄奄一息的巨人对那位年轻的征服者充满担忧，像是一种警示。霍尔腾赋予了这一场景以深刻的意义。我在别的版本中没有看到过类似的处理。沃坦和阿尔贝里希都看到了这一幕以及接下来发生的事。霍尔腾让当时还是个少年的哈根对准其未来的对手开了一枪。

在最后一部戏中，哈根已是带有法西斯性质的黑帮老大。他外形强健，神情凶悍［彼得·克拉文斯（Peter Klaveness）饰演］，他的随从携带着卡拉什尼科夫冲锋枪，戴着防火面罩，一副军事化装备，令人感到恐怖。将《指环》中萎靡颓废的季比洪族人重新塑造成法西斯分子，这种做法在观众眼里并不陌生。让人感到不同寻常的是季比洪的统治者龚特尔［由基多·帕瓦塔鲁（Guido Paevatalu）饰演］：年轻、有活力，但是性格孱弱，易受人影响，他喜欢拉美国家轻喜剧和穿着小股法西斯主义常用的那种军装；他纯粹是名义上的统治者，仅仅用来掩盖接替哈根的统治。我们看到的是20年代纨绔子弟那种游手好闲的样子，他无所事事，喝着鸡尾酒聊天。除了把病恹恹的古鲁特娜改成了极富诱惑力的荡妇（瓦格纳的剧本中并没有证据说不存在这种可能性！），霍尔腾把兄妹关系改得让人联想到存在乱伦关系。另外，不同于大部分传统版本，在装扮成齐格弗里德的龚特尔对布伦希尔德发起第二轮追求那场戏中，龚特尔没有戴着那个具有隐身变形魔力的头盔，而是恢复活力后的龚特尔，这一处理使这一形象与夏侯版本中那个老态龙钟又备受凌辱的老人形成了鲜明对比。比较之下，这个形象令人欣慰。（瓦格纳在这一幕的叙述中有一句词令人费解，当龚特尔向布伦希尔德求婚时他用第三人称和过去时说："布伦希尔德！一个求婚者来了。"）

我已经不止一次提到，传统歌剧强调剧情的重要性，因此，亚里士多德意义上的观众反应也会因此受到抑制，而改编则是对这些抑制成分的释放。约瑟夫·科曼（Joseph Kerman）在比较莎士比亚与威尔第的《奥赛罗》时就提出过这一观点[5]——后者以歌唱表现的抒情性使得剧情本身的"悲悯与敬畏"大打折扣。事实正是这样。当齐格弗里德已经奄奄一息，却再次挣扎着像初恋情人一样向布伦希尔德表述爱慕之情时——"Ach, dieses Auge, ewig nun offen!"——我们却难以感受这场戏本该有的那种悲恸。

最后，我要说说霍尔腾版本中最让我心动的一场戏。这场戏涉及剧中另外一位重要人物，而且形象本身再次体现了我在前面强调的要点：强大的自控力以及对权威的漠视与嘲讽、阿尔贝里希的傲慢、米梅的狡猾与算计、败北于富丽卡后的从容、布伦希尔德背叛在他心中引发的撕心裂肺的痛苦，以及整个计划失败以后表现的坚忍与接受——霍尔腾让剑在齐格弗里德手中断裂，以表示他对自己的否定（在传统版本，通常是用诺顿之剑把它劈成两半）。所有这些改编使人物形象变得丰富，而演员将表演与歌唱融为一体的艺术让这一切得到完美展现。

在最后一幕中,我们看到大地之神爱尔达与沃坦生下的"私生女"——女武神们(富丽卡对她们很不屑)。霍尔腾在处理这一幕时将想象力发挥到了极致。在他俩初次见面时,她就警告沃坦放弃抢夺黄金。爱尔达的打扮像是一位阔绰的职业妇女,跨国公司的CEO之类,她穿着貂皮大衣,忙于处理各种事务。此刻,经过那么多年以后,沃坦在一家高档医院里找到了爱尔达。他向她表示友好,而此时的爱尔达年岁已高,且生命垂危。面对沃坦的好意,爱尔达并没有领情。她责备对方没有善待他们的女儿。的确,时光荏苒,指环时代今非昔比,她的力量几乎枯竭,沃坦不应该出现:这里实际上是一个宏伟的剧院;不过,这同时又是一次证明:不受成规羁绊的后现代主义艺术不会将伟大的经典变得琐碎平庸。

[注释]

[1] 在巴伦博伊姆的版本中,蓬内尔把讲述伊索尔德回来的第三幕展现为特里斯坦的梦境,此时,特里斯坦已经奄奄一息,使得整部歌剧效果不同一般。

[2] 关于这一特点与传统差异,详见:Clemens Risi and David Levin in Robert Sollich, Clemens Risi, Sebastian Reus, and Stephen Jöris, eds, *Angst vor der Zerstörung* (Berlin: Verlag Theater der Zeit, 2008)。

[3] 关于夏侯,以及歌剧和戏剧的关系,见本书第二章。

[4] 这里又让我想起尼采的评论,不妨直接引用:"齐格弗里德……弃绝所有与传统有关的东西,包括对神的敬畏与恐惧。……很长一段时间里,瓦格纳本着这一精神昂扬行驶。毫无疑问,这正是瓦格纳追求的最高境界。可是,接下来呢?不幸发生了。船只遭遇了暗礁,那是叔本华的哲学;搁浅在沙滩上的瓦格纳看到了另一个世界。"见 Friedrich Nietzsche, *The Case of Wagner*, in *The Basic Writings of Nietzsche*, ed. and trans. Walter Kaufmann (New York: Modern Library, 2000), pp. 619-620。

[5] Joseph Kerman, *Opera as Drama* (New York: Vintage, 1959).

第八章　奥特曼与国家民众，民族苦难与总体性

关于"国家""民族"的定义涉及多个方面——地理、语言、国家、民众期待、种族——但很少有人提及以国民集体情感为形式的苦难。"misère"这个法语词在英语里是指"国家苦难"(national misery)。每一个国家都有独特的苦难，隐秘的或公开的，可能是因为国家未能获得独立引发的悲伤，也可能是令人尴尬的神经质或无能感。这里的问题与"文化"无关——无论这里的文化指什么，也不关乎历史的失败（譬如现代德国或过去的塞尔维亚）。但是，这一现象包含了对这些挫败感做出的解释与合理化，同时也暗含了为内心愧疚或自我否定寻找的某种借口，以及由此对文化特殊性的解释（比如，美国尚未实现的医疗保障制度）。在叙事中，第一人称"我"多少带有某种隐藏于心、不被察觉的自卑感；同理，出现在国家叙事中的"我们"，看似充满骄傲，实际上也包含了深刻的羞愧感。导致这种状况的部分原因与他者化机制有关：他者对这一切进行了周密布局，并引导人们的判断。以他者为参照，我们对自己进行解释，并加以正名。这个过程表现为文化上的嫉妒，误以为（毫无根据地）他者的集体性比自己更欢欣、更成功，甚至觉得自己因为某种先天苦难而缺乏这些属性。无论是个人的还是集体的，问题的主要根源还是身份。可以说，身份从来与羞愧感有关，或者说，身份感源于对羞愧进行抑制或躲避。

从这个角度观察，罗伯特·奥特曼（Robert Altman）执导

的电影《人生交叉点》(*Short Cuts*, 1993) 堪称对美国苦难的全景展现。以选择性的筛选为基本手法,这部电影有意避开了一些问题,以建构总体性。有一个镜头展示了正要去度假的一群黑人,但是,故事却不是关于这群人的生活。这里的含义是:黑人可以创作自己的文学或电影,他们的生存状况与身份当由他们自己展现。有钱人同样被括除在镜头之外:从医生的别墅极目远眺,整个城市一览无余,这一画面在电影中重复出现。故事的聚焦对象不是那些靠继承财产或头衔的富人群体,而是工薪阶层。他们中有月薪不菲的医生,也有失业后打发时间的垂钓者。与我们中的某些人一样,他们承受着生活压力。故事地点是洛杉矶,但没有出现好莱坞。小罗伯特·唐尼(Robert Downey Jr.)扮演的角色常常凭着化妆奏效,这使他的演技在二级恐怖片中十分出彩。但是,在这部令人生厌的影片中,由于故事人物本身十分平庸,形象显得猥琐可憎也就十分自然。出现在影片中还有高度职业化的媒体人(电视评论人、驾驶直升机的新闻记者)。汉森(Miriam Hansen)率先注意到利用媒体展开文化争夺战的现象,凯瑟琳·菲茨帕特里克(Kathleen Fitzpattick)在她的《过时的焦虑》(*The Anxiety of Obsolescence*)一书中对此有过详细阐述(对电影与文学包含的文化成就,奥特曼却是满怀信心,我在下文将会对此做进一步阐述)。当然,《人生交叉点》中的媒体尚未发达到这个程度。总之,这部电影集中展示了中产阶层的家庭生活,即,关于美国梦的故事。故事中不见工业场景,也没有工作场景,尽是些带有报复意味的服务业(美发、色情场所、夜总会、面包房、医院)。把这部电影称为妇女电影或许更合适(或许奥特曼执导的电影大都如此)?我觉得电影基本上是关于两性之间的战争,夫妻不和构成了基本主题:婚前、婚后以及离婚之后,都是如此。

第八章 奥特曼与国家民众，民族苦难与总体性 231

战场是在家庭内部，夫妻之间，都与空间有关。具体而言，是关于单个家庭中的一些生活琐事。"私人"一词的意识形态意义常让人想到个体与空间之间的对立关系，以至于这个词已经变得没有意义。我们或许可以把《纳什维尔》(Nashville, 1975)看作一部关于公共空间的电影，三部曲中的《一个婚礼》(1978)是关于公共与私人空间——这个电影中的私人空间是美国生活——不过，这里的私人空间已无隐私与秘密可言，而是一个不堪的活动场所。

使得问题变得有些复杂的是，这部电影是根据文学作品进行的改编。有一部电影叫作《漫长的告别》(The Long Goodbye, 1973)，与这部根据雷蒙德·钱德勒 (Raymond Chandler) 小说改编的电影一样，《人生交叉点》与原著的差异（差异很大）值得研究。在讨论这个话题之前，我不妨先就电影改编略做概述（我曾对这一现象有过专门阐述）。[1] 我的总体观点是：小说与电影改编不存在价值对等（也有这样的情况：先有电影，后来被改编为小说，这里姑且不论）。在我看来，小说与电影改编，二者中总有一项占据上风：或是一部伟大的小说被改成了一部平庸的电影，或是一部精彩的电影被写成一部二流小说；无论何者胜出，我们都会感到失望。原著与改编难分上下，这种情形比较罕见。我想讨论的正是价值发生对等的一个特例。例子是塔科夫斯基根据斯坦尼斯拉夫·莱姆 (Stanislaw Lem) 的小说《索拉里斯》(Solaris) 改编的电影。莱姆是个伏尔泰式的怀疑论者，他用科幻小说表述这样一个观点：即使存在外星生命，人类也不可能与之进行真正的交流。有人在一个叫作"索拉里斯"的大洋里发现了外星生命。人类为了寻找外星生命付出的努力以及失败构成了小说的主要内容。塔科夫斯基的电影虽然把小说中的情节搬上了银幕，但给人的感觉完全不同。这位导演相信神秘主义，经他改编的故事总是带有宗教色彩，同时又有普鲁斯特式的怀旧意味。在电影中，人们怀念过去在地球上发生的事情，比如，宇航员思念过世的父母，怀念孩提时代居住的别墅，回望旧日好时光。我觉得，只有当两位艺术家在精神气质上截然不同时，电影改编才有可能成功；如果原著与改编各自表述，而不是后者对前者的复制，那么，这已经完全不是改编。

如何看待《人生交叉点》？众所周知，这部电影不是以一部文学作品为基础的改编，而是把雷蒙德·卡佛（Raymond Carver）多个短篇进行合并后的改编，这就使问题变得更加复杂。奥特曼把好几个故事整合在一起，有些仅仅是选取了部分内容，有些则是与原著一致。这样的改编超出了一般意义上的"改编"，因而不再具有根据单部小说进行改编的那种统一效果。

值得一提的是，擅长创作短篇故事的作家，其作品特征的鲜明度往往大于长篇小说家。卡佛于1988年离世，他到现在仍然被视为美国当代小说的领军人物之一。他从未写过长篇小说，但他的故事构成了一个独特的世界。后人将他的故事称作"卡佛的世界"（Carver Country），并用漫画书形式加以展示，以凸显故事世界里的美国西北部特征。与此同时，他的个人生活，比如，贫困、酗酒、大器晚成，以及创作灵感，也成了人们津津乐道的传奇。

要想把握卡佛作品的文学意义，我们就得回到原点，首先得了解现代美国小说领域的两位大师——福克纳与海明威。人们一般把这两位作家分别放在两个极端上加以观察，以强调美国文学中的两个极端：前者代表极繁主义（maximalism），后者代表极简主义（minimalism）。这两个术语最早出现在音乐与绘画艺术中，后来才进入文学领域。不过，在我们当前的讨论语境中，它们指文学范畴的概念。福克纳生活在美国南方，在修辞艺术方面

第八章　奥特曼与国家民众，民族苦难与总体性　　233

深受演说与南方基督教布道传统影响，在风格和形式上表现为极繁主义：冗长的句子、堆砌的辞藻在他的作品中可谓俯拾皆是；他的小说建构了一个个想象世界，引导读者从一个故事到另一个故事。在这些传奇般的叙事中，各个短篇故事与生活片段之间密切相关。

与此不同，海明威是极简主义代表。在他的作品中，我们经常读到低调叙述（understatement），感受到人物意味深长的沉默，以及因为抑制导致的叙述张力。海明威的小说在读者心中总能引发强烈的反应，其程度难以用语言描述。可以说，他发明了一种方法，使得故事中的某些内容在某个瞬间可以被完全省略。当然，福克纳也有自己打动读者的叙事手法。如果说历史是福克纳小说的主题，人际关系则是海明威作品的重点，其中情侣、夫妻关系尤其重要。我觉得海明威小说中堪称上品的只有他早期的两部作品，故事背景均在欧洲。当然，他的后期小说没有一部描写美国生活。可以确定的是，海明威的早期短篇故事风格独特，开创了美国文学新风格。

卡佛的极简主义继承了海明威开创的传统，而福克纳的继承者却在美国以外，比如，拉美文学大爆炸时期的魔幻现实主义作家，以及萨尔曼·拉什迪（Salman Rushdie）和君特·格拉斯（Günter Grass），包括中国和非洲的新小说。至于他在国内的影响，主要体现在历史虚构小说，以及堆砌的辞藻的风格上，如今这类作品已经很难见到。

那么，什么是奥特曼的风格？他在处理卡佛作品过程中表现了哪些原创性？对这些问题，我们现在或许有了更多的了解：他把 9 个故事合成一个，使之成为一部集中展示洛杉矶生活的电影。前述论及改编时提到了一个基本差异，我们不妨将这种改编称为纪念碑式的背叛（monumental betrayal）。在卡佛的作品中，一个个片段构成了西北部城市生活，孤独的男人、不幸的婚姻、失业、酗酒、堆满废旧汽车和轮胎的后院，等等；奥特曼将这些片段拼接在一起，将场景置换成阳光灿烂的、人口众多的加利福尼亚州，使观众以为故事发生在北美最大的一个城市里。我的意思不是说改编后的故事人物比原著多了些快乐，少了些孤独，而是说，电影以人口密集的城市为地点，这一手法使得人的孤独感变得更加突出。这种孤独感不是生理或情感意义上的，而是一种具有形而上意义上的。故事的氛围发生了变化，这或许是我们理解这部电影的关键，沿着这一思路，我们才能明白为什么说奥特曼看似背叛的改编恰恰代表了他对原著的忠实。以阅读经验为参照，观看这样的改编有助于我们把握卡佛作品的意义。当然，这仅仅是理解的第一步。

让我们从电影的画幅（frame）进入对这部影片的讨论。1981年，一种叫作果蝇的害虫侵袭着加州（全球第5大经济体，也是全球最大的农业产地之一），灾情十分严重。对付虫灾的唯一办法是使用一种叫作马拉硫磷的杀虫剂，使害虫丧失繁殖能力。也就是说，通过扼杀幼虫来减轻灾害程度；而马拉硫磷必须通过空气喷洒，因此，无论是立法机构还是普通市民，都表示抵制。当时的加州州长——在当时是该州历史上最年轻的州长，也是迄今为止最年长的州长——擅自做出了一个极具破坏力的决定，命令用直升机在整个州上空喷洒农药。有人认为这相当于非法政变。

电影以这一令人恐慌的场景开始。当人们闻到刺鼻的气味时立刻联想起越南战争。沉睡的城市上空，一排排直升机伴随着轰鸣声盘旋上升，大量的有毒气体洒向无辜的市民。展现在观众眼前的是直升机俯瞰下的整个洛杉矶城，城市灯光在夜色中熠熠生辉。在这一镜头展示的整体画面中，我们看到市民们惊恐无比，

第八章　奥特曼与国家民众，民族苦难与总体性　　235

有的冲进屋子关上门窗，有的人顺着直升机噪音仰望天空，满脸惊恐。越南战争以后，飞机在人们眼里一直象征着战争、死亡和毁灭。（不妨把这一点与下面即将展开的讨论进行联系。第二天出场的第一位人物是位飞行员，而在前一天晚上他还是对这场灾难毫不知情的电视评论员。）

20世纪70年代，奥特曼因为执导电影《陆军野战医院》（1970）一举成名，由他执导的《人生交叉点》以这样的场景开始，令人回味。

电影开场一幕让人觉得某种威胁正在逼近。不过，对于奥特曼而言，至关重要的是用一个结尾将多种威胁统摄在一起，使故事的意义超越灾难事件本身。这一处理手法在他导演的电影中一贯如此。他擅长利用城市生活素材，同时又不拘泥于这一题材的套路（顺便一提，我觉得观众很难从电影里确认故事地点：加州的唐尼？洛杉矶的康普顿或瓦茨？还是加州的波莫纳？或是亚利桑那州的格伦代尔），这种模糊性含义丰富。奥特曼利用各种恢宏的场面，使画面与情节形成意义对举；直到最后观众才发现，既不是洛杉矶，也不是加州其他城市，而是虚构故事里的某个地方。

这部电影以地震作为结尾，而这也是预料之中。就像标语"大地震"（The Big One）一样，在加州，但凡有人提及这个词，人们就会想起那场大灾难以及令人恐怖的景象：高楼轰然倒塌，整个加州顿时向海岸一边倾斜。"别是大地震！"这句带有救赎和祈福意味的流行语经常出现在日常生活中，表示绝处逢生之意。这几乎就是奥特曼用于表述他强烈乐观主义的最后招式。在《人生交叉点》中，他用这一手法表现人类处于困境时的应对方式。《纳什维尔》结尾时，画面上突然出现了一群人，他们唱着布鲁斯，强烈的感染力使得观众摆脱了由于暗杀主题导致的低落情绪；《漫长的告别》结尾时，逐渐淡出镜头的是古尔德（Elliot

Gould）饰演的飞利浦·马洛，只见他一副乐天派的样子，背后则是满天的晚霞。这种修正式改编让那些读过钱德勒原著的人很容易摆脱原著结尾产生的感伤情绪。

这也是《人生交叉点》的基本调子。以爵士歌手的女儿，即，那位大提琴手为引子，讲述歌手本人的故事，从而将几个生活片段进行合并，使得片段之间形成了结构上的连续性。这当然不是原著中的写法，这一处理在影片中与富有感染力的音乐相得益彰。电影要处理的另一个形式问题是如何展示情节高潮。卡佛的小说缺乏传统意义上的情节高潮，如何处理这一差异变得颇有难度。首先，是否必须安排一个核心事件，或是用一个核心事件统领其余事件？其次，是否每个故事线都得有情节高潮？这有点像 12 音列体系派作曲家面临的结构问题：12 个音符可以按照任意顺序排成一个序列，但是，一旦出现重复，哪怕是瞬间消失的重复，都会导致一种调性变为本调，而这就会使整个音列失去平衡，继而导致 12 音列全部失衡。（这一原理同样存在于电影明星体系：一部电影中倘若没有主角与中心人物，剧中所有演员在观众眼里都是明星。）

总之，既要复制原著中的故事，同时又要使原著的故事产生新意。（我认为这是改编的关键，这里既涉及奥特曼与卡佛的关系，同时又有电影与文学之间的关系。）就这部电影而言，使得这一问题迎刃而解的一刻出现在故事中段，父亲［凯西（Casey）的祖父］向他儿子——那位电视台新闻节目评论人——说出自己当年失踪的真相，同时讲述由此导致婚姻失败的原因，此时，由杰克·莱蒙（Jack Lemmon）饰演的人物完全以美国式的方式演绎这一角色，目的是为了让观众相信其真实性；然而，人物/演员，以及他在讲述那件蠢事时的别扭劲儿，都让观众感到尴尬；喋喋不休的独白（儿子的缄默，漠然的表情）使得这一场景令人

第八章　奥特曼与国家民众，民族苦难与总体性　　237

难以捉摸，但同时又让人觉得另有深意。在这部电影中，每个人物都在讲述过去的事件，试图解开秘密，探寻真相：当你拥有说话机会并且可以道出心声时，便是这种情形；至于听众，则多少有些阿谀作态。至于影片中那个为了生计从事电话色情服务的女士，人们或许认为，这个故事的重点在于营造氛围，但是，那位女士用"虚拟现实"形容色情电话服务，我觉得这是一个败笔，不然，整个故事集堪称完美。

让我们回到电影本身。在接下来的讨论中，我将尽可能不使用理论术语。除了前述提到的情节高潮，我会提到节奏、同源词（cognates）、情节、前后呼应、迂回以及与之相应的情节缠绕（knots）和分叉（splitting）。此外，还有与意义相关的主题——该词源于文学研究而不是绘画或图像学。另外，还有空间。关于空间的讨论十分重要，这不仅仅因为电影媒介的特殊性，同时也因为故事发生在洛杉矶。

值得一提的是，前述称之为结构的问题同时也是空间问题。电影以一个全景画面开始，随后展示这一场景下的各种冲突，将观众的注意力带到日常生活空间。所有故事都发生在独户住宅中，这一安排使得故事氛围具有一种压抑感。影片没有关于太平洋的镜头（也不见大沙漠），影片对这一省略没有相应的解释。从故事本身来看，这一省略似乎有点不合情理。〔关于三位垂钓者的故事中略有自然景色——他们徒步行走了3个小时，至于从哪儿到哪儿，我们不得而知。同样，去贝科菲尔德（Bakersfield）参加葬礼得驱车三四个小时，途中经过哪些地方，影片也没有展示。另外，关于公园里的那个场景，虽然有一些自然景观，但是很快就发生了大地震。〕独户庭院里有一个泳池，不过，原本属于大自然的水在这里已然是人类居住环境中的一个元素，指向一个封闭的空间整体。在摄影机的作用下，独门独院的房子成为既封闭又开放的一个视觉空间,不过,这个空间遭遇了一次袭击:贝蒂的前夫、直升机飞行员盛怒之下用电锯把贝蒂的家切了个遍,只剩一片狼藉。后来,等到吸尘器销售员前来清理干净后,家只不过是一个空壳。这个时候出现的清理工犹如这一幕的客串演员:"我看到了一切,我知道怎么处理这样的局面。"毒气可能摧毁空间,震动导致的破坏力同样巨大,所不同的是,遭到袭击后的空间被掏空了内容,就像电影改编一样,让你看到不同于原著的一个新故事。

至于电影的主题和意义,我觉得代表主题和意义的符号已经转化为视觉艺术。在这个过程中,主题和意义被稀释,符号的所指也被掏空,对于人际关系的理解被置于意义之上。换言之,电影让你感到:眼睛看到了,大脑就无须思考。从电影艺术角度看,这是电影艺术期待的效果。就这里讨论的例子而言,实现这一效果的手段是将多个情节进行合并,用多故事结构替代巴赞的长镜头,同时,通过增加视觉节奏感使观众领悟电影呈现的某种主题。从这个角度理解,电影里那位大提琴手的尸体并不象征死亡,而是她在泳池里裸泳时与裸体形成对应关系的一个同源替代物(cognate)。

节奏与同源略有差异。为了说明这一点,我得使用一些术语。节奏用于描述多个情节线之间的关系,而同源多义指单个的客体。当然,后者也以某种方式表现为押韵。我觉得应该用某个术语加以区别——比如说,同形同音异义词(homonyms),即,指代多个事物的某个词语或声音——为的是将相似性与差异性进行结合并以某一事物体现,不过,这一事物本身未必等于作品的主题或意义。

在这部电影中,小罗伯特·唐尼饰演的角色是一位从事化妆品生意的买卖人。滑稽演员的打扮,以及人物看到照片时的恐怖神

第八章 奥特曼与国家民众，民族苦难与总体性 239

情，还有垂钓者发现的女尸以及拍摄的照片，以一种循环方式展示几个事件之间的情节缠绕（knots）——这又是一个新术语，例如，影片中的两伙人同时去取照片时误取了对方的照片，双方都认为错不在自己，并且将对方看作变态者。在这种情形下，同源替代成为一个主题，它复制了观看者的创造力，把所有事物整合为一个统一的故事。当然，这实际上是个假象。电影化妆的虚假性将问题引向了摄影复制及其真实性或虚假性问题，但观众可能认为电话技术（色情电话与模拟性服务）是这部电影的主题。

这恰恰是问题的关键，它提醒我们关注作品意义与阐释这两驾马车之间的竞争关系。前述提到，一方面是关于电影意义的阐释行为，另一方面是出自人物之口的"虚拟现实"及其引发的阐释冲动，二者之间充满张力。在影片中，这句台词出自一位性工作者之口，影片对这一插曲的处理有些别扭。这里的意义关联，或者说意象之间的相关性或替代关系，似乎表明电影讲述的是关于仿真与虚拟（make-believe），是对美国生活虚幻本质的展现。影片讲述发生在洛杉矶的故事，意义是关于景观社会、影像世界的意识形态，包括所谓"高理论"（High Theory）对当代信息社会的理论描述。我们是否可以这样认为呢？在我看来，这一结论和阐释并不恰当，原因在于它没有考虑到电影媒介在生产意义过程占据的中心位置。即使这类电影都是如此，这部电影的意义不在于此。不久以前苏珊·桑塔格（Susan Sontag）写过一篇具有影响力的文章，名为《反对阐释》。这里的"阐释"是指学术界对文学作品的标准化解释，也就是我们这里提到的作品意义与主题，基本上是从道德或形而上学层面对人类生活状况的阐释：奥特曼执导的电影、卡佛小说关于当代美国人生活挫败感的描述，均是如此。（在这种解释框架中，"生活的无意义感"这一命题本身就是电影的"意义"。）我觉得，这样的解释如果能够揭示更多的历史与本土语境,意义或许会丰富一些:比如说,关于加州或者华盛顿州的生活状况,20世纪90年代后期资本主义条件下人们的生活挫败感。

214 　　有人认为,所谓的"高理论"已经无法为富有创造力的作家提供有用的思想。当然,德里达的差异概念另当别论。关注身份与种族的艺术家们对差异仍然怀有热情。需要说明的是,奥特曼本人对身份和种族理论毫无兴趣。他在谈及自己执导的电影时曾说过,他基本上是从技术层面关注电影艺术。提到在不同故事之间来回跳跃这一手法时,他说自己关心的是如何让观众在镜头切换中记住人物与故事(电影有几个地方突然转向另一个故事)。这些技术问题十分有趣,令人想到艾柯对擅长创作系列故事作家的分析,如,19世纪作家狄更斯、尤金·苏(Eugène Sue)。[2]

　　这里的隐含意思是,我们应该将作家的创作和导演对故事的技术处理与阐释活动进行区分,无论是读者还是观众,是批评家还是理论家,是从单纯的理论层面还是具体的阐释,都应该如此。我对此有不同看法。我觉得,无论如何,都应该有一个社会历史视角,这是我们将两个问题联系在一起的关键。就这里讨论的例子而言,两个问题集中体现在文类上,揭示了技术处理与阐释方法合而为一的局面。文类具有规律性,并且在创造性的使用中得到发展。它在历史中形成,因而具有特定社会意义。我们不妨沿着这一思路对《人生交叉点》进行深入分析,以揭示与短篇故事有关的总体性。

　　前述提到同源多义:比如,公寓里的观赏鱼象征了某个阶层特有的奢侈(同时也是一种审美),与此不同,几个男人为了躲避辛劳与家庭琐事一起外出钓鱼,钓到的鱼儿最后到了一位医生手里,成为烧烤聚餐会上的美味。很显然,这里的"同源多义"是,一些具有社会意义、带有阶级属性的刻板套话聚合在一起,

第八章　奥特曼与国家民众，民族苦难与总体性　　241

在其具体叙事语境中产生不同的意义。我们在这里有必要关注某些节奏，正是它们使得叙事或故事各部分之间形成关系，避免观众将注意力停留在个别事物或母题上。换言之，同源多义使得个别事物成为母题。

种种联想容易使我们认为是主题将几个故事联系在一起：例如，在直升机场面中的多种交通工具，盘旋在空中的直升机、警官的摩托车队，还有导致孩子不幸丧命的小汽车。此外，渔民们前往的度假地，以及那个凸显工作日与休息日差异的公园。另外，出轨的丈夫驾驶着豪华轿车（虽然故事情节并没有因为这个镜头而有所改变；实际上，奥特曼在这里为了篇幅起见省略了卡佛原著中的一个故事。）——豪华轿车使得阶级主题变得明确：崭新的小轿车总是出现在富人区，破旧的汽车则总是在工人阶级区域，等等。不过，在我看来，与其说这些是表述主题的方法，倒不如说是利用某种具有统领作用的套话实现的视觉效果：星罗棋布的高速公路、随处可见的私家车，点明了洛杉矶城市特点。著名的建筑史研究者雷纳·班汉姆（Reyner Banham）出版过一部关于洛杉矶的专著。他在书中提到，为了了解城市特点，他不得不学会开车（他此前在一些传统城市生活时不必如此）。[3] 然而，这是否是另一种阐释诱惑？人们总以为电影蕴含某种"意义"？在我看来，这是构成总体性的一个成分。我们看到，总体性需要一套策略性的省略机制。在这部电影中，某些潜在的主题一直处于运作状态，使得不连贯的素材铰链在一起，成为单一总体性中的结构成分。当然，在整个过程中，每一个故事呈现的是彼此间的差异性。

随着情节发展，我们从一个故事进入另一个故事。这个过程总有一些信息引发我们注意：比如，那位警官的职业与私生活，以及对他生活产生深刻影响的孩子。影片在讲述其他几对夫妻的故事时都没有提及孩子，不过，我们能够感受到这种缺席的存在。小男孩不幸死亡，祖父悲伤不已，但他却以令人尴尬的方式突然来到医院，这一幕将这种缺席推向了高潮。与死亡场景形成对应的另一个镜头聚焦于那位女招待的女儿（邻居、打篮球的伙伴，她同样因为小男孩离世感到悲痛），她得知车祸与一位突然到访的朋友有关。一对富有"艺术气质"的姐妹，她们的母亲实际上就是那位女招待。母亲失去孩子后整日与借酒浇愁的丈夫在一起打发时间，如此等等。对于那位滑稽演员而言，儿童是她工作的对象。不过，电影叙述的重点不是孩子们的生活——在故事结构中，孩子只是点缀，就像家里的摆设一样。

　　值得注意的是，故事的节奏一方面趋于某种单一的意义或阐释，同时显现为意义多样性。让我们回到有关意象的讨论：几位垂钓者看到漂浮在小河里的裸体女尸、大提琴手在游泳池里裸泳。（对人生怀有失意感的那位泳池清洁工受人撺掇，先是偷窥，后来在公园里竟然因为愤怒谋杀了一个女孩。）这两起事件包含了三个死亡事件，指向同一母题，而三个事件都与小男孩凯西之死形成情节呼应；当然，前面两起事件均未构成情节高潮，从而有别于凯西之死。影片没有正面展现女孩为什么会死在小河里，对于大提琴手自杀（包括其父之死），也没有详细交代，这一处理手法与她谜一样的性格相呼应。公园里的残暴行为，与其说是谋杀，倒不如说是象征性的强奸。与影片结尾出现的地震类似，这一场景凸显了事件本身的荒诞与无意义，令人联想到《李尔王》的故事情节，其修辞意义类似于新批评的"情感谬误"，所不同的是，这里的修辞体现为戏仿。不过，凯西之死具有特殊意义，值得我们思索。奥特曼曾说过，凯西之死是"一个完整的故事"，是"这部电影的核心结构"，也是"搬上银幕后的卡佛故事中最完整的一个"[4]。

第八章 奥特曼与国家民众，民族苦难与总体性　　243

倘若真是如此，那么，这个特殊的故事实际上被巧妙地嵌入了由多个故事和片段交织而成的多条情节线中。在阅读故事与观看电影的过程中，我们的注意力常常被引向故事之间的某些交叉点，我把这些交叉点称为回环（用法语说是"carrefours"）。前述提到，影片中有一个令人意外的情节——女招待有两个女儿，她有过两次婚姻，两任前夫的职业分别是医生和警察——相较于故事中的其他意外，这一情节本身并不奇特，不过，这些"意外"都属于文本（textual）事件，而非叙述（diegetic）事件。这就有点像侦探小说常有的折叠结构：一面是故事世界"现实生活"里的事件，另一面是对案件展开侦查以及在这个过程中我们期待予以揭示的真相，后者构成了故事的第二层叙事。可以肯定的是，两种叙事都属于作品内部，但我们觉得它们均指向文本外世界，或者以为它们分别属于文本世界里的不同层面。有时候，第二层面的事件的确属于作品外部，比如，福克纳通过悬置某些信息使本不是秘密的事件成为秘密，继而使读者成为故事的侦探，而当读者以为发现了真相时，作者却告诉读者实际的事实。这类"阅读的事件"（readerly event）虽然不属于作品内部，但是，经过阅读成为读者对作品的记忆。

这种情形在奥特曼的电影中略有不同：作者/电影导演将自己隐匿在读者与作品关系后面，使我们没有意识到有关人物背景的叙述来自作者/电影导演，甚至以为故事背景是不同故事、不同情节之间的交汇点。在影片中，垂钓者中的一位实际上是滑稽演员的丈夫，后来他还参加了那两对夫妇的晚宴（这一人物形象十分重要，代表了卡佛小说中典型的失业者），这些交叉结构形成了回旋式往复（roundabouts），即，某些情节原先属于不同故事，而读者以为情节进程将朝着不同方向推进；但是，作家赋予作品以总体结构，同时，这种结构中又暗含了一个个具有离心力

217

的多重情节，促使不同故事分别发展，直至它们在某个点上汇合。或者说，每个人物都是一系列命运的集合体，由不同叙事构成的合成体，就像哲学范畴的实体一样，具有各自不同的属性（以经验体现）。这一观点与当代有关"多重主体立场"（multiple subject-position）具有一致性，表现为对自我中心观念的拒绝。奥特曼之前，有关城市的电影表现为由不同偶然性混合而成的统一体趋势。但在奥特曼的电影中，我们看到的不是传统的"有机同一性"（organic totality），而是近似于拉康的"并非全部"。

这里的区别虽然十分微妙，但却很重要，值得我们细察。体现这一区别的新文类代表了新的历史经验、与主体相应的多重他者和多重立场，以及全球化（如果你喜欢用这个词的话）。这里不仅仅指一种前所未有的、独特的人类经验，而是说，主体得到了延伸与扩展，甚至是将它推至某种极限。我们这里或许可以引出关于集体合作的讨论，不过，我们必须首先考虑与这种集体展现有关的基础构架〔我在前面的讨论中提到，这是奥特曼十分看重的实验形式之一，集中体现在《纳什维尔》和《一个婚礼》中；在《成衣》（*Prêt-à-Porter*，1994）和《高斯福德庄园》（*Gosford Park*，2001）〕中则不太明显——电影本身以明星合作方式强调集体劳动的重要意义。如果这一观点成立，这里的问题就像乔治·皮尔斯·贝克（George Pierce Baker）认为的那样，对莎士比亚戏剧形式与表演产生巨大影响的是演员之间的集体性；或者，像麦克格尔（McGurl）阐述的那样，作品的结构方式实为团队工作的写作痕迹。[5] 倘若真是如此，那么，我们有理由认为：奥特曼在处理手法和选择演员方面独具匠心，更重要的是，他把这种独特性展现为源于物质基础的集体想象。

在这种独特的集体多样性（collective multiplicity）中，回旋式往复这种形式处理显得别具一格。人物关系刚刚建立，便被观

第八章　奥特曼与国家民众，民族苦难与总体性　　245

众发现。传统的共时结构（"与此同时，这个时候，森林中的另一个地方……"）在此情形下变为一种不同的时间模式，一种更加适合于用苹果手机表现的或然性与单一性（奥特曼具有前瞻性地呈现了这一点，虽然在电影中没有使用手机技术）。在影片中，人物所处的某个当下孕育了过去：晚餐会引发了嫉妒心；30年后的父子危机源于父亲当年的过错；爵士乐歌手对往事的回忆、垂钓者最终说出晚回家的原因、他妻子得知真相后的反感与焦灼，以及两性在忠诚与背叛之间的交替。凡此种种，都是这部电影以叙述现在的方式对多重时间加以展现的独特手法，表现了"对其他时间性的冲击"（亚历山大·克鲁格语），以及将其他时间吸纳进一个现在（a Now）的结构方式；在这种时候，就连等待这种行为也与未来无关。等待在这里的意义等同于垂钓与喝酒；同样，漂浮在小河里的裸体女尸期待着以倒叙方式得到"呈现"。

　　当然，影片中还有缅怀过去的庆典活动，穿插其中的爵士乐便是如此。当然，这些活动并不顺利，大部分都以失败告终——周末假期、聚餐会、野炊与野餐、咖啡小歇、儿童派对……除了音乐会和音乐对影片的外部效应，只有一场出奇的成功，随即，便是剧终，将观众带回到影片中一直存在的那条主线。影片为什么比卡佛的原著更受欢迎？

　　应该看到，卡佛的作品在某些方面算不上极简主义代表。在海明威的笔下，故事犹如奥特曼电影中的直升机，受控于那位满腔愤怒的飞行员，而不是像那位电视评论员似的，听完他父亲的陈述仍然不动声色，让人无法琢磨其内心世界。但是，另一方面，卡佛也只能如此安排，任由那位失业者躺在沙发上，日复一日，在醉醺醺的状态中虚度光阴；如果卡佛是真正的极简主义小说家，他就不会用饱蘸感情的笔触描写面包房里那位伙计的忏悔。出现在故事结尾处的这段描写值得我们细加评述：

接着,他开始叙述。他们仔细地听着。他们感到疲劳与悲愤,但还是耐心听他絮叨。当面包师傅说到自己进入中年后感到孤独、怀疑、无助时,他们频频点头。他说,他没有孩子,这么多年了,他孑然一身,那是什么样的感觉。他每天的活动就是围着烤箱重复劳动,没完没了,空洞乏味。他为聚会和喜庆活动准备各色蛋糕。他将一对小人摆在婚礼蛋糕上,记不清已经摆了多少对:上百对?不,上千对,就这样日复一日地制作蛋糕。想想那些点燃的蜡烛,得有多少蛋糕。所以说,他的行业是必需的。他是面包师傅。他很高兴自己不是在花店干活。相比之下,为人们提供食物的工作更好一些。无论如何,蛋糕的香味比花儿好闻。[6]

说到这里,或许是我们讨论与卡佛极简主义相关问题的合适时刻,而这一问题又与托马斯·沃尔夫(Thomas Wolfe)的极繁主义相映成趣。沃尔夫的编辑麦克斯威尔·帕金斯(Maxwell Perkins)是一位天才,他对这位作家的大量作品进行了精挑细选,使得删减后的作品受人欢迎;卡佛的编辑戈登·利希(Gordon Lish)也颇有见地,他对卡佛原本不多的短篇再做删减,使之成为真正的极简主义作品,而这并非卡佛的本意。[7]他删除的正是我引文强调的那些情感活动。当然,这些揭示人物内心活动的段落并非卡佛擅长的。

这个故事的主要情节在面包师傅出现之前就开始了,但是,真正重要的情节却发生在小男孩死后。与传统故事结构一样,这个故事相当于两条故事线之间的一个插曲(由此可见,就电影整体性而言,奥特曼对这类插曲进行了放大处理,或者说,他把这个插曲放在故事地点以外的空间)。当然,核心的故事线在这种结构形成过程中被横切了好几次:第一,我们看到,一位女士驾驶小汽车,撞倒了小男孩,最终致其死亡;随着另一条故事线发展,

第八章　奥特曼与国家民众，民族苦难与总体性　　247

我们得知她是一家餐馆的招待。第二，一位不受欢迎的父亲多次出现在医院里，并且自言自语地说个没完；再有，也是很重要的一点，面包师傅的电话［奥特曼把孩子的名字改为凯西（Casey），目的在于将最不堪的色情电话引入这一结构］，也就是说，把前面引文中的文字变为由面包师傅口述，讲述他的无能与沮丧。到此为止，故事进展完美，也可以就此结束；这个带有荒唐意味但却富有震撼力的插曲与时间性相关（生日蛋糕还没有烤好，小男孩就离世了），与我在前面提到的那样，这些故事同步发生。

这是个带有宗教意味的故事，一次意想不到的圣餐及其离奇故事，掰开圣饼一幕出现在悲剧中场。仪式上没有薄饼和红酒，只有刚刚烤好、三人共享的一个蛋糕；这个场景完全出乎预料，令人吃惊到了让人忘却其他一切，就连死亡也被抛在脑后（我觉得这是这场仪式中的首要意义）。奥特曼就是这样对原著进行了重要的改编：将卡佛笔下那些令人灰心丧气的故事变成了使人欢喜的电影。换言之，奥特曼将美国苦难变成了充满欢乐的一场庆典。

［注释］

［1］In Colin MacCabe and Kathleen Murray, eds, *True to the Spirit: Film Adaptation and the Question of Fidelity* (New York: Oxford University Press, 2011).

［2］Umberto Echo, *The Limits of Interpretation* (Oxford: Wiley, 1991), chapter 5: "interpreting Serials".

［3］Reyner Banham, *Los Angeles: The Architecture of Four Ecologies* (Berkeley: University of California Press, 2009).

［4］David Thomson, ed. *Altman on Altman*. London: Faber & Faber, 2006, p. 164.

［5］见后面第十三章。

［6］Raymond Carver "A Small, Good Thing", in *Collected Stories* (New York: Library of America, 2009), p. 424.

［7］D. T. Max, "The Carver Chronicles", *New York Times Magazine*, August 9, 1998, p. 131.

第九章　全球神经漫游者

小说《神经漫游者》（*A Global Neuromancer*）出版已有 30 年，这么长的岁月足以使它成为经典。作品出版于 1984 年，这与奥威尔的《1984》形成反讽，使得作品富有象征意义。不过，这种联想仅仅发生在某些读者身上，他们将奥威尔视为经典，或认为奥威尔与科幻小说有关，或认为作品具有深刻政治思想。然而，将两部作品做一类比，这将有助于我们看到反乌托邦与乌托邦、抑制与欢快之间暗含的反转关系。我在别处提到过，大部分所谓的"赛博朋克"（cyberpunk）①［开始于吉布森（William Gibson）的小说《神经漫游者》（*Neuromancer*）］带有乌托邦意味，其驱动力源于 20 世纪 90 年代的"非理性亢奋"（irrational exuberance），以及某些关于封建商业的传奇故事。我这里想到的是布鲁斯·斯特林（Bruce Sterling）②，而不是阴郁的吉布森；吉布森在描述后现代人口过剩（"the sprawl"）时采用了一种中立态度，而不是像哈里森（Harrison）和布鲁纳（Brunner）那样带有马尔萨斯式的警告姿态。不过，《神经漫游者》以及随后的作品在精神气质上全然不同于摩尔（More）和贝拉米（Bellamy）刻画的乌托邦蓝图，也有别于傅立叶（Charles Fourier）和恩斯特·卡伦巴赫（Ernest Callenbach）的描绘。在我看来，乌托邦，

---

① 意思是有关电脑与网络的科幻作品。这里采用音译。
② 布鲁斯·斯特林（Bruce Sterling, 1954—　），美国科幻小说家。代表作品有《分裂矩阵》（*Schismatrix*）、《网络孤岛》（*Islands in the Net*）。

尤其是卡伦巴赫那部富有活力的《生态乌托邦》（*Ecotopia*，1968）是这类作品中的最后代表。由此，我提出一个核心观点，自卡伦巴赫以后，乌托邦并没有将电脑、赛博朋克和信息技术纳入自己的形式之中。《生态乌托邦》出版时互联网尚未诞生，不管互联网在当时激发了什么样的幻想——的确有过不少令人眩目的幻想，大众传播、民主等——这些幻想都没有像传统乌托邦那样勾勒出具有建构性的蓝图。此外，近年来的一些乌托邦作品，如，古德温（Barbara Goodwin）的杰作《彩票的正义》（1992）、金·斯坦利·罗宾逊（Kim Stanley Robinson）具有里程碑意义的《火星三部曲》（*Mars Trilogy*，1993—1996），都以暗示为手法表述乌托邦思想，也曾产生了广泛影响，但是，作品描述的赛博空间并不是后现代社会生活中的新维度。

　　在这种情形下，吉布森的"赛博空间"显得尤为重要。该词是否为他所创？就这一问题展开的争议以及其他问题的讨论对文学史家而言富有意义。这个词因为吉布森变得时髦，随后，出现了一种叫作赛博朋克的文学流派，而这两个词均与吉布森有关；这一点，恐怕无人质疑。我想提醒大家注意，赛博空间是一种文学发明。不管我们每天有多少时间坐在电脑前面，赛博空间实际上并不存在。有人认为存在这样一个空间：它完全不同于我们置身其中的经验物质世界，这样的空间事实上并不存在；也没有这样一个空间，我们可以进去并且把身体留在里面。有人以为这种体验发生在吸毒后，或者认为是人在狂喜时的一种幻觉。总之，这仅仅是诱惑我们信以为真的文学想象。正如"非物质劳动"（immaterial labor）这个概念一样，形成于后现代初期的这种想法具有历史原因，它大大超越了电脑与互联网技术的发展速度。在文化历史上是否有过类似的"信念"，错把某个文学意象或比喻当作事实？"宫廷爱情"（courtly love）——丹尼斯·德·卢日蒙（Denis de Rougement）[1]称之为异端的 12 世纪伽他利派——或许是这样的例子。通过文学作品中的恶人形象进行传播，并在文学夸张中得到强化的邪恶概念或许是另一个例子。然而，难道这些不是意识形态素——具有意识形态意义的某些观念的系统投射——而是我们以为的客观"现实"？

为了探讨这个问题，我们有必要对吉布森作品中的赛博空间进行更加细致的观察，探究其中的奥妙：比如，它是否是个新概念？是否反映了所谓由信息技术开创的新历史？就内容而言（包括形式上的新颖性），它在何种程度上反映了这一新现实（无论是晚期资本主义的"真实基础"还是作为产业技术第三阶段的"中立"结构）？它如何为当代其他意识形态提供新养分？我们该如何看待？它是进步的？还是反动的？（不管是否真有历史终结，）它具有非历史性特点，并且与人类相伴。如果从哲学层面思考，我们还得探究它在何种程度上与人们普遍接受的虚拟性具有相关性？德勒兹在他的著述中提到了虚拟概念，这个概念本身是对信息技术这一现实的反映，但他并没有就二者关系加以阐述。

由克卢特（Clute）和尼克斯（Nichols）主编的《科幻小说百科全书》值得借鉴。我们不妨以其中的词条"赛博空间"开始讨论：

> ［据说，吉布森的］科幻小说观念十分传统，这也是科学工作者们热议的要点。在他的想象中，未来世界里的人脑与神经系统（生物学意义上的）能够直接干预全球信息网络；实现这一目标，只需要将装有人类神经的电极植入一台联网的电脑（也称赛博平台）。依照吉布森的说法，进入网络的人脑能看到网络空间，犹如在实际空间中一样，"两厢情愿的迷恋，构成了互为幻想的矩阵"……［赛博空间］是

一种特殊的空间，它是想象的但同时又是可能存在的空间；用一个更通俗的词语来形容，它是一个虚拟现实（virtual reality），即，一种由机器生产的场景，但是在观看者或"进入者"眼里，它却是"真实的"，尽管程度不同。[2]

这一解释带有明显的电影技术意味。这一点体现在小说的相关描述中。例如，故事情节进入高潮时，主人公闯入了宫殿般的虚拟空间。摄影技术对此场景进行了特殊处理，使得人物表现出失重感。例如，主人公用力往前蹬着穿过房门和走廊：

> 梅尔科（Maelcum）用力往前蹬了一脚前行。凯斯听到，从他前方某个地方传来嘎嘎吱吱的声响，是打印机作业声。他跟着梅尔科穿过一个通道，听到打印机的响声变得更大了。很快，他们进入了一大堆缠绕在一起的打印资料。凯斯抓过一条歪曲的纸带看了一眼……梅尔科往旁边一台瑞士健身机器上蹬了一脚，随即越过飘浮在空中的打印件，他将飘到眼前的纸张捋到一旁。[3]

如今小说艺术或许必须与电影技术展开竞争。我想到了肯·罗素（Ken Russell）执导、比《神经漫游者》早两年的电影《变形博士》（*Altered States*，1980）。《电子争霸战》（*Tron*，1982）无疑是第一部讲述人类进入电脑的电影（吉布森说过，这部电影让他感到有些紧张）。凯瑟琳·比格罗（Kathryn Bigelow）的《末世纪暴潮》（*Strange Days*，1995）则是这类经典中的代表。在这部电影中，一个人的感官经验被移植到另一个人的经验世界里，就像商品一样流通（关于这一问题，下文将展开讨论）。此外，便是大家都知道的《黑客帝国》（*Matrix*，1999）。对电视产生的恐惧感，这一题材出现得更早，可以追溯到20世纪80年代从《录影带谋杀案》（*Videodrome*）到《无尽的玩笑》（*Infinite*

Jest)。从吉布森开始，当代文化出现了对仿真的追捧，从这个角度看，吉布森具有预见性。自居伊·德波（Guy Debord）提出"仿真"，后经鲍德里亚（Baudrillard）的理论化，这一概念的内涵已经十分丰富。吉布森自称，他写作《神经漫游者》用的是传统打字机，如果真是这样，那么，我们完全可以认为，他对我们这个时代具有相当的预见性。

同时，我们应该看到，前面引用的那段文字与 3D 电影具有相关性——银幕上的走廊向着远处延伸，像一个深深的洞穴；人物飘浮在这个空间里，不时地用腿往前踢蹬，纸张从一旁的打印机里不断涌出，不一会儿便塞满了走廊。可见，赛博空间里的"空间"只能从字面上加以理解，这种展现的根本目的在于建立一个象征。用电影技术对某个对象进行呈现，呈现的对象相当于小说以语言方式建构的二度展现，即，将某个抽象概念进行倒转。在下面的讨论中，我们将回到这个问题并加以阐述。

值得一提的是，《神经漫游者》的情节结构包含需要加以区分的两个方面。一方面，是抢劫故事（heist story），或者叫作犯罪故事（caper story）。多人联手合作，准备从一家高端星际电脑公司窃取一件宝物（硬盘驱动器），公司总部建在某个卫星上。故事结局显示，偷窃仅仅是一个巧妙的幌子，背后是两家全球网络公司之间的竞争，以及为了成为宇宙网络巨头进行的合并〔故事情节与雷·库尔兹威尔（Ray Kurzwell）在他那本轰动一时的《智能机器时代》中描述的后人类有相近之处。类似情形同样出现在 1970 年的电影《巨人：福宾计划》（*Colossus：The Forbin Project*）中〕。这一情节构架可以追溯到冷战时期或类似的地缘政治局势当中，但是，就我们讨论的对象而言，这仅仅是一个叙事引子，真正的议题是关于赛博空间的展现。

偷窃或犯罪不属于科幻小说情节要素，而是犯罪或黑帮电影中的典型事件。我想强调，这类故事同样蕴含乌托邦冲动。具体而言，是指布洛赫所说的那种秘密的或者无意识的乌托邦冲动。作为人的特质，乌托邦精神存在于人类一切活动中，只不过人们不一定意识到。这里的类比接近于弗洛伊德关于本能冲动的阐述，所不同的是，弗洛伊德的冲动基本上停留在生理层面。然而，倘若我们把乌托邦看作集体冲动，把人类视为群体动物，或许可以把生理意义搁置不论。我的意思是，影片中的偷窃情节是乌托邦冲动的反转表述，因为它实现了集体劳动未被异化这一梦想。众所周知，现代集体化生产依照劳动分工进行，通常根据产品的属性而定——亚当·斯密（Adam Smith）列举的大头针制作过程便是如此。就我们这里的讨论来说，偷窃，同样涉及劳动分工——得有人打开保险柜，还得有个身手敏捷的人从窗户进入室内，有人解除防盗预警系统，有人开车，入室后的步骤也得有人精心安排，最重要的还得有人充当核心人物，像政治领袖一样负责整个过程。不过，这些人物都得有各自的特点，每个人都不一样，因此各种因为性格差异导致的冲突也时常发生。物体的技术特征，即便没有被消解，至少也是被赋予了人性与人格特点。如同管弦乐队中的各种乐器，新生的集体精神犹如一种新型心理结构，含有内部的差异和矛盾。在这种情形下，乌托邦思想成为一种投射，代表了一个关于生产的寓言式叙事。

　　这里的理论困境是有关劳动的文学与艺术展现：工业产品几乎都没有其固有的必然性。不过，生产过程却耐人寻味：无论是香肠［电影《一切安好》（Tout va bien）］，还是机器零件［电影《激情》（Passion）］，或是夜壶［亨利·詹姆斯小说《使节》（Ambassadors）对此含糊其词］，这些产品本身并无审美必然性，除非我们赋予它们某种象征。凡是能够产生剩余价值和利润的产品都具有同质化特点。围绕偷窃展开叙述的故事展现了这样一个事实：瞄准对象，直奔主题，不管是现金、黄金、证券，或是别的什么东西。这一处理手法缩短了关于寻求物体意义的叙事距离。这类作品由此显示了否定的、批判的、去神秘化的一面。

吉布森的小说同样是对同一性的微观展现：有黑客、女武士、死者、拉斯特法里信仰者、全息幻术师。还有一位疯疯癫癫的退伍军人，他原本有些分裂的精神世界被人工智能占领。故事后来显示，人工智能原来是一台庞大机器的核心灵魂。所有这一切实际上是一套高度集合的技术，它们常常作用于一些有缺陷的人物。比如那位死者，他的思想成了整个组织构架中的一个基本程序。当然，人物之间以不同方式形成互补关系。这种集体行为实际上受制于巨型计算机的编程，以保持他们之间的联盟与变化；在这种情形下，乌托邦让位于一种更像是联姻的关系（即便不是宗教意义上的），其深层的内涵也遭到了抑制（这类冲动的结局基本上都是如此）。

说到这里，我们或许应该引出另外一个问题：赛博朋克令人欢欣鼓舞的一面与雷姆·库拉斯（Rem Koolhaas）所称"拥塞文化"（culture of congestion）密切相关：全球城市人口过剩，到处都是中心，边缘已不复存在（或者说边缘已变为中心）。当然，这仍然是乌托邦冲动的另一种表述，只不过不再以特殊性呈现。可以肯定的是，这是全球化条件下的投射，是对资本主义第三阶段的先兆展现，也称后现代性。

我们有必要对这部电影中的赛博空间进行更深入的分析。主人公凯斯是一位黑客，他全身上下都有插孔，以便随时与新的、更大的网络空间进行连接。这一方法在一定程度上轻松地解决了长期以来困扰哲学家的身心二元问题，虽然它仍然是唯心的。凯斯必须抛弃肉身，把身体看作"行尸走肉"。唯心主义必须通过否定肉身表述自我，这听上去颇有些悖论意味（这当然罕见），说明唯心主义必须通过否定物质来肯定"精神"（spirit）的首要性，从而确认物质对立面的存在（无论如何定义）。从柏拉图到伯格森的唯心主义哲学史，一直如此。然而，在赛博空间里，我们面对的是两个平行的非物质世界。

通过改变赛博空间里的物质世界，凯斯实现了对物质世界的干预：这听上去像是说，松果体使笛卡尔的思想发生了改变，反过来对身体产生影响。对于凯斯来说，他的任务不仅仅是协调整个团队，更重要的是，他得与信息系统进行连接。为此，他得首先进入系统。在叙述他进入系统后看到的情景时，作者有这样一段描写：

"网络起源于古老而原始的游戏，"画外音说，"源于早期图形程序和军事颅骨接入口实验。"索尼显示器上，空间战的二维画面渐渐消失，出现一大片数学函数生成的蕨类植物，展示对数螺旋线的各种空间形态；蓝色的军事录像片段闪过，用于测试系统的实验室动物被接入，还有坦克和战机火力控制回路的头盔。"赛博空间。每天一起感受这种幻觉的合法操作者遍及全球，包括正在学习数学的儿童。……它是对人类所有电脑数据进行抽象后产生的图形展现。其复杂程度难以想象。它是排列在大脑非空间里的思维之光，是群集的数据。像城市灯光，渐渐减弱……"（p.51）

"像城市灯光，渐渐减弱……"这个比喻值得回味，它暗示了城市空间里各种互相关联的信息，同时也揭示了信息投射的方式。很显然，数量的增加并不能构成图形，除非图形已经是被编码的一个个纵队，并且顺着屏幕从上到下不断出现。城市景观本身也没有某种与数字接近的象征意义，除非二者都涉及多种关系的聚合。事实上，数字本身代表了许多复杂而具体的情景在展现层面的变化，它们指代的对象或是贫困国家里的一场好收成，一个货运合同，或是法律体系、警察机关、海关官员、街边卖场、商人、组织者、书店老板，等等。

赛博空间是系统里的一些通道，它由一个时刻向着另一个时刻延伸，是一些将整个运作控制在一起的节点与终端。在我们讨论的偷窃情节中，这些通道同时还是一些出入口，人物很容易进去，也容易获得目标。在赛博空间里，根本的目标当然是信息。

在赛博空间里，有着类似于科幻小说里常有的矩阵空间或全息平台。之所以这么命名，是因为它是一个模拟的三维空间，以全息图呈现。赛博空间比这个复杂得多，因为它的目的不是制造幻影或模拟。当然，在《神经漫游者》里，的确存在幻影和模拟。但是，这里的全息图不一样，只有计量生物学图谱与建筑师的设计图可以与之类比：通常，建筑物的三维空间以二维呈现。在赛博空间里，由数字构成的想象中的城市拔地而起，它们是城市的设计图而不是城市本身。换言之，它已经是一个抽象，如同代表抽象的一种特定语言或符码，就像数字与数学符号一样，本身就是这样的符码——这是我一直竭力阐述的观点。它不完全是视觉的，或者说，不是文艺复兴绘画艺术中的模仿（透视，也是一种语言，其目的在于制造像是现实的幻觉，以替代把它当作符号的观念）。吉布森的赛博空间将整个抽象降级到了第二度模拟。用城市指代信息网络是第一层抽象，而建筑师对该城市的抽象展现则将它变为二度。在赛博空间里，这个二度抽象通过移动位置来展现。正如我们在小说中看到的，聚焦不断发生移动，我们跟随人物在入口和峡谷中进进出出，越过各种障碍，在新系统的虚拟空间中越行越远：

> 凯斯的病毒已经钻出一个洞，穿透了陈列室的程序冰墙。他用力挤进去，发现是一个浩瀚的蓝色空间，密密麻麻

228

的淡蓝色霓虹网格上缀满了用颜色编码的圆球。在矩阵空间的虚无里，任何一个数据的主观维度大得无穷无尽；以凯斯的仙台病毒（Sendai）操作台测算，一个儿童玩具计算器可能就是几条基本命令上的无穷沟壑，无尽空虚。凯斯开始输入一段序列，那是芬兰人从一个毒瘾极大的中层员工手里买来的。随后他从那些圆球中间滑翔而过，如同在隐形轨道上滑行。

到了，就是这个。

他闯进一个球体。头顶上是冰凉的蓝色霓虹穹顶，没有星星，光滑得如同结了一层霜的玻璃。他启动一个子程序，开始修改核心管理命令。

该出来了。病毒缓缓推出，重新封上洞口的编码层。

完工。(p.63)

在这段关于赛博空间的描述中，禁入区、障碍以及安检系统，还有冰层，已然是现实；而这在建筑领域并不存在——只有在勒·柯布西耶（Le Corbusier）的"行程"（trajectories）概念中才能以动态或动感展现。现在，我们都知道什么是黑客。他们受雇于人，任务是入侵封闭的网络系统。在网络系统里，除了密码，还有其他许多戒备森严的管制。凯斯堪称典型的黑客。不过，在这个新型的未来赛博空间里，他的身体进入其中并与之连接，网络系统里这些强大的防入侵措施有可能进入黑客的大脑，导致其短路。下面一段文字描述了凯斯刚进入系统时看到的景象：

眼前出现了他的家乡，他的祖国，他感觉不到距离，只见一张透明的 3D 棋盘朝着无尽的远方伸展。透过内在之眼，他看到三菱美国银行的绿色方块，后面是东部沿海核裂变管理局的猩红色金字塔,十分耀眼;在遥不可及的更远、更高的地方,是军队系统的螺旋臂;极目处熠熠发光的,是雪白的冰墙,赫然矗立,封闭森严。这些都是他进入赛博空间之前必须攻破的封闭系统,他必须用新型病毒以及携带的设备开始入侵。(p.52)

凯斯这里的体验,或者说吉布森的描述为我们展现了赛博空间的第一个特征:将抽象降级到第二层的奇特属性,此时,人物已经进入了一层层印着各种数字密码的纸张堆中,这些纸张本身就是对实际商业、利润和交易的抽象,而此刻都变成了图像,类似于建筑图纸,是对三维模型的二维展现。原则上,这种二度抽象可能消耗吉布森的信息世界。近年来,在建筑领域,但凡有些才华的建筑师都在探索所谓的"纸建筑"(paper architecture),目的在于使那些复杂的、无法建造的东西得到展现;要将这些无法想象的空间成为现实,一个有效的途径是利用上述提到的那些奇特的视觉抽象技术,也就是所谓的公理化映射(axiomatic projection)。模拟展现一度让我们看到房子将会是什么样子,或者建筑竣工后需要哪些服务设施;与之相比,公理化映射更有趣。在这个新的模拟层面,出现在想象世界里同时又可以被认知的是一个由各种关系构成的新维度——勒·柯布西耶形容的穿越空间的"行程"——此刻被强化到了一种无法测量的程度。这里看似后现代的视觉展现恰恰是对连接在一起的各种关系进行的测绘,其复杂性类似于斯宾诺莎提出的"关联性"(rerum concatenatio)——物自身内部多种矢量之间的关系,即,我们无法用感官感知的潜在的、看不见的世界。这是一种总体性,不过,它一直处于变化、发展与蜕变中,是一个有着自己目的的系统。我们,至少凯斯,可以对这种总体性进行干预。

这种总体性不是关于事物,而是关于事物之间的关系,包括处于不断变化中的关系。我们应该如何理解？不妨以电影中的监视场景为例作一说明。绑匪终于来电话了，但是，窃听显示，电话所在地不是底特律；从远程实时监听系统得知，电话也不是来自日内瓦。技术员对这个神秘电话进行跟踪，从一个洲到另一个洲，一个地点到另一个地点，几乎绕了半个地球，最后却发现绑匪就在附近，甚至就在隔壁，或者下一个街区，可是已经太迟了。整个过程像是发生在一张世界地图上，留下了一条弯弯曲曲、毫无意义的线条。这一切即使不会干扰判断，至少会误导认知，这就是全球化的认知测绘。这种现象表明，我们不可能将不可通约的事物联系在一起，也不能将无法展现的对象限定在某种单一思维中。

接下来我将提出这样一个观点：就目前为止，这种无法展现的总体性在科幻小说中因为文学样式的独特性得到呈现，体现为金融资本——晚期资本主义最独特的特性之一（也可以把它看作全球化或者后现代性的特点，只是强调的方面不同而已）。我在这里无意对有关金融资本主义的最新研究进行全面综述，不过，为了将吉布森的赛博空间置于这种新的抽象中加以讨论，我想顺带提一下"金融资本主义"这一概念的由来。顺便一提，金融资本主义在马克思理论中并非作为一个重要的概念出现。

把金融资本主义视为资本主义发展过程中的一个阶段，并从理论上对它进行理论化，这一尝试出现在一战之前［提出这一概念的是澳大利亚经济学家鲁道夫·希法亭（Rudolf Hilferding）①，他是奥斯维辛集中营幸存者，相信社会主义，后来成为奥地利总统］：其理论观点与列宁将垄断看作资本主义最高也是最后阶段的观点

---

① 鲁道夫·希法亭（Rudolf Hilferding, 1877—1941），澳大利亚经济学家，1910年在他的《金融资本》一书中首次提出"金融资本"概念。

具有相似性；以资本主义在 20 世纪历险与发展来看，这个概念并不十分恰当。

令人期待已久的一部著作是杰奥瓦尼·阿瑞基（Giovanni Arrighi）的《漫长的 20 世纪》（The Long Twentieth Century）。作者在该书中提出了一种新的理论，改变了我们对资本主义发展阶段的认识。阿瑞基开篇引用了著名历史学家费尔南·布罗代尔（Fernand Braudel）的一段话："资本主义发展的这一阶段，即，金融扩张阶段，似乎宣布资本主义进入成熟期：资本主义的秋天即将到来。"[4] 当市场出现饱和状态时，资本主义显然成熟了：随着生产减缓，冰箱、汽车、个人电脑等不再拥有需求市场，生产领域总体上不再有大的拓展；金融投机此时应运而生，而利润必须从这个更高、更抽象的领域得到实现；资本通过证券市场和与之相关的机构获得利润，投资于自身，通过吞噬自己获得活力。阿瑞基的洞见揭示了资本主义发展的三个阶段：首先是市场形成以及占有；其次是生产领域的饱和；最后是成熟阶段，即，形成金融资本并在趋于停滞的经济中占据主导位置。

有必要对这一描述做一点补充。在全球化进程中，资本主义中心通过有系统的置换进行拓展：从意大利的热那亚及其城邦到西班牙，从西班牙到荷兰，从荷兰到英国，最后转到美国。资本主义中心在每个停留地都经历了三个阶段，最后才进入金融资本主义，然后寻找其他可能性，以进一步前行。美国目前显然处于金融资本主义阶段，各种投机性数不胜数。资本在这个阶段完成自我消耗以后会出现什么情形？我们现在不能提前下结论，而是要站在阿瑞基的立场上，静观其变。（中国制造及其巨大的市场在未来较长时间里意味着某种影子。）

这一理论对我们思考其他许多问题都有启发意义；就我们这里讨论的议题而言，一个直接相关的问题是关于资本主义与艺术文化的关系。我想在金融资本主义与抽象化之间做一个类比。我得首先申明：这里的抽象化不同于我们熟悉的现代抽象。在现代主义艺术中，抽象化朝着自身的非喻形性（non-figurality，也被称作抽象化）发展。青年时期的威廉·沃林格（Wilhelm Worringer）① 对这一过程进行了理论化，并对后人研究产生深远影响：在活力论（vitalism）广为接受时期（19世纪末），当时还是学生的沃林格写了一部后来成为经典的著作。他把有机论置于抽象形式对面，前者代表生命力，后者代表抽象与死亡，内容涉及从埃及到当时方兴未艾的立体主义。[5] 这里的意识形态意义十分明显，指向当时的社会氛围——重视技术同时又对技术备感焦虑——海德格尔就是一个例子，还有第一次世界大战彰显的技术。但是，强调有机论的新艺术不久便销声匿迹，沃林格的立场逐渐变为展现与抽象、传统资产阶级艺术与现代主义运动之间的矛盾。我认为，在后现代主义时期，这里的问题已经不是现代主义的抽象化。比如，当代绘画领域主张回归展现的姿态与自然毫无关系，至于有机论的意识形态，如果依然存在，基本上也已经遭到排斥与摒弃。

后现代抽象的特点是信息抽象化：看似具体的视觉形象通过广告传播被抽象化。抽象化在视觉领域已是陈词滥调，不再具有内涵。赛博空间期待在文学样式中得到展现的正是这种新的抽象。

在全球化条件下，与艺术形式抽象形对应关系的正是新形势下的新形式——金融资本。世界从20世纪90年代开始进入资本主义新阶段，即，产生利润与剩余价值的不是生产，而是投机。以土地投机为例，利用老城区中层社会民居进行交易，通过转

---

① 威廉·沃林格（Wilhelm Worringer，1881—1965），德国理论家。

手、出租或出售商业区，以获取天价利润。钱生钱，对本国货币进行买进卖出，快速成交，这期间发生的利润上涨或下跌并不对应于货币代表的实体生产，而是与市场为这种交易提供的利润对应。这是明显的投机行为。如今，大多数人处于全球化条件下，生活质量依赖于当地货币力度，他们用工资购买生活必需品，而这些物品大都依赖进口，因此，货币投机对于大多数人而言具有灾难性影响。此外，货币投机对于债务国更是如此，原因在于这些国家长期受到国际货币基金组织以及其他国际机构的控制。

我的意思是，这种货币投机方式本身已经被抽象、虚化为数字与代币，代表更高一层的交易和投机，几乎就是证券交易所显示器上的数字或图表。以前以黄金衡量的实际价值变成了纸质代币；那些实体替代物，不管是纸还是别的，都被置换成了电脑里的数字和密码，毫无实质属性，也无稳定的固定价值。在投机行为中，公司及其物质生产与股票的价值之间不存在直接对应关系（虽然不能将二者进行长时间分离）。所以说，当前出现的是一种新型的、脱离实体的抽象化，如同结构主义描述的符号与能指世界，而这正是文学和艺术以赛博空间呈现的新情形。

可见，赛博空间里以建筑物和城市景观对公理化抽象进行展现，而这极大地促进了对这种现象进行叙事的可能性：凯斯可以穿透、探索这个空间；为了找到防火墙里的薄弱点，寻找进入系统的最佳通道，他从一层移动到另一层，重新策划，设置埋伏，等等：

> 凯斯点击一下，寻找瑞士银行的位置，只见赛博空间晃了一下后变得模糊，但很快重新凝固。东部沿海核聚变管理局不见了，取而代之的是形状整齐的瑞士商业银行。他再次点击伯尔尼的位置。

"上去吧,"思想盒子说,"你会很兴奋的。"

他们沿着光网一层层上升,有个蓝光在闪烁。

就是这儿了,凯斯想。

冬寂是一个简单的方块白光。过分简单意味着实际上非常复杂。

凯斯在方块白光上输入四个格点。其空白的外壁顿时变得高大无比,矗立在他面前,隐约透出里面闪动的阴影,似乎有成千上万名舞者在一面巨大的磨砂玻璃后面飞旋。

"它知道我们来了。"扁平线说。(pp. 115–116)

晚期资本主义(也称资本主义第三阶段),后拟人化同一性(post-anthropomorphic totality)急剧扩充,出现了各种新的不可通约性,现代主义已经不再适用于解释这一情形;面对这样的困境,科幻小说,尤其像吉布森那样富有历史意蕴的笔法,为我们提供了既是后现实主义又是后现代主义的视角,让我们感受到个体与不同现实之间的关系,从而了解我们难以依靠感知、认知与思考去理解的那些不同现实。正是在这个意义上,文学对那些我们只能以直觉感受的历史变化进行了记录。就这一点而言,《神经漫游者》堪称一个里程碑,标志着人类进入了一个不同的历史时期。

抽象化不是唯一特征。只有当我们观察到系统的另一个特征,同时看到它对抽象化进行展现并与之形成对峙关系时,我们才能充分理解吉布森的这部小说。这就是人们称之为"模拟刺激"(simstim)[①] 的另一个特征,意思是对刺激进行模拟:即,使得操作者进入另外一个人的身体与思想,同时又没有干预他/她的思想和行动。这种视觉形式产生于植入感觉系统的装置,使

[①] simstim,是 simulation 和 stimulation 的简单写法"sim"和"stim"的合成。

得被植入者"在现实中"充当盗贼,在吉布森的小说中是那个叫作莫里的剃刀女孩。当凯斯将超控器切换到模拟刺激时,他在那一刻已经进入莫里的体内,随着对方在别墅里走动,他通过她的眼睛看到现实世界里的保镖和各种防卫设置。事实上,凯斯所做的是在这两种截然不同的功能之间进行切换:在赛博空间里,他是跟踪破坏防御系统的"破冰者",当他切换到模拟刺激模式时,他通过系统定位在某个地点直接体验经验世界。

赛博空间带有纸建筑和公理化设计的特点;模拟刺激则相当于第一人称叙述的电影故事。对于奥逊·威尔逊(Orson Welles)而言,这是老套路(他有心拍摄但最终未能如愿的《黑暗之心》),不过,罗伯特·蒙哥马利执导并参演的电影《湖上艳尸》(*Lady in the Lake*, 1946,根据钱德勒小说改编)采用了第一人称叙述,不然,这部电影将逊色许多;德尔默·戴维斯(Delmer Davies)的《逃狱雪冤》(*Dark Passage*, 1947)刚开始的 20 分钟则十分成功。采用主人公视角展示他/她眼中的世界,这种手法在电影中产生的效果远不及文学作品(与第一人称形成对应的是画外音,其效果更胜一筹)。不过,凯瑟琳·比格罗(Kathryn Bigelow)的《末世纪暴潮》(*Strange Days*, 1995)则是一个例外,摄像头成了非法记录仪,拍摄了各种镜头,并将它们作为产品出售,犹如黑市上的毒品交易。很显然,3D 实验为模拟刺激注入了新元素。《末世纪暴潮》虽然将这一经验直接呈现给观众,但是,这仍然是对现实影像的展现,而不是现实本身。在这个意义上,它与模拟刺激有关,依然属于影像领域,而不是感官世界(除了对影像的感知)。所以说,这既不是一种现实主义,也不是对直接性的还原,也不能以此佐证现实主义等于经验直接性。相反,它是对我们非真实生活的写照,即,居伊·德波描述的"景观社会"(society of the spectacle),鲍德里亚所说的模拟(值得注意的是，模拟刺激含有此意）。这就有了第二种抽象化，它与那种对真实进行的抽象截然不同。在吉布森的小说里，这两种抽象化辩证地联系在一起，认识到这一点十分重要。

凯斯像是一个稳定的空间，任由两种抽象交替发生：他自己的现实——抛弃电脑前的肉身——成为无用的躯体，这一意象使人首先联想到现实世界里正在阅读该书的读者。小说结尾处，凯斯被迫有所行动，实实在在的身体行为。但是，整个故事绝大部分时候，他差不多就是一个技术装置，记录着公理化的网络信息，以及对身体感官刺激的模拟展现。

身体在这里并不在场。值得注意的是，凯斯将他自己的身体称作"肉"：进入赛博空间后被抛弃的肉身，正是这个肉身在过去那么多年里妨碍他进入赛博空间，令他痛苦不堪。这也解释了为何他对二者辩证关系中的模拟刺激不那么有兴趣：

> 牛仔不需要模拟刺激，他想，因为那基本上就是肉身的玩具……模拟刺激……他觉得那是放大的肉身感受及其输出……(p. 55)

正如我在前面讨论中提到的，把身体称作"肉"以及相应的别名，这种认识在过去涉及身心二元关系的某些时刻或许被看作唯心主义或清教思想。赛博空间是一种升华，甚至是一种成功的、彻底的升华；模拟刺激以身体感官为障眼法取代了肉身。在围绕人类未来进化主题的科幻小说中，吉布森的主人公类似于威尔斯（H. J. Wells）的火星人，他们除了大脑发达，身体其他功能基本上只是进食。有些费解的是，以资产阶级文化通常表现的端庄得体为参照，我们以为朋克文化倾向于强调身体和物质；哲学唯心主义如今已经销声匿迹（除了近年来复兴的伯格森理论）。眼下，就连所谓的招魂说（spiritualisms）和宗教崇拜都十分注重物质，以至于就连这些流派的创建者都看不出其原貌了。

在《神经漫游者》中，只有当情节隐约涉及爱情时，肉身的位置才有所展现。凯斯与已故的恋人相遇，昔日温情隐约重现：

> 她的体内有一种力量，对此，他在夜城时就有所体察，如今这种感觉依然如此，而他也因为感觉停留在那一刻，远离时间，远离死亡，远离那萦绕在他们心头的冷酷之街。他过去对那个地方很熟悉。不是任何人就能将他引领到那里，而他也一直努力将它遗忘。某些东西，他曾经拥有，后来一再失去。他拥有过——她拉他俯下身，使之靠近肉，靠近网络牛仔鄙视的肉身。这东西巨大，不可思议，是螺旋与外激素编码而成的信息海洋，看不到边际，精妙无比，只有莫名其妙的身体才能读懂。(p. 239)

如果我们把《神经漫游者》当作一部不折不扣的小说，就可以得出以下结论：作品确实是"关于"赛博空间的精神体验与身体体验之间的对立，比如，爱情、欲望和记忆。但是，作品不是这个意义上的小说。它重写肉身体验，将肉身视为"信息海洋"，把它比作解码与阅读，这一切足以让我们看到作品的意识形态立场，或者说，哲学倾向。

全球化与本土化的较量？作品将赛博空间置于模拟刺激对立面，并予以一并展现，这正是作品的形式意义。它将这种十分肤浅的当代观念如实地摆在读者面前，即，它是一种矛盾，而不是简单的交替，也不是视角的选择。它揭示了我们在思想、认知测绘、影像化以及展现能力方面的局限性，这些"我们存在中的实际状况"（our real conditions of existence）折射了人类在观念上的贫乏，但在吉布森的小说中得到了生动展现。这两个极之间以一种辩证关系相互连接，在我们日常生活中形成结构关系；它印证了这样一个悖论：我们既是抽象的，同时又是具体的。

具有同一性的系统以各种难以预见的方式将我们圈定在某个位置，而我们生活在各种物的影像中，容易将建构视为真实。我以为吉布森的小说具有批判意义。它像一种探索工具，同时也是一种诊断方法，聚焦于全球化辩证关系中两个维度的结合点。《神经漫游者》的特殊之处在于作品形式本身。作为一种方法，它记录了现实之眼难以看到的当代现实，展示了我们无法意识到的日常生活。

[注释]

[1] Denis de Rougement, *Love in the Western World*, trans. Montgomery Belgion (Princeton: Princeton UP, 1983 [1940]).

[2] John Clute and Peter Nichols, *Encyclopedia of Science Fiction* (London: St Martin's Press, 1995).

[3] 所有页码标识均出自 *Neuromancer* in the text use the Ace Science Fiction edition (New York, 1984)。

[4] Giovani Arrighi, *The Long Twentieth Century* (London: Verso, 2010), p.6.

[5] Wilhelm Worringer, *Abstraction and Empathy* (Eastford, CT: Martino Fine, 2014).

第十章　现实主义与《窃听风云》中的乌托邦

　　文类划分与大众文化及商业文化的关系原本就十分密切，在后现代条件下，它们之间的关系变得更加复杂与多样。以电视系列剧《窃听风云》为例，我们会问：它是一部警匪片吗？答案无疑是肯定的，但同样可以肯定的是：它是一个关于有组织犯罪的故事。角色及其演员大部分是黑人，当然这并不表示这是一部黑人影视剧（专为黑人观众量身定制的作品）。政治信号贯穿整个故事，但它同时是以系列故事讲述发生在具体地方的具体事件。其中一个地点是巴尔的摩，故事也是关于巴尔的摩（这一点让巴尔的摩的精英人士对这部作品颇有微词）。这不奇怪。如今不少侦探小说和犯罪故事（包括电影以及其他相关形式）都是讲述发生在本地的事件，对具体的环境都有明确的交代（不管是国外——瑞典、意大利或中国的侦探故事，也可以是某地，如美国的蒙大拿州、路易斯安那州、洛杉矶，加拿大的多伦多，等等）。最宽泛的分类是把《窃听风云》当作恐怖片，或者动作片（虽然里面没有太多的追踪场景，也没有太过惊险的镜头，也极少出现群体骚乱或凶杀场景）。

　　这个系列剧为期 5 年，每季都有不同的情节和主题，故事人物多达上百人，其中不少都与故事情节相关。很难说那位爱尔兰籍美国警官吉米［由多米尼克·韦斯特（Dominic West）饰演］是否是故事主人公，不过，这一人物在连续 5 年的故事集中时隐时现，一直存在。事实上，这类作品往往有意模糊主角与配角

（或者说领衔主演与普通演员）之间的距离。以前，这种现象仅限于一些"史诗式"的电影中（比如，《战争与和平》《飘》）——但这种问题本身没有答案，我们难以对这类故事及其发展进行分类［参见亚历山大·沃尔西（Alexander Woloch）对次要人物的论述］。[1]

不同于《杀人拼图》（*Homicide*）［同样由大卫·塞蒙（David Simon）执导，早于《窃听风云》的系列剧，地点也是在巴尔的摩，部分演员相同］，《窃听风云》每一季的故事并非独立存在。可以说，《窃听风云》是一部真正的系列剧，很像狄更斯的系列小说。想要探究这类作品的审美意义，我们就得关注一些具体问题，比如，观众对某些演员的喜爱（认出扮演者是谁，以及重复出现的快乐感）、预料之内的情节进程，以及必须等待下一周才能看到的故事进展这一悬念结构（包括编导有意拖延进程和结局的手法）。这些特点使得故事的时间性显得十分独特，观众很容易把握其内在结构并对它进行重新组织，使之成为一种重复结构——当然，这一切在有了DVD之后就不同了。电视机已是为人们提供心理安慰和安全感的一个装置：当你在家里打开电视时，你就不再感到孤独；当你看到那么多熟悉的面孔与人物时，觉得他们与你同处一室。另一方面，电视的这些特性也容易导致认知系统的被剥夺感，它在提供安慰感和安全感的同时让人产生厌倦、无聊，强迫性重复，甚至麻木感。因此，这样的节目必须具备某种二流的意识形态借口，为某种"价值"装点门面：艺术或品质变成一种手段，比如，"娱乐"或者"放松—消遣"（工作了一天之后）——如果真有这样的概念，那也是个伪命题。再有，可以作为用来解释政治氛围或社会现象的一个托词，有线电视是"文化资本"（《窃听风云》由家庭影院频道HBO播放，这个电视台提供的不仅仅是电视节目）。还有艺术奖励，每一季的

第十章　现实主义与《窃听风云》中的乌托邦

每一集由不同写手与导演合作完成，有些是颇有名气的客串，如，小说家乔治·派勒卡诺斯（George Pelecanos）、阿格涅斯卡·赫兰德（Agnieszka Holland）。

我们姑且把《窃听风云》看作犯罪故事：警方与犯罪团伙（主要是贩卖毒品）两派之间的斗争。双方各有自己的历史：民间认为现代警察机构源于私人侦探；有组织的犯罪成为大众文化展现的对象，这一现象开始于禁酒法案时期（后来才有了与族裔相关的"黑手党""教父"等故事）。大众文化中的这类展现相当于一种识别行为，使得某个不良团体或群体获得了类似于社会机构的某种地位，被赋予客观存在的社会现实（人们认为现实中的黑手党成员常常看《黑道家族》。实际上警察也可能观看这类影片，这种可能性很有意义，只不过目前少有人关注）。这种识别行为意味着对如下观念做出了确认：以为社会稳定有序，以为谁都知道自己生活的社区是什么样，如果这个社区出现了变化，人们可以从公开渠道得知信息。比如，在这部剧中，人们很快得知列克星敦高地（Lexington Terrace）已经不是波兰人居住区，而是一个黑人社区，等等。

然而，认知测绘并非如此简单。它的确是空间的，但是，测绘的对象不是事物与内容，而是空间里的能量及其变化。社会展现涉及的这些基本素材意味着对社会进行分类，检视其中的刻板套话或者形象类型（比如前述提到的"主人公"），还有心理范畴的分类。《窃听风云》也不例外，以这些为基础，关注这期间发生的类型增加与衍生，我们就能看到清晰的分类。至于它们在何种程度上具有独特性，这取决于对套话进行修正以后的展现是否能够使新的展现超越原先框架，或是在此基础上产生了新的分类。现代主义也论及分类问题，它将类型分解为独立的单一存在，对它们进行细微的考察，以致它们一般或普遍的基础几近消失。然而即使如此，这种做法也必须以熟悉的类型为起点，并可能受到双重挑战：一方面，新的、更主观的分类不断涌现；另一方面，社会外部因素重新进入观察视野。将社会外部因素重新纳入思考，这一转向颇有些反讽意味。"类型"（type）一词让人想起卢卡奇的现实主义理论，不过，我觉得，如果仅仅把它当作某个先在的社会或阶级类型，这将有损于他丰富的文化理论体系。我们应该关注的是产生类型的历史语境。

《窃听风云》使我们对分类的已有认识产生巨大的震撼，促使我们从认识层面进行反思，摆脱犯罪故事集中于"是谁干的"（whodunit）这种惯性思维。这部系列剧以一桩普通的谋杀案开始，所不同的是，其中一位受害者是个白人，他作为证人出现在法庭上，而这又引出一桩黑帮谋杀案。剧情很快显示，警方对黑帮内部结构几乎一无所知，甚至连黑帮老大的名字也不知道，更不要说他的外貌与住所。警方得知，黑帮利用青少年在某些街区和角落里进行毒品交易，他们中不乏未成年人，因此不能被起诉。这是警方掌握的全部信息。但是，这只是表面现象，仅仅是对日常现实的经验或感觉，也是人们对贩毒团伙的肤浅认识。贩毒基本流程（获得原料、提纯、运输、销售渠道、大规模买卖）在与某个个体相关时固然可以得到如实展现，或作为研究对象加以深入探究，但是这种认识基本上停留在抽象层面——偶尔可以通过展现了解一二，正如《窃听风云》中的警方以各种方式揭示、探究的那样。故事世界里的现实——那个毒枭，埃文·巴克斯代尔［由沃德·哈里斯（Wood Harris）饰演］——当然是可知的，但在故事开头，对于故事里的街头警察而言并非如此。警方起初只知道他的名字，后来，在巴克斯代尔与竞争对手的一次篮球赛上，警方也只是看到了他的相貌而已。巴克斯代尔如此神秘，是否因为他最近才上升到老大地位？还是因为警方的注意力

第十章 现实主义与《窃听风云》中的乌托邦　　273

一直没有集中到贩毒团伙的权力结构层面？或是因为贩毒已经作为一种商业行为，而警方却没有从商业行为常有的形式与结构角度进行思考，从而导致思路错误？无论什么原因，对自己所在城市情况的不了解为现实主义提供了一个空间：警方实地观察、仔细调查、处理问题、寻找根源，这一切此前从未发生，而现在像是科学实验或是传统探案，有序展开。在这部系列中，令人疑窦丛生的不是某个罪犯或犯罪行径，而是整个社会；要把它当作一个新的层面或者一种外来文化来看待，揭开真相，彻查罪行，对其内幕进行指认、深究、测量，这并非易事。"巴克斯代尔"仅仅是这个社会复合体中的一分子，而要对这个整体进行记录与分析，就得用新的方法（正如新的社会动力机制需要新的现实主义方法加以展现一样）。

　　在何种程度上，我们可以把这种具有社会学意义的解密过程比作侦探故事的情节结构？或者针对某个难题展开的攻克过程？我倾向于认为，这种形式的深层次动因——说得更确切一些，我们对这种形式的喜爱——与弗洛伊德提出的"原初场景"（primal scene）关系密切（这也解释了科学家为何热衷于解密自然密码）。或许还得追加一句：依照弗洛伊德对满足感的说法，满足感实际上永远不可能完满：正如欲望永远无法得到满足一样，满足总与失望相伴。"谁在意谁杀害了罗杰·阿克罗伊德（Roger Ackroyd）？"爱德蒙德·威尔逊（Edmund Wilson）贬低侦探故事审美价值时曾说过这样一句名言［他以阿加莎·克里斯蒂（Agatha Christie）极富开创性的侦探小说为例］。应该承认，《窃听风云》中的警察对追踪罪犯一直怀着高度热情，但是，搜查行为本身又琐碎无味，二者之间显得相当矛盾。不过，故事内容层面的这种矛盾通过形式层面的一致性实现了转化——电视连续剧——这种形式决定了每一集都不会以满足感结束；也正因为如此，我们更渴望了解后来发生了什么，而且认为好戏还在后面。对于高雅文化或高雅文学而言，对这种不满足感进行展现可以使不完整感变得强化，由此让人觉得我们永远无法与古希腊比肩，结局永远不可知。在《窃听风云》里有一点例外：不完整性仅仅是指贩毒现象还会卷土重来，不管故事最终谁被绳之以法，贩毒将继续存在。《窃听风云》将社会历史上这种致命的重复现象写入了故事，这一点在故事结尾处尤为明显：性情激昂但缺乏谋略的巴克斯代尔被冷静、残暴的马洛替代（此人后来成为资产阶级商人，姑且不论这一安排是否得当）。

秘密与冲突使得故事充满张力。产生这一效果的一个原因在于：我们通过坏人的眼睛看世界；警方都不知道如何处理的问题，我们却深知其中原委。此外，围绕秘密展开的剧情之所以顺利推进，是因为故事将一个个发现进行了有序排列，使得每一个环节像是串在一根绳索上的一个个结，由此引导我们一步步向前；在这个过程中，悬念从聚焦于"是谁干的"转移到"怎么发生的"，而在这个置换过程中司法程序一直相伴相随。说到这里，有必要对《窃听风云》其他方面做些评论。

"揭开秘密"或解决问题在整个故事中的功能不仅是营造一种总体氛围，也不单单是将矛头指向社会，或者说指向一个被排除在以热爱和平的资产阶级公民社会（无论什么肤色）之外的底层社会，它的重要意义在于揭示了"侦探"群体内部的尔虞我诈。一般认为警察是一个社会机构，《窃听风云》也是在一个恰当的政治框架内展开（涉及部门关系、工作关系、个人恩怨关系，以及上下级之间的邀功、推卸责任、躲避责罚等现象）。在最后一季中，这些问题上升为核心关注，并且演变为一个官方的政治运动。

然而，警察机构的力量十分孱弱。它几乎没有能力打击其对手,甚至连对方的名字都无从知晓;警员们展开调查工作,但是对于犯罪性质及其各种关系了解甚少。那位孤军奋战、誓死一查到底的侦探让我们想起传统情节中带有浪漫气质的正派人物(抑或是反派人物,我想到的是弥尔顿塑造的撒旦)。在高度社会化、集体化的历史空间里,一个道理逐渐变得清晰:真正的反抗与抵抗必须依赖于一个有谋略的集体,一个真正的集体(萨特或许称之为社群关系中的"聚合群队")。在故事中,吉米的反叛姿态(蔑视上级、酗酒、出轨,同时又极富理想主义色彩)使得一些本不太可能成为他朋友的人变为他同道或合作者——一位女同性恋警察、两位虽然不可靠却十分机灵的男警察;还有那位警督,此人藏有一段不为人知的不光彩历史,以为这桩不太可能成功侦破的案件或许是唯一可能使他升职的机会;还有那位书记员,他反应迟钝、谨小慎微,不过,他在处理数字方面的超高天赋为吉米帮了大忙;其他还有好几位助理审判员,以及那位低调谨慎的线人,都是杰米的得力助手。

说到故事主人公,我们有必要对《窃听风云》题目中的"线"(wire)一词做些说明。该词在故事里不是指字面意义上的"线",而是指窃听设备。在传统电影里(以现在的眼光看属于传统),我们经常看到的是,手机如何使得某个阴谋或秘密发生逆转,或者利用手机成功跟踪目标或窃听对话。《窃听风云》从细节入手展示窃听技术的复杂性。解决这一难题的关键人物是足智多谋的莱斯特·弗里蒙[由克拉克·彼得斯(Clarke Peters)饰演],同时,电视剧将观众的兴趣从谍战和侦探片激起的好奇心转移到如何完成任务,解决技术难题上——也就是说,窃听实际上是一个技术活儿,而不是抽象思维层面的推理与探案。吉米最初发现弗里蒙是个技术能手并邀请他加入特殊调查小组时,对方处于失业状态,平日里没事干时以古代家具为模型做些微雕工艺

（并出售）。就这一细节的象征意义而言，故事像是在讲述一个关于人类生产力、智力的寓言故事——在这个故事中倒是件幸运的事——生产力、智力用在了一些琐碎又费力的小发明上，比如，猜字谜游戏。莱斯特属于那种满足于待在室内工作的学究，他的工作是整理尘封已久的卷宗，但他最终揭开了渗透到整个城市金融业的地下组织。这一人物在整个团队中行事低调，但他却有着很广泛的社会关系。他在一场篮球比赛中发现了巴克斯代尔年轻时的照片，他的同事中没有人知道有这么一个人。对于大多数人而言，莱斯特是一位难得的领袖级人物。在这个意义上，我们可以说，《窃听风云》不仅呈现了集体运作机制（正反两个阵营皆如此），同时也是关于工作、生产力以及实践的展现。这期间产生作用的是乌托邦思想和冲动。当然，这里的乌托邦另有所指，也不是以明确的方式显示自己存在的那种。

莱斯特的创造力在黑白两个阵营中都有与之形成对应的人物。前述没有提及巴克斯代尔的伙伴斯特林格·贝尔［由伊德里斯·艾尔巴（Idris Elba）饰演］。这一人物像是其执行代理，或是政治戏文中的总理大臣。这种双重领导结构在警察部门的效力十分糟糕，他的副手既不像斯特林格·贝尔一样不动声色，也不如他有效率。斯特林格是个真正的知识人士。当警方（与观众）进入他的公寓时，呈现在眼前的是很有现代气派的家具，以及颇有艺术氛围的陈设，这一点着实令人吃惊。不过，这一人物虽然因此带有些正面角色意味，但他实际上是个冷血杀手。他对巴克斯代尔绝对忠诚，但却嫉妒，甚至有些嫉恨对方的聪明才智。这一特点在故事有关人际关系的展现时十分明显。

很显然，警方一开始不知道谁是巴克斯代尔，也不知道还有一个叫作斯特林格的帮手。直到斯特林格有几次不得不亲自到街头角落布置任务时才露出马脚。有一天，吉米独自跟踪这位神秘人物（后来显示，他此时正在为巴克斯代尔扩展不动产业务悄悄布局，而警方意识到这一事实是在莱斯特出于好奇心对他进行跟踪之后）。吉米驾车来到了一所大学，透过教室玻璃窗，他看到这位毒枭正在聆听工商管理学课程，只见他时而谦虚地回答老师的提问，时而认真记笔记。毫无疑问，将黑帮与商业相提并论并非只是一个比喻。事实上，犯罪团伙正是以商业管理方法进行内部运作，以获得利润，而我们有时候忘记用历史方法对这一现象加以思考和辨认［我认为，福星卢西安诺（Luciano）① 是黑帮支持者；电影《格莫拉》[Gemorrah]（饰演者罗贝托·萨维亚诺[Roberto Saviano]）是一个更为生动的例子］。但是，在这部影片中得到如实展现的是一种审美创造性：斯特林格把巴克斯代尔一伙人进行了重组——产品、竞争、投资，这些词语常挂在他嘴上。他将各派联合在一起，消除了破坏商业兴旺的自相残杀现象。我在前面的讨论中有意一再使用"创造力"一词：在一个基本上按部就班、积习难改的官僚社会里，这种创造力岂能不是乌托邦的雏形？可以说，《窃听风云》使得这种停滞的现实暂时告一段落，也可以说是传统意义上的对现实的模仿与展现。社会不同方面的各个微观层面实际上一直处于变化过程，它们受到有意识的人类活动影响，同时也受到乌托邦冲动的干预。这一切不是简单的习惯使然，也不是传统历来如此。

我将有关乌托邦的讨论置于情节建构中加以辨析，目的在于说明这不仅仅是个学术问题（当然，它同时也是学术问题）。我想把这两个问题放入大众文化这个更大的语境中加以观察。情节建构对于大众文化无疑具有重要意义，常见于对著作、会议进行

---

① 卢西安诺，全名是查理·卢西安诺（Charlie Luciano，1898—1962），美国知名罪犯、黑帮老大。

的概述与评论中，但它同时具有理论或哲学意义，而这一点却是这些技术手法难以全面呈现的。

情节建构的形而上意义源自对情节或故事进行的安排，而这本身就有历史书写的一个维度。文学史——尤其是戏剧与舞台表演史——为我们提供了丰富例子。当然，有的已经不适用于当前情况。比如，情感及其表述，以及这方面的发展变化。正如阿多诺所说，现代主义文学的目的论受到诸多因素禁锢，有些手法由于过于感伤，或者太过熟悉而成为刻板套话，导致不再具有意义。这种目的论在大众文化中同样存在，不同的是，重复及其产生的愉悦占据了中心位置。现代主义小说竭力摆脱这种重复，试图使重复走向崇高，或者赋予它一些审美价值；与此相反，大众文化依赖俗套获得生机：重复展现同样的情景、同样的情节、同类的人物，或者通过一些表面变化使人以为一切都是新的，比如通过情节急转使人感到故事生动有趣。不过，真正使人感到熟悉的情景经不起不停地重复，人们终究会感到索然无趣。

导致形式耗竭的原因与素材有关。素材一旦与旧方法契合，便会走向枯竭，反过来对方法产生影响。不同的历史和社会环境为我们提供了丰富的素材，这一点我们很清楚，比如，乡村与城市的对立，新兴城市、工业化、国际旅游、移民、帝国主义、新型战争、殖民、乡间别墅，以及亨利·詹姆斯提到的"社会底层"（lower depths）与城市贫民窟、"别致的农民"（实际上，素材的匮乏反而为文学和形式创新提供了可能性——这一点充分体现在亨利·詹姆斯的《评霍桑》中。詹姆斯的这部小书堪称这方面的奠基之作，当然，他的出发点是颂扬欧洲，批评美国）。

我们姑且搁置关于高雅文学的讨论，将注意力转向传统大众文化中的一个文类或亚文类：侦探小说。冷清的小镇、人迹罕至的乡村、远离尘嚣的牧师住宅区，这些常见于英国侦探故事的情

第十章　现实主义与《窃听风云》中的乌托邦　　279

景显然不会出现在美国侦探故事世界。但是，谋杀仍然是必需的叙事元素，不同的是，谋杀的动机显得单一。我们有必要对这一现象做些分析。在以前的侦探故事中，杀人动机多种多样，私人侦探在破案过程中也是各显神通，方法不同，现在这种现象似乎越来越少。为了维护社会名誉——掩盖丑闻，减少破坏力，保持家庭、王朝或是部落结构，激情或迷恋，从仇恨到报复，以及其他复杂的心理机制——这些看似扣人心弦的描述实际上只是导致动机的诱因。动机表现为一种无源由的烦躁与冲动，或是后现代的区域主义（post-regionalism）、趋于淡化的个人主义以及匪夷所思的怪诞或强迫症，总之，变得越来越单一化。颇有悖论的是，一方面，消费者缝隙市场（consumer niches）和"生活风格"的差异化；另一方面，一切都被简约为商品的价签。总之，一切动机被拉平到金融层面，直接指向金钱。这种曾经以不同目标显现的丰富性，如今变得极其单一，成为一切行动背后的唯一动因。近年来，国家政治层面无处不在的"贪婪"遮蔽了这一动机的平面化倾向，再无传统社会以及相应的文学作品描述的那些社会动因。与此同时，精神领域同样呈现出极度的简约化。一部分原因或许是金钱已经成为唯一的、无所不在的驱动力，一部分原因在于人们现在十分熟悉的信息与交际行为，以及平面化的个人主义。我在别处提出，交际行为中的普遍平等，也就是哈贝马斯（在他的《交往行为理论》一书中）将它与新理性相关联的那种平等，使得行动的多样化得到了扩展。以前被人视为病态的行为——反常的精神状态或出格的行为——如今被视为人类固有，甚至被看作十分正常。由此，邪恶或者绝对的他者，同样被严重简约化。有人认为，纳粹大屠杀的组织者仅仅是官僚，这种说法无疑减少了把他们看作邪恶代言人的可能性。把大部分病态行为看作值得同情，而不是令人发指的罪行，或者认为行为具有当时当地特点，这种认识代表了理性和自由主义宽容赢得了胜利，同时宣告那些坚持善恶二元论的伦理观已经失效。我在别处对这种二元论提出了批评。尼采或许是这方面最了不起的预言家，他认为，善恶二元论仅仅是他者观念的残余，其根本点同样是建构一个他者：我们自己以及和我们一样的人则是善人，与我们不同的（无论什么样的）人则是恶的化身。然而，在当代社会里，由于各种原因（有些可能是好的）各种差异正在消失，包括对邪恶的差异认识。

由此我们看到，大众文化（包括传奇故事）赖以生存的情感夸张及其情节结构已经变得难以维持。如果再也没有邪恶，那么，歹徒也就不复存在。在这种情形下，要想使金钱在侦探故事世界中妙趣横生，就得把金钱放在一个更高的社会层面，主人公必须是一位黑道大佬或寡头政治家；在这类人眼中，当代社会已经没有什么超乎想象的戏剧变化，人物在情节结构中的功能只是在政治层面重复传统角色。大众文化原本想回避政治，因此，这些角色出现在大众文化中自然显得不合时宜（也有这样的情形：当大众文化转向政治时，我们可能会留意是否政治发生了某种变化：犬儒主义盛行与认为所有政治皆腐败的错误认识有关，认为政治与金融制度和金融腐败沆瀣一气——所以说，犬儒主义实际上拒绝承担政治后果）。

我们这里面临的实际上是两个问题的汇集与纠缠：一方面，夸张的情节老套路在重复中变得令人生厌，并且难以发展；另一方面，这类素材或内容变得越来越单一，邪恶的社会意义趋于消亡，歹徒越来越少，且越来越相似。从前，乌托邦作家在完美的世界里为探究文学的功能大伤脑筋，如今，我们在不完美的世界里面临同样的问题。

由此我们看到大众文化中的歹徒为什么简约为代表邪恶的两

类角色：连环杀手和恐怖分子（大部分是宣传其宗教信仰，种族与宗教总是纠缠在一起，因此，热衷于世俗政治的主人公，比如，信仰共产主义或无政府主义者已经不合时宜；这两类角色都具有严重的反社会立场）。与性有关的其他动机，或者所谓的激情犯罪早已被归顺，比如受虐、同性恋。恋童癖或许是个例外，通常出现在系列杀人案（很多时候被看作与性有关）中。自格伦拜枪杀案①以后，人们开始倾向于从政治角度解释此类案件，认为这些行为属于恐怖主义。不过，恐怖主义一般指有组织的行为，并且在思想上表现为极端主义和宗教狂热倾向。如果我们把恐怖主义完全看作一种政治策略，就有可能忽视其中的问题，也容易把这一现象放在理论问题层面进行探讨，比如，马基雅维利的观点、政治策略、历史，等等。

上述两种极端的恶行——恐怖活动与连环杀人——在电影中已经变得单一化，与传统电影里那些受"贪欲"驱使的歹徒并无二致。间谍小说在冷战以后已经看不到了，这种毫无生机的单一性或许预示了情感夸张行将消失，而这或许意味着大众文化的枯竭。

以情节结构的困境为参照，我们再来看看《窃听风云》第二季中十分明显的乌托邦主义。第二季故事的场景转向了巴尔的摩码头，集中展示劳工协会及其腐败，以及码头外围的贩毒网（大部分是希腊人）。荒废破败的巴尔的摩码头以及集装箱工业使得地点和场景［肯尼思·伯克（Kenneth Burke）意义上的］显得十分突出。故事显示事件发生在巴尔的摩，让人觉得这部连续剧代表了"后现代"朝着地区主义的转向，也不像是雷蒙德·卡佛笔下的"高雅文学"。我在前面的论述中提到了侦探故事情节与

---

① 1999年4月20日发生在科罗拉多州格伦拜中学的校园枪杀案。

明确的区域/地方之间的关系,在电影领域,"世界影院"(world cinema)一词本身已经对地点提出了这样的要求,虽然本地观众会因此感到吃惊不已,但是,世界电影节日文化都由不同国家的电影组成。

《窃听风云》有几个方面值得注意。首先,地域带有某种程度的对比性质:不是腐朽的东部大城市,而是生活明显不同的蒙大拿州或南部等地,特别是那里的小镇,或荒漠风光,或郊区。但是,在《窃听风云》中,故事里的人们对这些各不相同的地理与景观一无所知,巴尔的摩似乎代表了整个世界;这不是说巴尔的摩与世隔绝,而是说,人们觉得这个地点以外没有别的(也不是说巴尔的摩是乡下小地方,或者说人们对外部世界正在发生的事一无所知)。可以肯定的是,安纳波利斯(马里兰州府)的确存在,各项预算(尤其是警察部门)都得往上申报与审批。影片还提到费城,黑帮分子有时候经过那里并做短暂停留。此外还有纽约,歹徒有时候得去那里雇用杀手,迫不得已时,还得从那里挑选局外人帮忙。希腊人弄清楚从哪里获得毒品,绝对不是凭空想象(也不是主观断定)。在影片中我们看不到大自然(那位名叫华莱士的少年〔由迈克尔·乔丹(Michael B. Jordan)饰演〕去他外祖母乡下家里躲避缉毒队,回来后即被枪杀)。影片展现的巴尔的摩是城市的一些角落,在警察署里,偶尔是在法庭上与市政厅里,因此,巴尔的摩这个地名在电影中与故事没有直接关系(除了当地人对这个地方的热爱以及当地电视台的评论员);此外,虽然故事以码头和港口作为开场空间,而且在故事中与情节融为一体,也有从远处码头来的船只停靠,但是,没有人对这些停泊的货船进行登记,好像它们与巴尔的摩毫无关系,甚至不存在似的。

劳工协会的头儿是个波兰人,这一细节为《窃听风云》增添了族裔色彩。"巴尔的摩"成了一个概念，但是，族群特征仍然十分明显。我们不妨把警察看作一个群体，不管是象征层面还是道德立场上。实际上，把警察看作一伙，这种看法在爱尔兰人中十分普遍。那么，黑人是一个"族裔"吗？我们看到，由巴克斯代尔领导的贩毒团伙都是黑人，他们生活在城中飞地，把活动范围打造成一个独立的世界。对于外人而言，除非你（这里的"你"实际上是指占据主导位置的白人）与这伙人"做生意"，不然就不会进入他们的领地。这里的情形就像是各自存在、互不往来的两种文化，甚至都不知道对方的存在，好比哈莱姆与曼哈顿，加沙西岸与以色列，以前曾经是其中一部分，如今虽然毗邻却无来往。甚至有点像东西柏林，东柏林人现在依然不愿意去曾经是西柏林的地方，不愿看见那些与自己传统格格不入的繁华商店，不愿意涉足那里的资本主义文化。

《窃听风云》基本上属于关于美国黑人的连续剧。故事人物大部分是黑人，参加演出的大部分是一批待业的黑人演员以及当地黑人，而巴尔的摩大部分人口是黑人。与前面提到的连续剧《杀人拼图》一样，把黑人作为主要群体，这意味着强调这个群体内部的多样性（社会地位、职业，包括生理），淡化观众对黑人的刻板认识。在这部连续剧中，黑人不再是一个简单的群体；同样，黑人政治或社会连带关系也不再是一个简单的整体。黑人中有罪犯、囚徒，也有教育界专家，有黑人市长，还有政客。从这个角度看，《窃听风云》反映了现在所谓的"后族裔"时代（可能对美国人看待社会的方法产生影响，正如电视节目，以及出现在娱乐节目上的黑人明星一样，对族裔刻板套话及其种族主义思想产生影响）。

尽管如此，故事中的波兰人仍然是一个族群，他们见证了波兰裔警官对劳工协会领袖弗兰克·苏伯卡（Frank Sobotka）的仇

252 恨与报复，最后导致其惨败。弗兰克·苏伯卡的族裔身份与他作为劳工协会领导人的角色有些不般配，不过，这也是这个故事显示其乌托邦冲动的地方。巴尔的摩码头生意惨淡，这与集装箱工业以及这一后现代技术对工会的影响密切有关［相关论述见莱文森（M. Levinson）的《集装箱》（The Box）］。码头不再需要那么多工人，许多强大的工会，比如，美国东岸码头工会（Longshoremen），都纷纷解散。这一现象对城市的影响不容忽视（集装箱工业后发展起来的纽瓦克港口以其强大的发展竞争力使东海岸港口经营困难，这里面就包括巴尔的摩码头）。在这种情形下，巴尔的摩似乎成了警察停靠船只的地方，故事中吉米降级后的工作地。这一现象值得思考：全球化带来的破坏力与去产业化进程同步发生，并且对美国自身产生影响：全球化不仅导致劳动力转移到更贫穷、更廉价的国家，同时也导致像巴尔的摩这样的地方变得衰败，吞噬着美国国内技术（当然它总体上扩大了全球化，集装箱技术催生了外国港口业务，并且改变了工业生产以及整个货运业）。这一历史隐含在《窃听风云》的故事背景中，但不是故事的主要信息。

故事的核心事件围绕着弗兰克·苏伯卡的腐败展开［自从美国工会会长吉米·霍法（Jimmy Hoffa）离奇失踪后，人们习惯于将这类形象与腐败问题发生联想］。可以肯定的是，弗兰克·苏伯卡涉嫌毒品交易，允许希腊人使用集装箱货运进行毒品买卖。但是，弗兰克·苏伯卡的兴趣不是金钱［或许有读者会说，贝尔（Stringer Bell）也不是为了金钱，金融资本令投资者感到兴奋的也不是金钱，至少不是传统意义上的财富］。弗兰克·苏伯卡用钱建立了自己的关系网，最终目的是为了实现一个更大的计划，即，重建巴尔的摩码头，振兴经济。他从历史中意识到，除非首先重建码头，不然，劳工运动以及在此基础上建立的那个

第十章 现实主义与《窃听风云》中的乌托邦

社会不可能重新回来，而这也是他的乌托邦计划。想法本身很不实际，也不可能实现——乌托邦的老套特点充分体现在这一想法中。历史绝对不会像他以为的那样逆向发展——这个计划不仅未能实现，而且最终导致他家破人亡。

关于乌托邦主义，我想说的还不止这一点。这部作品中的乌托邦与故事情节结构密切相关。不妨从现实主义角度提出问题：故事为什么这样发展？现实为什么是一种难以抵抗的力量，一个难以克服的障碍？站在现实立场上观察弗兰克·苏伯卡的白日梦（巴尔扎克惯用的处理方法），我们只能看到：这样的乌托邦实际上是一种狂热，类似于心理学意义上的强迫症，它是一种受到个人主观驱动的行为模式。然而，弗兰克·苏伯卡的白日梦并非如此。它不仅具有客观现实，同时将客观性注入这一梦想，也就是说，《窃听风云》的情节要想获得成功，就得将乌托邦进行反转，使得故事中的社会结构发生重组。故事不能呈现为某种政治诉求，也不是由剧作者与导演合作，继而为观众所接受的某种政治与社会改革方案。没有观众会从这样实际的角度去理解《窃听风云》第二季中的这一集，这里的乌托邦不是个人层面的改革，而是集体与历史的反转；这一集对于整部连续剧而言相当于撕开了一个缝隙，并从中注入了现实主义或某种现实，其中丝毫没有空想与愿望实现的意味。这一特点在别的大众文化节目中难得一见。在这一集的故事中，我们看到了一个虚构的世界，然而，其中的事件则完全是真实的。

与弗兰克·苏伯卡的乌托邦相应，《窃听风云》后面几季也有类似结构。如果不是这样，弗兰克·苏伯卡的乌托邦则成了偶然现象或个人特点（当然，我们也可以说，编剧往这部剧中掺入了不少本土情怀，纯粹是关于巴尔的摩的事件）。这里有必要从后面几季的故事中列举与乌托邦有关的场景加以阐述。在第三季中，乌托邦集中体现在市长对毒品交易的"合法化"的行为中，具体而言，他试图建立一个不受警察干预的飞地，使得吸毒合法化。在第四季中，主要体现在教育领域。普利比利斯基（Pryzbylewski）用电脑进行教学实验，拒绝接受联邦政府推行的考试制度，公然与国家法规叫板。第五季的问题尤其复杂，吉米私底下募集资金，试图摆脱官僚体制在经费预算和执行力方面的控制。除了制造犯罪假象、有意引发恐慌，吉米的这些行为在报纸和其他媒体的相关报道上也是常见［《窃听风云》的每一季，像左拉的系列故事，或者萨拉·帕拉茨基（Sara Paretsky）芝加哥犯罪小说一样，都是集中于某个具体的行业］。

关于未来和未来历史的叙事集中体现在反乌托邦科幻小说与未来灾难故事中，这种叙事形式拓展了大众文化叙事方式。《窃听风云》是个例外，它讲述了乌托邦的未来；残酷的现实即将对乌托邦加以封闭，面对这样的压力，这部作品以自己独特的方式使乌托邦冲动得到释放。

［注释］

[1] Alexander Woloch, *The One vs. the Many* (Princeton University Press, 2003).

第十一章　德累斯顿的时钟

　　凡是忠于社会主义思想的人，都应该对德意志民主共和国的历史和命运有所了解。到目前为止，莱茵河西部的自由主义和激进主义知识分子却对这段历史采取了集体遗忘的姿态。对于东德在绘画和电影艺术方面取得的成就，他们也是知之甚少，对经济与政治领域的遗产同样不甚了了。这种现象实际上反映了冷战时期反斯大林主义和反极权主义的延续——这基本上属于政治判断——令人尴尬的是，现在的左派同样保持缄默。当然，苏联问题是另一回事。像罗马帝国的兴衰一样，苏联的崛起与衰落是我们应该予以尊重的一个历史问题。当我们这么说的时候，大部分人有可能认为，作为苏联的"卫星国"，德国的演变过程并不重要。

　　德国是马克思主义的中心地带，那里聚集了欧洲最多的马克思主义者；他们思想犀利，立场坚定，其程度或许只有二战后意大利共产党人可以比肩。有些人认为，战后从莫斯科回到德国、投身于社会主义新国家建设的那些幸存者都是苏共的傀儡［包括乌布利希（Ulbricht）①］，我觉得这种认识是错误的。这些人不乏机会主义分子，但是，总体上远不及东欧其他国家里少数党派中的人数。与朝鲜一样，社会主义东德与资本主义国家毗邻，两国人民使用同一种语言，都遭受西方世界的堵截与破坏；东部人口

---

　　① 乌布利希，全名是瓦尔特·乌布利希（Walter Ulbricht, 1893—1973），德国统一社会党中央领导人。

原本不多，苏联社会主义初期大量难民进入，使得东德在当时就濒临瓦解。

"倒台"以后集体资产大规模私有化，其危害程度不亚于苏联寡头政治坍塌后的局面。至于文化方面，布莱希特之后，只有那些蕴含"不同政见"（20世纪70年代的词）的文学作品才有可能在国外受到关注。在西德人眼里，德意志民主共和国的日常生活不过是用一句话概括的事，不值一提。当这种偏离常规的现象重新回到联邦德国时，人们把它看作仅仅是回归正常而已。当然，这种回归不包括经济生活——生产、就业，等等。

在这种情形下，乌韦·特尔坎普（Uwe Tellkamp）的小说《塔楼》（Der Turm）显得意义深刻；有些人认为这部作品堪称东德文学史上最重要的作品。[1]小说出版于2008年的西德（我倾向于用这个词），囊括了所有文学奖项，在当时引发强烈反响，作者也因此立刻成为当代德国文学界的顶级人物。特尔坎普在英语世界里鲜为人知，原因在于一直没有人翻译他的作品，直到最近才有了些译本。当然，人们对东德不感兴趣，这或许也是一个原因。苏珊·桑塔格曾经对是否存在"第二世界文学"有过质疑，不过，德国出版商们明白，冷战结束后，人们对那种讲述日常生活的现实主义已经不感兴趣。特尔坎普发表《塔楼》时已经40岁，他一直生活在东德，因此，我倾向于把这部作品看作"东德小说"。他描述的日常生活虽然不是我们熟悉的那种，却让我们感到十分逼真。即便是在一些最有想象力的作家笔下，比如，君特·格拉斯的《辽阔的田野》，我们也很少看到这种真实性；对于那些从未经历过那个体制的东德青年朋克作家而言，则更是遥不可及。当然，特尔坎普的艺术本身非同寻常，他擅长使用复杂句式，其程度在德语作家中恐怕只有托马斯·曼和格拉斯才能堪比（德语文学以外或许只有普鲁斯特和福克纳）。在叙事方面，实验性程度不及早期东德作家，如，乌韦·约翰逊（Uwe Johnson）、海纳·穆勒（Heiner Müller），但总体上代表了传统现代主义文学的精湛成就。

特尔坎普的作品篇幅冗长（有的长达一千页），对此，德语读者多有抱怨；东德解散以后有评论家认为，《塔楼》真正具有阅读价值、令人感到兴奋的或许只有1/5篇幅。这部作品的重点在于叙事时间；故事开始于1983年，时值马克思逝世百年（勃列日涅夫逝世），结束于1989年11月。以此作为历史背景，叙述者以极大的耐心细致描述主人公的日常生活，以揭示这种生活的消亡。

小说第一部分的叙述是在一种重复中推进。用热奈特（Genette）的话来说，叙述依赖于具体的语境，目的在于向人们展示某些事实一直如此，从未改变，人们的行为也是一成不变（在《追忆似水年华》里，贡布雷的周六与周日早晨从未有过变化）。因此，关于日常生活的描写成为一个个由片段构成的系列，公寓、学校、出版商的会议，与代表当地意识形态的"中央委员会"会面；各种聚会以及在波罗的海沿岸党组织机构地的假日活动；单身人士放假打扫卫生（Haushaltungstag）、医院日常惯例、莱比锡书展期间东西德的短暂会面，等等。"只有展示全部才有真正的生动有趣。"托马斯·曼如此说。就我们这里讨论的对象而言，关于这些琐碎生活的细致描写是否构成了我们今天称之为怀旧（抑或东德情结）的主题？——对历史上"实际存在过的社会主义"的回望？

当然，对于热奈特提出的那个术语，我们不能简单地从技术层面进行理解。一方面，重复叙述（iterative）是一种新的叙事策略，替代了以前对过去事件及其连贯性加以概述的老套手法。但是，这种方法本身未必与事件（Event）实际发生次数形成反差，不是描述背后的事件，也不是我们以为导致旧体制解体的历史变化的对立面——至少在这部小说中不是如此。"除了没有感到活着，并无其他不幸，"德国作家克里斯塔·沃尔夫（Christa Wolf, 1929—2011）在她的小说《亲人之间》结尾处这样呐喊，"唯一让人感到绝望的是觉得没有真正活过。"不过，我在阅读《塔楼》时没有这种感觉。至于什么是"真正的生活"，我们只能期待这部小说的续篇加以呈现。

以历史事件为背景，这一特点使得《塔楼》具有历史小说倾向。在一个尚未被现代媒体占领的时代，历史事件常常以传言和谎言传播，它们远离日常生活，因此无须解释：比如，1959年的比特菲尔德会议、切尔诺贝利事件、德累斯顿剧院重建后东西德两国领导一起参加的启用典礼、苏联政治家安德罗波夫离世、波皮鲁斯科神父（Father Popieluszko）、中央委员会对戈尔巴乔夫执政的怀疑，等等。异见小说常有的叙事成分在这部作品中几乎缺席。柏林墙、枪杀逃跑者、斯塔西间谍以及凌晨到访的秘密警察，这些事件都没有出现在作品中；我们看到，在这个故事世界里，即便是坏人，也是表情温和，甚至脸带微笑，令人想起陀思妥耶夫斯基笔下的人物；小说也没有塑造"老大哥"形象。总之，这部作品丝毫不涉及极权主义及其施暴的老套路描写，也没有煽情或惊悚的叙述。消费品在东德匮乏，这在西德人眼中几乎就是缺乏自由的象征，不过，对于生活在东德的人民而言，这仅仅是日常生活中的一个简单事实。同样，在西德人看来，官僚行政导致的傲慢无礼是国家体制的一个缩影，意味着对人性的控制；但是，在东德，这同样也不过是生活中的一个事实。

至于那些在西德被奉为英雄的持不同政见者，仅仅在小说结尾处捎带提及——一些呐喊者突然开始受到追捧，但他们的语言方式发生了改变；地下出版物开始涌现；原先一些名不见经传的组织与人物引起了人们的注意；火车站人头攒动，导致交通拥堵；驶往捷克与匈牙利边界的火车挤满了乘客，故事主人公觉得自己的日常生活因此受到影响。克里斯琴的母亲原本对政治不感兴趣，此时成了一名抗议者，像是异见小说中的女主人公。不过，发生在她身上的立场转变，这一"事件"仅仅是故事背景，并没有成为小说叙述的对象。

在所有人物中，克里斯琴是最年轻的一位。从小说中关于他的那部分的叙述而言，《塔楼》几乎就是一部教育小说。因此，围绕这一人物经历的叙述成了对这部进行去政治化阐释——反共主题——的一个关键点，从这一人物形象入手，我们可以看出，作品的主旨并不是为社会主义辩护。克里斯琴服兵役所在的军队（出于各种实际考虑，这个国家的兵役是 6 年！），他突然显现的对立情绪（因为一位新入伍者突然离世），以及因此被罚以劳动改造——这些事件只是看上去像是关于这一人物生平的介绍，真正的目的在于展现人物桀骜不驯的性格特征，这显然不足以说明这一人物具有政治意义或英雄气质。无论怎样，较之战争小说的相关描述，这里关于兵役强制性的叙述并无轻重之别。关于克里斯琴在矿上的劳动（后来他重回军队，恢复原职），小说家借此向读者传递了这样一个信息：无产阶级中也有资产阶级的一面，包括享受特权的一面。

小说题目"塔楼"在故事中意义深刻。塔楼巍然耸立，要想进入塔楼，人们得穿过一个古老的索道。这个特殊的空间结构将读者的注意力带向德累斯顿相对富裕的那个阶层。在一些年长的读者看来，（非西方）城市实际上是一个狭小的世界，生活其中的人们——在这个故事里是知识人士——彼此认识，这的确是《塔楼》讲述的故事（小说封底罗列了塔楼里最重要的公寓及其住户）。故事情节围绕三位人物的生活展开，他们居住在不同的楼里，但是互相之间各有交集：克里斯琴、他的父亲理查德（手外科医生，脾气暴躁，与高官多有往来）以及他的舅舅梅诺。这位主人公在动物学研究方面受过专业教育，不过后来在一家颇具声望的出版社里获得了一个重要职位。可以说，他是国家审查体系中的一分子。即使当他想拒绝行使权力时，他也难以逃离这一体系。

理查德的尴尬处境是我们熟悉的那种：他不得不私底下应付第二个家庭（人物对话间偶尔提及如何"逃跑"至西德，不过，多半带有玩笑意味）。理查德在医院里的职位为我们提供了一个从上往下看的观察点，让我们看到职位升迁的运作流程，以及在享受这个过程时感受到的等级秩序。理查德脾气暴躁，这一点同样体现在他一些错误的冒险行为上，比如，从国家保护区偷盗圣诞树，私下组装西斯巴诺-苏伊扎豪车。这些行为相当于挑战底线，但也没有导致严重后果，原因在于体制在评价像他这样性格的人时留足了余地。另一方面，他多次努力为儿子申诉，希望免于处罚，而最终都是徒劳，这一点说明，即使是像他这样凭着技术获得较高社会地位的人，其影响力也是有限的。他的上司穆勒是个共产党员，也是个严苛的管理者；在小说中他第一次出场是在理查德的生日聚会上，当听到有同事嘲笑社会体制时，他立刻严厉批评。所幸的是，理查德最终躲过了这位上司的管控。穆勒是整个医疗体系的领导，但爱好收藏艺术品，私底下收集了各种稀罕（昂贵）的玻璃雕塑及其他工艺品。就在他退休的当天，警察局给了他一份通告，勒令对他的住宅进行搜查，一旦查获非法所得将全部予以没收。穆勒在自杀前毁掉了全部藏品。他的遗憾寥寥数语，最后一句是："这不是我们梦想的社会主义。"

理查德不是共产党员，不过，我们将他归入文化统治阶级（Nomenklatura）［德国人称作"有修养的市民阶级"（Bildungsbürgertum）］

也不为过，这么说是为了将这类人区别于其他形形色色的小资产阶级。正如卢卡奇的"批判现实主义"传统所揭示的那样，这里看似独特的现实主义实际上也没有无产阶级成分。作为一名手外科医生，理查德算不上体力劳动者；他喜欢做木工，这爱好令人联想到手工艺传统，看似乌托邦的意义实际上是对诗意的追逐："与他的手术室里一样，在这里（他的手工坊）最重要的不是文字意义上的语言，而是手的语言——他对这种语言非常熟悉，因此感到十分自在。"当这样的抒情描写出现在这部长篇小说中时，我们多少感到有些突兀，同时也感到欣慰：手成了被讴歌的对象。下面一段出现在他为妻子动手术时——妻子在家不小心弄伤了手（也可能是夫妻吵架所致）：

> 他喜欢人的手。活人的手让他感到快乐。他对手有过专门研究：在波提切利的画中，女人的手指纤细犹如百合（这些纤细的手指是否就是手呢？）；手总是透露出某些信息；手能让人看出因为无法生长而感到的绝望，也能告诉人们孩提时代的生活；他可以看出是否涂抹过护手霜，是否擅长烹饪，性格是否像苔藓一样令人难以琢磨；还能看出女园丁的手因为长年侍弄花草沁有植物汁水的痕迹，男司炉工的手常年与煤打交道而变得深褐……阅读（reading）手给了他极大的满足感，他也在这个过程中积累了经验；在别人眼里纯属无聊的这些活动对他而言是兴奋的源头；他为此心甘情愿，仔细观察；看着赤裸的手，感觉着手的温度；他有些胆怯，但是对隐匿在手中的未知世界充满好奇。

理查德对手的好奇心揭示了这种表现包含的模棱两可意义：它代表了索恩-雷特尔（Sohn-Rethel）所谓体力劳动与脑力劳动发生分离时的意识形态；或是类似于米歇尔·弗里德（Michael

Fried）所说的自动指涉的体验（embodied autoreferentiality），像是蒙泽尔（Menzel）或卡拉乔画中有一只手对自己画画的行为。《塔楼》对"手"的叙述包含了上述两层意义，并将两个意义置于对照关系；犹如一个影子，它们折射出基础生产在这个社会主义国家开始衰落这一事实；在小说中，艺术展现的幻境、对象以及艺术传统使得那么多人物迷醉，像是着了魔一样，被定格在没有时间感的空间里。

克里斯琴生性腼腆，很有音乐天赋，对他舅舅的话深信不疑，在懵懵懂懂中初识了爱与性；他没有什么政治觉悟（这一点与他父亲很相似），这一切原本足以使他成为成长小说中的主人公。围绕这一人物展开的叙述代表了在东德被抑制的内容。

值得注意的是，克里斯琴的越界发生在语言层面。从文学到历史，语言都是一个关键的空间，我们从中可以考察语言与国家关系："问题不是你做了什么，而是你说了什么，"批评克里斯琴的人这样说，"你破坏了信任。我们的同志、年轻的公务员波尔去世了，我们对此当然感到很遗憾，但是，问题不在于这件事本身。当然，我们会做进一步调查。不过，眼下要讨论的不是这件事！而是另外一个根本不同的问题。不，霍夫曼，你的朋友克里茨玛，我们对他很了解。你和他沆瀣一气，诽谤我们，攻击我们的国家。"

故事人物对语言十分敏感，这一点在理查德生日宴会上已有显现。穆勒一脸不快地说："先生们，这个玩笑一点也不好笑……先生们，我们应该有责任心。如果你们不警惕，很容易乱说，抹黑我们的国家……"["土地"（Land）与"国家"（Staat）这两个词经常替换使用，穆勒使用的是"土地"一词。]在小说中，人们通常认为要职人员（Nomenklatura）忠于国家，因此，这些人可以偶尔说些空话。不过，克里斯琴很早就发现了其中奥妙，而

第十一章 德累斯顿的时钟

且是在一种独特的情形下：

> 埃里克·厄瑞［演员］一直都是找理查德看病，他想用一种特别的方法表达感谢。他想到了给孩子们演戏，让他们见识一下职业撒谎的魔力。理查德觉得克里斯琴需要学习这种本领。……［他］和孩子们一起站在镜子前，练习如何用热情洋溢的表情表达赞美与奉承。在这个过程中，他不时地纠正他们的表情，演示如何随心所欲地让自己的脸突然变得绯红或是苍白，以表示含羞或恐慌；他教他们如何阿谀谄媚同时又不失尊严，如何装傻同时又一脸无辜，教他们用脸部表情掩盖内心想法，用听上去令人舒服实际上是废话的溢美之词赢得对方信任，必要时可以用这种方法让对方转移注意力，继而怀疑是别人而不是你在撒谎。(p. 332)

克里斯琴的舅舅梅诺经常告诫理查德："聪明人走路时总低着头，让别人觉得他像空气一样看不见。"然而，克里斯琴显然没有学会。

梅诺是这部小说中很不显眼却十分有趣的人物。他政治立场模糊，在西德一些评论家眼里，这一人物对政治漠不关心，低调、温顺，正是体现在这一人物身上的这种性格与行为使得社会主义政权得以维持，甚至说，这种被动姿态实际上维护了政权。梅诺是赫尔默斯出版社的书评人，收藏了该出版社的经典系列；虽然他对出版社的一些决定表示反对，但他实际上是审查机制中的一分子，并且在其中扮演重要角色。我们在阅读时不由得对他出场时的那些章节产生兴趣，当他保持沉默或有意退避时，我们对他心生同情。他不爱说话，但不是因为腼腆，也不是因为冷漠，而是因为他希望与世间事保持距离，像佛教徒那样，对个人行为、热情以及对周围的好奇，他尽可能不介入。梅诺是个知识分子——他受惠于知识界的行政长官，但他不是职业作家（除了写书评，他写下大量日记，而这些日记的唯一读者是小说读者）。

从科学角度看，梅诺缺乏行动的特性具有积极意义。他是学动物学出生；这一专业素养强调以细致冷静的态度观察外部世界和生物形态。这也是克里斯琴愿意向他学习的重要原因，他"没有因为梅诺对他严格要求而感到不快。当梅诺语气友好然而态度明确地指出他观察不到位，或者没有准确表达时，克里斯琴一点也不生气"。这种训练如同福楼拜对青年莫泊桑的训练一样，目的是为了让他找到"最恰当的字"。紧接这段引文，出现了大量形容多尾凤蛾羽翼绿色的描绘。〔保罗·委罗内塞画作里的那种绿色？那种绿色实际上是粉青（powder-green），当时并没有让老师为之兴奋，只是以点头表示默许而已。〕

对梅诺而言，审读作者书稿，发现标点符号错误，纠正语法，这件事本身具有创造意义；它既是视觉意义上的观察，同时又是语言层面的阅读（这让人联想起纳博科夫对鳞翅目昆虫学的兴趣）。不过，梅诺的工作具有别样的社会意义。梅诺对一位名叫朱迪斯·茨夫拉的年轻作家颇有兴趣。在他眼里，她和她的同行们像"一群昆虫"："她的脸不够整齐，甚至有些歪曲……真正属于她的只有那双眼睛……这双眼睛好奇又有些敌意地观察着周围的一切。"梅诺以局外人的姿态看待周围，他有些嘲讽的态度令人想到普鲁斯特笔下的主人公；至于这一人物对细节的观察，则是接近于托马斯·曼的《浮士德博士》："细节像是一首曲子里的交响乐部分，作曲家为此精心安排，他知道，很少有人对此细加留意……"

通过梅诺，我们看到这个看似不变的世界如何被精心地设计与安排。他的寓所位于一个曾经十分繁华的地带，房间里摆放着他费尽周折觅得的古董，让人对旧日好时光生起许多怀念（比如，一台体积大得像收银机般的"Konsum"台式打字机)。有些时候，我们感到故事人物像是生活在过去，他们的世界里堆满了二战前的各种器物；不过，他们的日常生活弥漫着煤矿的扬尘；即便没有遭受煤灰侵扰，弥散在空气里的气味也在影响着他们的生活。事实上，克里斯琴在煤矿里度过了一段日子，整部小说也都被这样的氛围笼罩着。

另一方面，通过梅诺的动物学视角，我们看到了后期民主德国知识界的状况。在故事的描绘中，德国学者和历史学家相当于历史上民主德国的社会精英（这在西德很难看到）。在回到关于小说中德累斯顿时间性（或者说无时间性 timelessness）问题之前，我想就这些形象做些阐述。小说对这些人物的形容可谓栩栩如生，引人入胜。与普鲁斯特作品中的情形一样，模拟者对模仿的对象既有同情，又别有用心。我们看到，民主德国知识界与艺术界的要职人员对政权既相信又怀疑。这一点主要体现在小说对语言问题的描述上。相信斯大林的一些时髦绅士以轻松的口吻坦言："我支持斯大林，过去如此，将来也不变，我从不掩饰这一立场……总体上说，他当时杀人是必要的。紧急时刻只能采用紧急手段。苏联当时情况危急，他若不这样处理又能怎样？"有些人的态度则比较温和："我们是苏联的一部分，没有苏联，就没有我们。"会议上经常出现剧烈的争论以及因为立场对峙导致的仇恨，尤其当讨论涉及是否要开除某人时（比如，围绕朱迪斯的去留问题）。但是，直接领导人（汉斯·莫德洛夫）在面对这类决定以及由此产生的影响时却摆出一副就事论事的样子，甚至颇有些得意。很显然，就故事这个层面而言，那些话属于作家禁忌——这一问题的意义不同于日常生活中常见的意识形态。克里斯琴的女友认为，应该对专家学者提出相关规定："国家给了你免费教育和免费医疗，难道你不应该有所回报吗？"

不同寻常的是，属于要职人员阶层的这两位后代分别代表左右两派，这与他们的父辈截然不同。这两种立场一直贯穿在小说的叙述中，代表了代际演替的发生机制。（我认为，这个主题实际上是一个隐喻，代表了社会主义最根本的政治问题，即，代际之间的演替；用技术词语来表述，就是社会再生产。）不过，更为重要的是，我们要看到要职人员的玩世不恭态度；至少在民主德国的要职人员中，这种现象揭示了一种更为复杂的心理状况与政治生态：一方面是对社会主义笃信无疑，另一方面与党的决定和规定保持着令人尴尬的距离（这些知识分子明白，来自苏联的强大支持，这样的选择实际上出于政治需要）。冷嘲热讽成了表达这种尴尬的最好方式，这与人们在西德感受到的玩世不恭氛围形成差异。不妨引用小说中唯一一处（故事中的人物很少有机会接触到西德人，当然他们也不感兴趣）这样的例子加以说明。小说讲述莱比锡书展时提到一位西德出版商，当他得知民主德国有不少作家一直参与西德活动时装出十分吃惊的样子，提出了一个具有"毁灭性"的问题："你们有能力杀死一头海豚吗？"

小说对梅诺出现时的描写为我们提供了一个观察点，让我们看到时间性在这里的呈现方式。至少从一个方面讲，时间性展现为用细节描写对空间和物体进行重新创造，体现在对民主德国日常生活满怀情感的细致描绘，其程度几近于怀旧；抛开"东德情结"一词带有对政治体制的批评意味，这里的情形堪称"东德情结"的展现。这一特点集中体现在克里斯琴在事故发生后的一声呐喊中："只有在这种垃圾国家里才会发生这种事情！"（So was ist nur in diesem Scheisstaat möglich！）这种时间上的停顿（timelessness）在程度上被视为等同于民主德国历史上的"停滞期"（zastol，相当于苏联历史上的勃列日涅夫统治时期），也泛指后期社会主义；在这里，无时间感与停滞合而为一。

从作品具有成长小说特点的角度看,怀旧主要表现在克里斯琴的童年回忆中,即,结束童年,开始服兵役。对梅诺而言,过去定格在德累斯顿,1945年2月15日的大轰炸摧毁了这个城市:换了新名称的街道、醒目的纪念碑、遗留的建筑物,然而,这些仅仅是装点门面,原先那个城市已经难觅踪迹。即便是这些看得见的物体——相对于消费品生产过程看不见的投资而言——像是一个巨大博物馆里的艺术品,从中可以看到魏玛德国和威廉德国,只不过这两个时代之间的界限几乎难以辨识。从这个角度看,怀旧像是一种不稳定的传染源,随着接触对象的不同而发生改变。这部小说讲述了20世纪80年代的人对二战前旧世界的追忆,这一写作行为本身成为一种替代,展示了80年代以后人们的怀旧体验。

这种看似没有时间感的氛围在小说第一部分十分明显。阿历克西·尤查克(Alexei Yurchak)将自己对苏联历史的研究命名为"在没有结束之前一切都是永远",这一标题颇有深意。消费品本身,以及从西德视角对物品的错误理解在这里已然是一个事实。这里的情形令人想起我们在古巴看到的情形:20世纪50年代的老爷车成了出租车,让人以为回到了50年代,但实际上是美国以反共为名进行经济封锁的结果。商品变成了古董,这一转变或许带有象征意义,让人以为存在某个没有商品经济的社会,以为书、艺术品、乐器,包括冯·阿伯盖茨家里来自黑海的石榴汁,都是无价之宝;对于这些东西,人们报以艳羡的审美眼光,仿佛它们代表了"使它变新、变陌生"的现代主义理念,只不过是这些东西本身来自遥远的过去。

在这部小说中,梅诺有一块以十分钟为计时单位的奇特手表。理查德的父亲是个钟表匠,如果不是因为这一故事事实,我们有可能联想起很久以前的生产方式,继而把手表当作手工艺品的一个象征。小说时不时提到钟声响起，凸显了时间的不可逆特点，同时也揭示了历史早已进入了这个看似不变和静止的空间。然而，无时间性在一个不同的意义上又是政治的。马克思相信历史以线性方式向着未来发展，与此不同，当今左派政治倾向于本雅明的观点，把革命看作历史飞速前行时的制动机制，仿佛资本主义自己能够对变化与未来进行控制。很可能的是，在后现代条件下，时间被空间取代，使得时间性成为各种不同的思辨形式。弗洛伊德提出的"回顾性追溯"以当时的时间先后顺序观念为参照，将结果与原因在时间中的位置进行了调换，因此显得具有悖论性、从属性和病理学意义，现在成了理论话语中最富竞争力的一个概念（比如拉康、德里达、德勒兹的理论），而一些与黑格尔有关的话语却被视为目的论的，并因此遭到排斥。

在小说《塔楼》中，通过观察东德人的生活，我们或许体会到了一种新的时间性。海纳·穆勒把民主德国的时间形容为历史候车室里的情形，人们得知火车即将进站，但是迟迟不见到来——关于火车历史的描写在这部小说中得到了象征展现。[2]正如查里第·斯克里布纳在他发表于1999年的书中指出的："依照穆勒的观点，火车迟迟不到东德，这一延误使得那里的人积累经验，对于西德而言，必须前行，这就意味着他们失去了积累经验的机会。"[3]这一评论相当于用另一种说法重复了本雅明对历史进步的批评，但同时也意味着另一种可能性，让我们想象是否存在另外一种时间和历史的向度。

《塔楼》结尾处展现的时间性，以及以此对民主德国的解体加以描述，这些丝毫不表示故事本身具有勇敢抵抗或争取自由的意味。也就是说，这部小说不是一部政治叙事作品。我们从故事中看到的是基础建设的坍塌，而不是政治体制。理查德在医院里经历的停电事故体现了这一主旨。医院突然停电，所有人想尽办法，奋力抢救病人；在供暖紧张时，黑市上出现了各种各样应付危机的巧妙装置，以抵抗严冬酷寒。同样的情形在小说中还有多处，比如，平常为出入塔楼的居民提供便利的索道有一天突然坏了；城市火车站有一天突然停止了营运，整个交通陷入了停止状态。换句话说，这些都是社会的"物质基础"，这般景象预示着上层建筑的崩塌；这些事件在一定程度上影响了人们的生活，同时也导致人们产生困惑，对身体和心理造成影响。

在小说中，这些看似非个人化的拼贴式叙事展现了德意志民主共和国的日常生活经验，同时，关于这些事件的描述与关于二战及其发生在东德前线的暴行并置，让人觉得作品像是故事人物的自传，犹如从冗长的叙事中截取其中片段，并与故事进行混合[故事中虚构了一位名叫阿特伯格的作家，不过，我们在阅读时感觉到有弗朗兹·福尔曼（Franze Fühmann）的影子。关于这一历史人物的逸闻趣事，见本雅明·罗宾逊（Benjamin Robinson）出版于2009年的《体制的表象》]。对于故事中人物过去的经历，小说并没有太多交代——理查德经历过德累斯顿大轰炸，梅诺不知为何换了职业。突然之间，一个历史悲剧，就像电影《德意志零年》那样，激活了老一代人的记忆，使得过去在瞬间的时间中涌现。《塔楼》以冒号结束了叙事，这一特点与故事主人公对标点符号的强调十分契合，使得作品关于政治的未来可能性保持开放。作家设想以1990年为时间点写一部续篇，题目是《火山熔岩》。这部小说共有500多页，续篇当然不会以同样的篇幅讲述1990年的精彩历史。不过，知识分子、党员、读者，包括《塔楼》中梅诺一家，对于如何展现这段历史，一定会饶有兴趣。

[注释]

[1] Frankfurt：Suhrkamp, 2008. 所有引文均出自该版本。

〔2〕引自 Charity Scribner, "From the Collective to the Collection", *New Left Review* I/237 (September-October 1999), p.147. 其中有这样一段叙述: "你会听到通知:'火车将于18:15到站,18:20离开。'——可事实上永远不会如约抵达。接着,又传来一个通知:'火车将于20:10抵达。'如此这般重复。你只能坐在候车室里等待,心想:'到21:05时,火车就会来了。'整个情景就是这样,像是等候救世主的来临。这期间不时传来预报,告诉你火车即将到来,而你心里很明白事情不会真的发生,但同时又觉得听着一遍遍的广播也是件令人愉快的事。"

〔3〕同上。

第十二章　多种反事实的社会主义

　　小说里的青春通常都是随着情节进程渐渐走向成熟。然而，形式层面有些成分不经意间暗示我们：事情不会就这样，不会像实际生活中见到的那样发生。有这样一类小说，它们把青春、希望以及兴奋都封存在一个时间舱里，使得一切完好如初；此期间虽然也出现过失望，但人们基本上保持着高昂的热情，像是被施了魔咒一样，或者像是童话世界中的情形一样（作者也会如此告诉读者）。当然，在近期兴起的历史小说中，也就是那些被称作后现代历史小说的作品中，不会有这种情形。

　　小说里的青春是一个崭新的世界，充满了天赐的幸福。我们这里要讨论的青春是苏联，但不是20世纪20年代，而是60年代赫鲁晓夫执政时期。对于现在的年轻人而言，斯大林、战争、物质匮乏、秘密警察都是远古的历史。这一代人对那些往事了解甚少。他们知道的是"斯普特尼克号"人造卫星、教育改革，以及"红色富裕"（red plenty）。这里的"富裕"不同于战后兴起的美国消费主义。斯布福特（Francis Spufford）在他的小说里记录了这一现象，像是把它封存在一个时间舱里，然后将它重新翻出来摆在我们面前。他从这段历史中获得了某些历史经验，不过，或许还有一些他没有想到的问题有待我们进一步思索。

　　斯布福特的小说内容精彩，形式独特。根据小说改编的电视剧乍看与原著所差无几，实际上却大相径庭。电视剧突出演员形象，让观众在角色与演员之间进行比较。小说以20世纪60年代的苏联为背景，将历史人物搬上银屏——其中最重要的历史人物当然是尼基塔·赫鲁晓夫；除他以外，还有不少与这一核心人物有关的"虚构"人物（p. xiii）[1]。严格来讲，这部作品不是历史小说。至于为什么这么说，恐怕不能简单地从技巧或文类划分角度来解释，而是需要从理论层面进行深入分析。

当然，这并不妨碍我们首先从类型角度提出几个问题，比如：为什么说这部作品不是非小说（比起其他讨论，如，文类之间的界限已经不再存在，甚至可以说文类已经不重要，这一问题或许更有意义）？是否可以把它归为"叙事新闻"（narrative journalism）——那些声称对某个危机事件进行叙述的作品——新文类？安德烈·索尔金（Andrew Sorkin）的《大而不倒》（*Too Big to Fall*）或许是这类作品中的"重要"佳作，我们不妨看一看作品开篇第一段：

> 康涅狄格州格林威治小镇的早晨，空气清冽。2008年3月17日，早上5点，黑暗中，一辆黑色梅赛德斯汽车在车道上缓缓驶过，明亮的前车灯光掠过雪泥路面，映照出周围12英亩庄园的辽阔草坪。驾驶员听到人行道上传来脚步声，接着，看到福伊德（Richard S. Fuid）从前门走出，径直朝他走来；接着，他打开车门，在后座上坐下。(p. 9)[2]

这段文字展现的每一个细节都可能是真实的，甚至可以说与事实吻合，但是，这并不代表其虚构性已经降低到最低点：巴特把这种写作称作"小说式"（novelistic），不过，这并不表示这是小说，而是说，作者以此向读者传递一个信号，提醒读者意识到是在阅读小说（就上述例子而言，目的在于提醒读者从事实切换到虚构）。

《红色富裕》的情形也不例外。作品以细节描写开篇："有轨电车驶来了，发出金属碰撞与摩擦响声，蓝白色的电火花在冬天的夜色里显得格外耀眼"（p.8）。此外，小说有长达50页注释，其中不乏冗长而琐碎的解释，让我们以为在阅读一篇散文（索尔金为读者提供了40页网上文献索引，外加"500小时的访谈内容"）。在小说中加入注释，这种做法早已有之，比如，《芬尼根的守灵夜》《无尽的玩笑》①。用这种做法的意图不是为读者提供文献（索尔金和斯布福特的作品中还有相当长的参考文献）。这两部作品都是以研究为出发点，但是，新闻与历史的文类界限是什么？无论如何，两种文类都不应该将虚构人物作为叙述的对象。

用童话模式讲故事，斯布福特试图用这种方式揭示这一形式的独特性。在下面的讨论中，我将对这一形式的意义提出解释，同时指出这一处理方式存在的问题。在分析形式独特性之前，我们先来看一看内容的独特性，包括这一创新产生的奇特效果以及开创的文学新时代。这里说到的时代并非指作为历史年代的"60年代"，而是一个阶段性概念，即，不同国家在不同时代经历的情形（西班牙的"文化浪潮"发生在佛朗哥去世后，更具体一些，是军变失败以后；俄罗斯也有过类似的时代；中国开始于20世纪80年代；等等）。这当然不是说这些思潮等于"解冻期"（the Thaw）或"改革期"（perestroika），更不是"文化大革命"，而是与某一代人有关的一个事件，一次青年运动；同时，与某些态度（道德与政治层面）发生决裂，与老一代或统治阶级权威产生分裂（即便它颠覆的对象并不是资产阶级，也以"反对资产阶级"为名）。

我们这里讨论的苏联60年代不是上述提到的赫鲁晓夫时代与斯大林时代。首先，年轻人依然相信社会主义（与他们的前辈

---

① 《无尽的玩笑》是美国小说家戴维·福斯特·华莱士（David Foster Wallace, 1962—2008）的小说。

一样);另外,客观条件也有所不同。有些条件已经大不一样(比如,斯大林的教条与方法),同时也出现了新形势,例如,新兴的电子技术,重工业开始转向生产民用消费品(这也是前所未有的现象)。我们不妨称之为"战后"新时期,其他国家也有过类似的重建期(英国工党推行的国家医疗保健系统、美国高速公路计划、麦克阿瑟在日本的农业改革、非洲的去殖民化运动等等)。从这个角度看,与其说《红色富裕》是关于重建,倒不如说它是关于重建蕴含的意识形态。就苏联的情形而言,由"新起点""新开端"引发的新思潮不是像西方国家那样,意味着新的发明,也不是对一种新的精神面貌的召唤,而是一种渴望与过去进行对接的姿态,或者说是对过去的重建。具体而言,是重建苏联,重拾二战苏联共产主义建设计划,重新启动因为希特勒以及外国势力入侵而搁浅的建设目标。至于冷战,赫鲁晓夫的美国之行(美国人现在又在谈论这件事)足以消除杜鲁门煽动的恐苏情绪(该书以里根的冷战思维为结尾)。

小说中的人物基本上都是科学家,有年轻人,也有年长者;有虚构的人物,也有历史人物。总之,洋溢着科技时代的新风尚(说得更具体一些,是由电脑技术开创的信息时代)。其中不乏有关日常生活的描写,让读者感到对科学的热情(在寓言意义上)代表了全社会情感:美国馆之行、农民和不法分子的生活琐事、自然分娩、流行歌手、工厂以及其产品和合同——这些描写虽然不是社会学意义上的社会图景,更不是对一个现代化的,或者正在走向现代化的社会的全景描绘。设想一下,如果一一列出,还有哪些呢?不过,我们感到小说已经列出了足够多的内容,其中一些与技术和政治无关的不仅代表了社会景象的一部分,同时也是对历史真实的虚构展现(我将在下面对此进行深入分析)。总之,我们觉得这些纷杂的内容足以折射那个社会的精神面貌。

（当然，有一个问题，我感到有些拿捏不准：一件艺术品如何，因何让人感到完整，并且呈现为总体性？这是个让所有批评家都感到为难的难题。）

斯布福特的高明之处在于让读者忘记（在阅读过程中）那些被括除在小说之外的内容，即，那些在生活中让人感到没有新希望的又无法写入童话的严酷现实。当然，将一些内容排除在作品以外，并在此基础上进行写作，这也是职业作家的惯用手法。

倘若我们只留意作品排除了哪些内容，而不关注以一种令人惊讶的方式呈现在作品中的东西，这显然有失偏颇。这部作品中有不少脚注，内容纷繁。像是一个露天市场，各种信息应有尽有（pp. 372–373），比如，纤维胶生产（pp. 397–398）、苏联制造的小汽车（p. 404）、掮客的心理活动（p. 400）、官员们按等级布置室内陈设的寓所（p. 388）、流行音乐（p. 418）等等，不一而足。这些信息都指向过去（可能都不是第一手资料），但是，这里的意义不仅仅是通过描述过去，强调地方色彩，也不是像历史小说那样着力于刻画异域风情。较之小说曾经独占风光的局面，如今各种非虚构文类十分流行（比如，经济学或社会学读本、流行传记），而这些文类在19世纪并不流行。那个时候，像巴尔扎克那样的小说家充当着专家角色，准确地描绘出不同社会阶层及其生活风俗。事实上，自然主义小说家认为自己的角色就是如此：左拉的笔记本以及他对社会的实地观察表明，他把记录社会当作自己的责任，认真地记录他看到的各种社会现象，比如，矿上的人员结构、股票市场的运作情况〔这种写作如今有可能很畅销——俨然是一个独立的文类，比如，记录机场的情况（亚瑟·黑利），或者关于某个建筑的描述（安·兰德）；这种文类像小说那样具有意识形态意义〕。至于写作手法，都具有自然主义特点。就小说或一般文学创作而言，作家不会就写作的技术问题进行交流。

作家必须赋予所有素材以象征或比喻意义（左拉笔下的煤矿成了吃人的恶魔）。现代审美体系垮塌以后才有了这类后现代作品，从而使这类信息进入像教科书那样的文本。导致信息审美化的原因是否与信息社会有关，还是审美信息化时代审美趋于图像化的结果？我对此不敢妄断，但是，可以肯定的是，这一问题本身具有意识形态意义。这一问题意味着存在第三种解决方案，即，后现代条件下专业呈现为去差异化。《红色富裕》对历史事实问题做出回应，它实际上将我们带回到了布莱希特为道德说教进行的辩护——了解事实，学习技能，这一过程本身令人愉快，而这恰恰是艺术不能放弃的目标。

这一切听上去像是童话故事，其核心部分是一个真正的乌托邦（抑或称之为"天堂"，这个词在波斯语中的词源意义是指四周有围墙和大门的美丽花园）。在《红色富裕》中，它是"俄罗斯科学城"（Akademgorodok）。该建筑竣工于1958年，当时吸引了各行各业的科学家与学者，还有研究生、艺术家与音乐家：

> 她沿着小路前行，突然，眼前出现一片茂密的树林，再往前走一百来米，几乎就是一个森林。地上覆盖着干枯的松树叶，像是铺了厚实的地毯。她抬头仰望，透过斑驳的树叶，看到了苍穹；正在缓缓下沉的太阳此刻发出耀眼的光芒，穿透树林。远处建筑工地上的机械声像被森林过滤了一般，听上去十分遥远；附近大树旁边传来一阵蜜蜂的嗡嗡声，让远处的机械声成了轻柔的伴奏。树林里大部分是松树和白桦树。(pp. 153–154)

对自然的热爱同样带有国家意味。坐落在西伯利亚荒原上的科学城像集体别墅。对于俄罗斯知识分子和蘑菇采集者而言，这么说一点儿都不夸张。我们只要回忆一下欧洲人初次看到美国大学校园时那种惊喜,就不难理解这种情形。刚进大学的新生走入校园时总是那样惊喜,让人一看就知道他们此前一直生活在家庭的庇护下,这也是佐亚·瓦因什特因(Zoya Vaynshteyn)[和雷伊萨·伯格(Raissa Berg)]描绘的情形;像那些大学生一样,人们初次来到社会主义营地,带着初学者对新事物、新发现的热情,同时也被学术政治的病毒感染。

《红色富裕》涉及许多内容,但主要是关于知识分子生活的。事实上,作品对苏联生活的总体化展现也是从知识分子的视角展开的:就连国家即将面临的政治危机也被展现为一场学术危机,这在一定程度上解释了该书为何受到某一类读者喜爱。这不是一部讲述"解冻期"的历史小说。不是所有读者都知道斯大林是何许人也,这也不奇怪,今天的学生中很少有人知道什么是吉姆克劳(Jim Crow)法,什么是反共清洗。这部小说描写的不是关于"希望",不是关于历史上声势浩大的革命年代如何激发真正的集体奋斗意识,比如,20 世纪 50 年代的中国的社会运动、西班牙内战早期的国内革命。这部小说的重点是关于行动,不仅仅是关于时代提供的行动机会,同时也是关于各个领域里前所未有的创新行动。那个时代,没有人处于被动观望状态,也不会有人因为某种客观原因无动于衷,或是在运动中主体遭到阉割:没有失业,也没有经济萧条。即便是赫鲁晓夫被罢免时,他的想法也是:"现在没有人需要我了……我无事可做,这可怎么办?我靠什么为生?"(p. 282)可见,失败丝毫没有导致存在意义上的焦灼感,而是无事可做导致的忧郁。令人遗憾的是,不少西方作家不了解这里的原委:贪欲——对权力、野心的渴望同样具有驱动力,它促使人们热衷于行动。

然而,正如赫鲁晓夫倒台事件所示,这个充满活力的时代(包括《红色富裕》)注定以我们暂且称之为失望的调子而告终

(事后来看,勃列日涅夫时期国家实力在整体上显现为"停滞",这一点值得深思)。研究者们提出了不少理论,试图解释导致苏联解体的原因,包括没有发展电脑技术。对于这个问题,我将在下面的阐述中提出我的看法。大部分人认为赫鲁晓夫时期在苏联历史上是有可能真正重振社会主义的最后一个时机。这部小说表述了斯布福特在这个问题上的看法,因此,这部作品堪称一部思想小说。作者(真实)的"失望"(与作品中的人物不同)体现在他对加里纳(Galina)关于"自然分娩"痛苦的评论中(心理助产法诞生于苏联):"这是苏联理想主义遭到的又一次碾压,一个真正具有前途的想法,不幸毁于强制与疏忽魔术般的联合中。"(p. 410)

作者不经意间使用的"魔术"一词透露其中的独特性。这个时代类似于斯特鲁加茨基兄弟作家笔下的宇宙飞船与巫婆芭芭·雅加(Baba Yaga)的混合体。实际上,作者以脚注方式提到了这个典故。说到这里,有必要回到童话故事这一类型,以便我们探究这一样式包含的奇幻成分以及与历史小说研究有关的学术问题。斯布福特的看法与左派知识分子关于市场社会主义这一古老命题的讨论有关。我们知道,"自由市场"不等于自由竞争,而是指全球范围的垄断,不过,随着"自由市场"意识形态的全面取胜,这个问题已经被淡忘了。货币理论、取消市场、取消实体经济,等等——这些令人兴奋的未来视界,以及可能导致的灾难,被描绘成存在于过去的历史中。在消费社会里,我们虽然容易想象取消金融市场,但是,却很难想象可以取消金钱。当然,这不是我这里讨论的话题。

小说中的主人公列奥尼德·V. 康托罗维奇(Leonid V. Kantorovich)是一位经济学家。作者在塑造这一人物过程中基本上采用故事中"普通"人物(卢卡奇意义上)的视角。20 世纪 30 年代末，康托罗维奇提出了一个新理论，为后人在 20 世纪 60 年代在相关领域的推进奠定了基础。作为一个特例，在斯大林的黑暗统治时期，康托罗维奇与当时的政治派系保持相当的距离，而他的研究成果则成功地被应用于实践；与现在人们对那个时期（关于犹太裔苏联人如何遭受迫害）的糟糕情形的刻板描述形成鲜明对比，他是苏联科学院院士（同时也是诺贝尔奖获得者）。

康托罗维奇用数学方法分析生产领域——听起来像是工业生产过程中的泰勒理论，只不过与泰勒关于通过提高劳动生产率进行劳动力剥削的理论不同——出现在阿卡杰姆戈罗多克（Akademgorodok）的作品中，描述 20 世纪 60 年代控制论与信息技术现象。认为电脑能够破解计划经济僵局，相信电脑化信息系统能够为社会主义未来提供物质基础，这种认识在文学作品中并非前所未有。厄休拉·勒·奎因（Ursula Le Guin）的两部乌托邦作品《无依无靠》（*The Dispossessed*）、《永远在回家》（*Always Coming Home*），以及其他相关理论，都是关于同样的议题。不过，对于乌托邦的敏感还是有所体现，比如，在电脑技术普遍发展之前基本上没有这类乌托邦故事［此前最后一部作品是恩斯特·卡伦巴赫的《生态乌托邦》（*Ecotopia*，1968），那个时候电脑技术尚未进入日常生活］。赛博朋克对市场抱有极大热情，认为资本主义本身就是彰显差异与多样性的乌托邦。我觉得，赛博朋克之所以有这种错误想象，原因在于误以为电脑能够"管理"同一性：生产领域在全球范围几近于无限复杂，而人脑对此难以进行全面掌握，而电脑却能"神奇地"（斯布福特或许会说"魔术般地"）将这些无穷的复杂性全部置入芯片，从而免于对这些复杂性进行展现或处理。

苏联经济学家避免使用"市场社会主义"一词，可能因为他们觉得这个词相当于倒退到资本主义的一个标识（斯布福特列举了反对这一观点的人，同时也提到了一些没有使用该词但关注这一问题的人）。我们或许可以通过区别生产和消费之差异来思考这里的问题。从消费角度看，在消费社会里，人人想要同一件商品——标准化的产品，无论你喜欢的产品是什么商标——关键是能够刺激消费欲望同时保证市场上有足够的供应，并且保证货物在合适的地方（广告如何干预这个过程，使欲望顺利进入消费者的无意识，这是一个可以被测定的因素）。在苏联经济学家看来，关键是对生产成本以及各个组成部分的来源进行精准的计算，这就必然涉及统一化：原材料来来往往之间的网状关系，以及每一种原材料的流动过程形成的新的结构，这一切都得由电脑完成。令人遗憾的是，经营者为了保护自己的生产点，都竭力避免融入这个宏大的统一体，然而，这样的统一体恰恰是电脑技术希望实现的。

总之，问题的关键是将政治重新用于经济生活，把生产成本纳入统一计划中，这就需要精准的数学计算。当这一新思想得到上级认可，尤其是被苏联高层接受时，当时知识分子一片欢欣：对他们而言，这代表了新时期进入巅峰时刻，他们从中看到了"实际存在的社会主义"（这是事后的说法）。用黑格尔的话来说，现象本身成为指代自身的一个概念。

然而，当成本完全展现在数学模式里的时候，价格也随之攀升：价格成了成本的代名词，随之而来的便是一场因为抢购面包发生的骚乱。如今，恐怕很少有人记得发生在1962年6月3日的新切尔卡其克（Novocherkassk）事件。在阅读维多利亚小说时，人们很可能曲解作品的反讽意义；同样，《红色富裕》中的历史人物不知道官方对这一事件采取了一种回避姿态。到1965年发生著名的柯西金（Kosygin）改革时，他们吃惊地发现，改革的核心与他们的提议和设想相去甚远。我们可以想象，当改革的伟大领袖黯然退休,坐进小车悄然退场时,他一定有些吃惊。随后发生的急转直下都是从这一刻开始的!

这个童话故事实际上是小说家用文学方法展现的历史,历史学家把这种方式称作反事实想象。原理很简单,比如,对历史上某一次决定性的战役进行反向想象;再如,想象如果某位领导人并没有意外死亡。阿诺德·汤因比(Arnold Toynbee)曾这样想象:假如亚历山大大帝没有在他33岁那年死亡,或许有可能出现一个长治久安的和平帝国。菲利普·K.迪克(Philip K. Dick)有过类似的想象:倘若德国和日本是二战中的战胜国;内尔·弗格森(Niall Ferguson)曾经想象:如果德国在一战中是赢家,或许有可能带给人类福祉(不发生苏联革命!)。

斯布福特以童话故事展现的反事实想象没有用科学幻想来展现他心目中的另一种可能;但是,这部精彩之作的要义在于对那个挥之不去的问题"如果不是那样,事情会怎样"加以收敛,从而对一个历史时期保持真切感,继而认识到,在那个时期有相当一段时间里,任何事都有可能成真。

至于这段过往历史对其未来的意义,不妨以作者用脚注表述的反思作为结束语:

> 表面上看,20世纪的重要谜团之一是这样一个问题:苏联80年代改革为什么没有想到走中国模式,即,经济上松绑国家社会主义,政治上严格保持原先的体制。与中国模式相反,苏联政府拆散列宁的政治结构,同时在经济上竭力维持计划经济。不过,要解开这个谜团也不难,前提是存在这样一种假设:如果戈尔巴乔夫以及他周围的知识分子——他们都生于30年代,成长于赫鲁晓夫时期——假如他们是真正的社会主义者,即便在勃列日涅夫"萧条期"他们仍然坚信社会主义,20年后他们就能抓住机遇,重振当年的社会主

义改革计划,致力于打造一个富强、富有人性并且充满智慧的国家。如果真是那样,那么历史就大不相同。但是,实际事实并非如此。与严峻的后果形成对照,这部书讲述的是改革之前的历史。(p. 413)

[注释]

[1] Frances Spufford, *Red Plenty* (Minneapolis: Graywolf, 2012). 引文页码均出自这一版本。

[2] Andrew Ross Sorkin. *Too Big to Fall* (London: Penguin, 2010), p. 9.

第十三章　肮脏的小把戏

在《体系时代：战后美国文学创意写作》[1]一书中，马克·麦克格尔（Mark McGurl）揭示了这样一个秘密：战后繁荣的美国文化（这里的讨论将集中于小说，至于理由我将随后说明）是大学体系化的成果，尤其是大学里创意写作课程的机构化。该书文献丰富，对于历史研究具有启发作用，当然，其价值远不止于此。在当代美国作家眼里，高等教育对于实际生活而言只是一种人为的补充，大学里的创意写作课程也不过如此；普通民众从不认为这种培训活动与自己有关。在文学领域，但凡有创作能力的人，都去从事创作；不然，就去大学校园里教学生怎么写作。欧洲的一些知识分子，如萨特、波伏娃，曾对美国作家赞叹不已。在他们看来，有些美国作家没有上过大学，也没有教过创意写作课程，他们中有的是普通劳动者，有卡车司机、酒吧招待，或是守夜人、搬运工，总之，都不是知识分子，但他们的作品却记录了"人们在这块陆地上的流动过程，描绘人们从小村庄来到加利福尼亚州果园的迁徙进程"[2]。

一边是生活经验，一边是大学机构，互不沾边。当然，在某种意义（也是最好的意义）上，大学教育为人们提供了职业培训机会，帮助人们建立家庭，引导他们在社会和机构中找到适合自己的位置，所以说，大学教育先于实际生活经验。不过，大学在一定程度上游离于社会（麦克格尔提到了"校园小说"这一新型叙事文类。他把大学这一实验性的飞地比作时下随处可见的文化活动。像旅游业一样，文化活动已是一个经济产业）。至于校园里的学生，当他/她无须担心学费（以及生活费这项乍看不显眼但实际上始终相伴）时，大学意味着自由，不受意识羁绊（阶级利益尚未像铁笼一样笼罩校园），无拘无束探索新事物，比如，性、文化、思想等，没有国籍和阶级意识的困扰，也没有因为自己是美国人而感到内疚。不过，"真正的"作家希望诉诸笔端的不是空中楼阁般的自由，而是被限制的现实生活（实际上，描写大学里的种种不自由构成了校园小说的核心内容）。从这个角度看，"被培养为作家"（这听上去就让作家感到羞辱）——这种羞辱感与故事人物（小说中的"人"）对自由的渴望遥相呼应。

问题远不止这些。欧洲作家羡慕美国作家，以为像海明威那样的大作家都与大学无关，也不曾接受过创意写作或其他写作技巧的培训。在他们看来，美国大学属于国家机构，受制于社会结构，因此，大学的社会功能，包括高等教育本身与欧洲截然不同。当然，欧洲大学里没有创意写作课程，据此，麦克格尔认为创意写作堪称美国发明；与美国不同，欧洲大学重在培养知识分子，而不是作家。这一说法直入堂奥，揭开了让美国作家感到相形见绌的一个肮脏小秘密：美国的反智主义。

反智主义虽然在美国有着很长的历史，但我们不能把这种思潮看作美国文化的特点或属性。反智主义存在于所有社会，它是对作为社会动力机制的阶级意识进行的文化表述。左派知识分子对这一点往往感到费解，原因在于他们希望用自己的意识形态对反智主义者加以保护，避免对方遭到其对手的仇视。反智主义是民粹主义的不同形式，其批判的对象是知识分子的特权地位，而不是他们提出的思想。大学因此也成了反智主义抨击的对象。作家与大学学术活动产生交集，这多少让他们有些负疚，因此，他们通常象征性地努力使自己与大学保持距离，同时还得避免与理想主义者和精英主义者交往过密。阶级身份的某些标识有可能因环境不同而产生差异,但是,这种象征性的阶级斗争在上述领域中却十分明显,这也解释了为什么这种二元对立思维贯穿于麦克格尔的这部权威著作中。我们从中看到,围绕现实主义/现代主义的争论被赋予了各种新的符码。现实主义是否为资产阶级认同(这一点与欧洲的情形一样),还是被认为代表欧洲殖民者立场(比如,非洲,以及其他后殖民社会),这是麦克格尔提出的一个基本判别立场。在阐述的过程中,他一再提及性别问题。以性别为核心,作者或者将文学看作女性化的、被动的(与早期现代主义一样)表述,或者把女性主义视为具有反抗意义的战斗姿态(大部分国家的情形如此):

> 男/女性别二元项往往与高雅/低俗二元项形影不离,但是,性别二元项在大学体系里更加普遍,其表现方式也更加多样。创意写作与战后小说就是这样的例子:人们或许会想到"女学者"与"教授"在地位上的高低之分,或者是更有深意的另一种情形,一些具有"安慰"功能的机构(比如,医院)被赋予女性气质,另一些带有"规训"功能的机构(比如军队)则被形容为具有男性气质。大学既非"女性化"也不是"男性化"机构,而是分别代表"慈母"和"严父"形象,是两种不同的话语的代表;不过,这两种话语私底下为了获得权威地位展开的较量从未停止过。从长远来看,这种现象反映了战后大规模出现的男女同校制,以及妇女在公司的全体从业人员中进入管理层的特点。(p. 44)

这种难以避免的阶级对立现象在大学校园里同样存在。麦克格尔向我们展示,他将创意写作限定在小说创作领域,这一切入点本身具有阶级意义。诗人觉得自己拥有崇高使命,因此瞧不上与自己同行的小说家。从事戏剧创作的人也不例外,他们不希望别人把戏剧与小说相提并论。在他们眼里，写小说属于无产阶级职业，因此社会地位不高。不过，另一个行当——新闻——为未来作家提供了可能性，有助于与文学拉开距离。这些行业之间的互评，其严肃性丝毫不亚于"普通美国人"对大学体制的批评（在一个已经严重机构化、官僚化的社会里，大学作为机构，实际上同样令人感到压抑）。

问题的关键不在于揭示这些行业在社会意义层面的高低优劣（麦克格尔竭力规避这一点），而是要了解这样一个现实：战后美国作家依赖于大学赠予他们的丰厚资源，对他们而言，如何躲避大学机构的符码与认同从根本上讲只是形式问题。这里面实际上存在几种看似矛盾的解决方法。《体系时代》成功地提出了解决问题的办法，并对它们之间的关系进行了描述。作者以辩证立场详解问题的复杂性，用麦克格尔本人的话来说，他在立场上属于历史唯物主义。有所不同的是，他对读者提出了特殊期待，要求我们在看待问题时不再局限于传统文学史内部〔尽管他的论述涉及许多作家：托马斯·沃尔夫、纳博科夫、约翰·巴斯（John Barth）、菲利普·罗斯（Philip Roth）、乔伊斯·卡罗尔·欧茨（Joyce Carol Oates），以及雷蒙德·卡佛〕；此外，他也不希望读者从传统审美和文学批评立场上对文学艺术与价值做出这样或那样的判断。

这里的辩证思想与我前面提到的阶级符码形成反转关系。不管我们现在怎么看待沃尔夫，这位小说家在世时被视为美国最伟大的小说家（这一情形与福克纳一样）。实际上，沃尔夫开创了一种具有影响力的写作方法，有助于破解麦克格尔揭示的僵局。在麦克格尔的书中，作者将多个层面的各种问题并置在一起进行讨论，我把这种方法叫作"跨符码结构"（transcoding）。"跨符码"假定存在一种由不同层面交互形成的寓言结构，因此，我们在阅读时必须不时地从一个层面切换至另一个层面，以便看到每一个层面都以不同话语言说各自意义的多重性；要了解它们之间的关系，读者必须首先对某种具体符码进行解码。为此，麦克格尔开篇明示：从作家的经济状况转向他/她的美学思想，从大学的社会地位——二战以后飞速提升到成为新的民主精神与平民主义的象征——此后转向受排挤的移民以及以族裔和性别为主要问题的社会底层群体，包括那些利用阶级问题往上爬的群体。我们必须看到这些问题背后的反智主义（沿着这一思路向前，我们可以发现同一问题在美国和欧洲的不同表现，甚至还可以思考全球化问题，以及美国与其他国家之间的关系）。

麦克格尔往返于几种不同话语体系之间，并在这个过程中揭示了他探究的对象：从创意写作的历史到教师心理、创意写作的职业化道路与后期资本主义的关系、文化多元主义的意义、对新批评在战后文学界意义的重新评估、"隐匿的阶级创伤感"与亨利·詹姆斯"视点"（现在被叫作"聚焦"，在批评界备受关注）的意义与功能，等等诸多问题。麦克格尔的著作本身像是一种实验写作，因此，我们在阅读时必须保持警觉，不断调整关注对象，跟着作者的逻辑前行，同时与之保持中立。作者的历史判断，对美国文学新体系提出的质疑，方法论以及展开的讨论，都富有新意。

作者在书中勾勒了一个体系，揭示了三个一组的两对方式以互为结构的方式形成的咬合关系（它们之间的相互关系具有理论意义）。在第一组关系中，我们看到了创意写作在战后出现时的教学活动以及与此相关的某些规定。作者假设：文学与形式领域的这些规定反映了美国主体性及其演变过程，同时也折射了阶级关系的变化与发展。作者认为，可以用三句话概括这些变化在文学创作领域里的反映：写自己所知，发现自己的声音，叙而不议。

就形式而言，这些规定意在破解文学创作僵局，说得更确切一些，是为了解决一个难题：如何将写作，尤其是小说创作这样一种个人行为传授给他人？巴赫金（Bakhtin）、卢卡奇以及其他不少人都曾说过，小说是现代性的表述形式，它超越并否定了那些可以通过教学获得的陈旧样式，比如，史诗、戏剧，以及各种类型的抒情诗。从这个角度看，小说的确像纪德说的永远都是"无规则的"。亨利·詹姆斯及其追随者为小说艺术提出了一套"视点"理论，我们对此产生过许多疑虑。值得一提的是，福克纳没有出现在麦克格尔的视野中（关于原因，我将在下面的讨论中涉及）。福克纳曾就小说家创作问题提出过三项准则：经验、想象力与观察力——只要具备其中两项就足以成就一位小说家（沃尔夫堪称三项俱足）。观察力或许可以传授，比如，福楼拜教莫泊桑那样；可惜，其余两项均无法在教室里获得。

麦克格尔提出的三项准则意在从一种新的历史视角看待写作难题。（1）写自己所知。这个说法强调了作家经验的重要性，在一定程度上它把"想象力"括除在外，同时把注意力转向关于作家个人生平；即便不是作家的自述，至少也是有关作家的个人事迹。这一倾向在第二项准则中得到了强化。（2）发现自己的声音。这一技巧或许开始于现代主义对作家个人"风格"的重视，此后经过大量第一人称叙事作品臻于完美。不过，这项准则与第三项准则出现了矛盾。（3）叙而不议。这项准则原是亨利·詹姆斯对小说视点技巧的理论化（他借鉴了戏剧艺术中的直接性，提出了呈示法）。与前面两项相比，最后一项在创意写作课程中具有更大的可操作性（既有积极意义又有否定意义）。

在这些规定性准则中，关于写作技巧的培训最难把握，因为这一要求的最终目标是回到作品类型及其亚类型，而有关文类的讨论早已被视为过时之谈（除非以反身指涉显现的文类混杂，比如，拼贴，或者说，人们相信已经不存在具有真正"文学"特征的文类)。毫无疑问，这同时也是规训的组成部分，如果不是如此，自恋的情绪与夸张的语言就会得到充分释放。所以说，"技巧"在一定意义上不仅指来自外部的规训与自我克制，它同时是一种约束力，最终显现为主题意义上的极简主义；这一点在麦克格尔的书中虽然没有以理论化的方式展现，但却贯穿始终。从这个角度看，极繁主义是一种修辞叙事与自我表述，最具代表性的作家是托马斯·沃尔夫。他的作品向读者传递了超越他那个时代的意义，使读者感到不安与紧张。在当代作家中，具有这一倾向的代表是乔伊斯·卡罗尔·欧茨。不过，这位高产小说家以独特的方式将极繁主义发挥到极点，其效果同样非凡。我们很难从文学传统中找到能够与她比肩的作家。这种趋于极繁主义的冲动使我们联想到"天才"概念（这是一个相对而言的现代概念），并从中发现积极的意识形态意义。康德认为，天才是指那些有着卓越禀赋的人；与这一概念形成对应的是那些写作艺术家个人生平的小说家。

经验　　　　　　　　创造力
真实性　　　　　　　自由
记忆，观察力　　　　想象力，幻想
"写自己所知"　　　　"发现自己的声音"

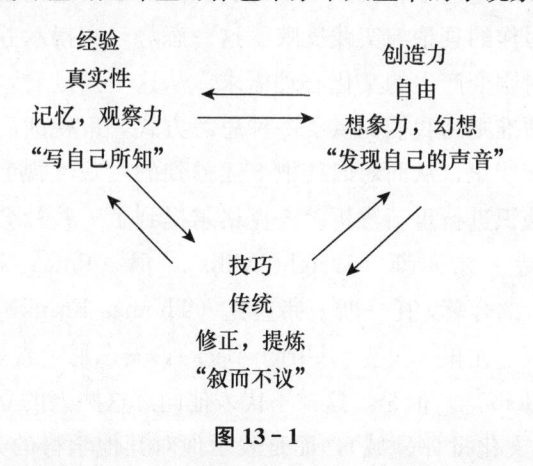

技巧
传统
修正，提炼
"叙而不议"

图 13-1

这不是说极简主义拒绝表述。相反，极简主义开创者海明威用一种不同寻常的方式强调表述。他拒绝使用修辞与夸张手法，而这种方式以及由此产生的沉默、省略恰好是对强烈情感的最佳表述（尤其在叙述婚姻关系中的男女主人公时）。海明威风格的继承人雷蒙德·卡佛在使用"省略法"时采取了更为灵活的方式，有效地展现了美国人在当代生活中的抑郁与孤寂感——或者说，在情感生活中的无力感。

讲到这一点，就有必要说说福克纳。麦克格尔没有提到福克纳，但是，福克纳的小说可谓是极繁主义重镇。从纵情恣肆的语言方式，到故事世界里从南方奴隶制时代到现代商业社会中的沦丧景象，福克纳建构了一个个恢宏的故事世界。他那些冗长复杂的句式堪称现代主义文学中的极繁主义样板。不过，这种技巧显然有别于极简主义，不适合作为教学内容用于创意写作课程。在我看来，麦克格尔将福克纳括除在创意写作之外（事实上，福克纳与创意写作从未有过任何关系[3]），主要是为了避免《体系时代》陷入理论纠葛与逻辑矛盾，以保证作者的观点整齐有序。

在前面的论述中，我强调了战后美国美学转向内心世界的倾向，创意写作的理论与实践反映了这一态势；它揭示并满足了战后美国人对剧变产生的文化心理需求。从这个角度看，麦克格尔概述的三项准则为我们提供了一种思考方式，审视战后美国社会与经济的新变化，从而对以往把上述提到的主观性视为个人主义同义词的认识进行重新辨析。麦克格尔提到了一些社会学家及其著述［莱特·米尔斯（Wright Mills），潘（Pine）和吉尔摩（Gilmore）的合著，托马斯·弗兰克（Thomas Frank）］，还有一些经济学家［尤里·贝克（Ulrich Beck），安东尼·吉登斯（Anthony Giddens）］，但是，这并不代表他同意这些人的立场与观点（有的属于文化批评领域），而是表示他对其他学科的开放姿态。我们可以清晰地看到阶级分析在他阐述中占据的位置，有时候显得不自觉，有时候属于有意为之的策略。或许是美国人的思维习惯，他在论及阶级问题时笼统使用"中产阶级"一语，把从前我们称之为工人阶级的群体叫作中产阶级下层。不过，这或许是如今处于晚期资本主义美国的特点，这一方法对应于文学作品对这种现实和意识形态的表征，而真正关于中产阶级生活现实的展现只能在故事中进行分层辨析。代之以根据劳动划分阶级的传统方法，如今用故事表述的阶级概念表现为根据种族和性别展开，分散在各种"服务行业"中。虽然如此，要想了解战后主体性发生的变化，我们还得从那些看得见的叙事方式入手。以阶级为核心概念，麦克格尔对这些叙事作品进行了归纳。

还有一点需要注意：这是一种渐趋自我中心和反身指涉的文学生产——麦克格尔概述的准则（写自己所知，发现自己的声音）暗含了这层意思——对于这一说法，我们不能完全否定。"写自己所知""发现自己的声音"可以理解为对一种新经验的探究与拓展。不妨列举一二例子，比如福柯开创的模式。无论正确与否，福柯的理论如今仍被用于探究对主体的控制问题，以及由此产生的各种新经验。与陀思妥耶夫斯基、乔治·艾略特、亨瑞克·彭托皮丹（Henrik Pontoppidan）等 19 世纪作家生活的时代不同，资本主义进入竞争阶段，这一事实使得各种可能性大大增加，强盗贵族和垄断预示着个人与集体权力应运而生。产生于 20 世纪末的这种美国思想，暗合了官僚社会中空间受到的挤压与限制；在此情形下，现在称之为"中产阶级下层"的"个人主义"持续高涨，就像卡佛作品里展示的那样，个人的萎靡和脆弱构成了社会的总体景象。

事实上，"后个人主义"发展过程中也有建设性的一面，即，在寓意上逐渐显现的集体身份。这一倾向的萌芽期发生于局外人与反抗者之间的辩证关系中。正如麦克格尔所示，这个转变类似于沃尔特·翁（Walter Ong）的发现——反抗者成为集体中的一员，即，晚期资本主义条件下以文化多元主义为名的少数群体与新族裔群体。对个人声音的强调还表现在渐渐发展为以差异为核心关注的激进主义意识形态（正如麦克格尔所说，原本已经淡出视野的一些高理论，比如，德里达的理论，现在又重新登场，并通过理论有用性的增加与文学批评和创意写作课程进行对接）。

由此可见，起初看似属于"自恋文化"的创意写作不仅促成了新的社会构成，同时还孕育了一种用于表述这种构成的新文学。从这个角度看，麦克格尔提出的另外一项准则，即，将文学形式置于当代文化生产中进行归纳，这一做法有待商榷。

需要重申的是，这三种倾向或模式虽然都是对同一种情形、同一种困境的反应，但是它们在美学、经验和阶级含义方面却互为对立。正是从这种关系结构中，我们看到了高雅文学与通俗文学、现实主义与现代主义、艺术与生活之间的矛盾与张力。不过，从理论角度看，这里更深层的问题是下列图示三分法与麦克格尔关于创意写作三项准则之间的关系。不妨直接引用麦克格尔的原话：

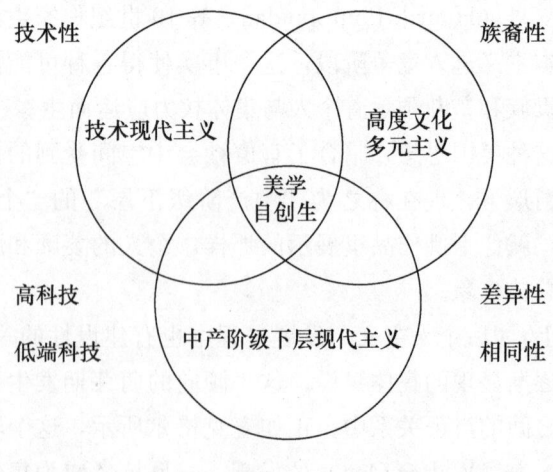

图 13-2

为了便于对战后美国小说的总体情况进行归纳，我把它形容为三个相对分散但在审美实践层面彼此重叠的构成。第一种是"技术现代主义"（technomodernism），这种现象可以理解为"后现代主义"的变种，它将信息技术用于后现代文学；第二种是"高度文化多元主义"（high cultural pluralism），形容的是这样一些小说：它们将现代主义倡导的文学价值与文化差异经验以及族裔声音进行融合；第三种是"中产阶级下层现代主义"（lower-middle-class modernism），这类作品的数量众多——或许有人认为这是创意写作的产物——主要是具有极简主义风格的短篇故事，这些作品中一个明显的主题是关于经济风险、其他形式的不安全感，以及文化反常现象。(p.32)

在图13-1标示的联动结构中，我们容易看出三者彼此相连的原因；相对而言，它们之间的分离关系显得不那么明显。比照之下，这里的情形出现了逆转。除非我们能够辨析出三者共享的美学生产关系［它们的"自创生"（autopoiesis）］，无论体系本身多么有用或令人满意，它都有可能分散成一系列经验的痕迹与属性。

我们应该从它们的差异入手。所谓的"高度文化多元主义"实际上包含了许多种族裔文学，即，各种族、性别与族性的特点互动连接，并与普遍的文学现代主义相连。文学现代主义在我们这个时代已经成为文学的代名词（人们常常提及托尼·莫里森的作品，麦克格尔把她的《宠儿》变成了教室里的戏剧）。但是，这些多样文化现象的普遍性与"中产阶级下层现代主义"形成了巨大反差（我更倾向于用"现实主义"形容这种现象）。这里的"中产阶级下层"是指美国白人，这种"无标识的"（unmarked）阶级使得这个阶层身份反而突出了其所指的特殊性。这一特点在卡佛笔下失败者和孤独者形象中尤为明显：卡佛以美国西北部为地点，强调的地区主义是以经济生活中的边缘人群为代表的，表现了明显的属下性（subalternity）。与此形成对立，如今的美国南方地区主义具有超验意义上的普遍主义（在《体系时代》中，麦克格尔详细描述了艾奥瓦大学早期创意写作工作坊关于西部与南方作家围绕形式特殊性与普遍性问题的努力，这部分的描述十分精彩）。

在这些对立关系中，我们很容易看到围绕文学地位、普遍性或阶级荣誉展开的斗争（我把这种现象称之为"象征性阶级斗争"），不过，在上述情形中遭到排斥的是"技术现代主义"。至于这种说法是否合适，我们姑且不论。我想把这里讨论的问题限定在这样一种语境中，把"技术现代主义"与"反身指涉"进行并置，将注意力集中于交流、信息理论、语言，以及神经扩展和延伸。这里的问题或许是现代主义与后现代主义之间的区别。反身指涉中的现代意义倾向于关注写作行为［比如，《微暗的火》(*Pale Fire*)］，后现代（比如，如今已然成为一种文类的后现代小说）则涉及传统语言观之外的信息技术。

这一区分有助于我们看到与现代主义相关但属于另一个类别的现代含义，即"高度文化多元主义"。这里的"高度文化"不是指历史断代，而是一个组合体，用于展示那些在传统现实主义时期不曾有过但如今却被符号化，并且已经被广泛接受的写作技巧。这些技巧如今出现在关于多种素材的叙事中，比如，种族，从而使得不同技巧彼此铰链在一起，成为总体的文学［这个过程经历了从"高理论"（High Theory）到以差异为名的种族与族裔研究的合法转换］。在这之前，关于这个主题的写作通常带有明显的阶级标志，并且被理所当然地视为属于现实主义范畴［实际上并不合适，比如，让·图默（Jean Toomer）或者佐拉·内尔·赫斯顿（Zora Neale Hurston）］的作品。

假如我们认为上述两个图示中的两套结构关系"一模一样"，认为它们之间存在同构关系，继而将导致文学或文类趋于同化的现象归因于麦克格尔所说的三项准则在创意写作中的实践，那么，我们不妨沿着这个逻辑推进。"写自己所知"，这项准则变成了为写作而写作，并且以这种反身性辐射至多个层面，凸显技术与信息的反身指涉。或许这里含有关于意义起源的探寻之意［比如，巴斯的《羊童贾尔斯》（Giles Goat-Boy）］。巴斯的这部作品采用美国校园小说形式（始于纳博科夫），不同的是，校园在他笔下变成了包括校园在内的现实世界：

> 约翰·巴斯创作《羊童贾尔斯》时，他在宾夕法尼亚州立大学的赠地机构（land-grant institution）。正如他后来回忆时所说，"当时英语系只有一百来名教员"，离他上课"不远的地方有一个核试验基地，一个用于测试导弹潜艇外形的引水隧道，几个研发冰激凌和培育蘑菇的实验室，一个奢华的足球训练基地……一个谷仓般大小、配有高端空调系统的计算机房……还有一些壮观的建筑物，都是与畜牧业和农业有关的院系"。冷战时期为了支持发展军事技术与其他相关科学研究，同时也是为了发展当地经济与州经济（包括建立球迷基地），联邦政府给这所赠地机构投入了巨额资金。如此急剧发展、不断变化的大学在巴斯眼里成了世俗生活的一部分，而不是从前绅士们虔诚求学的象牙塔。(p. 40)

至于高度文化多元主义（有时候也叫作文化多元主义），通过原先受排斥的写作培训获得了普遍或总体文学地位（技术现代主义已经如此）；或者通过深度交流（High Communication），即在"叙而不议"（在叙述中议论故事被视为低劣的技巧）与"发现自己的声音"之间，谦卑的个人声音找到了一个中间状态；而这个时候的声音不仅仅代表差异，更重要的是，它表示叙述行为本身，代表一种新的、现代主义的第一人称；这一现象或许可以追溯至马克·吐温，所不同的是，它在变化中拥有了新意，比如，在菲利普·罗斯的作品里，这种技巧使得罗斯的叙述声音不再局限于狭隘的族裔或犹太裔文学，进入了总体意义上的文学领域。

讨论至此，我还没有论及麦克格尔提到的第三个问题及其补充性意义，即，创意写作的历史。对这一进程产生影响的力量主要来自创意写作本身而不是美国文学史。创意写作发展经历了三个阶段：1890—1960年的课程创立期，主要是在艾奥瓦州立大学与斯坦福大学设立的47个工作坊；随后是1960—1975年，逐渐机构化的第二个阶段；然后是1975年至今，到处都有的文学生产景象。客观地讲，这个过程充满了丰富的内容，尤其是关于作家本身的逸闻趣事［比如，华莱士·斯蒂格（Wallace Stegner）与保尔·恩格尔（Paul Engle）的故事］。这种功能的意义虽然仅仅是补充与点缀，但很有必要（它使容易变得静止、非历史的结构增添了一些参照内容，通过赋予它某些使之不断变化与变形的动力机制，使之避免了结构主义遭受诟病的一些弱点）。但是，这种补充性框架可能产生这样一种假象：摆在我们面前的是文学历史，在一定程度上属于文学历史，或者说，至少是对传统文学史进行重新认识的某些历史。阅读麦克格尔的著作，我们跟随作者走过一段从沃尔夫到卡佛的发展过程，这期间形成文学渊源关系的有巴斯和肯·基赛（Ken Kesey）①、欧茨、莫里森，

---

① 肯·基赛（Ken Kesey, 1935—2001），美国反文化运动中的重要小说家，也是垮掉派与嬉皮士文学之间的过渡人物。

以及一些不受重视的作家。遗憾的是，这一做法无意中将问题带回到关于文学经典和价值的讨论；此外，作者只字未提诗歌，这一做法容易引发读者质疑其具有排斥性。我在前面已经提到，这里还得重新提出我的问题：福克纳的位置在哪儿？

麦克格尔提出的三分法还涉及一个更为重要的方法论问题。任何一个三分法都可能遭遇这样一种尴尬：第三项总是被置于一个次要位置。在作者力图将前面两项进行合成的过程中，第三项被挤压至边缘，甚至被弃用；为了使自己挤入已然成型的二元对立项，第三项选取一个自己的对立面并与之抗衡，直至取而代之。麦克格尔所谓的"中产阶级下层现代主义"实际上接近于无产阶级概念，它很容易滑入大众文化。这类文学以拼贴为形式试图与总体文学相连，以便进入技术现代主义和高度文化多元主义。

作为一种文学模式，中产阶级下层难以获得自己的属性，也是因为这一点，极简主义与极繁主义两种主潮竭力争取各自的阵地；前者的代表作家是卡佛，后者则是欧茨。在这两股力量的较量中，或许我们可以认为，极简主义借助真正的高雅文学让自己成为赢家——利用典型的创意写作形式短篇故事，使得这一文类焕发新生。

与此同时，这两股力量一直都对美国苦难采取拒斥姿态。比这种互相竞争更真切的一个事实是，这种现象背后是对美国白人生存状况的感受：或者感到羞耻，或者引以为豪。这是一个赢家反而成为输家的样板：作品越是接近真实的美国生活，就越失去文学属性。在这一点上，创意写作的蒙羞感与美国羞愧感合而为一，而这一点恰恰被其他两种模式成功地遮蔽了。

通常，每一种三联式结构都有可能滑向黑格尔式思维，最后落入一个综合推理之中。麦克格尔提出的模式却没有如此，他最后的推理停留在极繁主义与极简主义之间的对立上。他以巴拉迪·穆克吉（Bharati Mukherjee）提出的"极简主义"（miniaturism）概念作为止步之地。对"极简主义"一词的最妥帖用法当属尼采。在论及瓦格纳音乐"病态"风格时，尼采称瓦格纳是伟大的微缩艺术家。这一评语既令人错愕又发人深思。顺着这一思路，我想说的是，只有伟大的极繁主义作家才有可能成为极简主义者（只要想一想一些代表人物，比如，古斯塔夫·马勒、普鲁斯特、福克纳，就不难理解）；微缩艺术家执着于完美主义，这一特点使得他们不可能在极简主义艺术中获得认同。所以说，麦克格尔的综合法在这里行不通。（我个人倾向于认为，三联式不如四分法；至于那个第四项是什么，我觉得应该在《体系时代》以外寻找，在诗歌与代表个人风格的遣词造句中发现。）

《体系时代》描述的现象只限于美国吗？作者提到了帕斯卡尔·卡桑诺娃（Pascale Casanova）的《文学的世界共和国》，梳理了文学史上多种模式与形式及其"内部全球化"过程，不过，他的重点在于借此解释美国情形。然而，我们不能认为美国文学与英语语言停留在美国疆域内。依照卡桑诺娃的观点，非法语作家及其作品在巴黎逗留并获得认可，这一文学驿站对于作品在世界范围的接受十分重要（同样重要的还有作品的英译过程；当前，任何一部作品要想在世界范围内获得认可，必须获得英语语言通行证）。此外，美国文学中的一些遗产已经流向国外，它们中的大部分发生在中下层阶级中，被简单定义为"现实主义"。具有反身指涉特点的实验性写作在美国以外长期发展，不过，一种叫作"福克纳式的极繁主义"在美国一开始就处于劣势；它脱离了美国南方历史语境，导致这种风格变得絮叨、拖沓，令人难以接受。以"魔幻现实主义"作为这一样式的变形，这一美国特产——无论是君特·格拉斯，还是萨尔曼·拉什迪，抑或拉美文学大爆炸——已然成为真正的世界文学样式。当我们把目光移出美国的体系时代,我们就会看到,一种全新的世界文字体系正在趋于成型。

[注释]

[1] Mark McGurl, *The Program Era: Postwar Fiction and the Rise of Creative Writing* (Cambridge, MA: Harvard University Press, 2011). 关于这本书的引文及页码标示均来自这一版本。

[2] Jean-Paul Sartre, "American Novelists in French Eyes", *Atlantic Monthly*, August, 1946.

[3] 福克纳晚年在弗吉尼亚大学教过几个学期的课。见 F. L. Gwynn, ed., *Faulkner in the University* (Charlottesville, VA: University of Virginia Press, 1995)。

索 引

Abel, Lionel, 阿贝尔, 莱昂内尔, 74, 163
abstraction, 抽象, 235-5
academic disciplines, 学科分类, 32
Ackerman, Susan, 阿克曼, 苏珊, 22
adaptations (film), 改编（电影）, 206-7, 211
  and storytelling, 讲故事, 211
Adorno, Theodor, 阿多诺, 西奥多, 34, 42-3, 55, 74n, 80-1, 85, 97, 104, 118, 147, 246
  anti-populism of, 反民粹主义, 118
  on Goethe, 论歌德, 108-12
  on Mahler, 论马勒, 69, 117, 118, 119
    and breakthrough, 突破, 99
    problem of, 问题, 106-8
    misery of, 苦难, 106
  negative dialectics, 否定辩证法, 105
  on *surgissement*, 纯粹涌现, 147
aesthetic, 审美, 美学, 190
  and affect, 情感影响力, 116
  autonomy, 自足体, 21-2
  and binaries, 二元对立, 141
  of exhaustion, 枯竭, 85-6
  extra-, 外部, 70, 97, 99
  pleasure, 快感, 5
affect, 情感:
  and aesthetic, 情感美学, 116
  emergence of, 情感产生, 5, 40
  and emotion, 感情, 7, 37, 38, 39, 40, 41, 58
    in Mahler, 马勒作品中的情感, 119
  and music, 音乐中的情感, 41-2, 63, 83
  narrative destroyed by, 被情感破坏的叙述, 39
  and tragedy, 被情感破坏的悲剧, 155
allegory, 讽喻:
  and consumerism, 消费主义, 266
  and film, 电影, 154
  and interpretation, 阐释, 194
  in Mahler, 马勒, 70

in McGurl，麦克格尔，282，286
objections to，反讽喻，188
and postmodernism，后现代主义，187
and socialism，社会主义，264
and symbol，象征，187，193
and utopia，乌托邦，225
in Wagner，瓦格纳，40，59，63，65
Altman, Robert，奥特曼，罗伯特：
Gosford Park，《高斯福德庄园》，218
The Long Goodbye，《漫长的告别》，206，210
MASH，《陆军野战医院》，210
Nashville，《纳什维尔》，206，210，218
Pret-à-Porter，《成衣》，218
Short Cuts，《人生交叉点》，167，205-20
examination of，《人生交叉点》影评，211-20
relocates Carver's stories，卡佛的故事，209-10
as short story，短篇故事，214
A Wedding，《一个婚礼》，206，218
American，美国：
-ization，美国化，144n，156

literature，美国文学，208，219，284-5，291-2
misery，美国苦难，205-6，220，291
writers，美国作家，279-82
ancients，古代：
nostalgia for classicism，怀念经典，134，135
and postmodernism，后现代主义，105
and temporality，时间性，138，141
Anderson, Perry，安德森，佩里，175
Anderson, Stig，安德森，斯蒂格，200
Angelopoulos, Theo，安哲罗普洛斯，西奥，131-48
collectivity in，集体性，142-3，145
deep shots in，深度镜头，140
The Dust of Time，《时光之尘》，134
The Hunters，《猎人》，140，145-7
Italian influence on，意大利影响，141-2
Landscape in the Mist，《雾中风景》，146

materialism in, 唯物主义, 138
Megalexandros, 《亚历山大大帝》, 135, 140, 147-8
periods of work in, 工作时间段, 133
Reconstruction, 《重建》, 135, 138, 145n
reputation of, 声誉, 131-3
subject/object in, 主体/客体, 141-2
The Suspended Step of the Stork, 《鹳鸟踟蹰》, 133, 140, 143
theatricality in, 戏剧性, 143
The Travelling Players, 《流浪艺人》, 133, 135, 138-9, 142, 144-6
Ulysses' Gaze, 《尤利西斯的生命之旅》, 133-4, 141
Voyage to Cythera, 《塞瑟岛之旅》, 133, 143
The Weeping Meadow, 《哭泣的草地》, 134, 140
animation, 动画, 192
anti-intellectualism, 反智主义, 280, 282
Antonioni, Michelangelo, 安东尼奥尼, 米开朗琪罗, 131, 141, 142
The Anxiety of Obsolescence (Fitzpatrick), 《过时的焦虑》(菲茨帕特里克), 206
Arabov, Yurii, 阿拉伯夫, 尤里, 150, 156
Aristotle, Nicomachean Ethics, 亚里士多德, 《尼各马可伦理学》, 37
Arrighi, Giovanni, The Long Twentieth Century, 阿瑞基, 杰奥瓦尼, 《漫长的20世纪》, 231-2
art, 艺术：
and affect, 与情感, 41
autonomy of, 艺术自治, 101, 141, 157
and binaries, 二元对立, 141
and breakthrough, 突破, 100-1
and Christ's body, 圣体, 8
and commodification, 商品化, 42
completion of, 完满, 272
and the exhaustive, 详尽无遗, 84, 257
and lying, 谎言, 174
and mass culture, 大众文化, 98-9
and modernism, 现代主义, 154, 158, 195
and narrative, 叙事, 99
and postmodernism, 后现代主义, 157, 158, 159

in Sokurov,索科洛夫,158

and truth,真理,195

Valéry on,瓦莱里,119

visual arts,视觉艺术,8

See also literature; music; painting

Artaud, Antonin,阿陶德,安托南,5,70

Attali, Jacques, Noise,阿塔利,雅克,《噪音》,122

attention,注意力,85,89

Auerbach, Erich, Mimesis,奥尔巴赫,埃里希,《模仿》,137-8

Austen, Jane,奥斯汀,简,163

Baker, George Pierce,贝克,乔治·皮尔斯,218

Bakhtin, Mikhail,巴赫金,米哈伊尔,283

Bakunin, Mikhail,巴枯宁,米哈伊尔,50,55

Balkans,巴尔干地区,131,133-4,142,159

Balzac, Honoré de,巴尔扎克,奥诺雷·德,39,168,263,272

Banham, Reyner,班汉姆,雷纳,215

Bardini, Aleksander,巴迪尼,阿莱克桑德,167

Barenboim, Daniel,巴伦博伊姆,丹尼尔,108n,189n

Barth, John, Giles Goat-Boy,巴斯,约翰,《羊童贾尔斯》,289-90

Barthes, Roland,巴特,罗兰,70-2,85,86,98,270

Bartók, Béla,巴托克,贝拉,107,127

Baudelaire, Charles,波德莱尔,查尔斯,33,39,76,83,184

Baudrillard, Jean,鲍德里亚,让,224,235

Bauer-Lechner, Nathalie,鲍尔-勒克纳,娜塔莉,77,102n

de Beauvoir, Simone,德·波伏娃,西蒙,279

Beethoven, Ludwig van,贝多芬,路德维希·凡,42,46,70,72,90,104,106

and French Revolution,法国革命,101

music split after,法国革命后音乐风格分化,79-80

sonata form exhausted by,奏鸣曲形式,78,121

Bekker, Paul,贝克,保罗,100

Bellamy, Edward,贝拉米,爱德华,221

Benjamin, Walter,本雅明,沃尔

特, 4, 136, 154, 266, 267
Berghaus, Ruth, 伯格豪斯, 鲁思, 196
Bergman, Ingmar, 伯格曼, 英格玛, 189
Bergson, Henri, 伯格森, 亨利, 236
Bernstein, Leonard, 伯恩斯坦, 伦纳德, 73, 74, 102
Bigelow, Kathryn, *Strange Days*, 比格罗, 凯瑟琳, 《末世纪暴潮》, 224, 235
binary oppositions, 二元对立, 22, 38, 141
Blanchot, Maurice, 布朗肖, 莫里斯, 53, 58
Bloch, Ernst, 布洛赫, 恩斯特, 35, 36, 52, 60, 225
Boccaccio, Giovanni, 薄伽丘, 乔万尼, 171
  Decameron, 《十日谈》, 161-3
body, 身体:
  and affect, 情感, 38
  animal body, 动物身体, 81
  of Christ, and art, 基督, 艺术, 8
  and computer, 电脑, 235-6
  and Crucifixion, 十字架, 9-10
  as dead weight, 死亡重量, 13

  in Rubens, 鲁本斯, 16
  emergence of, in literature, 文学中的身体, 39
  in Mahler, 马勒, 77
  narrative body, 叙事身体, 9-10, 13, 17, 29
  and painting, 绘画, 7, 14
  in Rubens, 鲁本斯, 17
  and simstim, 模拟刺激, 234-5
  and subjectivity, 主体性, 286
Bohrer, Karl Heinz, 伯赫尔, 卡尔·海因茨, 122
Bordwell, David, 波德维尔, 大卫, 140
Boulez, Pierre, 布列兹, 皮埃尔, 34, 104, 189, 194, 195
Bourdieu, Pierre, 布尔迪厄, 皮埃尔, 98
bourgeois life, in Kieślowski, 资产阶级生活, 基耶洛夫斯基, 172-3
Branagh, Kenneth, *Magic Flute*, 布拉纳, 肯尼斯, 《魔笛》, 188, 189, 193
Braudel, Fernand, 布罗代尔, 费尔南, 231
Braun, Eva, 布劳恩, 爱娃, 149, 151, 152
Brecht, Bertolt, 布莱希特, 贝尔托, 45, 70, 105, 147, 150,

索 引　337

186，196，256，273
on *gestus*，论高贵姿态，102−4
on Schoenberg，论勋伯格，72
on Tuis，远离政治的知识分子，106
Brown, Normon O.，布朗，诺曼·O.，44
Buñuel, Luis，布努埃尔，路易斯，19，187
　　Viridiana，《维里迪亚娜》，19
Burke, Kenneth，伯克，肯尼思，250
Byron, George Gordon，拜伦，乔治·戈登，134

Callenbach, Ernest, *Ecotopia*，卡伦巴赫，恩斯特，《生态乌托邦》，221，276
Camus, Albert，加缪，阿尔贝，163
capitalism，资本主义，64，65，93，106，109，112，141，173，213，226，266，276，283，286
　and abstraction，抽象化，232−5
　finance，金融，230−4，247−9，252
　greed，贪婪，248-9，274
　speculation，投机，233
　in Wagner，瓦格纳，57

　See also communism; consumerism; market; socialism
Caravaggio, Michelangelo Merisi da，卡拉瓦乔，米开朗琪罗·梅里西·德，11，15−6，18，21，261
　Crucifixion of St. Peter，《圣彼得的十字架》，5，11
　and emotion，感情，7
Carr, Jonathan, *The Wagner Clan*，卡尔，乔纳森，《瓦格纳家族》，44−5
cartoons，卡通，192
Carver, Raymond，卡佛，雷蒙德，250，286，288
　as minimalist，极简主义，208，219，285
　Short Cuts，《人生交叉点》，167，205−20
　　Altman relocates，奥特曼场景，209−10
Casanova, Pascale, *World Republic of Letters*，卡桑诺娃，帕斯卡尔，《文学的世界共和国》，292
del Castillo, Ramón，戴尔·卡斯蒂洛，拉蒙，67
casus (term)，案件，170
causation，因果，266−7
Cavell, Stanley，卡维尔，斯坦利，175
cell phones，手机，244

iPhone, 苹果手机, 218
   See also computer; Internet
Cézanne, Paul, 塞尚, 保罗, 89, 146
chance, 偶然, 161, 165-6, 169, 176
   and contingency, 或然性, 166
   and everyday, 日常, 176
   and short story, 短篇故事, 166-7
Chandler, Raymond, 钱德勒, 雷蒙德, 206, 210, 235
Chaplin, Charlie, 查理, 卓别林, 157
character, 人物, 84
   in Altman, 奥特曼作品中, 217
   in Wagner, 瓦格纳作品中, 46, 50, 59, 63
Chekhov, Anton, 契诃夫, 安东尼, 158
Chéreau, Patrice, 夏侯, 帕特里斯, 35, 45-7, 49, 62, 189, 193-5, 197, 200-2
Chomsky, Noam, 乔姆斯基, 诺姆, 91
Christie, Agatha, 克里斯蒂, 阿加莎, 243
cinema, 电影
   See film; names of individual film-makers; names of individual films
class, 阶级, 20, 97, 172, 190, 214-5
   analysis, 阶级分析, 286
   lower-middle-class modernism, 中产阶级下层现代主义, 287-91
   struggle, 阶级斗争, 133, 280-3
Clute, John, 克卢特, 约翰, 223
Coleman, James, 科尔曼, 詹姆斯, 19
collectivity, 集体性, 205
   in Angelopoulos, 安哲罗普洛斯, 142-3, 145
   and *Crucifixion/corpse*, 十字架上的尸体, 10-11
   and film, 电影, 218
   in Kieślowski, 基耶洛夫斯基, 176
   and subjectivity, 主体性, 218
   and utopia, 乌托邦, 225
   See also *The Wire*, whole society in
college life, 大学生活, 279-82
commodification, and art, 商品化与艺术, 42
communism, 共产主义, 155, 271
computer, 电脑, 162-3, 201, 221-4, 226-7, 231, 233, 235, 253,

271-2, 275-7, 290
and body, 身体, 235-6
hacker, 黑客, 229
information technology, 信息技术, 221-3, 272, 276, 288
and utopia, 乌托邦, 276
See also cell phones; Internet
consumerism, 消费主义, 157, 247, 263, 265, 271, 275-6
and allegory, 讽喻, 266
and media, 媒介, 156
and politics, 政治, 144n
Soviet, 苏维埃, 269
See also capitalism; market; socialism
containerization, 集装箱化, 252
contingency, and chance, 或然性与偶然性, 166
contradiction, 矛盾, 67-8
Cooke, Deryck, 库克, 德里克, 35, 42
creative writing program, 创意写作, 279-83
chronology of, 发展过程, 290
injunctions for, 准则, 283-8
and literature, 文学, 191
crime story, 犯罪故事, 239, 243-4, 247
crucifixion, 十字架, 9-10

and body, 身体, 9-10
and collectivity, 集体性, 10-11
cyberpunk, 赛博朋克, 221-2, 226, 228, 232, 276
cyberspace, 赛博空间, 224, 226, 227-8, 231, 233, 236-7
in *Encyclopedia of Science Fiction*,《科幻小说百科全书》, 223
as literary invention, 作为文学发明, 222
and narrative, 叙事, 233
and simstim, 模拟刺激, 234-5
cynical reason, 犬儒主义, 248-9

Dahlhaus, Carl, 达尔豪斯, 卡尔, 79, 104
daily life, 日常生活
See everyday
Davies, Delmer, 戴维斯, 德尔默, 235
Debord, Guy, 居伊, 德波, 224, 235
Debt, 债务国, 233, 280
Debussy, Claude, 德彪西, 克劳德, 121
Decameron (Boccaccio),《十日谈》(薄伽丘), 161-2
Deleuze, Gilles, 德勒兹, 吉尔,

37，53，65，124，266
　on music，论音乐，97
　on organicism，有机整体论，81
　on painting，论绘画，19，22
　on virtuality，论虚拟，173，223
Derrida, Jacques，德里达，雅克，100，121，214，266，287
Descartes, René，笛卡尔，勒内，141
　Passions of the Soul，《心灵的激情》，37
destiny，命运，42－3，45，49，56，64，66
　See also temporality
detective story，侦探故事，239，243-4，247
Dick, Philip K.，迪克，菲利普·K.，277
Dickens, Charles，狄更斯，查尔斯，167，214，240
differentiation，差异化，32－3
Disney，迪斯尼，192
dissonance，不和谐，88
Dostoevsky, Fyodor，陀思妥耶夫斯基，费奥多尔，258，286
Downey, Robert, Jr.，唐尼，小罗伯特，206，212

Eco, Umberto，艾柯，翁伯托，86，173，214
Eisenstein, Serge，爱森斯坦，谢尔盖，142，145
Eliot, T. S.，艾略特，T. S.，47
emotion，感情：
　and affect，情感影响，7，37，38，39，40，41，58
　in Mahler，马勒，68，118
　in Wagner，瓦格纳，63
epic/episodic，史诗/插曲，135－7，141，143，171，208，210，215，239，257
　end of，史诗的终结，8
　and modernism，史诗与现代主义，135
Erice, Victor，艾里斯，维克多，157
eternal return，永恒的轮回，52－3，57－8
ethical binary，伦理二元对立，248
ethics，伦理学，176
ethnicity, in *The Wire*，《窃听风云》中的种族问题，251-2
Europe，欧洲：
　East and West，东欧与西欧，141，142
　and United States，美国，280，282
Eurotrash，欧洲垃圾，188，191

everyday, 日常, 41
 and chance, 偶然, 176
 and modernism, 现代主义, 136, 141
 and music, 音乐, 97
 in Sokurov, 索科洛夫, 154, 157
 in Spufford, 斯布福德, 272
 in Tellkamp, 特尔坎普, 257-8
evil, end of, 罪恶的终结, 248-9
exhaustion/the exhaustive, 枯竭/无一遗漏:
 aesthetic of, 美学, 85-6
 in Beethoven, 贝多芬, 78
 in Mann, 托马斯·曼, 84, 86, 257
 in Zola, 左拉, 69
exile, 流亡, 154

Fainaru, Dan, 费纳鲁, 丹, 131n
Fassbinder, Rainer Werner, *Alexanderplatz*, 法斯宾德, 雷纳·维纳, 《亚历山大广场》, 167
Faulkner, William, 福克纳, 威廉, 217, 256, 283, 291, 292
 and maximalism, 极繁主义, 208, 285
feelings, 情感, 38, 41
Feldman, Morton, 费尔德曼, 莫顿, 85

Fellini, Federico, 费里尼, 费德里科, 131, 141, 142
Felsenstein, Walter, 费森斯坦, 沃尔特, 196
Ferguson, Niall, 弗格森, 内尔, 277
Feuerbach, Ludwig, 费尔巴哈, 路德维希, 31, 35, 45, 51, 54, 197
figuration, 比喻, 16, 94
film, 电影:
 and allegory, 与讽喻, 154
 and collectivity, 与集体性, 218
 and literature, 与文学, 137
  adaptations, 与改编, 206-7, 211
 and music, 与音乐, 192
 and novel, 与小说, 153-4, 161, 192, 207, 223
 and painting, 与绘画, 255
 and real, affinity for, 与现实, 153
 Sartre on, 萨特论电影, 166
 and theater, 与戏剧, 143
 See also names of individual filmmakers; names of individual films
finance capitalism, 金融资本主义, 230-4, 247-9, 252
 and abstraction, 抽象化, 232-5

greed，贪婪，248-9，274
　　and speculation，投机，233
Fish, Stanley，菲什，斯坦利，91
Fitting, Peter，菲廷，皮特，31
Fitzpatrick, Kathleen, *The Anxiety of Obsolescence*，菲茨帕特里克，凯瑟琳，《过时的焦虑》，206
Flaubert, Gustave，福楼拜，古斯塔夫，43，53，89，263，283
　　Madame Bovary，《包法利夫人》，43，90
　　Salammbô，《萨朗波》，11，39
Ford, Henry，福特，亨利，121
Foucault, Michel，福柯，米歇尔，286
Fourier, Charles，傅立叶，夏尔，221
fragments，碎片，85，92-3，95-6，136
Franck, César，弗朗克，塞萨尔，89
Frankfurt School，法兰克福学派，106，107n，118
free market，自由市场
　　See market
freedom，自由，280
Freud, Sigmund，弗洛伊德，西格蒙德，114，121，127，169，170，242，266

gender，性别，281
　　queer theory，酷儿理论，37
Georgakas, Dan，格奥加卡斯，丹，132n
Germany，德国：
　　East/West，西德/东德，255-6，266-7
　　and socialism，与社会主义，255-8
gestus（term），肢体动作，102，104
Gherman, Alexi，戈尔曼，亚历克西，157
Gibson, William，吉布森，威廉：
　　Neuromancer，《神经漫游者》，221-37
　　cyberpunk，赛博朋克，221-2，226，228，232，276
　　cyberspace，赛博空间，222-4，226，228，232，236-7
　　plot of，情节，224-6
　　simstim，模拟刺激，234-6
Gide, Andre，纪德，安德烈，6，283
Gielen, Michael，吉伦，迈克尔，103
globalization，全球化，156，173，181，217，230，232-3，237，282，292

and labor，劳动，252

Godard, Jean-Luc，戈达德，让卢克，131

gods，神，53-4，57-8

Goebbels, Magda，戈培尔，玛格达，152

Goethe, Johann Wolfgang von，歌德，约翰·沃尔夫冈·冯，109-14，157，161，184

Goldmann, Lucien, *The Hidden God*，戈德曼，吕西安，《隐秘的上帝》，155

Gombrowicz, Witold，维托尔德·贡布罗维奇，152

Grass, Günter，格拉斯，君特，208，256，292

Greece, history of，希腊历史，131，141，147-8

greed，贪婪，248-9，274

Green, David，格林，大卫，87

Greene, Graham，格林，格雷哈姆，165

Greimas, Algirdas Julien，格雷马斯，阿尔吉达斯·尤里安，85-6

Haacke, Hans，哈克，汉斯，191

Habermas, Jürgen，哈贝马斯，尤尔根，105，193，196

The Theory of Communicative Action，《交往行为理论》，56，248

hacker，黑客，229

hand，手，260-1，266

Haneke, Michael, *Cosi fan tutte*，哈内克，麦克尔，《女人心》，189

Hansen, Miriam，汉森，米莲姆，206

Hartog, François，哈尔托，弗朗索瓦，122

Hawthorne, Nathaniel，霍桑，纳撒内尔，247

Haydn, Joseph，海顿，约瑟夫，72，103，106

hearing，聆听，192

Hegel, G. W. F.，黑格尔，G. W. F.，3，4，26，29，48，54，85，92，106，108，109，112，117，136，137，195，266，277

Heidegger, Martin，海德格尔，马丁，6，37，48，53，93，100，139，170，232

Hemingway, Ernest，海明威，厄内斯特，219，280

and minimalism，与极简主义，208，285

Herz, Joachim，赫兹，约阿希姆，46，196

high cultural pluralism，高文化多元

主义，287-91
Hilferding, Rudolf, 希法亭，鲁道夫，231
history, and capitalism, 历史，资本主义，57
Hitchcock, Alfred, *Strangers on a Train*, 希区柯克，阿尔弗雷德，《火车怪客》, 187
Hitler, Adolf, 希特勒，阿道夫, 100, 149, 151, 152
Hoffmann, E. T. A., 霍夫曼，E. T. A., 182, 183
Holten, Kasper Bech, Wagner production of, 霍尔腾，卡斯帕·贝克，瓦格纳作品，45, 181, 184-8, 193-203
Homer, *Odyssey*, 荷马，《奥德赛》, 171
Homicide (TV), 《杀人拼图》, 240, 251
Horkheimer, Max, 霍克海默，马克斯, 49
Hugo, Victor, 雨果，维克多，191
Huillet, Danièle, 惠莱，达尼埃尔, 102
Hurston, Zora Neale, 赫斯顿，佐拉·内尔, 289
Husserl, Edmund, 胡塞尔，爱德蒙德, 28

identity, 身份：
  in Altman, 奥特曼, 217
  and recognition, 承认, 94-5
  and shame, 羞愧, 205
ideology, 意识形态, 85
image, 意象, 192
IMF, 国际货币基金组织, 233
immaterial labor, 非物质劳动, 222
individualism, 个人主义, 285-6
Infinite Jest (book), 《无尽的玩笑》, 224, 270
information technology, 信息技术, 221-3, 272, 276, 288
Internet, 互联网, 176, 221, 222, 226, 236
  cyberspace as literary invention, 作为文学创造的赛博空间, 222
  hacker, 黑客, 229
  See also computer
interpretation, 解释, 196, 213-14
  and allegory, 解释与讽喻, 194
intoxication, 陶醉, 6-7, 15, 18
iPhone, 苹果手机, 218

James, Henry, 詹姆斯，亨利, 46, 93, 105, 225, 247, 283-4, 286
Jameson, Fredric, 詹姆逊，弗里德里克：

索 引　345

The Antinomies of Realism,《现实主义的二律背反》, 7n, 94n
Brecht and Method,《布莱希特与方法》, 103n
"The End of Temporality",《时间的终结》, 124n
Valences of the Dialectic,《辩证法的效价》, 65n
Jesus Christ, 耶稣, 13, 17, 53
　and art, 艺术, 8
　and crucifixion, 十字架, 10-11
　and painting, 绘画, 11
Johnson, James, 约翰逊, 詹姆斯, 200
Johnson, Uwe, 约翰逊, 乌韦, 256
Jolles, André, 若莱, 安德烈, 64, 169, 170
　on *Kasus* (term) 论案件, 170
Jones, Gwyneth, 琼斯, 格温尼斯, 200
journalism, 新闻, 270-1, 281
　See also media
Joyce, James, 乔伊斯, 詹姆斯, 91, 171
　Finnegans Wake,《芬尼根的守灵夜》, 270
　Ulysses,《尤利西斯》, 81, 153, 167-9

Kandinsky, Wassily, 康定斯基, 瓦西里, 118
Kant, Immanuel, 康德, 伊曼努尔, 38, 81, 92, 115-16, 284
Kantorovich, Leonid V., 康托罗维奇, 列奥尼德, 275
Kasus (term), 案例, 170
Käutner, Helmut, 考特那, 海尔穆特, 193
Kerman, Joseph, 科曼, 约瑟夫, 202
Khrushchev, Nikita, 赫鲁晓夫, 尼基塔, 269-71, 273-5, 277-8
Kieślowski, Krzysztof, 基耶洛夫斯基:
　Amator,《影迷》, 164
　Blue,《蓝色》, 167
　Camera Buff,《影迷》, 164-5, 174
　Chance,《偶然》, 167
　Curriculum Vitae,《个人履历》, 164
　Dekalog,《十诫》, 161-77
　　bourgeois life in, 资产阶级生活, 172-3
　　and chance, 偶然, 161, 165-6, 169, 176
　　lying in, 撒谎, 173-4
　　politics in, 政治, 164, 172,

174，176

and short story，短篇故事，161-4，166-7

summary of episodes，故事梗概，174-5

and Ten Commandments，《圣经》"十诫"，169，171，173

The Double Life of Veronique，《薇若尼卡的双重生活》，164

Personnel，《人员》，164

Przypadek，《机遇》，165

Red，《红色》，167-70

Without End，《没有结尾》，167

Klaveness, Peter，克拉文斯，彼得，201

Klemperer, Otto，克伦佩勒，奥托，108n

Klossowski, Pierre，克洛索夫斯基，皮埃尔，53

Kluge, Alexander，克鲁格，亚历山大，3，157-8，218

Kojève, Alexandre，科耶夫，亚历山大，4

Koolhaas, Rem，库拉斯，雷姆，226

Kouvelakis, Stathis，库夫拉基斯，斯塔西思，131

labor，劳动：

division of，劳动分工，225

and globalization，劳动与全球化，252

immaterial，非物质劳动，222

manual，体力劳动，260

Taylorism，泰勒主义，276

Lacan, Jacques，拉康，雅克，38，126，163，173，176，217，266

language，语言：

and mathematics，语言与数学，122

and music，语言与音乐，92，98，122

in Tellkamp，特尔坎普，261

Le Corbusier，勒·柯布西耶，229

Le Guin, Ursula，勒·奎因，厄休拉，276

Lehmbruck, Wilhelm，勒姆布吕克，威廉，151

Lem, Stanislaw，*Solaris*，莱姆，斯坦尼斯拉夫，《索拉里斯》，207

Lemmon, Jack，莱蒙，杰克，211

Lenin，列宁，52，141，151-2，154，231，278

Lessing, Gotthold Ephraim，戈特霍尔德·埃夫莱姆，莱辛：

Laokoon，《拉奥孔》，18

on moment（in time），论时间，19-20，26-8

Lévi-Strauss, Claude，列维-斯特劳斯，克劳德，44，65
  Mythologiques，《神话学》，85
Levinson, M.，*The Box*，莱文森，M.，《集装箱》，252
Lish, Gordon，利希，戈登，219
literature，文学：
  American，美国，208，219，284-5，291-2
  and body，身体，39
  creative writing program，创意写作，279-83
    chronology of，发展过程，290
    injunctions for，规定，283-8
  crime story，犯罪故事，239，243-4，247
  cyberspace invented by，赛博空间，222
  and film，电影，137
    adaptations，小说改编，206-7，211
  German，德国，256
  and historical transformation，历史变化，234
  magical realism，魔幻现实主义，208，292
  and mass culture，大众文化，291
  maximalism/minimalism in，极繁主义/极简主义，208，219，284-5，291-2
  Second World，第二世界，165，256
  and writing program，写作项目，291
  See also names of individual authors; narrative; novel; novelistic; short story; storytelling
Los Angeles，洛杉矶，213，215
Losey, Joseph，*Don Giovanni*，罗西，约瑟夫，《唐璜》，189
lower-middle-class modernism，中产阶级下层现代主义，287-91
Luhmann, Niklas，卢曼，尼克拉斯，32
Lukács, György，卢卡奇，格奥尔格，68，135-6，150-1，173，192，241，260，275，283
  on history，论历史，150-1
  on realism，论现实主义，241，260
  The Theory of the Novel，《小说理论》，135
Luther, Martin，路德，马丁，3-4
Lyotard, Jean-François，利奥塔，让-弗朗索瓦，13，116，121

MacCabe, Colin，*True to the Spirit: Film Adaptation and the*

Question of Fidelity，麦克凯布，柯林，《忠实于思想：电影改编与忠实》，207n
Mahler, Gustav, 马勒, 古斯塔夫，68-127，292
  affect and emotion in, 情感影响与感情，119
  breakthrough of, 突破，100-2
  commentators on, 对马勒的评论，68
  complete sentences in, 句子完整性，91-2
  as conductor, 作为导演，69，102
  Lied von der Erde，《大地之歌》，68
  mimesis in, 模仿，103
  novelistic in, 音乐性，70-1
  as ocean current, 像海浪一般，124-8
  operatic excess in, 歌剧风格过度华丽，104
  orchestral totality, 管弦乐整体性，80-2
  orchestration in, 管弦乐作曲，73-4，116-18
  as problem for Adorno, 阿多诺的批评，106-8
  restlessness in, 不安与躁动，77-8
  and Sokurov, 索科洛夫，155n
  sound combinations in, 音响综合效果，75-6，81-3
  is a new sound possible?，新声音是否可能？86-7
  style in, 风格，70-2，88
  Symphonies, 交响乐：
    First, 第一，74，99
    Second, 第二，117
    Third, 第三，68-9，116
    Fourth, 第四，69，102
    Fifth, 第五，107-8
    Sixth, 第六，75，117
    Eighth, 第八，108-9
    Ninth, 第九，92，94-5，108，119
  temporality in, 时间性，82，86-7，90，93，120，127
  transcendence in, 超验性，69，116
  and Wagner, 瓦格纳，80，84，103
Mallarmé, Stéphane, 马拉美，斯特凡，98
Manet, Édouard, 马奈，爱德华，7
Mann, Thomas, 曼，托马斯，43，50，58，84，105，256
  Doctor Faustus，《浮士德博士》，

67, 78-9, 100, 263
  on exhaustive, 整体性, 84, 86, 257
Mantegna, Andrea, 曼特纳, 安德烈, 13
Maravall, José Antonio, *Culture of the Baroque*, 马拉沃尔, 何塞·安东尼奥, 《巴洛克文化》, 3n
market, 市场, 144n, 276
  socialism, 社会主义, 275-6
Marx, Karl, 马克思, 卡尔, 48, 112, 118, 231, 266
Marxism, 马克思主义, 255
mass culture, 大众文化:
  and art, 艺术, 98-9
  and literature, 文学, 291
  and nostalgia, 怀旧, 157
  and repetition, 重复, 246
  and utopia, 乌托邦, 253, 254
  and villainy, 恶行, 248-9
Messiaen, Olivier, 梅西安, 奥利维尔, 121
mathematics, and language, 数学与语言, 122
Matrix (film), 《黑客帝国》(电影), 224
Mattheson, Johann, 马西森, 约翰, 123
Maupassant, Guy de, 莫泊桑, 居伊·德, 263, 283
maximalism vs minimalism, 极繁主义与极简主义:
  in American literature, 美国文学中极繁主义与极简主义之对立, 208, 219, 284-5, 291-2
  in Mahler, 马勒, 82, 85-6, 90, 99, 120
McGurl, Mark, 麦克格尔, 马克, 218
  The Program Era, 《体系时代》, 279-92
McKellen, Ian, *Richard III*, 麦克伦, 伊恩, 《理查德三世》, 191, 193
media, 媒体, 108, 206, 253, 257
  and consumerism, 消费主义, 156
  fear of television, 电视恐惧症, 224
  journalism, 新闻主义, 270-1, 281
  See also computer; Internet; television
melancholy, in Sokurov, 忧郁, 索科洛夫, 155-6, 159
Michelangelo, 米开朗琪罗, 13, 115
Milton, John, 弥尔顿, 约翰, 18,

21-22, 28, 244
mimesis, 模仿, 120, 144, 228,
　in Mahler, 马勒, 102-3
Mimesis（Auerbach），《模仿》（奥尔巴赫），137-8
misery, 苦难:
　and Adorno, 阿多诺, 106
　American, 美国, 205-6, 220, 291
　and subjectivity, 主体性, 142
mobile phones, 移动电话, 244
　iPhone, 苹果手机, 218
modernism/modernity, 现代主义/现代性, 106, 281, 287
　and affect, 情感影响力, 7
　and alienation, 异化, 93
　and art, 艺术, 154, 158, 195
　beginning of, 开端, 3, 40
　and epic, 史诗, 135
　and everyday, 日常, 136, 141
　lower-middle-class, 中产阶级下层, 287-91
　and music, 音乐, 78-9, 104
　and novel, 小说, 283
　and postmodernism, 后现代主义, 187, 273
　and realism, 现实主义, 39
　Sokurov as last, 最后的索科洛夫, 156, 158

　and sublime, 崇高, 114-16
　and Wagner, 瓦格纳, 32-3, 193
　and writing, 写作, 284
Montgomery, Robert, 蒙哥马利, 罗伯特, 235
More, Thomas, 摩尔, 托马斯, 221
Morris, William, 莫里斯, 威廉, 35
Morrison, Toni, 莫里森, 托尼, 288
Mukherjee, Bharati, 穆克吉, 巴拉迪, 291
Müller, Heiner, 穆勒, 海纳, 257, 266-7
Murray, Kathleen, *True to the Spirit: Film Adaptation and the Question of Fidelity*, 默雷, 凯瑟琳,《忠实于思想：电影改编与忠实》, 207n
music, 音乐, 8
　and affect, 情感影响力, 41-2, 63, 83
　as allegory, 讽喻, 70
　categories of, 分类, 92
　completed musical phrase, 完整的乐句, 85
　and everyday, 日常, 97

索 引　351

and film, 电影, 192
French revolutionary, 法国革命, 72
identity and recognition in, 身份与辨认, 93-4
is a new sound possible?, 新音乐是否可能?, 86-7
and language, 语言, 92, 98, 122
maximalism/minimalism in, 极繁主义与极简主义, 82, 85-6, 90, 99, 120
and modernism, 现代主义, 78-9, 104
musical phrase, 乐句, 91-2, 93, 94
and narrative, 叙事, 88, 98, 123
operatic excess, 歌剧风格过度华丽, 104
orchestral totality, 管弦乐完整性, 80-2
polyphonic music, 复调音乐, 91-2
in Sokurov, 索科洛夫, 158
sonata form and beyond, 奏鸣曲形式, 88
and subjectivity, 主体性, 87, 93, 122

and theater, 戏剧, 103
and Wagner, 瓦格纳, 35, 40, 63
Myer, Gustavus, *The History of the Great American Fortunes*, 迈尔, 古斯塔夫, 《美国豪门巨富史》, 45

Nabokov, Vladimir, 纳博科夫, 弗拉迪米尔, 263, 289
narrative, 叙事：
affect destroys, 情感破坏力, 39
and art, 艺术, 98
body, 身体, 9-10, 13, 17, 29
creative writing program, 创意写作, 279-83
injunctions for, 写作规定, 283-8
and cyberspace, 赛博空间, 233
literary, 文学的, 93
in Mahler, 马勒, 73
and music, 音乐, 88, 98, 123
painting, 绘画, 13, 20, 26, 29
painting restructures, 绘画重构, 21
nation/national misery, 国家/民族苦难, 205
nationalism, 民族主义, 158
Negri, Antonio, 奈格里, 安东尼

奥，66
New Criticism，新批评，283
Nichols, Peter，尼克斯，彼得，223
Nietzsche, Friedrich，尼采，弗里德里希，5-7，15，18，45，50-2，59-60，68，107，111，112，116，120，134，185，194，197n，248，292
 eternal return，永恒轮回，52-3，57-8
 last man，最后的人，66
 on *Rausch*/intoxication，陶醉，6-7
 ressentiment，憎恨，63
 on Wagner，瓦格纳，43
nostalgia，怀旧，134，135，192，257，265
 and mass culture，大众文化，157
 in Sokurov，索科洛夫，150
novel，小说：
 and affect，情感影响力，41
 campus novel，校园小说，279-80，289
 family novel，家庭小说，43，44
 and film，电影，153-4，161，192，207，223
 historical novel，历史小说，269
 and modernism，283
 and non-fiction，非虚构，272-3
 and short story，短篇故事，207-8
 spy novel，249
 and television，电视，269
novelistic，艺术品中的小说元素：
 in Mahler，马勒，70-1
 in Spufford，斯布福德，270，273

Oates, Joyce Carol，欧茨，乔伊斯·卡罗尔，284
ocean current，海浪，123-7
Olivier, Laurence，奥利维尔，劳伦斯，103
Ong, Walter，翁，沃尔特，287
orchestral totality，管弦乐整体性，80-2
organicism，有机论，81
Orwell, George，奥威尔，乔治，221
other，他者，205，248，251
 See also identity; subjectivity
Ozu, Yasujiro，小津安二郎，134

Paevatalu, Guido，帕瓦塔鲁，基多，202
painting，绘画：
 and affect，情感影响力，7
 and body，身体，7，11，14

and crucifixion, 十字架, 9

Deleuze on, 德勒兹, 26, 28

figuration in, 比喻, 93

and film, 电影, 255

and hand, 手, 261

narrative painting, 叙事画, 13, 20, 26, 29

narrative restructutred by, 叙事重构, 21

and temporality, 时间性, 19-20

See also names of individual painters

Paradzhanov, Sergei, 帕拉杰诺夫, 谢尔盖, 156

Paretsky, Sara, 帕拉茨基, 萨拉, 253

Pasolini, Pier Paolo, 帕索里尼, 皮埃尔·保罗, 131

Perkins, Maxwell, 帕金斯, 麦克斯威尔, 219

Picasso, Pablo, 毕加索, 巴勃罗, 88

Piesiewicz, Krzysztof, 皮尔斯维奇, 克日什托夫, 163

politics, 政治:

  absence of, 政治缺席, 142

  and allegory, 讽喻, 70

  and consumerism, 消费主义, 144n

  in Kieślowski, 基耶洛夫斯基, 164, 172, 174, 176

  in Wagner, 瓦格纳, 65-6

  See also capitalism; communism; socialism; utopia

postmodernism/postmodernity, 后现代主义/后现代性, 141, 156, 173, 288, 289

  and abstraction, 抽象, 232-5

  and ancients, 古代人, 104

  and art, 艺术, 157, 158, 159

  and containerization, 集装箱工业, 252

  and finance capitalism, 金融资本主义, 230

  and immaterial labor, 非物质劳动, 222

  and modernism, 现代主义, 187, 273

  and Regieoper, 导演歌剧派, 186

  and regionalism, 区域主义, 250

  religion as art in, 作为艺术的宗教, 158

  from symbol to allegory, 从象征到讽喻, 187

  and theater, 剧院, 203

private life, 私生活, 151-2

privatization, 私有化, 256

Proust, Marcel, 普鲁斯特, 马瑟尔, 93, 256, 263, 292

queer theory，酷儿理论，37
　　gender，性别，281

Rausch/intoxication，陶醉，6－7，15，18
realism，现实主义，260，281，287，292
　　beginning of，兴起，22
　　and modernism，与现代主义，39
　　and *Regieoper*，与导演歌剧派，193
　　in *The Wire*，《窃听风云》，241-2，246，252-3
recognition，辨认，97
　　and identity，身份，93-4
Regieoper，导演歌剧派，188，191，195-6，197
　　and postmodernism，后现代主义，186
　　and realism，现实主义，193
regionalism，区域主义，247，250，288
religion，宗教：
　　and postmodernism，与后现代主义，158
　　secularization，世俗化，3-5
　　Ten Commandments，"十诫"，169，171，173
repetition，重复，43，76，85，144-5，168，211，249
　　and mass culture，大众文化，246
　　and television，电视，240
Risi, Clemens，利斯，克莱蒙斯，190
Robinson, Kim Stanley，罗宾逊，金·斯坦利，222
Rohmer, Éric，侯麦，埃里克，165
Rosen, Charles，罗森，查尔斯，88，103
Roth, Philip，罗斯，菲利普，290
Rougement, Denis de，卢日蒙，丹尼斯·德，222
Roussel, Raymond，卢塞尔，雷蒙，164
Rubens, Peter Paul，鲁本斯，彼得·保罗，16
　　and emotion，感情，7
　　Samson and Delilah，《力士参孙和戴丽拉》，5，16-29
　　　　body in，身体，13，17
　　　　narrative restructured by，叙事重构，21
　　　　and temporality，时间性，19-21
Ruiz, Raúl, *The Hypothesis of the Stolen Painting*，鲁兹，拉乌，《被窃油画的假设》，19
Rushdie, Salman，拉什迪，萨尔

曼，208，292

Russell, Ken, *Altered States*，罗素，肯，《变形博士》，223-4

Russia，俄罗斯：

  melancholy in，忧郁，155，159

  See also Soviet Union

Said, Edward，赛义德，爱德华，112n

Sartre, Jean-Paul，萨特，让-保尔，37，48，53，70，90，163，165，244，279

  on film，萨特论电影，166

Schlegel, Friedrich，施莱格尔，弗里德里希，105

Schoenberg, Arnold，勋伯格，阿诺尔德，42，72，80，85，98，100-2，107，121

Schopenhauer, Arthur，叔本华，亚瑟，117n

  in Nietzsche，尼采，58

  in Wagner，瓦格纳，31，35，45，51，58，197

science fiction，科幻小说

  See Gibson, William

Scott, Walter, Sir，司各特，沃尔特，191

Second World form，第二世界的形式，165，256

secularization，世俗化，3-5

Sedgwick, Eve Kosofsky，赛奇维克，伊夫·科索夫斯基，37

Semper, Gottfried，森佩尔，戈特弗里德，33

serial killers，连环杀手，249

Seznec, Jean，塞兹奈克，让，53，182

Shakespeare, William，莎士比亚，威廉，22，47，151，191-2，202，218

shame, and identity，羞愧，身份，205

Shklovsky, Viktor，什克洛夫斯基，维克多，80

short story，短篇故事，291

  and chance，偶然，166-7

  and Kieślowski，基耶洛夫斯基，161-4，166-7

  and novel，小说，207-8

  and *Short Cuts* (film)，《人生交叉点》（电影），214

sight，视野，192

Simmel, Georg，齐美尔，格奥尔格，90，136

Simon, David，西蒙，大卫，240

simstim，模拟刺激，234-5，236

Smith, Adam，斯密，亚当，225

socialism，社会主义，265，278

actually existing, 实际存在, 173, 257, 265, 277
and allegory, 讽喻, 264
and Germany, 德国, 255-8
market, 市场, 275-6
Sokurov, Aleksandr, 索科洛夫, 亚历山大, 10, 149-59
  Alexandra, 《亚历山德拉》, 158
  art in, 艺术, 158
  Confession, 《悔悟》, 153
  Days of Eclipse, 《黯然的日子》, 149, 153, 156
  death in, 死亡, 149, 152, 155
  everyday in, 日常, 154, 157
  Father and Son, 《父与子》, 157
  as last modernist, 现代主义, 156, 158
  and Mahler, 马勒, 155n
  Maria, 《玛利亚》, 155
  melancholy in, 155-6, 159
  Moloch, 《莫洛赫》, 151-2
  Mother and Son, 《母与子》, 153-5
  Russian Ark, 《俄罗斯方舟》, 150, 155
  Sonata for Hitler, 《希特勒奏鸣曲》, 151
  The Sun, 《太阳》, 157
  Taurus, 《遗忘列宁》, 150, 152

Sontag, Susan, 桑塔格, 苏珊, 213, 256
The Sopranos (TV), 《黑道家族》（电视）, 241
Sorkin, Andrew, *Too Big to Fail*, 索尔金, 安德烈, 《大而不倒》, 270
sound, 声音, 192
Soviet Union, 苏联, 255-6, 269
  collapse of, 苏联解体, 275
  See also Russia
speculation, 投机, 233
Spinoza, Benedictus de, 斯宾诺莎, 贝内迪特·德, 26, 113, 194, 227, 230
Spufford, Francis, 斯布福德, 弗朗西斯:
  Red Plenty, 《红色富裕》, 269-78
    on intellectuals, 论知识分子, 274
Stalin, Jospeh, 斯大林, 约瑟夫, 105, 150, 152, 155, 255, 264, 269, 271, 274-5
Stein, Gertrude, 斯坦因, 格特鲁德, 91
Stein, Peter, 斯坦因, 彼得, 109, 196
Steinberg, Leo, 斯坦伯格, 利奥, 8

Sterling, Bruce, 斯特林, 布鲁斯, 221

Stimmung (term), 模拟刺激, 37

Stone, Oliver, *Nixon*, 斯通, 奥利弗,《尼克松》, 151

storytelling, 讲故事:
    and adaptations, 改编, 211
    in Mahler, 马勒, 73, 98

Straub, Jean-Marie, 斯特劳勃, 让-马里, 102

Strauss, Richard, 施特劳斯, 理查德, 80, 105, 107

Stravinsky, Igor, 斯特拉文斯基, 伊戈尔, 86, 107

structuralist aesthetic, 结构主义美学, 86

Strugatsky brothers, 斯特鲁加茨基兄弟, 156, 275
    Definitely Maybe,《绝对也许》, 156
    The Second Martian Invasion,《第二次火星入侵》, 156

style, 风格, 70-2, 88

subject/object, in Angelopoulos, 主体/客体, 安哲罗普洛斯, 141-2

subjectivity, 主体性, 283, 286
    and body, 身体, 286
    and collectivity, 集体性, 218
    and individualism, 个人主义, 285

    and misery, 苦难, 142
    and music, 音乐, 87, 93, 122

sublime, 崇高, 114-15, 119

Subotnik, Rose, 苏波特尼克, 萝丝, 106

Sue, Eugène, 苏, 尤金, 214

surgissement (term), 突现, 147

Suvin, Darko, 达科, 苏文, 70

symbol, and allegory, 象征, 讽喻, 187, 193

Tarkovsky, Andrei, 塔科夫斯基, 安德烈, 158, 207
    Solaris,《索拉里斯》, 207

Tarr, Béla, 塔尔, 贝拉, 134, 157

Taylorism, 泰勒主义, 276

technomodernism, 技术现代主义, 287-91

television, 电视:
    Dekalog,《十诫》, 161-77
    fear of, 恐惧, 224
    and media, 媒介, 206
    and novel, 小说, 269
    and repetition, 重复, 240
    The Sopranos,《黑道家族》, 241
    The Wire,《窃听风云》, 239-54

Tellkamp, Uwe, 特尔坎普, 乌韦:
    Der Turm,《塔楼》, 256-68
    language in, 语言, 261

organization of，组织结构，259

portraits in，肖像画，263

temporality in，时间性，265-8

temporality，时间性：

of affect and emotion，情感影响力与感情，39，41，42

in Altman，奥特曼，218

and ancients，古人，138，141

in Angelopoulos，安哲罗普洛斯，138

and attention，注意力，85

destiny，命运，42，43，45，49，56，64，66

eternal return，永恒轮回，52-3，57-8

in Mahler，马勒，82，86，87，90，93，120，126

moment，时刻，14-15

and painting，绘画，19-20

in Rubens，鲁本斯，19-21

in Sokurov，索科洛夫，153

in Tellkamp，特尔坎普，265-8

in Wagner，瓦格纳，46，59，66

Ten Commandments，《圣经》"十诫"，169，171，173

terrorism，恐怖主义，249

theater，戏剧，65

as allegory，讽喻，70

and film，电影，143

and modernism，现代主义，195

and music，音乐，103

and postmodernism，后现代主义，203

Theorin, Irène，特奥林，艾琳，200

Thomas Aquinas, Saint，托马斯·阿奎那，圣，37

Thomson, David，汤姆森，大卫，134

Tilson-Thomas, Michael，蒂尔森-托马斯，米歇尔，74

Tolstoy, Leo，托尔斯泰，列夫，41

Tomkins, Silvan，汤姆金斯，希尔凡，38

Toomer, Jean，图默，让，289

totalitarianism，极权主义，100，156，255，258

Toynbee, Arnold，汤因比，阿诺德，277

tragedy, and affect，悲剧，情感影响力，155

transcendence，超验，69，116

transcoding，跨符码结构，282

trauma theory，创伤理论，155

Trier, Lars von, *Dogville*，提尔，拉斯·冯，《狗镇》，146

Tron (film)，《电子争霸战》（电影），224

索　引　　359

truth, and art，真理，艺术，195

Twain, Mark，吐温，马克，290

United States，美国：
 and Europe，欧洲，280，282
 See also American

university life，大学生活，279-82

utopia，乌托邦：
 as allegory of production，关于生产的讽喻，225
 and collectivity，集体性，225
 and computers，电脑，276
 in Gibson，吉布森，221
  and handicraft，手工艺，260
 in Kieślowski，基耶洛夫斯基，176
 and mass culture，大众文化，253，254
 and *The Wire*（TV），《窃听风云》，245-6，249，252-4

Valéry, Paul，瓦莱里，保尔，119

Veblen, Thorstein，范伯伦，索思坦，49

Verdi, Giuseppe，威尔第，朱塞佩，202

Videodrome（film），《录影带谋杀案》（电影），224

viennicity（term），维也纳城市性，72

villains, end of，歹徒，结局，248-9

virtual reality，虚拟现实，211，213，223，224

Visconti, Luchino, *Ossessione*，维斯孔蒂，路奇诺，《对头冤家》135

Vishnevskaya, Galina，维希涅夫斯卡娅，加利娜，158

vision，视觉，192

Wagner, Katerina，瓦格纳，卡特琳娜，189-90

Wagner, Richard，瓦格纳，理查德，31-66，181-203，292
 Adorno on，阿多诺，42
 affect emerges in，情感，40，41
 allegory in，讽喻，46，60，63，65
 character in，形象，46，50，59，63
 destiny in，命运，42-43，45，49，56，64，66
 Feuerbach and Schopenhauer in，费尔巴哈与叔本华，31，35，45，51，197
 Gesamtkunstwerk，总体艺术，33-4
 Götterdämmerung，《众神的黄昏》，43，46，56，58-9，84，

191，193
  interpretation of，解释，31-2
  on love，论爱情，44
  and Mahler，马勒，80，84，104
  Die Meistersinger，《纽伦堡的名歌手》，43n，105，182，189-90
  and modernism，32-3
  modernization of，193
  and music，35，40，63
  Nitezsche on，尼采，43
  Parsifal，《帕西法尔》，33，51，80，183-4
  political dilemma in，政治两难境地，65-6
  potion in，魔水，31，46，50，58-9，194，201
  Das Rheingold，《莱茵的黄金》，43，48，53，56，200
  Der Ring des Nibelungen，《尼伯龙根的指环》（简称《指环》），31，36，42，44-5，48，50，55，57-8，62，64-6，80，181，183，187
    capitalism and history in，资本主义与历史，57
  Siegfried's Tod，《齐格弗里德之死》，43n
  stagings of，舞台布景，45-8，181-203

Tannhäuser，《唐豪瑟》，181-6，188，196，198
  Hoffmann key to，霍夫曼，183
  temporality in，时间性，46，59，66
Tristan und Isolde，《特里斯坦与伊索尔德》，31，36，40，43n，58，62
  as beginning of modernity，现代性之开始，40
Die Walküre，《女武神》，36，43n，44，48，54，60，198，200
Weber, Carl Maria von, *Freischütz*，韦伯，卡尔，《自由射手》，183-4
Weiss, Peter, *Aesthetik des Widerstands*，魏斯，彼得，《抵抗的美学》，165
Welles, Orson，威尔斯，奥森，235，236
  Julius Caesar，《凯撒大帝》，191
Winckelmann, Johann Joachim，温克尔曼，约翰·约阿希姆，116，134
The Wire (TV)，《窃听风云》，239-54
  ethnicity in，族裔，251-2
  realism in，现实主义，241-2，

246，252-3

and utopia，乌托邦，245-6，249，252-4

whole society in，全社会，243，252-3

Wolf, Christa，沃尔夫，克里斯塔，257

Wolfe, Thomas，沃尔夫，托马斯，219，282，284

Woloch, Alexander，沃尔西，亚历山大，240

Worringer, Wilhelm，沃林格，威廉，232

writing programs，写作项目，279-83

chronology of，发展历史，290

injunctions for，规定，283-8

and literature，291

Yugoslavia，南斯拉夫，132n，133，144n

Yurchak, Alexi，尤查克，阿历克西，265

Žižek, Slavoj，齐泽克，斯拉沃，34n，172，176

Zola, Émile，左拉，爱弥尔，69，84，146，253，273

Zuckerkandl, Viktor，祖克坎德尔，维克多，86，92

The Ancients and the Postmoderns by Fredric Jameson
First published by Verso Books 2015
© Fredric Jameson 2015
Simplified Chinese translation copyright © 2018 by China Renmin
University Press Co., Ltd.
All Rights Reserved.

图书在版编目（CIP）数据

古代与后现代：论形式的历史性/（美）弗雷德里克·詹姆逊著；王逢振主编；王逢振，王丽亚译. —北京：中国人民大学出版社，2018.7
（詹姆逊作品系列）
ISBN 978-7-300-25512-5

Ⅰ. ①古… Ⅱ. ①弗…②王…③王… Ⅲ. ①文艺评论② Ⅳ. ①I06

中国版本图书馆 CIP 数据核字（2018）第 026099 号

詹姆逊作品系列
王逢振　主编
古代与后现代
——论形式的历史性
［美］弗雷德里克·詹姆逊（Fredric Jameson）　著
王逢振　王丽亚　译
Gudai yu Houxiandai

出版发行	中国人民大学出版社		
社　　址	北京中关村大街 31 号	邮政编码	100080
电　　话	010-62511242（总编室）	010-62511770（质管部）	
	010-82501766（邮购部）	010-62514148（门市部）	
	010-62515195（发行公司）	010-62515275（盗版举报）	
网　　址	http://www.crup.com.cn		
	http://www.ttrnet.com（人大教研网）		
经　　销	新华书店		
印　　刷	涿州市星河印刷有限公司		
规　　格	150 mm×228 mm 16 开本	版　次	2018 年 7 月第 1 版
印　　张	24.5 插页 2	印　次	2018 年 7 月第 1 次印刷
字　　数	290 000	定　价	78.00 元

版权所有　　侵权必究　　印装差错　　负责调换